版主提示 VRay渲染 MAX渲染 上传素材 进入社区

Photoshop
图像处理精彩范例大全

余 洪 杨 颖 编著

電子工業出版社

Publishing House of Electronics Industry

北京·BEIJING

内 容 简 介

本书以Photoshop CS3中文版的知识为基础，通过具有代表性的实例练习，让读者对Photoshop在图像处理方面有全面的认识，并能掌握常用设计实例和特效的制作方法。主要内容包括文字艺术特效、材质纹理特效、图像艺术特效、经典鼠绘艺术、常见抠图技法、数码照片处理艺术、动态图像特效、网页设计以及常见的一些平面设计等内容。在讲解时每个实例都先给出了重要的过程图、包含的知识点以及制作要领，这样可以让读者在操作实例之前对整个制作过程有一个初步的印象，便于后面的学习。

本书内容丰富、版式和实例效果美观、步骤讲解详细，适合于Photoshop图像处理初、中级用户，可作为从事平面设计和广告制作等图像设计相关工作的读者，以及Photoshop爱好者的参考书籍。

图书在版编目(CIP)数据

Photoshop图像处理精彩范例大全 / 余洪，杨颖编著. —北京：电子工业出版社，2009.6
ISBN 978-7-121-08330-3

I. P… Ⅱ.①余… ②杨… Ⅲ.图形软件，Photoshop Ⅳ.TP391.41

中国版本图书馆CIP数据核字（2009）第051609号

责任编辑：于　兰
印　　刷：中国电影出版社印刷厂
装　　订：三河市皇庄路通装订厂
出版发行：电子工业出版社
　　　　　北京市海淀区万寿路173信箱　　邮编：100036
开　　本：787×1092　　1/16　　　　印张：28.25　　　　字数：724千字
印　　次：2009年6月第1次印刷
定　　价：88.00元（含DVD光盘一张）

凡所购买电子工业出版社图书有缺损问题，请向购买书店调换。若书店售缺，请与本社发行部联系，联系及邮购电话：（010）88254888。

质量投诉请发邮件至zlts@phei.com.cn，盗版侵权举报请发邮件至dbqq@phei.com.cn。

服务热线：（010）88258888。

Adobe公司推出的Photoshop是目前使用最广泛的专业图像处理软件，它拥有强大的功能、美观的界面，已经成为设计类相关从业人员使用的必备软件，受到了广大设计人员的青睐和推崇。Photoshop软件的适用范围非常广泛，除了可以进行图像照片处理外，还可适用于平面设计、网页设计和动画设计等领域，使用其提供的各种功能和工具更能制作出与众不同的效果。本书主要面向图像处理的初中级用户以及影楼工作者，以实例为出发点涵盖Photoshop的各方面，即使您现在对Photoshop一窍不通，只要跟着实例一步一步地操作，很快也会成为一名Photoshop图像处理高手，并且能制作出很多漂亮的效果。

▶ 本书六大特色

本书由资深设计师结合多年设计经验倾力编著，除实例效果时尚精美外，知识安排也非常合理，具有以下六大特色：

一、科学合理的知识板块

本书在知识的安排上选择了实际应用中最常用的类型进行讲解，小到单一的文字特效、纹理特效等，大到广告、包装等应用范围，而且所选实例都具有很强的实用性和借鉴性，便于在学习和工作过程中借鉴、参考和使用。在每章最后有"实战演练"和"拓展效果"板块，不仅方便读者举一反三，更好地掌握制作方法，还可以让读者有一个更宽广的知识延伸面，体验到更多不同的效果。

二、案例驱动式讲解方法

每个实例在制作前都列出需要用到的知识点、制作要领及重要过程图，让读者做到心中有数，而不是一开始就盲目地做实例。同时书中的实例篇幅控制在1～4页左右，小实例更易于读者快速掌握操作技巧。

三、全面丰富的实例教程

本书共有168个实例，经过精心收集，效果精美，实用性强，包括了文字艺术特效、材质纹理特效、图像艺术特效、图像创意合成以及平面设计的方方面面，分别对应软件的不同功能，只要您认真地将实例操作一遍，便能够轻松地掌握软件的众多命令和功能。

四、美观简洁的版面设计

本书采用彩色印刷，版式设计清新美观，能更加完美地展示实例的色彩及效果。并且采用了双栏图解方式排版，图文对应，每步操作对应步骤效果图，使读者易于模仿书中的实例效果和制作方法。注：本书中以如"【Ctrl+O】键"的形式表示按【Ctrl】键的同时按【O】键。

五、方便实用的速查手册

由于涉及面广、效果丰富，本书更像一本速查手册，在实际生活或工作中需要制作某种效果时，查阅一下书籍，马上就能找到相对应的制作方法，帮您节省了大量的创作时间并能快速制作出满意的作品。

六、多媒体光盘辅助学习

　　本书配套一张DVD实例演示光盘，光盘中收集了书中所有实例的素材和效果文件，并挑选了一些典型实例进行演示，读者可以根据它更加直接地学习实例的制作方法。另外此张光盘还包括容量相当于一张CD的多媒体基础教程，供没有基础的读者入门学习。

▶ 本书适合对象

　　本书主要定位于Photoshop的初、中级用户，希望快速提高图像特效、图像处理等应用水平的读者群体，以及希望从事平面设计、广告制作等图像设计相关工作的读者和Photoshop爱好者。

目 录

例1

例4

例6

例9

例17

CHAPTER 2 经典材质纹理特效

 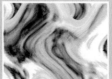   

例25　　　　例27　　　　例33　　　　例35　　　　例37

3 图像艺术处理特效

例41　　　　例42　　　　例45　　　　例46　　　　例49

CHAPTER

4　图像创意合成

例76　　　　例77　　　　例79　　　　例80　　　　例81

CHAPTER

5 经典鼠绘艺术

例82　　例84　　例85　　例87　　例92

CHAPTER

6 常见抠图技法

   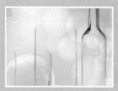 

例97　　例98　　例100　　例101　　例102

CHAPTER

7 数码照片处理艺术

例111   例114   例117   例118   例121

CHAPTER

8 闪亮动态图像特效

例122   例123   例124   例125   例126

CHAPTER

9 网页设计

例129   例130   例133   例134   例135

CHAPTER

10 标志设计

例136   例137   例138   例139   例140

CHAPTER

11 卡片设计

例141

例142

例143

例144

例145

CHAPTER

12 企业CI设计

例146

例147

例148

例150

例151

CHAPTER

13 广告与海报设计

例154　　　　例155　　　　例156　　　　例157　　　　实战演练二

CHAPTER

14 包装设计

例158　　　　例159　　　　例160　　　　例161　　　　例162

CHAPTER

15 | 建筑效果图后期处理

例165　　　　例166　　　　例167　　　　例168　　　　实战演练一

第1章

文字艺术特效

在平面设计中，文字的效果不容忽略，具有艺术特效的文字可以给一幅普通的画面增色不少。本章将给大家介绍多种典型的文字艺术效果的制作方法，让大家掌握如何给文字赋予艺术特效。除了掌握这些制作方法，读者更要根据所需制作的效果，自己分析、选择能制作出这些效果的滤镜或命令，达到自我总结、举一反三的目的。

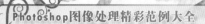

 例 1 **划痕字**

素材\第1章\例1\
源文件\第1章\例1\划痕字.psd

知识点
- 文字工具的应用
- 新建通道
- 载入选区
- 调整文字大小和位置

制作要领
- 划痕素材的应用
- 斑驳划痕效果的制作

效果预览

1 输入文字

2 打开素材文件

3 载入通道选区

4 调整位置和大小

 步骤详解

---

01 新建文件

选择"文件/新建"命令打开"新建"对话框，在对话框中进行如图所示的设置，单击"确定"按钮。

2.单击该按钮

1.设置参数

02 输入文字

选择横排文字工具 T，在选项栏中设置字体为"方正综艺简体"，大小为"40点"，在图像窗口中输入文字"颓废"，"图层"面板中自动生成一个文字图层。

◆自动生成的文字图层

---

03 栅格化文字

在文字图层上单击鼠标右键，在弹出的快捷菜单中选择"栅格化文字"命令将文字图层栅格化。

◆选择该命令

04 打开文件

选择"文件/打开"命令，在打开的对话框中选择"划痕.jpg"素材文件，单击"打开"按钮。

1.选择该文件

2.单击该按钮

05 复制图像

按【Ctrl+A】键全选图像，按【Ctrl+C】键复制图像。

06 创建新通道

回到输入文字的图像窗口，切换到"通道"面板，单击面板下方的"创建新通道"按钮 ，新建Alpha 1通道。按【Ctrl+V】键将复制的图像粘贴到通道中。

◆创建的新通道

07 载入选区

按住【Ctrl】键单击Alpha 1通道，载入该通道的选区，效果如图所示。

08 将选区载入文字图层

切换到"图层"面板，选择栅格化后的文字图层，将Alpha 1通道中的选区载入该图层，按【Delete】键删除选区中的图像。

09 将文字拖入背景图像

按【Ctrl+D】键取消选区，打开"背景.jpg"素材文件，使用移动工具 将制作好的划痕文字拖入该文件窗口中。

◆拖入的文字

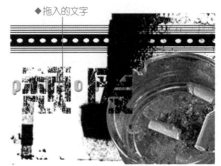

10 调整文字大小和位置

按【Ctrl+T】键打开变换编辑框，按住【Shift】键拖动对角控制点等比例缩小图像，然后调整好位置，按【Enter】键。再将当前的"背景.jpg"文件另存为"划痕字.psd"文件，完成划痕字的制作。

例 2 草莓字

素材\第1章\例2\背景.jpg
源文件\第1章\例2\草莓字.psd

知识点

- 文字工具的应用
- 图层样式
- 定义图案
- 链接图层

制作要领

- 定义草莓图案
- 给文字添加图层样式

◆效果预览　　制作图层样式　　定义草莓图案

输入文字　　图案填充

步骤详解

01 新建文件并绘制选区

新建一个100像素×100像素、分辨率为100像素/英寸的文件，设置前景色为"红色（R:230,G:0,B:0）"，按【Alt+Delete】键给背景图层填充前景色。新建图层1，使用椭圆选框工具绘制一个椭圆选区，设置背景色为"黄色（R:220,G:210,B:140）"，按【Ctrl+Delete】键给图层1填充背景色。

◆填充的选区

02 添加外发光效果

双击图层1，在打开的"图层样式"对话框中选中"外发光"复选框，参数设置如图所示，单击"确定"按钮后得到黑色的外发光效果，按【Ctrl+D】键取消选区。

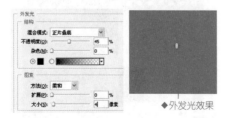

◆外发光效果

03 定义草莓图案

连续按【Ctrl+J】键多次复制图层1内容到多个新图层，然后使用移动工具将各图层中的图形移动至合适位置。选择"编辑/定义图案"命令，在打开的对话框中设置名称为"草莓图案"，单击"确定"按钮将其定义为图案。

2.单击该按钮

1.输入名称

04 输入文字

新建一个500像素×300像素、分辨率为200像素/英寸的文件。使用横排文字工具 **T** 输入文字，在选项栏中设置好字体和字号，设置消除锯齿的方法为"平滑"，给文字填充为"红色（R:230,G:0,B:0）"。

可爱草莓

方正艺黑简体　　　　T 40点　　平滑

05 设置投影和内阴影

双击自动生成的文字图层，在打开的对话框中选中"投影"复选框，参数设置如左下图所示。选中"内阴影"复选框，参数设置如右下图所示，颜色设置为"红色（R:183,G:1,B:1）"。

06 设置内发光和浮雕

选中"内发光"复选框，参数设置如左下图所示，颜色设置为"黑色"。选中"斜面和浮雕"复选框，参数设置如右下图所示，完成后单击"确定"按钮。

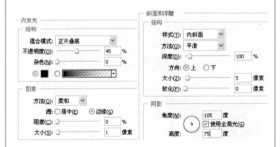

07 载入文字选区

复制文字图层，选择"图层/栅格化/文字"命令将图层栅格化，按住【Ctrl】键单击文字图层前的图层缩览图载入文字选区。

08 填充图案

选择"编辑/填充"命令，在打开对话框的"使用"下拉列表框中选择"图案"选项，单击"自定图案"下拉列表框右侧的按钮，在打开的面板中选择自定义的草莓图案，单击"确定"按钮得到图案填充效果。

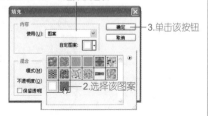

09 链接图层

在"图层"面板中选择除背景图层外的两个图层，单击面板下方的"链接图层"按钮 将其进行链接。

10 添加背景

打开"背景.jpg"素材文件，使用移动工具 将链接图层拖入该文件中，按【Ctrl+T】键打开变换编辑框，按住【Shift】键拖动对角控制点将其等比例放大，然后调整位置，完成草莓字的制作。

例3 爆炸字

素材\第1章\无
源文件\第1章\例3\爆炸字.psd

知识点

- "极坐标"滤镜
- 旋转画布
- "高斯模糊"滤镜
- 图像模式的转换

制作要领

- 爆炸纹理效果的制作
- 爆炸颜色的制作

效果预览

输入文字

"极坐标"滤镜

"波纹"滤镜

索引颜色模式

步骤详解

01 新建文件并输入文字

新建一个400像素×200像素、分辨率为200像素/英寸的文件，按【D】键恢复默认的前景色和背景色，按【Alt+Delete】键为背景图层填充黑色。输入"爆炸字"，在选项栏中设置字体为"华文彩云"，字号为"28点"，颜色为"白色"，将其放置在图像窗口中稍偏下方的位置。

02 载入文字选区并将其存储为通道

在文字图层上单击鼠标右键，在弹出的快捷菜单中选择"栅格化文字"命令栅格化图层，按住【Ctrl】键的同时单击图层缩览图，载入文字选区。单击"通道"面板中的"将选区存储为通道"按钮，生成Alpha 1通道。

03 应用"极坐标"滤镜

选择Alpha 1通道，选择"滤镜/扭曲/极坐标"命令，在打开的"极坐标"对话框中选中"极坐标到平面坐标"单选按钮，单击"确定"按钮得到如图所示的效果。

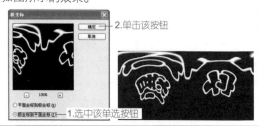

04 旋转画布并应用"风"滤镜

选择"图像/旋转画布/90度（顺时针）"命令，将画布进行旋转。选择"滤镜/风格化/风"命令，在打开的对话框中进行如图所示的设置，单击"确定"按钮得到风的效果。

05 应用"风"和"极坐标"滤镜

按【Ctrl+F】键再次应用"风"滤镜，选择"图像/旋转画布/90度（逆时针）"命令，再选择"滤镜/扭曲/极坐标"命令，在打开的对话框中选中"平面坐标到极坐标"单选按钮，单击"确定"按钮得到如图所示的效果。

06 应用"扩散"滤镜

选择"滤镜/风格化/扩散"命令，在打开的对话框中选中"变暗优先"单选按钮，单击"确定"按钮得到如图所示的效果。

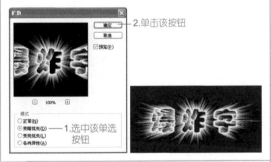

07 应用"高斯模糊"和"波纹"滤镜

选择"滤镜/模糊/高斯模糊"命令，在打开的对话框中设置半径为"2像素"，单击"确定"按钮。选择"滤镜/扭曲/波纹"命令，在打开的对话框中进行如左下图所示的设置，单击"确定"按钮得到如右下图所示的效果。

08 复制图像并对文字填充颜色

复制Alpha 1通道中的内容，在"图层"面板中新建图层1，将复制的内容粘贴到图层1中。拖动文字图层到"图层"面板的最顶层，按【Ctrl】键的同时单击文字图层的图层缩览图载入选区，选择"编辑/填充"命令，在打开的对话框中进行如图所示的设置，单击"确定"按钮后，适当调整位置，得到如图所示的效果。

09 转换图像模式

选择"图像/模式/灰度"命令，打开提示对话框，单击"不拼合"按钮，在打开的对话框中单击"扔掉"按钮将图像转换为灰度模式。然后选择"图像/模式/索引颜色"命令，在打开的对话框中单击"确定"按钮得到如图所示的效果。

10 转换为颜色表模式

选择"图像/模式/颜色表"命令，在打开的对话框中进行如图所示的设置，单击"确定"按钮完成爆炸字的制作。

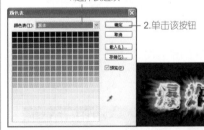

操作提示

在转换图像模式的时候，一定要先将图像转换为灰度模式，再将其转换为索引颜色模式，因为如果直接改为索引颜色模式，效果将不一样。

线框字

素材\第1章\例4\背景.jpg
源文件\第1章\例4\线框字.psd

知识点

- 文字蒙版工具
- "马赛克"滤镜
- "查找边缘"滤镜
- 调整色阶
- 渐变映射

制作要领

- 文字边缘轮廓的制作
- 选区的选择和填充

效果预览

输入文字　　"查找边缘"滤镜

删除白色区域　　线框字效果

步骤详解

01 输入蒙版文字

新建一个800像素×600像素、分辨率为200像素/英寸的文件。按【D】键恢复默认的前景色和背景色，按【Alt+Delete】键给背景图层填充前景色。使用横排文字蒙版工具 ⊞ 输入"DESIGN"，设置字体为"华文琥珀"，字号为"60点"，按【Ctrl+Delete】键填充背景色。

02 应用"马赛克"滤镜

按【Ctrl+D】键取消选区，选择"滤镜/像素化/马赛克"命令，在打开的对话框中设置单元格大小为"15"，单击"确定"按钮。

2.单击该按钮

1.输入数值

03 应用"查找边缘"滤镜

选择"滤镜/风格化/查找边缘"命令，得到如图所示的边缘效果。

◆查找边缘效果

04 调整色阶

选择"图像/调整/色阶"命令，在打开的"色阶"对话框中设置参数如图所示，单击"确定"按钮。

1.设置参数　　2.单击该按钮

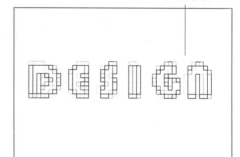

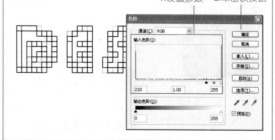

05 设置渐变映射

设置前景色为"红色（R:224,G:56,B:107）"，选择"图像/调整/渐变映射"命令，打开"渐变映射"对话框，保持默认设置，单击"确定"按钮。

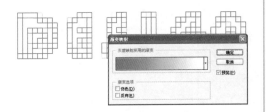

06 应用"色彩范围"命令

在"图层"面板中双击背景图层，在打开的"新建图层"对话框中直接单击"确定"按钮，将背景图层转换为普通图层。选择"选择/色彩范围"命令，在图像中的空白地方单击鼠标取样，在"色彩范围"对话框中单击"确定"按钮。

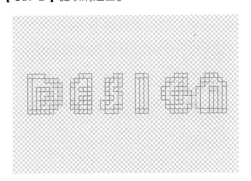

07 删除白色区域

应用"色彩范围"命令后，图像中白色的区域被选择，按【Delete】键删除选区内的图像，按【Ctrl+D】键取消选区。

08 制作线框字初步轮廓

在工具箱中选择魔棒工具，在其选项栏中选中"连续"复选框，在图中线框字内创建连续的选区，将其填充为开始设置的红色。重复相同的操作，继续在线框文字内创建选区，并用红色填充选区，得到如图所示的效果。

09 排列图层

新建图层1，将其填充为白色，选择"图层/排列/后移一层"命令，将图层1放置在底层。

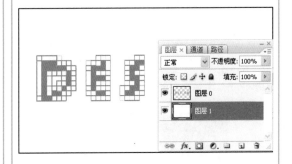

10 添加背景

打开"背景.jpg"素材文件，使用移动工具将制作的线框字拖入该文件中，调整好位置和大小，完成线框字的制作。

玻璃透明字

素材\第1章\例5\背景.jpg
源文件\第1章\例5\玻璃透明字.psd

知识点

- 图层的不透明度和填充
- 图层样式
- 样式的添加和应用
- 图层混合模式

制作要领

- 透明效果的制作
- 玻璃质感的体现

效果预览

输入文字

添加图层样式

修改复制图层的不透明度

应用按钮样式

步骤详解

01 输入文字并修改填充参数

打开"背景.jpg"素材文件，双击工具箱中的前景色选择框，在打开的对话框中将颜色设置为白色，使用横排文字工具 T 在背景中输入文字"HAPPY"，在选项栏中设置字体为"Arial Black"，字号为"60点"。在"图层"面板中设置该图层的填充为"15%"。

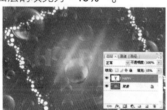

02 添加图层样式

双击文字图层，在打开的对话框中选中"内发光"和"描边"复选框，其参数设置分别如左下图和右下图所示，其中内发光的颜色为"乳白色（R:245,G:245,B:245）"，描边的颜色为"白色"，设置完成后单击"确定"按钮。

03 复制文字图层并修改不透明度

设置文字图层的不透明度为"75%"，效果如左下图所示。复制文字图层，设置其副本图层的不透明度和填充为"100%"，效果如右下图所示。

04 应用样式

在"样式"面板中单击右上角的 ▾≡ 按钮，在弹出的下拉菜单中选择"Web样式"命令，在打开的对话框中单击"追加"按钮添加该样式。在"样式"面板中选择添加的"透明胶体"样式，设置复制的文字图层的混合模式为"正片叠底"，填充为"40%"，完成玻璃透明字的制作。

例 **6**

鲜花字

素材\第1章\例6\
源文件\第1章\例6\鲜花字.psd

知识点

- 图层样式
- "旋转扭曲"滤镜
- 剪贴蒙版
- 矢量蒙版和渐变

制作要领

- 花朵装入文字的制作
- 倒影的制作

效果预览

1 输入文字

2 添加图层样式

3 放置花朵和树叶

4 创建剪贴蒙版

步骤详解

01 输入文字

打开"背景.jpg"素材文件，设置前景色为"红色（R:117,G:67,B:114）"。使用横排文字工具 T.在背景中输入文字"Flower"，并设置为自己喜欢的字体，字号为"100点"。

◆输入的文字

02 添加图层样式

将文字图层栅格化，双击该图层，在打开的对话框中选中"投影"和"内发光"复选框，其参数设置分别如左下图和右下图所示，其中内发光的的颜色为默认的颜色。

03 制作浮雕效果

在对话框中选中"斜面和浮雕"复选框，具体参数设置如左下图所示，单击"确定"按钮得到如右下图所示的效果。

04 应用"旋转扭曲"滤镜

选择椭圆选框工具 ○.，在左下图所示的位置绘制选区，选择"滤镜/扭曲/旋转扭曲"命令，在打开的对话框中设置角度为"176"，单击"确定"按钮，取消选区后得到如右下图所示的扭曲效果。

◆绘制的选区

◆旋转扭曲后的效果

11

05 再次应用滤镜

使用同样的方法对字母"F"的右上角进行处理，设置扭曲参数如左下图所示，单击"确定"按钮，取消选区后得到如右下图所示的效果。

06 放置花朵

打开"花朵1.jpg"素材文件，使用魔棒工具
单击选择白色背景，按【Ctrl+Shift+I】键反选，然后复制粘贴到制作的文字图像窗口中，按【Ctrl+T】键对花的大小进行缩放，放置于图中所示的位置。

07 放置花朵和树叶

重复步骤6的操作，将素材文件夹中的其他花朵和树叶文件，选择并粘贴到文字文件中，对它们进行缩放并调整好位置。选择所有的花朵和树叶图层，然后单击鼠标右键，在弹出的快捷菜单中选择"合并图层"命令合并所选择的图层。

08 创建剪贴蒙版

选择合并后的图层，按住【Alt】键的同时在该图层与文字图层之间单击，创建剪贴蒙版，图像效果如图所示。

09 使用花朵和树叶装饰文字

打开一些花朵和叶子文件，将其选择出来放置于文字周围装饰文字，效果如图所示。将文字图层和花朵图层合并并复制，按【Ctrl+T】键，打开变换编辑框，向下拖动上边框中间的控制点，再适当调整位置，按【Enter】键确认。

10 制作倒影

选择复制的图层，单击"图层"面板底部的"添加图层蒙版"按钮，选择渐变工具，在选项栏中设置黑色到透明的"线性渐变"，使用鼠标从下往上拖动制作倒影效果，完成鲜花字的制作。

例 7　水晶果冻字

素材\第1章\例7\白云.jpg
源文件\第1章\例7\水晶果冻字.psd

知识点

- 渐变填充
- 图层样式
- 等高线的设置
- 图层混合模式

制作要领

- 图层样式的设置
- 等高线的编辑

效果预览

1　输入文字

2　渐变填充

3　添加图层样式

4　修改图层模式

步骤详解

01　输入文字

新建一个600像素×400像素、分辨率为200像素/英寸的文件。按【D】键复位前景色和背景色，使用横排文字工具 T 输入"COOL"，设置字体为"Earthquake"，字号为"80点"。

02　渐变填充

将文字图层栅格化，按住【Ctrl】键单击图层前的图层缩览图载入文字选区。选择渐变工具 ，单击选项栏中的渐变色选择框 ，在打开的"渐变编辑器"对话框中设置"深蓝色（R:56,G:173,B:252）"到"浅蓝色（R:140,G:216,B:255）"的渐变，在文字区域从上往下拖动鼠标，得到渐变效果。

03　复制图层

取消选区，复制文字图层，然后单击副本图层前的 图标，使其不可见，再选择文字图层。

◆图层不可见

04　添加投影和内阴影效果

双击文字图层，在打开的对话框中选中"投影"复选框，参数设置如左下图所示。选中"内阴影"复选框，参数设置如右下图所示，颜色设置为"蓝色（R:3,G:110,B:172）"。

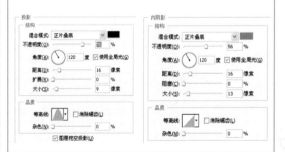

05 添加内发光效果

在"图层样式"对话框中选中"内发光"复选框，参数设置如图所示，发光颜色设置为"淡蓝色（R:140,G:216,B:255）"。

06 添加斜面和浮雕效果

在"图层样式"对话框中选中"斜面和浮雕"复选框，参数设置如图所示，阴影模式的颜色设置为"蓝色（R:36,G:163,B:252）"。

07 设置等高线

选中"等高线"复选框，单击"等高线"下拉列表框右侧的▇按钮，在打开的"等高线编辑器"对话框中调整等高线如图所示，单击"确定"按钮返回"图层样式"对话框。

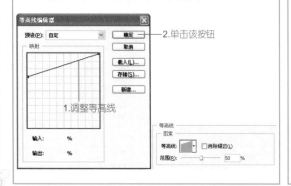

08 添加描边效果

在"图层样式"对话框中选中"描边"复选框，参数设置如左下图所示，颜色设置为"蓝色（R:36,G:163,B:252）"，单击"确定"按钮得到如右下图所示的效果。

09 修改图层模式

在"图层"面板中将文字图层的图层混合模式设置为"线性加深"，单击文字副本图层前的空白方框将其显示，然后设置该图层的混合模式为"颜色加深"，文字的效果如右下图所示。

10 添加背景

打开"白云.jpg"素材文件，使用移动工具▶+将其拖动到文字文件中的背景图层之上。选择文字图层及其副本图层，单击"图层"面板下方的"链接图层"按钮，然后调整好大小，完成水晶果冻字的制作。

例 **8** 光晕字

素材\第1章\无
源文件\第1章\例8\光晕字.psd

知识点

- 径向渐变填充
- 使用画笔描边路径
- 图层样式
- 绘制路径

制作要领

- 背景的制作
- 文字光晕效果的制作

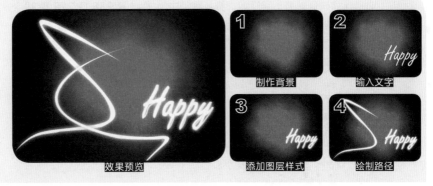

效果预览

1 制作背景
2 输入文字
3 添加图层样式
4 绘制路径

步骤详解

01 设置渐变

新建一个400像素×300像素、分辨率为200像素/英寸的文件。选择渐变工具，在选项栏中单击渐变色选择框，在打开的"渐变编辑器"对话框中设置"棕红色（R:163,G:8,B:8）"到"黑色"的渐变，单击"确定"按钮后再单击选项栏中的"径向渐变"按钮。

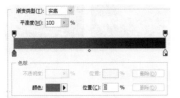

02 渐变填充并修改图层混合模式

使用渐变工具在图像窗口中由内往外拖动，得到如图所示的渐变效果。按【Ctrl+J】键复制该图层，得到图层1，将图层1的混合模式设置为"颜色减淡"，得到如图所示更加鲜艳的效果。

03 应用"云彩"滤镜

新建图层2，按【D】键复位前景色和背景色，选择"滤镜/渲染/云彩"命令，按【Ctrl+F】键重复操作，最后效果如左下图所示。将图层2的混合模式设置为"叠加"，得到如右下图所示的效果。

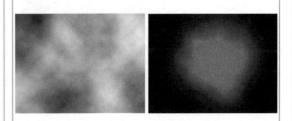

04 输入文字

使用横排文字工具输入文字"Happy"，字体和大小随意设置，放置在如图所示的位置，将该文字图层栅格化。

05 设置画笔工具属性

按住【Ctrl】键单击图层缩览图，载入文字的选区，单击"路径"面板下方的"从选区生成工作路径"按钮 ，将选区转换为路径。选择工具箱中的画笔工具 ，在选项栏中单击"画笔"旁边的·按钮，在打开的面板中进行如图所示的设置。

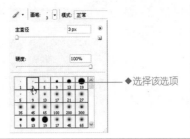

◆选择该选项

06 描边路径

设置前景色为"黄色（R:241,G:222,B:11）"，选择钢笔工具 ，然后在路径上单击鼠标右键，在弹出的快捷菜单中选择"描边路径"命令，在打开的"描边路径"对话框的下拉列表框中选择"画笔"选项，单击"确定"按钮。使用鼠标单击"路径"面板工作路径之外的任意区域，得到如图所示的效果。

2.单击该按钮

1.选择该选项

07 添加投影效果

双击文字图层，在打开的"图层样式"对话框中选中"投影"复选框，参数设置如图所示，投影的颜色设置为"黄色（R:252,G:227,B:14）"。

08 添加外发光和颜色叠加效果

在"图层样式"对话框中选中"外发光"复选框，参数设置如左下图所示，颜色设置为黄色（R:238,G:210,B:20）。再选中"颜色叠加"复选框，参数设置如右下图所示，颜色设置为白色，单击"确定"按钮。

09 绘制路径并应用图层样式

使用钢笔工具 绘制出如图所示的路径，载入路径的选区，再新建图层，为选区填充"黄色（R:241,G:222,B:11）"。在添加了图层样式的文字图层上单击鼠标右键，在弹出的快捷菜单中选择"拷贝图层样式"命令，然后在新建的图层上单击鼠标右键，在弹出的快捷菜单中选择"粘贴图层样式"命令，得到如图所示的效果。

◆绘制的路径

10 绘制另一条路径

使用钢笔工具 绘制出另一条路径，重复上面的操作为其添加光晕效果，完成光晕字的制作。

◆绘制的另一条路径

素材\第1章\例9\圣诞背景.jpg
源文件\第1章\例9\积雪字.psd

 例 **9** **积雪字**

- 将选区存储为通道
- "风"滤镜
- "高斯模糊"滤镜
- 调整色阶
- 通道运算

制作要领

- 积雪效果的制作

效果预览

输入文字

"风"滤镜

通道运算后的选区

添加浮雕效果

步骤详解

01 输入文字

打开"圣诞背景.jpg"素材文件,设置前景色为"红色(R:230,G:0,B:18)",使用横排文字工具 T 在背景中输入文字"Merry",设置为自己喜好的字体,字号为"100点"。

◆输入的文字

02 载入选区并将其存储为通道

按住【Ctrl】键单击文字图层缩览图,载入文字选区,单击"通道"面板中的"将选区存储为通道"按钮 ◻ ,生成Alpha 1通道。

◆生成的通道

03 旋转画布并应用"风"滤镜

按【Ctrl+D】键取消选区,选择"图像/旋转画布/90度(顺时针)"命令旋转画布。然后再选择"滤镜/风格化/风"命令,打开"风"对话框,选中"从左"单选按钮,单击"确定"按钮。

2.单击该按钮

1.选中该单选按钮

04 应用"高斯模糊"滤镜

选择"滤镜/模糊/高斯模糊"命令,在打开的对话框中设置半径为"1像素",单击"确定"按钮得到如右下图所示的效果。

2.单击该按钮

1.输入数值

05 调整色阶

选择"图像/调整/色阶"命令，在打开的"色阶"对话框中设置参数如图所示，单击"确定"按钮得到调整色阶后的效果。

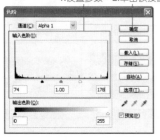

06 复制通道并应用"风"滤镜

复制Alpha 1通道，生成Alpha 1副本通道，按【Ctrl+I】键将通道颜色反相。选择"滤镜/风格化/风"命令，打开"风"对话框，选中"从右"单选按钮，单击"确定"按钮。

07 调整色阶

按【Ctrl+I】键将通道颜色反相，选择"图像/调整/色阶"命令，在打开的"色阶"对话框中设置参数如图所示，单击"确定"按钮。

08 执行通道运算得到选区

选择"图像/旋转画布/90度（逆时针）"命令旋转画布，然后按【Ctrl+Alt】键的同时分别单击Alpha 1和Alpha 1副本通道，得到通道运算后的选区。

09 填充选区

在"图层"面板中新建图层1，给选区填充白色，重复多次填充操作，按【Ctrl+D】键取消选区，效果如图所示。

10 添加浮雕效果

双击文字图层，在打开的"图层样式"对话框中选中"斜面和浮雕"复选框，参数设置如图所示，单击"确定"按钮完成积雪字的制作。

串珠字

素材\第1章\无
源文件\第1章\例10\串珠字.psd

知识点

- 收缩和扩展选区
- 建立工作路径
- 描边路径
- 渐变填充
- "镜头光晕"滤镜

制作要领

- 串珠效果的体现
- 装饰效果的添加

效果预览

输入文字

描边路径

填充渐变色

添加描边和浮雕效果

步骤详解

01 输入文字

新建一个600像素×300像素、分辨率为150像素/英寸的文件。使用横排文字工具 T 在背景中输入文字"HOPE",设置字体为"Arial Black",字号为"72点"。

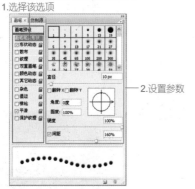

02 设置画笔工具属性

在工具箱中选择画笔工具 ✐,单击面板组中的 📷 按钮展开"画笔"面板,选择"画笔笔尖形状"选项,在其中设置参数如图所示。

1.选择该选项

2.设置参数

03 收缩选区

按住【Ctrl】键单击文字图层前的图层缩览图载入文字选区,新建图层1,隐藏文字图层。选择"选择/修改/收缩"命令,在打开的对话框中设置收缩量为"7像素",单击"确定"按钮。

1.输入数值　2.单击该按钮

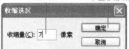

04 建立工作路径

在工具箱中选择任意一个选框工具,然后在选区上单击鼠标右键,在弹出的快捷菜单中选择"建立工作路径"命令,在打开的对话框中设置容差为"0.5像素",单击"确定"按钮将选区建立为工作路径。

1.输入数值　2.单击该按钮

05 用画笔描边路径

设置前景色为白色，在工具箱中选择钢笔工具
，在转换的路径上单击鼠标右键，在弹出的
快捷菜单中选择"描边路径"命令，在打开对话
框的下拉列表框中选择"画笔"选项，单击"确
定"按钮。这里为使效果更明显，将背景图层填
充为黑色。

1.选择该选项　2.单击该按钮

06 用铅笔描边路径

新建图层2，选择钢笔工具，在转换的路径上
单击鼠标右键，在弹出的快捷菜单中选择"描
边路径"命令，在打开对话框的下拉列表框中
选择"铅笔"选项，单击"确定"按钮。按
【Delete】键删除路径，效果如图所示。

1.选择该选项　2.单击该按钮

07 填充渐变色

按【Ctrl】键单击文字图层前的图层缩览图载入
选区，新建图层3。选择渐变工具，在其选项
栏中单击渐变色选择框，在打开的对
话框中设置如图所示的渐变，单击"确定"按
钮后在图像窗口中的文字上从上往下拖动鼠标。
取消选区，将图层3放置于图层2和图层1之下。

08 描边扩展后的选区

选择文字图层并载入文字选区，新建图层4，选
择"选择/修改/扩展"命令，在打开的对话框中
设置扩展量为"8像素"。然后选择"编辑/描
边"命令，在打开的对话框中进行如图所示的设
置，颜色设置为"红色（R:205,G:0,B:36）"，
单击"确定"按钮并取消选区，得到描边效果。

09 添加浮雕效果

删除文字图层，合并除背景图层外的其他图层，
再双击合并后的图层，在打开的"图层样式"对话
框中选中"斜面和浮雕"复选框，保持默认设置，
单击"确定"按钮后得到如图所示的效果。

10 应用"镜头光晕"滤镜

选择背景图层，再选择"滤镜/渲染/镜头光晕"
命令，在打开的对话框中进行如图所示的设置，
单击"确定"按钮。然后使用椭圆选框工具
绘制一些选区并对其进行羽化，再将其填充为白
色，零乱地放置在文字周围装饰画面，完成串珠
字的制作。

素材\第1章\例11\树叶.jpg
源文件\第1章\例11\水滴字.psd

例 11 水滴字

- 图层样式
- 新建样式
- 应用样式

制作要领

- 水滴样式的制作
- 图层样式的处理

效果预览

1 打开素材

2 绘制水滴形状

3 水滴透明效果

4 输入文字

步骤详解

01 打开素材文件并设置画笔属性

打开"树叶.jpg"素材文件,使用缩放工具 🔍 将窗口放大。选择工具箱中的画笔工具 ✐,在选项栏中单击"画笔"后面的▾按钮,在打开的面板中选择"尖角9像素"选项,对其他参数进行如图所示的设置。

◆打开的素材文件

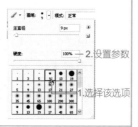

2.设置参数

1.选择该选项

02 绘制水滴形状

在"图层"面板中新建图层1,按【D】键设置默认的前景色和背景色,使用画笔工具 ✐ 在图像窗口中绘制水滴的形状。在"图层"面板中设置图层1的填充为"4%",即内部不透明度。

◆绘制的水珠

◆设置参数

03 添加投影

双击图层1,打开"图层样式"对话框,选中"投影"复选框,参数设置如图所示。单击"品质"栏中"等高线"下拉列表框右侧的¯按钮,在打开的面板中选择"高斯分布"选项。

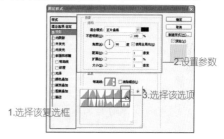

2.设置参数

3.选择该选项

1.选择该复选框

04 添加内阴影和内发光

在"图层样式"对话框中分别选中"内阴影"和"内发光"复选框,设置参数如图所示,颜色都设置为"黑色"。

◆设置参数　　◆设置参数

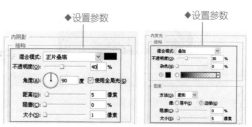

05 设置斜面和浮雕

在"图层样式"对话框中选中"斜面和浮雕"复选框，设置方法为"雕刻清晰"，阴影模式为"颜色减淡"，颜色为白色，其他参数如图所示。

06 新建样式

单击对话框右边的"新建样式"按钮，在打开的"新建样式"对话框中设置此样式的名称为"水滴样式"，依次单击"确定"按钮关闭对话框。

07 绘制水滴

选择画笔工具 ⏺，在窗口四周绘制添加了图层样式的"水滴"。

◆绘制具有图层样式的水滴

操作提示

在使用画笔工具 ⏺ 绘制水滴时，绘制出的水滴自动具有了设置的图层样式效果。

08 输入并旋转文字

选择文字工具 T，在选项栏中设置自己喜好的字体，设置消除锯齿的方法为"平滑"，在图像窗口中输入文字，此时自动生成文字图层。按【Ctrl+T】键对文字进行旋转。

09 栅格化文字并查看样式

在文字图层上单击鼠标右键，在弹出的快捷菜单中选择"栅格化文字"命令，将图层栅格化。切换到"样式"面板，可以看到在该面板中保存了前面定义的水滴样式。

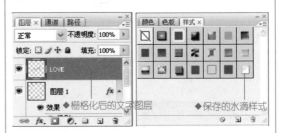

◆栅格化后的文字图层　　◆保存的水滴样式

10 应用样式

选择栅格化后的文字图层，单击定义的水滴样式，将其赋予给文字，完成水滴字的制作。

素材\第1章\例12\背景.jpg
源文件\第1章\例12\莹光字.psd

例 12 莹光字

知识点

♦ 描边
♦ "高斯模糊"滤镜
♦ 图层样式
♦ 减淡颜色

制作要领

♦ 图层样式的设置
♦ 莹光效果的制作

效果预览

1 输入文字

2 "高斯模糊"滤镜

3 应用图层样式

4 制作莹光效果

步骤详解

01 输入文字

新建一个600像素×300像素、分辨率为150像素/英寸、背景为白色的文件。设置前景色为"灰色（R:220,G:220,B:220）"，使用横排文字工具 T 在背景中输入文字"PHOTO"，字体设置为"Arial Black"，字号为"72点"。

02 对文字描边

按住【Ctrl】键单击文字图层前的图层缩览图载入选区，然后将该图层栅格化。选择"编辑/描边"命令，在打开的对话框中设置参数如图所示，单击"确定"按钮后得到描边效果。

03 应用"高斯模糊"滤镜

选择"滤镜/模糊/高斯模糊"命令，在打开的"高斯模糊"对话框中设置半径为"3像素"，单击"确定"按钮得到模糊效果，按【Ctrl+D】键取消选区。

04 添加投影效果

按【Ctrl+J】键复制应用滤镜后的图层，双击复制的图层，在打开的"图层样式"对话框中选中"投影"复选框，设置参数如图所示。

05 添加斜面和浮雕效果

在"图层样式"对话框中选中"斜面和浮雕"复选框，参数设置如图所示，单击"确定"按钮得到设置了图层样式后的效果。

06 设置图层混合模式

载入复制图层的选区，新建图层1，将选区填充为"紫色（R:250,G:175,B:245）"，将图层1的图层混合模式设置为"颜色"，取消选区得到如图所示的效果。

◆设置图层混合模式

07 添加投影效果

双击图层1，在打开的对话框中选中"投影"复选框，参数设置如图所示。

08 添加图案叠加效果

在"图层样式"对话框中选中"图案叠加"复选框，参数设置如图所示，单击"图案"下拉列表框右侧的下拉按钮，在打开的面板中选择"褶皱"选项，单击"确定"按钮，得到添加了图层样式后的效果。

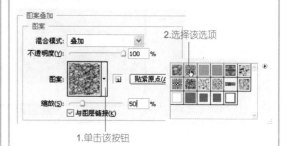

操作提示

这里需要注意的是，在设置"图案叠加"图层样式时，设置缩放为"50%"，才更能体现出莹光纹理的效果。当然，这个数值也不是固定不变的，读者在操作的时候要根据设置的文件大小进行调整。

09 减淡文字局部区域并添加背景

在工具箱中选择减淡工具，在选项栏中设置参数如图所示，对文字内部颜色稍深的区域进行涂抹。打开"背景.jpg"素材文件，使用移动工具将其拖动到制作的文字文件中，再摆放好文字的位置，完成莹光字的制作。

例 13 滴血字

素材\第1章\无
源文件\第1章\例13\滴血字.psd

知识点

- 旋转画布
- "风"滤镜
- "图章"滤镜

制作要领

- "风"滤镜的应用
- 滴血效果的制作

效果预览

输入文字

逆时针旋转画布

"风"滤镜

顺时针旋转画布

步骤详解

01 输入文字

新建一个400像素×200像素、分辨率为150像素/英寸、背景为黑色的文件。使用横排文字工具 T 在背景中输入"滴血字",设置字体为"方正黄草简体",字号为"60点",字体颜色为"红色（R:199,G:0,B:11）"。

02 旋转画布

按【Ctrl+E】键合并图层,选择"图像/旋转画布/90度（逆时针）"命令旋转画布。

03 应用"风"滤镜

选择"滤镜/风格化/风"命令,在打开的对话框中进行如图所示的设置,单击"确定"按钮后再按两次【Ctrl+F】键重复滤镜操作。

04 应用"图章"滤镜

选择"图像/旋转画布/90度（顺时针）"命令旋转画布,设置前景色和背景色分别为"黑色"和"红色（R:199,G:0,B:11）"。再选择"滤镜/素描/图章"命令,在打开的对话框中设置参数如图所示,单击"确定"按钮完成滴血字的制作。

冲击字

素材\第1章\无
源文件\第1章\例14\冲击字.psd

知识点

- 添加杂色
- "铬黄"滤镜
- 描边文字
- "凸出"滤镜
- "色相/饱和度"命令

制作要领

- 冲击效果的体现
- 改变图像的颜色

效果预览

添加杂色

铬黄效果

视觉冲击

描边文字

"凸出"滤镜

步骤详解

01 应用"添加杂色"滤镜

新建一个500像素×400像素，分辨率为150像素/英寸、背景为白色的文件。选择"滤镜/杂色/添加杂色"命令，在打开的对话框中进行如图所示的设置，然后单击"确定"按钮得到添加杂色后的效果。

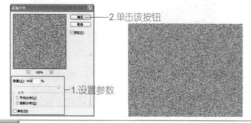

2.单击该按钮

1.设置参数

02 应用"铬黄"滤镜

选择"滤镜/素描/铬黄"命令，在打开的对话框中如图所示设置参数，单击"确定"按钮得到铬黄效果。

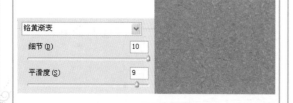

03 描边文字

使用横排文字工具 T 在背景中输入文字"视觉冲击"，设置字体为"方正美黑简体"，字号为"65点"，颜色为"白色"。双击该文字图层，在打开的对话框中选中"描边"复选框，参数设置如图所示，单击"确定"按钮得到描边后的效果。

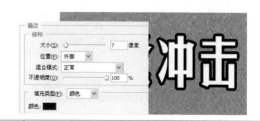

04 应用"凸出"滤镜并上色

合并图层，选择"滤镜/风格化/凸出"命令，在打开的对话框中如图所示设置参数，单击"确定"按钮。按【Ctrl+U】键给图像上色，参数设置如图所示，单击"确定"按钮，完成冲击字的制作。

4.设置参数 5.单击该按钮

1.设置参数　　　2.单击该按钮

3.选中该复选框

例 15　黄金字

素材\第1章\无
源文件\第1章\例15\黄金字.psd

知识点

- 通道的应用
- "最大值"滤镜
- "高斯模糊"滤镜
- 调整色阶
- 应用图像

制作要领

- 黄金质感的体现
- 黄金颜色的调整

效果预览

1　在通道中输入文字

2　"高斯模糊"滤镜

3　调整色阶并反相

4　减细笔画

步骤详解

01　在新建通道中输入文字

新建一个500像素×300像素、分辨率为150像素/英寸、背景为白色的文件。在"通道"面板中单击"创建新通道"按钮新建Alpha 1通道。使用横排文字工具T在Alpha 1通道中输入文字"财富之城"，设置字体为"方正美黑简体"，字号为"60点"，颜色为"白色"。

02　应用"最大值"滤镜

按【Ctrl+D】键取消选区，拖动Alpha 1通道到"创建新通道"按钮上生成Alpha 1副本通道，选择"滤镜/其他/最大值"命令，在打开的对话框中设置半径为"2像素"，单击"确定"按钮将文字笔画加粗。

03　应用"高斯模糊"滤镜

拖动Alpha 1副本通道到"创建新通道"按钮上，生成Alpha 1副本2通道，选择"滤镜/模糊/高斯模糊"命令，在打开的对话框中设置半径为"10像素"，单击"确定"按钮得到模糊效果。

04　调整色阶

选择Alpha 1副本2通道，按住【Ctrl】键单击Alpha 1副本通道，载入Alpha 1副本通道的选区。按【Ctrl+L】键打开"色阶"对话框，单击"自动"按钮，单击"确定"按钮关闭对话框。

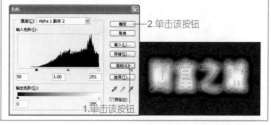

05 图像反相

按【Ctrl+I】键反相，然后按【Ctrl+D】键取消选区，得到如图所示的效果。

06 减细文字笔画

拖动Alpha 1通道到"创建新通道"按钮 ▣ 上生成Alpha 1副本3通道，选择"滤镜/其他/最小值"命令，在打开的对话框中设置半径为"3像素"，单击"确定"按钮将文字笔画减细。

07 自动色阶

选择Alpha 1副本2通道，按住【Ctrl】键单击Alpha 1副本3通道，载入Alpha 1副本3通道的选区，按【Ctrl+L】键打开"色阶"对话框，单击"自动"按钮并关闭该对话框。按【Ctrl+D】键取消选区，得到如图所示的效果。

08 应用图像

在"图层"面板中新建图层1，选择"图像/应用图像"命令，在打开的对话框中进行如图所示的设置，单击"确定"按钮。

09 调整色相和饱和度

按【Ctrl+U】键打开"色相/饱和度"对话框，参数设置如图所示，单击"确定"按钮得到调整颜色后的效果。

10 调整亮度和对比度

选择"图像/调整/（亮度/对比度）"命令，在打开的对话框中设置参数如图所示，单击"确定"按钮完成黄金字的制作。

素材\第1章\无
源文件\第1章\例16\钻石字.psd

例 16 钻石字

知识点

- "玻璃"滤镜
- 图层样式
- 图层混合模式
- 调整色相和饱和度
- 画笔工具的应用

制作要领

- 钻石效果的制作
- 星光的绘制

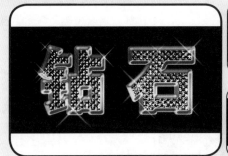

效果预览

1 输入文字

2 "玻璃"滤镜

3 设置图层样式

4 调整色相和饱和度

步骤详解

01 输入文字

新建一个400像素×200像素、分辨率为150像素/英寸、背景为黑色的文件。使用横排文字工具T在图像窗口中输入文字"钻石",设置字体为"方正超粗黑简体",字号为"60点",颜色为白色。

02 复制并合并图层

按住【Ctrl】键不放,单击文字图层前的图层缩览图载入文字选区,在"图层"面板中选择背景和文字图层,单击鼠标右键,在弹出的快捷菜单中选择"复制图层"命令复制图层,在打开的对话框中直接单击"确定"按钮,然后合并复制的图层。

1.选择图层

2.选择该命令

03 应用"玻璃"滤镜

保持合并后的图层的选择状态,选择"滤镜/扭曲/玻璃"命令,在打开的对话框中设置参数如图所示,单击"确定"按钮。按【Shift+Ctrl+I】键反向选择选区,按【Delete】键删除选区内容,再次反向选择选区。

04 描边效果

取消选区,双击该图层,在打开的对话框中选中"描边"复选框,参数设置如图所示,单击"确定"按钮。

05 斜面和浮雕效果

在打开的"图层样式"对话框中选中"斜面和浮雕"复选框，参数设置如图所示，单击"确定"按钮。

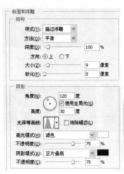

06 修改图层混合模式

在"图层"面板中新建图层1，将图层1填充为"黄色（R:255,G:181,B:0）"。设置图层1的混合模式为"柔光"，为文字边缘上色。

07 调整色相和饱和度

按【Ctrl+U】键打开"色相/饱和度"对话框，设置参数如图所示，单击"确定"按钮得到调整后的效果。

2.设置参数　　　3.单击该按钮

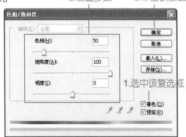

1.选中该复选框

08 添加画笔

在"图层"面板中新建图层2，选择画笔工具，在其选项栏中单击"画笔"右侧的·按钮，在打开的面板中单击▶按钮，在弹出的下拉菜单中选择"混合画笔"命令，在打开的对话框中单击"追加"按钮添加画笔。

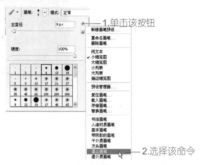

1.单击该按钮

2.选择该命令

09 选择画笔

在添加的画笔中选择"交叉排线4"选项，设置主直径为"30px"。

2.输入数值

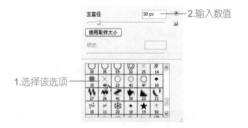

1.选择该选项

10 绘制星光效果

设置前景色为"白色"，使用画笔工具在文字边缘单击绘制星光效果，在绘制的时候可以随意改变画笔的直径，这样绘制出来的星光更逼真。添加星光效果后即可完成钻石字的制作。

经验之谈

本例制作的钻石字给我们一个很好的启发，在制作某些效果的过程中，可以思考最终效果与什么滤镜有共同点，如蜻蜓翅膀的纹理与滤镜中的染色玻璃相似，那么制作蜻蜓翅膀时就可以考虑使用该滤镜。

素材\第1章\无
源文件\第1章\例17\亮光字.psd

例 17 亮光字

知识点

- "风"滤镜
- "波纹"滤镜
- 色彩平衡
- 收缩选区
- 图层混合模式

制作要领

- 文字毛边效果的制作
- 光亮效果的体现

效果预览

输入文字

"风"滤镜

"波纹"滤镜

调整色彩平衡

步骤详解

01 输入文字

新建一个500像素×300像素、分辨率为150像素/英寸、背景为黑色的文件。使用横排文字工具【T】在背景中输入文字"COOL",设置字体为"方正超粗黑简体",字号为"60点",颜色为"白色"。

02 复制图层

按【Ctrl+J】键复制文字图层,隐藏文字副本图层,选择文字图层并将其栅格化。

◆栅格化的文字图层

03 旋转画布并应用"风"滤镜

选择"图像/旋转画布/90度(顺时针)"命令旋转画布,再选择"滤镜/风格化/风"命令,在打开的对话框中如图所示进行设置,单击"确定"按钮。按【Ctrl+F】键重复一次该滤镜操作。

04 再次应用"风"滤镜

按【Ctrl+Alt+F】键打开"风"对话框,在"方向"栏中选中"从左"单选按钮,单击"确定"按钮后按【Ctrl+F】键重复一次该滤镜操作。

05 旋转画布并应用"风"滤镜

选择"图像/旋转画布/90度（逆时针）"命令旋转画布，按【Ctrl+F】键继续应用"风"滤镜，方向为"从左"，再按【Ctrl+Alt+F】键打开"风"对话框，设置方向为"从右"，单击"确定"按钮。

06 应用"波纹"滤镜

选择"滤镜/扭曲/波纹"命令，在打开的对话框中设置参数如图所示，单击"确定"按钮。

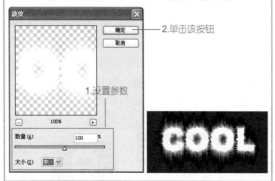

07 调整色彩平衡

按【Ctrl+E】键合并可见图层，按【Ctrl+B】键打开"色彩平衡"对话框，设置参数如图所示，单击"确定"按钮得到调整颜色后的效果。

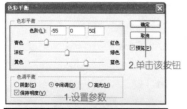

08 收缩选区

显示隐藏的文字副本图层，然后按住【Ctrl】键单击文字图层载入文字选区，新建图层1，选择"选择/修改/收缩"命令，在打开的对话框中设置收缩量为"3像素"，关闭对话框后将选区填充为黑色。

09 合并图层

按【Ctrl+D】键取消选区，合并所有图层。按两次【Ctrl+J】键复制图层，此时"图层"面板中一共有3个图层。

10 设置图层混合模式

将图层1副本图层的混合模式设置为"叠加"，将图层1的混合模式设置为"变亮"，完成超酷亮光字的制作。

经验之谈

本例的文字效果适合于制作非主流效果的签名，能给人与众不同、超酷超炫的感觉，同时还有一点诡异的效果。

例 **18** **巧克力字**

素材\第1章\例18\背景.jpg
源文件\第1章\例18\巧克力字.psd

知识点

- 定义图案
- 图层样式
- 图层不透明度

制作要领

- 定义图案
- 巧克力效果的体现

效果预览

定义图案

输入文字

添加图层样式

添加背景和外发光

步骤详解

01 新建文件

新建一个8像素×8像素、分辨率为150像素/英寸、背景为白色的文件。在"导航器"面板中将缩放滑块拖动到最右端使图像按最大比例显示。

◆拖动缩放滑块

02 绘制图案

设置前景色为"黑色",选择铅笔工具，单击其选项栏中"画笔"右侧的·按钮,在打开的面板中设置铅笔的主直径为"2px",按住【Shift】键分别在图像窗口中绘制水平和垂直的直线。

03 定义图案

选择"编辑/定义图案"命令,在打开的对话框中直接单击"确定"按钮将绘制的图形定义为图案。

◆单击该按钮

图案名称
名称(N): 图案 1
确定
取消

04 新建文件并输入文字

新建一个400像素×200像素、分辨率为150像素/英寸、背景为白色的文件。设置前景色为"褐色(R:136,G:81,B:43)",使用横排文字工具在图像窗口中输入"Coco",设置字体为"Arial Black",字号为"65点"。

Coco

05 设置斜面和浮雕效果

双击文字图层，在打开的对话框中选中"斜面和浮雕"复选框，参数设置如图所示。

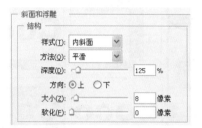

06 设置等高线

选中"等高线"复选框，单击"等高线"下拉列表框![icon]，在打开的对话框中调整等高线，并选中"边角"复选框，单击"确定"按钮。

1.调整等高线 3.单击该按钮

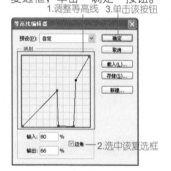

2.选中该复选框

07 设置纹理

选中"纹理"复选框，单击"图案"下拉列表框，在打开的面板中选择前面定义的图案，设置其他参数如图所示，此时文字具有了巧克力的纹理效果。

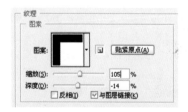

08 设置内发光

在"图层样式"对话框中选中"内发光"复选框，参数设置如图所示，发光颜色设置为"褐色（R:104,G:56,B:28）"。

09 设置投影

选中"投影"复选框，参数设置如图所示，设置完成后单击"确定"按钮。

10 添加背景

打开"背景.jpg"素材文件，使用移动工具![icon]将其拖动到制作的文字文件中，在"图层"面板中自动生成图层1，拖动图层1到背景图层的上方。新建图层2，使用矩形选框工具![icon]绘制一个选区，将其填充为白色，调整图层不透明度为"50%"，然后给文字图层添加白色的外发光效果，调整好文字的位置，完成巧克力字的制作。

例 19 沙滩字

素材\第1章\例19\沙滩.jpg
源文件\第1章\例19\沙滩字.psd

知识点

- 变换文字
- "扩散"滤镜
- "光照效果"滤镜
- "智能锐化"滤镜

制作要领

- 文字边缘泥沙堆积效果的体现

效果预览

打开素材文件

调整文字

"扩散"滤镜

模糊反相效果

步骤详解

01 打开素材文件

打开"沙滩.jpg"素材文件，如图所示。

02 在通道中输入文字

切换到"通道"面板，单击下方的"创建新通道"按钮□新建Alpha 1通道。按【D】键恢复默认的前景色和背景色，选择横排文字工具【T】，在选项栏中设置字体为"方正黄草简体"，字号为"60点"。在通道中输入文字，然后取消选区。

03 变换文字

按【Ctrl+T】键打开变换编辑框，按住【Shift+Ctrl】键的同时拖动控制点调整文字的透视效果，调整好后按【Enter】键确定，将文字放在合适的位置。

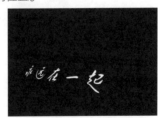

04 应用"扩散"滤镜

复制Alpha 1通道为Alpha 1副本通道，选择副本通道，选择"滤镜/风格化/扩散"命令，在打开的对话框中进行如图所示设置，单击"确定"按钮。

2.单击该按钮

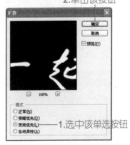

1.选中该单选按钮

05 应用"扩散"滤镜

上一步的扩散效果不是很明显，按【Ctrl+F】键重复扩散操作，得到如图所示的效果。

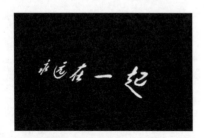

06 应用"高斯模糊"滤镜

选择Alpha 1副本通道，按住【Ctrl】键单击Alpha 1通道载入该通道的选区。选择"滤镜/模糊/高斯模糊"命令，在打开的对话框中如图所示进行设置，单击"确定"按钮。

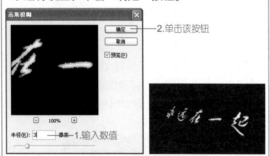

07 反相

按【Ctrl+I】键对选区进行反相，按【Ctrl+D】键取消选区，得到如图所示的效果。

操作提示

在应用"高斯模糊"滤镜的时候，要保持选区，然后再反相，因为取消选区后进行高斯模糊和保持选区进行高斯模糊的效果是不一样的。

08 调整亮度和对比度

选择"图像/调整/（亮度/对比度）"命令，在打开的对话框中设置参数如图所示，单击"确定"按钮得到调整后的效果。

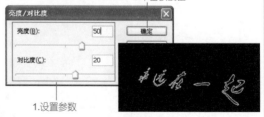

09 应用"光照效果"滤镜

单击"通道"面板中的RGB通道，切换到"图层"面板，选择"滤镜/渲染/光照效果"命令，在打开的对话框中设置参数如图所示，单击"确定"按钮。

10 应用"智能锐化"滤镜

选择"滤镜/锐化/智能锐化"命令，在打开的对话框中设置参数如图所示，单击"确定"按钮完成沙滩字的制作。

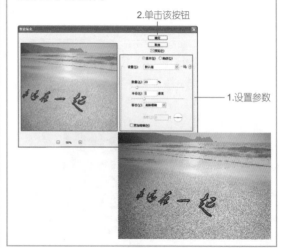

例 20 树根字

素材\第1章\无
源文件\第1章\例20\树根字.psd

知识点

- 图层样式
- 创建图层
- 涂抹工具
- 画笔工具

制作要领

- 树根的绘制
- 树梢的绘制
- 树叶的绘制

效果预览

1 输入文字

2 制作浮雕效果

3 绘制树根

4 绘制树梢

步骤详解

01 输入文字

新建一个550像素×300像素、分辨率为150像素/英寸、背景为黑色的文件。设置前景色为"褐色（R:204,G:153,B:63）"，使用横排文字工具 T 在背景中输入文字"TREE"，设置字体为"Times New Roman"，字号为"72点"。

02 制作浮雕效果

双击文字图层，在打开的对话框中选中"斜面和浮雕"复选框，参数设置如图所示，单击"确定"按钮得到文字的浮雕效果。

03 创建图层

选择"图层/图层样式/创建图层"命令，新建带图层样式的图层，此时"图层"面板如图所示。按【Shift】键选择除背景图层外的所有图层，按【Ctrl+E】键合并所选图层。

04 涂抹树根形状

选择涂抹工具 ，在选项栏中设置参数如图所示，其中强度为"90%"，在图像窗口中的字母"T"下方涂抹出树根形状。　◆设置参数

05 涂抹树根形状

在其他字母下方进行涂抹，得到如图所示的效果。

操作提示

在使用涂抹工具 绘制树根的时候，要突出树根的特点。树根的脉络多，方向包括左、右和下方，而且一根树根上还有很多小的支叉要体现出来。

06 重复涂抹操作

在字母的其他地方进行重复涂抹操作，效果如图所示。

07 绘制树梢

新建图层1，在工具箱中选择画笔工具 ，在选项栏中进行如图所示的设置，然后在文字上方绘制树梢。

08 绘制树叶

新建图层2，在面板组中单击 按钮展开"画笔"面板，选择"画笔笔尖形状"选项，在右侧选择"散布叶片"画笔，设置画笔的直径为"15px"。选中"形状动态"复选框，在右侧设置"大小抖动"为"48%"。选中"散布"复选框，设置"散布"为"500%"，并取消"其他动态"复选框。将前景色设置为"绿色（R:66,G:162,B:4）"，然后在树梢处绘制树叶图案。

09 擦除多余的树叶

选择橡皮擦工具 ，在选项栏中进行如图所示的设置，在图像窗口中擦除多余的树叶部分，完成树根字的制作。

 **实战演练**

素材\第1章\实战演练\
源文件\第1章\实战演练\

一幅完美的平面作品离不开优秀的文字设计。本章介绍了多种与众不同的特效文字制作，一方面帮助初学者快速入门，另一方面可以为将来的设计之路添砖加瓦。希望读者能够从本章的案例学习中举一反三，制作出更漂亮、更精彩的效果。读者在学习的过程中不能死记硬背这些效果的制作方法，要善于观察和总结，这样才能做出更多的特效，才能使制作的效果更加逼真。

◆ **实战演练一——制作透明胶体字**

自己动手制作如图所示的具有透明胶体效果的文字，在制作的过程中主要需要突出胶体的流动效果以及透明效果等。

制作提示：

（1）输入文字并栅格化。

（2）应用"液化"滤镜对文字边缘进行涂抹。

（3）给文字填充颜色并调整其色相和饱和度。

（4）给文字添加斜面和浮雕效果。

（5）给图层应用"塑料效果"滤镜，使其具有塑胶的质感。

（6）按【Ctrl+M】键调整曲线，使其更具有立体感。

（7）选择"反向"命令删除多余的部分。

◆ **实战演练二——制作铁锈字**

自己动手制作如图所示的铁锈字效果，其制作的关键是铁锈颜色和质感的体现，给文字添加蒙版后进行涂抹，然后为其添加投影效果能更好地体现出铁锈的质感和厚度。

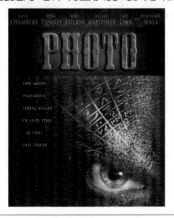

制作提示：

（1）输入文字，给文字图层添加投影、内发光、斜面和浮雕效果。

（2）使用"云彩"、"添加杂色"和"动感模糊"等滤镜制作文字的金属效果。

（3）给文字图层添加铁锈颜色和纹理。

（4）给文字图层添加光照效果。

（5）给文字图层添加蒙版，并使用画笔工具 进行涂抹，最后为该图层添加投影效果。

（6）添加文字并制作装饰效果。

拓展效果

素材\第1章\拓展效果\
源文件\第1章\拓展效果\

　　让文字具有艺术特效的方法很多，效果也各有千秋。前面对部分效果进行了详细讲解，下面给出一些同类的效果让大家欣赏，读者自己可以分析一下这些效果的制作过程。

牛奶字

本图展示的是牛奶字效果，主要使用到投影、斜面和浮雕、描边等图层样式，制作的关键是使用套索工具 ⫟ 制作奶牛纹理效果。

波谱字

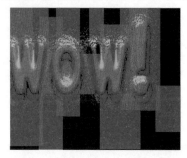

本图展示的是波谱字效果，主要使用到的工具和命令有"高斯模糊"滤镜、"光照效果"滤镜、"玻璃"滤镜和"曲线"命令等，重点是波谱效果的制作。

火焰字

本图展示的是火焰字效果，主要使用到的工具和命令有图层样式、"风"滤镜、涂抹工具 ⫟ 和"液化"滤镜等，重点是逼真火焰的制作以及涂抹工具 ⫟ 的运用。

霓虹灯字

本图展示的是霓虹灯字效果，主要使用到的工具和命令有"高斯模糊"滤镜、图层样式、"扩展"命令和"曲线"命令等，重点是要突出文字的霓虹灯效果。

第2章

经典材质纹理特效

在平面设计中，时常会用到一些典型的材质纹理。纹理特效可以通过素材图片来获得，也可以通过Photoshop来制作。本章将给大家介绍多种经典材质纹理效果的制作方法，让大家掌握如何通过Photoshop制作纹理特效。在学习的过程中，切记不要死记硬背制作步骤，要养成分析效果和制作思路的习惯，这样对能力的提高有着不可估量的作用。

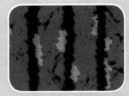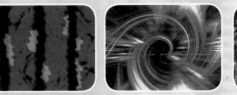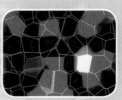

例
21

豹皮纹理

素材\第2章\无
源文件\第2章\例21\豹皮纹理.psd

知识点

- "便条纸"滤镜
- "添加杂色"滤镜
- "光照效果"滤镜
- "动感模糊"滤镜
- 画笔工具的应用

制作要领

- 豹皮底纹的制作
- 豹皮花纹的制作

效果预览

填充颜色

"动感模糊"滤镜

绘制黑色纹理

绘制内部纹理

步骤详解

01 新建文件并填充颜色

新建一个500像素×350像素、分辨率为200像素/英寸的文件。在"图层"面板中新建图层1，设置前景色为"棕色（R:160,G:125,B:103）"，然后按【Alt+Delete】键给该图层填充前景色。

02 应用"便条纸"滤镜

设置背景色为白色，按【X】键切换前景色和背景色，选择"滤镜/素描/便条纸"命令，在打开的对话框中设置参数如图所示，单击"确定"按钮。

03 应用"添加杂色"滤镜

选择"滤镜/杂色/添加杂色"命令，在打开的对话框中选中"单色"复选框，设置其他参数如图所示，单击"确定"按钮。

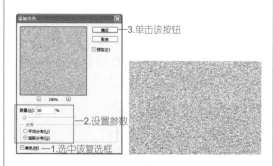

04 应用"光照效果"滤镜

选择"滤镜/渲染/光照效果"命令，在"纹理通道"下拉列表框中选择"蓝"选项，调节光照角度并设置其他参数如图所示，单击"确定"按钮。

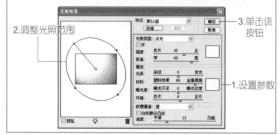

05 应用"动感模糊"滤镜

选择"滤镜/模糊/动感模糊"命令，在打开的对话框中设置参数如图所示，单击"确定"按钮得到效果。

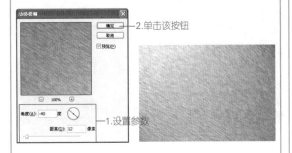

2.单击该按钮

1.设置参数

06 设置画笔工具属性

新建图层2，选择画笔工具，单击选项栏中"画笔"右侧的▼按钮打开画笔设置面板。在下方的列表框中选择"尖角13像素"选项，在"主直径"文本框中输入"20px"，如左下图所示。单击按钮打开"画笔"面板，选中"形状动态"复选框，参数设置如右下图所示。

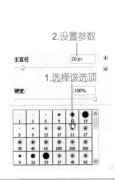

2.设置参数

1.选择该选项

3.选中该复选框

4.设置参数

07 绘制黑色不规则纹理

设置前景色为"黑色"，在图像窗口中绘制黑色不规则纹理，效果如图所示。

◆黑色不规则纹理

08 绘制内部纹理效果

在选项栏中设置画笔为"柔角65像素"，不透明度为"80%"。设置前景色为"橙色（R:225,G:147,B:48）"，新建图层3，在图像窗口中黑色纹理内部位置涂抹，并设置该图层的混合模式为"正片叠底"，得到如图所示的效果。

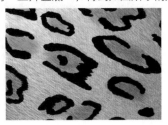

09 盖印图层

按【Ctrl+Alt+Shift+E】键盖印可见图层，将自动生成图层4。

10 绘制细毛

选择涂抹工具，在选项栏中设置画笔为"尖角3像素"，强度为"70%"，在图像窗口中所有的黑色纹理边缘处向外涂抹绘制细毛，完成豹皮纹理的制作。

例 22 迷彩纹理

素材\第2章\无
源文件\第2章\例22\迷彩纹理.psd

知识点

- 添加杂色
- "晶格化"滤镜
- "高斯模糊"滤镜
- "位移"滤镜
- 橡皮擦工具的应用

制作要领

- 迷彩纹理的制作
- 迷彩纹理颜色的模拟

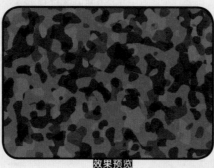

效果预览

填充颜色

晶格化效果

调整色阶

绘制内部纹理

步骤详解

01 新建文件并填充颜色

新建一个400像素×250像素、分辨率为150像素/英寸的文件。设置前景色为"深绿色（R:3,G:82,B:42）"，然后按【Alt+Delete】键给背景图层填充前景色。

02 给通道应用"添加杂色"滤镜

在"通道"面板中新建Alpha 1通道，选择"滤镜/杂色/添加杂色"命令，在打开的对话框中设置参数如图所示，单击"确定"按钮得到如右下图所示效果。

2.单击该按钮

1.设置参数

03 应用"晶格化"滤镜

选择"滤镜/像素化/晶格化"命令，在打开的对话框中设置参数如图所示，单击"确定"按钮得到晶格化效果。

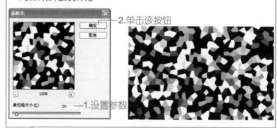

2.单击该按钮

1.设置参数

04 应用"高斯模糊"滤镜

选择"滤镜/模糊/高斯模糊"命令，在打开的对话框中设置半径为"3像素"，单击"确定"按钮得到模糊后的效果。

2.单击该按钮

1.设置参数

05 调整色阶

按【Ctrl+L】键打开"色阶"对话框，设置参数如图所示，单击"确定"按钮得到调整色阶后的效果。

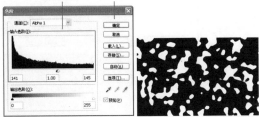

1.设置参数　2.单击该按钮

06 填充颜色

按住【Ctrl】键单击Alpha 1通道，载入该通道选区。切换到"图层"面板，单击"创建新图层"按钮 🔲 新建图层1。按【D】键恢复默认的前景色和背景色，按【Alt+Delete】键给选区填充前景色，设置图层1的不透明度为"50%"。

◆设置不透明度

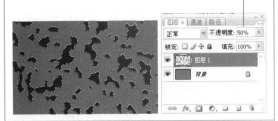

07 应用"位移"滤镜

在"图层"面板中新建图层2，设置前景色为"绿色（R:62,G:102,B:45）"，按【Alt+Delete】键给选区填充前景色，并按【Ctrl+D】键取消选区。选择"滤镜/其他/位移"命令，在打开的对话框中设置参数如图所示，单击"确定"按钮得到位移后的效果。

1.设置参数　2.单击该按钮

08 涂抹拼合边缘

选择工具箱中的橡皮擦工具 🖌️，在选项栏中设置画笔属性如图所示。观察窗口中的图像，在有明显拼合边缘的部位涂抹，擦除部分像素使图形的拼合痕迹不再明显。

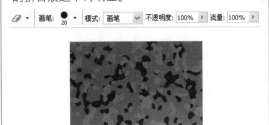

09 应用"位移"滤镜

新建图层3，按住【Ctrl】键单击图层1的缩览图载入选区，将选区填充为"暗红色（R:94,G:34,B:34）"，按【Ctrl+D】键取消选区。选择"滤镜/其他/位移"命令，在打开的对话框中设置参数如图所示，单击"确定"按钮得到位移后的效果。

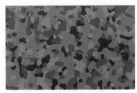

10 应用"位移"滤镜并设置不透明度

新建图层4，载入图层2的选区，给选区填充为黑色并取消选区。选择"滤镜/其他/位移"命令，在打开的对话框中设置参数如图所示，单击"确定"按钮。使用橡皮擦工具 🖌️ 在窗口中有明显拼合边缘的部位涂抹擦除。设置图层3和图层4的不透明度分别为"70%"和"50%"，完成迷彩纹理的制作。

例 23 牛仔布纹理

素材\第2章\无
源文件\第2章\例23\牛仔布纹理.psd

知识点

- "半调图案"滤镜
- "扩散"滤镜

制作要领

- 牛仔纹路的制作

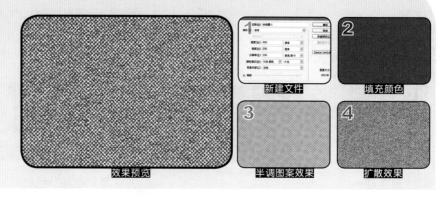

效果预览　　新建文件　　填充颜色　　半调图案效果　　扩散效果

步骤详解

01 新建文件

按【Ctrl+N】键打开"新建"对话框，在对话框中设置参数如图所示，单击"确定"按钮。

02 填充颜色

在"图层"面板中新建图层1，设置前景色为"蓝色（R:7,G:54,B:102）"，给图层1填充蓝色。

03 应用"半调图案"滤镜

保持前景色不变，设置背景色为"白色"，选择"滤镜/素描/半调图案"命令，在打开的对话框中设置参数如图所示，单击"确定"按钮得到半调图案效果。

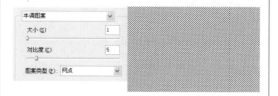

04 应用"扩散"滤镜

选择"滤镜/风格化/扩散"命令，在打开的对话框中如图所示进行设置，单击"确定"按钮完成牛仔布纹理的制作。

例 24　竹编纹理

素材\第2章\无
源文件\第2章\例24\竹编纹理.psd

知识点

- 定义图案
- 图案填充
- 应用"添加杂色"滤镜
- "成角的线条"滤镜
- 调整色相和饱和度

制作要领

- 竹编图案的制作
- 竹编纹路的制作

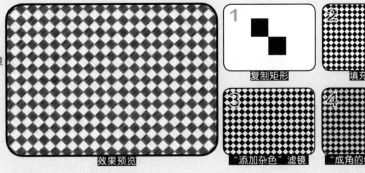

效果预览　　复制矩形　　填充图案　　"添加杂色"滤镜　　"成角的线条"滤镜

步骤详解

01　新建文件并设置选框工具属性

新建一个400像素×300像素、分辨率为150像素/英寸、名称为"竹编纹理"的文件。在工具箱中选择矩形选框工具，在其选项栏的"样式"下拉列表框中选择"固定大小"选项，在"高度"和"宽度"文本框中输入"30px"，如图所示。

1.选择该选项　　　2.设置参数

02　绘制正方形并复制

在"图层"面板中新建图层1，使用矩形选框工具在图像窗口中绘制设置的"30px×30px"选区，将该选区填充为黑色。按【Ctrl+D】键取消选区，按住【Alt】键拖动绘制的正方形，复制一个正方形并将其放置于如图所示的位置。

03　旋转图形

按【Ctrl+E】键向下合并两个正方形所在的图层，选择"编辑/变换/旋转"命令打开变换编辑框，在其选项栏中的"设置旋转"文本框中输入"45"，得到旋转后的效果。

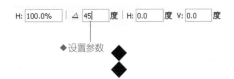

◆设置参数

04　绘制选区

选择矩形选框工具，在其选项栏的"样式"下拉列表框中选择"正常"选项，在图像窗口中绘制一个矩形选区。

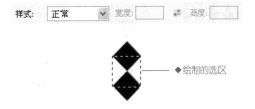

◆绘制的选区

05 定义图案

选择"编辑/定义图案"命令，打开"图案名称"对话框，在"名称"文本框中输入"竹编"，单击"确定"按钮。使用矩形选框工具框选图层1中的图形，按【Delete】键删除。

2.单击该按钮

1.输入名称

06 填充图案

选择"编辑/填充"命令，打开"填充"对话框，在"内容"栏的"使用"下拉列表框中选择"图案"选项，在"自定图案"下拉列表框中选择刚才自定义的"竹编"图案，单击"确定"按钮得到填充后的效果。

2.单击该按钮

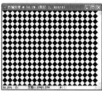

1.选择该选项

07 应用"添加杂色"滤镜

选择"滤镜/杂色/添加杂色"命令，在打开的"添加杂色"对话框中设置参数如图所示，单击"确定"按钮。

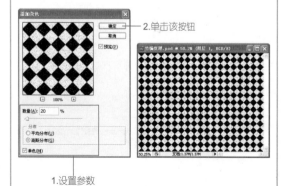

2.单击该按钮

1.设置参数

08 应用"成角的线条"滤镜

选择"滤镜/画笔描边/成角的线条"命令，在打开的"成角的线条"对话框中设置参数如图所示，单击"确定"按钮得到如图所示的效果。

09 调整色相和饱和度

按【Ctrl+U】键打开"色相/饱和度"对话框，选中"着色"复选框，设置其他参数如图所示，单击"确定"按钮得到调整后的效果。

2.设置参数

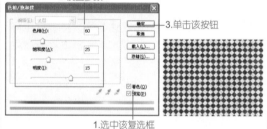

3.单击该按钮

1.选中该复选框

10 调整亮度和对比度

选择"图像/调整/（亮度/对比度）"命令，打开"亮度/对比度"对话框，如图所示进行参数设置，单击"确定"按钮完成竹编纹理的制作。

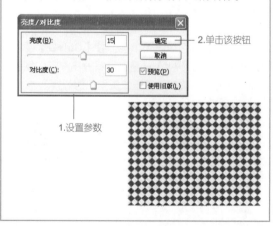

2.单击该按钮

1.设置参数

例 25　电路板纹理

素材\第2章\无
源文件\第2章\例25\电路板纹理.psd

知识点

- "云彩" 滤镜
- "动感模糊" 滤镜
- "查找边缘" 滤镜
- 透视变换
- "光照效果" 滤镜

制作要领

- 电路板纹路的体现
- 电路板颜色的调整

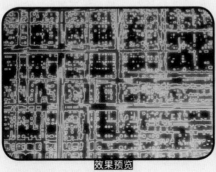
效果预览

"动感模糊" 滤镜

"查找边缘" 滤镜

调整色相和饱和度

"高斯模糊" 滤镜

步骤详解

01　应用 "云彩效果" 滤镜

新建一个400像素×400像素、分辨率为200像素/英寸的文件。按【D】键恢复默认的前景色和背景色，按【Alt+Delete】键给背景图层填充黑色，选择 "滤镜/渲染/云彩" 命令，得到如图所示的云彩效果。

02　应用 "动感模糊" 滤镜

选择 "滤镜/模糊/动感模糊" 命令，在打开的 "动感模糊" 对话框中设置参数如图所示，单击 "确定" 按钮。

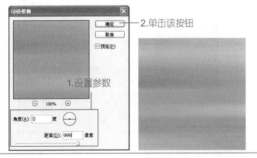

03　应用 "查找边缘" 滤镜

选择 "滤镜/风格化/查找边缘" 命令得到如左下图所示的效果，按【Ctrl+J】键复制背景图层为图层1，选择 "编辑/变换/旋转90度（顺时针）" 命令将图层1旋转，再将其图层混合模式设置为 "变暗"，得到如右下图所示的效果。

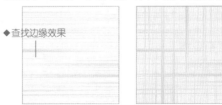

◆查找边缘效果

04　应用 "照亮边缘" 滤镜

按【Ctrl+E】键合并两个图层，选择 "滤镜/风格化/照亮边缘" 命令，在打开的对话框中设置参数如图所示，单击 "确定" 按钮得到照亮边缘的效果。

05 调整亮度和对比度

选择"图像/调整/（亮度/对比度）"命令，在打开的对话框中设置参数如图所示，单击"确定"按钮得到调整后的效果。

06 调整色相和饱和度

按【Ctrl+U】键打开"色相/饱和度"对话框，选中"着色"复选框，设置其他参数如图所示，单击"确定"按钮得到绿色的效果。

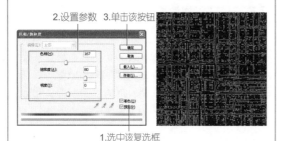

07 透视变换

双击背景图层打开"新建图层"对话框，直接单击"确定"按钮将其转换为普通图层。选择"编辑/变换/透视"命令打开变换编辑框，用鼠标按住下面的控制点向外拖动调整透视效果，按【Enter】键确定。

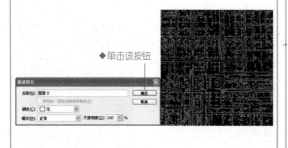

08 应用"高斯模糊"滤镜

按【Ctrl+J】键复制图层，得到图层0副本图层。选择"滤镜/模糊/高斯模糊"命令，在打开的对话框中设置半径为"4像素"，单击"确定"按钮得到如图所示的模糊效果。

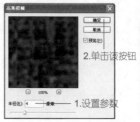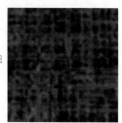

09 设置图层混合模式

设置图层0副本图层的图层混合模式为"滤色"。

10 应用"光照效果"滤镜

按【Ctrl+E】键合并图层，选择"滤镜/渲染/光照效果"命令，在打开的"光照效果"对话框中设置参数如图所示，单击"确定"按钮完成电路板纹理的制作。

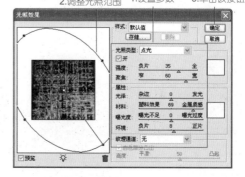

例 26　西瓜皮纹理

素材\第2章\无
源文件\第2章\例26\西瓜皮纹理.psd

知识点

- "云彩"滤镜
- "查找边缘"滤镜
- 画笔工具
- "高斯模糊"滤镜
- "波纹"滤镜

制作要领

- 西瓜皮纹路的制作
- 西瓜皮颜色的模拟

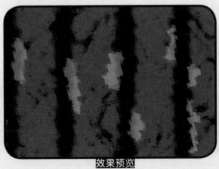

效果预览

"云彩"滤镜

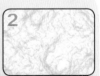

"查找边缘"滤镜

绘制黑色纹路

绘制白色线条

步骤详解

01　填充颜色

新建一个400像素×400像素、分辨率为200像素/英寸的文件。设置前景色为"墨绿色（R:23,G:83,B:6）"，按【Alt+Delete】键为背景图层填充前景色。

02　应用"云彩"滤镜

单击"图层"面板下方的"创建新图层"按钮，新建图层1。按【D】键恢复默认的前景色和背景色，选择"滤镜/渲染/云彩"命令，按【Ctrl+Alt+F】键重复操作，直到得到满意的云彩效果。

03　应用"查找边缘"和"网状"滤镜

选择"滤镜/风格化/查找边缘"命令，得到查找边缘效果，再选择"滤镜/素描/网状"命令，在打开的对话框中设置参数如图所示，单击"确定"按钮得到网状效果。

网状	
浓度(D)	50
前景色阶(F)	1
背景色阶(B)	1

04　绘制黑色纹路

设置图层1的混合模式为"正片叠底"，新建图层2。选择工具箱中的画笔工具，单击选项栏中"画笔"右侧的▼按钮，在打开的面板中选择"粉笔23像素"选项，设置主直径为"20px"，按住【Shift】键在图像窗口中从上向下拖动鼠标绘制黑色垂直线条。

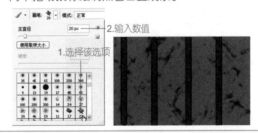

2.输入数值

1.选择该选项

05 应用"高斯模糊"滤镜

按【[】或【]】键减小或增大画笔的主直径,在图像窗口中进行垂直涂抹,得到如左下图所示的效果。选择"滤镜/模糊/高斯模糊"命令,在打开的对话框中设置半径为"3像素",单击"确定"按钮得到如右下图所示的效果。

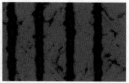

06 应用"波纹"滤镜

选择"滤镜/扭曲/波纹"命令,在打开的对话框中设置数量参数如图所示,单击"确定"按钮得到波纹效果。

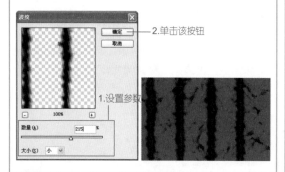

07 调整色相和饱和度

按【Ctrl+U】键打开"色相/饱和度"对话框,在对话框中设置参数如图所示,单击"确定"按钮得到调整后的效果。

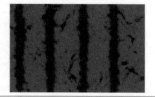

08 设置图层混合模式

拖动图层2到"图层"面板下方的"创建新图层"按钮 ▣ 上,复制出图层2副本。设置图层2副本的图层混合模式为"颜色加深","不透明度"为"45%"。

09 绘制不规则白色线条

选择背景图层,新建图层3。设置前景色为白色,选择画笔工具 ✐ ,按【[】键缩小画笔的主直径,在图像窗口中绘制不规则的白色线条。

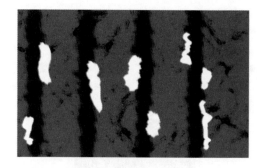

10 应用"波纹"滤镜

设置图层3的图层混合模式为"强光",不透明度为"35%"。按【Ctrl+F】组合键两次,重复应用滤镜,完成西瓜皮纹理的制作。

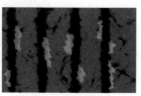

例 27　胶状纹理

素材\第2章\无
源文件\第2章\例27\胶状纹理.psd

知识点

- "云彩"滤镜
- "强化的边缘"滤镜
- "塑料包装"滤镜
- "极坐标"滤镜
- "波浪"滤镜
- 色相和饱和度的调整

制作要领

- 胶状黏稠效果的制作

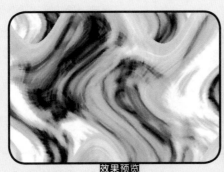

效果预览

"分层云彩"滤镜

"强化的边缘"滤镜

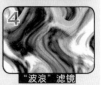

"极坐标"滤镜

"波浪"滤镜

步骤详解

01　应用"云彩"滤镜

新建一个400像素×300像素、分辨率为150像素/英寸的文件。按【D】键恢复默认的前景色和背景色，选择"滤镜/渲染/云彩"命令，按【Ctrl+Alt+F】键重复操作，直到得到满意的云彩效果。

02　应用"分层云彩"滤镜

选择"滤镜/渲染/分层云彩"命令，得到分层云彩效果。

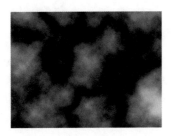

03　重复应用滤镜

按【Ctrl+F】键多次重复应用"分层云彩"滤镜，得到如图所示的效果。

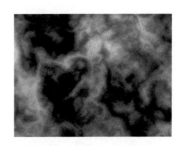

04　应用"强化的边缘"滤镜

选择"滤镜/画笔描边/强化的边缘"命令，在打开的对话框中设置参数如图所示，单击"确定"按钮。

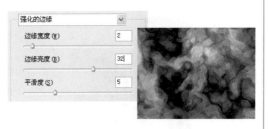

05 应用"塑料包装"滤镜

选择"滤镜/艺术效果/塑料包装"命令，在打开的对话框中设置参数如图所示，单击"确定"按钮。

06 应用"水彩画纸"滤镜

选择"滤镜/素描/水彩画纸"命令，在打开的对话框中设置参数如图所示，单击"确定"按钮。

07 应用"极坐标"滤镜

选择"滤镜/扭曲/极坐标"命令，在打开的对话框中选中"极坐标到平面坐标"单选按钮，单击"确定"按钮得到扭曲后的效果。

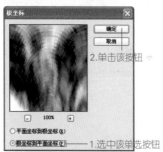

2.单击该按钮

1.选中该单选按钮

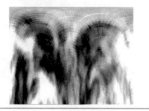

08 应用"波浪"滤镜

选择"滤镜/扭曲/波浪"命令，在打开的对话框中选中"折回"单选按钮，设置其他参数如图所示，单击"确定"按钮得到波浪效果。

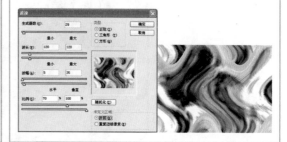

09 调整色相和饱和度

选择"图像/调整/（色相/饱和度）命令，在打开的对话框中选中"着色"复选框，设置参数如图所示，单击"确定"按钮得到调整后的效果。

3.单击该按钮

1.选中该复选框

2.设置参数

10 应用"去斑"滤镜

按【Ctrl+J】键复制背景图层为图层1，选择"滤镜/杂色/去斑"命令，完成胶状纹理的制作。

经验之谈

重复应用"云彩"滤镜的时候，按【Ctrl+Alt+F】键可以产生更丰富、对比度更强的效果。在选择"滤镜/渲染/云彩"命令的同时按住【Alt】键也可以达到这种效果。

例 **28** **方格桌布纹理**

素材\第2章\无
源文件\第2章\例28\方格桌布纹理.psd

知识点

- "拼贴"滤镜
- "碎片"滤镜
- "最小值"滤镜
- "纹理化"滤镜

制作要领

- 方格效果的制作

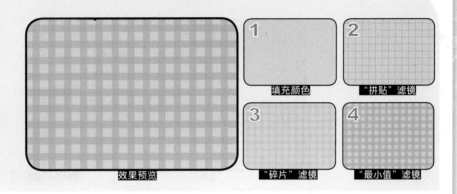

效果预览

1 填充颜色

2 "拼贴"滤镜

3 "碎片"滤镜

4 "最小值"滤镜

步骤详解

01 填充颜色

新建一个400像素×350像素、分辨率为200像素/英寸的文件。在"图层"面板中单击"创建新图层"按钮🔲新建图层1，设置前景色为"粉红色（R:250,G:200,B:228）"，背景色为"深红色（R:245,G:138,B:161）"，按【Alt+Delete】键给图层1填充前景色。

03 应用"碎片"和"最小值"滤镜

选择"滤镜/像素化/碎片"命令得到如左下图所示的效果，选择"滤镜/其他/最小值"命令，在打开的对话框中设置半径为"3像素"，单击"确定"按钮得到如右下图所示的效果。

◆碎片效果　　　　　　　◆最小值效果

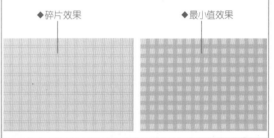

02 应用"拼贴"滤镜

选择"滤镜/风格化/拼贴"命令，在打开的对话框中设置参数如图所示，单击"确定"按钮得到拼贴效果。

2.单击该按钮

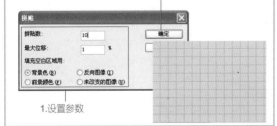

1.设置参数

04 应用"纹理化"滤镜

选择"滤镜/纹理/纹理化"命令，在打开的对话框中设置参数如图所示，单击"确定"按钮完成方格桌布纹理的制作。

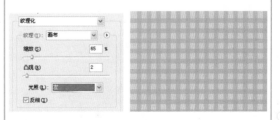

素材\第2章\无
源文件\第2章\例29\亚麻布纹理.psd

例 29 亚麻布纹理

知识点

- "云彩"滤镜
- "添加杂色"滤镜
- "纹理化"滤镜
- "色相/饱和度"命令

制作要领

- 亚麻布纹路的制作

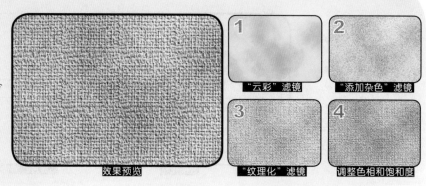

效果预览

1 "云彩"滤镜
2 "添加杂色"滤镜
3 "纹理化"滤镜
4 调整色相和饱和度

步骤详解

01 应用"云彩"滤镜

新建一个600像素×400像素、分辨率为200像素/英寸的文件。将前景色设置为"深黄色（R:210,G:185,B:0）"，背景色为"淡黄色（R:255,G:255,B:145）"。选择"滤镜/渲染/云彩"命令得到如图所示的效果。

02 应用"添加杂色"滤镜

选择"滤镜/杂色/添加杂色"命令，在打开的对话框中设置参数如图所示，单击"确定"按钮得到添加杂色后的效果。

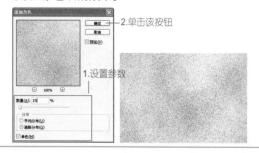

03 应用"纹理化"滤镜

选择"滤镜/纹理/纹理化"命令，在打开的对话框中设置参数如图所示，单击"确定"按钮得到纹理化效果。

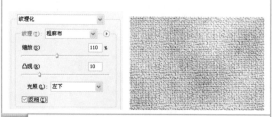

04 调整色相和饱和度

按【Ctrl+U】键打开"色相/饱和度"对话框，设置参数如图所示，单击"确定"按钮完成亚麻布纹理的制作。

例 30　玻璃晶格纹理

素材\第2章\无
源文件\第2章\例30\玻璃晶格纹理.psd

知识点

- "染色玻璃"滤镜
- "径向模糊"滤镜
- "去斑"滤镜
- "黑白"命令

制作要领

- 晶格效果的制作
- 晶格颜色的调整

效果预览

填充颜色

"染色玻璃"滤镜

修改不透明度

合并图层并反相效果

步骤详解

01　填充颜色

新建一个400像素×300像素、分辨率为150像素/英寸的文件。设置前景色为"紫色（R:214,G:5,B:177）"，按【Alt+Delete】键给背景图层填充前景。单击"图层"面板下方的"创建新图层"按钮 🔲，新建图层1。

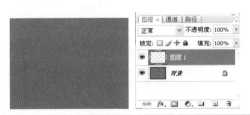

02　应用"染色玻璃"滤镜

按【D】键恢复默认的前景色和背景色，按【Ctrl+Delete】键给图层1填充背景色。选择"滤镜/纹理/染色玻璃"命令，在打开的对话框中设置参数如图所示，单击"确定"按钮。

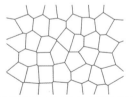

03　重复应用"染色玻璃"滤镜

按【Ctrl+F】键多次重复上一次的操作，直到图像窗口中出现若干随机的暗色晶格，效果如左下图所示。设置图层1的不透明度为"35%"，效果如右下图所示。

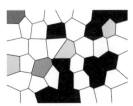

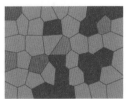

04　新建图层并应用"染色玻璃"滤镜

新建图层2，按【Ctrl+Delete】键给图层2填充背景色。按【Ctrl+F】键重复上一次应用滤镜的操作，直到图像窗口中出现若干暗色晶格。

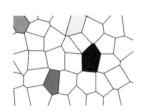

05 修改图层不透明度并复制图层

设置图层2的不透明度为"42%",选择图层2和图层1,按【Ctrl+E】键向下合并图层为图层1,并按【Ctrl+J】键复制图层1为图层1副本。

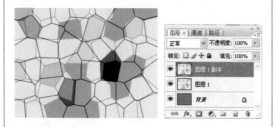

06 应用"径向模糊"滤镜

选择"滤镜/模糊/径向模糊"命令,在打开的对话框中设置参数如图所示,单击"确定"按钮得到径向模糊效果。

07 应用"去斑"滤镜

选择"滤镜/杂色/去斑"命令,按【Ctrl+F】键重复该命令。设置图层1副本的图层混合模式为"变暗"。

 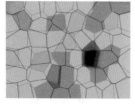

◆设置图层混合模式

08 合并图层并反相

选择图层1副本和图层1,按【Ctrl+E】键向下合并图层为图层1副本,按【Ctrl+I】键将图层1副本的图像反相。◆反相效果

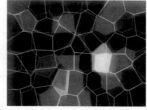 

09 调整颜色

选择"图像/调整/黑白"命令,在打开的对话框中选中"色调"复选框,设置参数如图所示,单击"确定"按钮得到调整后的效果。

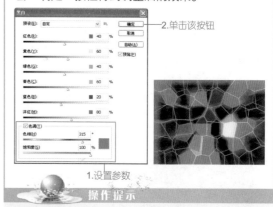

操作提示

如果希望晶格的颜色为其他颜色而不是蓝色,可以调整色相的参数以变成满意的颜色效果。

10 复制图层并修改图层混合模式

按【Ctrl+J】键两次,复制图层1副本为两个新图层。设置图层1 副本3的图层混合模式为"叠加",完成玻璃晶格纹理的制作。

 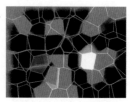

例31 木纹纹理

素材\第2章\无
源文件\第2章\例31\木纹纹理.psd

知识点
- "添加杂色"滤镜
- "动感模糊"滤镜
- "旋转扭曲"滤镜
- 自由变换
- "色相/饱和度"命令

制作要领
- 木纹纹路的制作
- 木纹颜色的调整

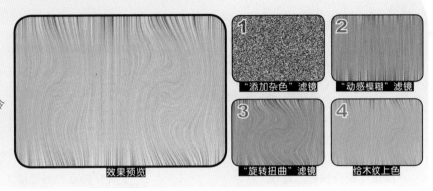

效果预览

"添加杂色"滤镜　"动感模糊"滤镜　"旋转扭曲"滤镜　给木纹上色

步骤详解

01 应用"添加杂色"滤镜

新建一个400像素×300像素，分辨率为150像素/英寸的文件。在"图层"面板中新建图层1，设置前景色为白色，按【Alt+Delete】键给图层1填充前景色。选择"滤镜/杂色/添加杂色"命令，在打开的对话框中设置如图所示参数，单击"确定"按钮。

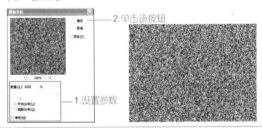

2.单击该按钮
1.设置参数

02 应用"动感模糊"滤镜

选择"滤镜/模糊/动感模糊"命令，在打开的对话框中设置参数如图所示，单击"确定"按钮得到模糊后的效果。2.单击该按钮

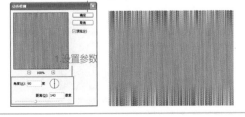

1.设置参数

03 隐藏图层

按【Ctrl+J】键复制图层1为图层1副本，选择图层1，单击图层1副本前的◉图标，隐藏该图层，此时"图层"面板如图所示。

◆隐藏该图层

04 应用"旋转扭曲"滤镜

选择"滤镜/扭曲/旋转扭曲"命令，在打开的对话框中设置参数如图所示，单击"确定"按钮得到扭曲后的效果。2.单击该按钮

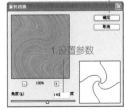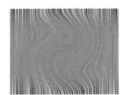

1.设置参数

05 自由变换

按【Ctrl+T】键打开变换编辑框，拖动控制点对图像进行变形，按【Enter】键确定变形操作。

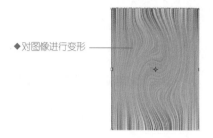

◆对图像进行变形

06 应用"旋转扭曲"滤镜

选择图层1副本，单击图层1副本前的空白方框显示该图层。选择"滤镜/扭曲/旋转扭曲"命令，在打开的对话框中进行如图所示设置，单击"确定"按钮得到扭曲后的效果。

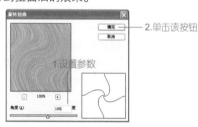

2.单击该按钮

1.设置参数

07 自由变换

按【Ctrl+T】键打开变换编辑框，拖动控制点对图像进行变形，按【Enter】键确定变形操作。

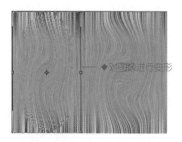

◆对图像进行变形

08 调整色相和饱和度

按【Ctrl+E】键将图层1副本和图层1合并为图层1，按【Ctrl+U】键打开"色相/饱和度"对话框，在其中设置参数如图所示，单击"确定"按钮给木纹添加颜色。

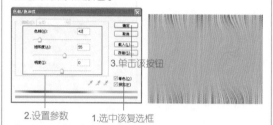

3.单击该按钮

2.设置参数　　　　1.选中该复选框

09 调整亮度和对比度

选择"图像/调整/（亮度/对比度）"命令，在打开的对话框中设置参数如图所示，单击"确定"按钮，完成木纹纹理的制作。

1.设置参数　　　2.单击该按钮

操作提示

在制作木纹的弯曲纹理时，除了可以使用本例介绍的方法外，还可以通过对选区进行旋转扭曲的方法来实现。

举一反三

根据本例所讲的方法，请读者动手制作如图所示的木地板效果（光盘:\源文件\例31\举一反三.psd）。

炫彩平行线纹理

例 **32**

素材\第2章\无
源文件\第2章\例32\炫彩平行线纹理.psd

知识点

- "纤维"滤镜
- "动感模糊"滤镜
- "渐变叠加"图层样式
- 转换智能对象
- "高反差保留"滤镜

制作要领

- 水平线的制作
- 颜色的调整

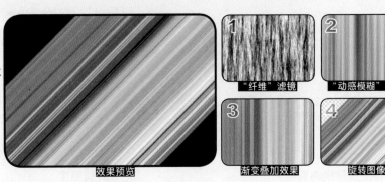

效果预览　　　　渐变叠加效果　　　旋转图像

步骤详解

01 新建图层并填充颜色

新建一个400像素×400像素、分辨率为150像素/英寸的文件。按【D】键恢复默认的前景色和背景色，按【Alt+Delete】键给背景图层填充前景色。在"图层"面板中新建图层1，按【Ctrl+Delete】键给图层1填充背景色白色。

02 应用"纤维"滤镜

选择图层1，选择"滤镜/渲染/纤维"命令，在打开的对话框中如图所示进行设置，单击"确定"按钮得到纤维效果。

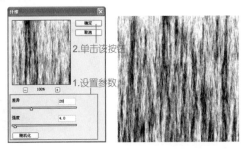

03 应用"动感模糊"滤镜

选择"滤镜/模糊/动感模糊"命令，在打开的对话框中如图所示进行设置，单击"确定"按钮得到模糊后的效果。2.单击该按钮

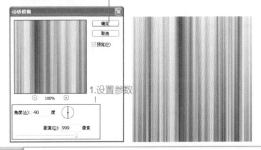

1.设置参数

04 选择渐变颜色

双击图层1，在打开的"图层样式"对话框中选中"渐变叠加"复选框，单击"渐变"选择框，在打开的对话框中选择"色谱"选项，单击"确定"按钮返回"图层样式"对话框。

2.单击该按钮

1.选择该选项

05 设置渐变叠加参数

在"图层样式"对话框中设置参数如图所示，单击"确定"按钮得到彩色的竖条效果。

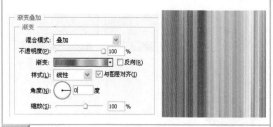

06 将图层转换为智能对象

在图层1上单击鼠标右键，在弹出的快捷菜单中选择"转换为智能对象"命令，此时图层缩览图上出现智能对象标记，按【Ctrl+J】键复制图层1为图层1副本，将图层1副本的图层混合模式设置为"叠加"。

◆修改图层混合模式

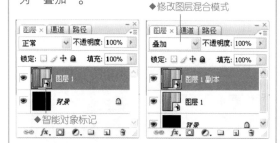

◆智能对象标记

07 应用"高反差保留"滤镜

选择"滤镜/其他/高反差保留"命令，在打开的对话框中设置参数如图所示，单击"确定"按钮得到高反差保留效果。

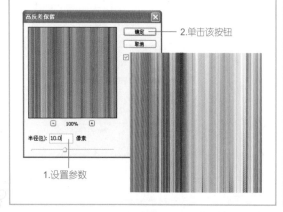

2.单击该按钮

1.设置参数

08 调整图像

单击背景图层前的👁图标，隐藏背景图层，选择"图层/合并可见图层"命令合并可见图层。按【Ctrl+T】键打开变换编辑框，拖动控制点对图像进行变形，按【Enter】键确定变形操作。

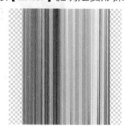

09 旋转图像

按【Ctrl+T】键打开变换编辑框，在其选项栏的"设置旋转"文本框中输入"45"，然后拖动控制点向两个对角拉伸，按【Enter】键确认。

◆设置旋转角度

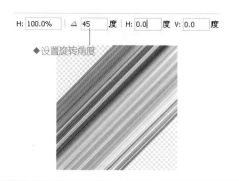

10 调整色阶

单击背景图层前的空白方框显示背景图层，选择"图像/调整/色阶"命令，在打开的对话框中设置参数如图所示，单击"确定"按钮完成炫彩平行线纹理的制作。

2.单击该按钮

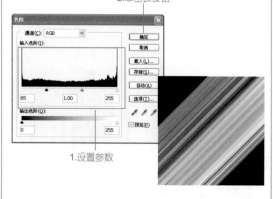

1.设置参数

例 **33** **螺旋纹理**

素材\第2章\无
源文件\第2章\例33\螺旋纹理.psd

知识点
- "云彩"滤镜
- "铜版雕刻"滤镜
- "径向模糊"滤镜
- "旋转扭曲"滤镜
- 改变图像模式

制作要领
- 螺旋纹理的制作
- 颜色的设置

效果预览

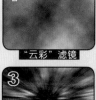
"云彩"滤镜

"铜版雕刻"滤镜

"径向模糊"滤镜

"旋转扭曲"滤镜

步骤详解

01 应用"云彩"滤镜

新建一个400像素×400像素、分辨率为150像素/英寸的文件。按【D】键恢复默认的前景色和背景色，选择"滤镜/渲染/云彩"命令，得到如图所示的云彩效果。

02 应用"铜版雕刻"滤镜

选择"滤镜/像素化/铜版雕刻"命令，在打开的对话框中设置类型为"长边"，单击"确定"按钮得到如图所示的效果。

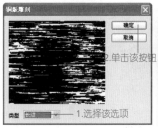
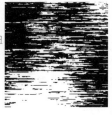
1.选择该选项　2.单击该按钮

03 应用"径向模糊"滤镜

选择"滤镜/模糊/径向模糊"命令，在打开的对话框中进行如图所示的设置，单击"确定"按钮得到模糊后的效果。2.单击该按钮

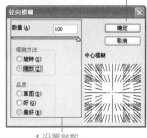

1.设置参数

04 应用"旋转扭曲"滤镜

选择"滤镜/扭曲/旋转扭曲"命令，在打开的对话框中设置角度为"200度"，单击"确定"按钮得到扭曲后的效果。2.单击该按钮

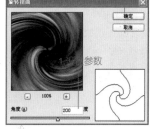

1.设置参数

05 复制图层并设置混合模式

按【Ctrl+J】键复制背景图层为图层1，将图层1的混合模式设置为"变亮"。

◆修改图层混合模式

06 应用"旋转扭曲"滤镜

选择"滤镜/扭曲/旋转扭曲"命令，在打开的对话框中进行如图所示设置，注意要将角度设为前一次角度两倍的负值，单击"确定"按钮得到旋转扭曲后的效果。

2.单击该按钮

1.设置参数

07 合并图层并应用滤镜

按【Ctrl+E】键合并图层，选择"滤镜/扭曲/旋转扭曲"命令，在打开的对话框中设置参数如图所示，单击"确定"按钮得到旋转扭曲的效果。

2.单击该按钮

1.设置参数

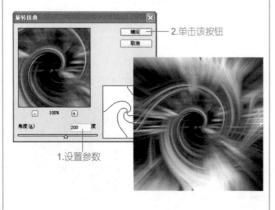

08 改变图像模式

选择"图像/模式/灰度"命令将图像模式转换为灰度，选择"图像/模式/索引颜色"命令将模式转换为索引颜色模式，效果如图所示。

09 给纹理上色

选择"图像/模式/颜色表"命令打开"颜色表"对话框，在"颜色表"下拉列表框中选择"黑体"选项，单击"确定"按钮给螺旋纹理上色，完成螺旋纹理的制作。

2.单击该按钮

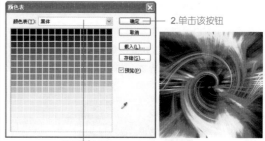

1.选择该选项

举一反三

在给纹理上色时，除了本例讲的方法外，还可以通过调整色相和饱和度的方法来完成，下图所示就是通过调整色相和饱和度上色后的效果（光盘:\源文件\例33\举一反三.psd）。读者还可以尝试其他的方法给纹理上色，例如渐变映射和添加渐变叠加图层样式等。

彩色冰裂纹理

例 **34**

素材\第2章\无
源文件\第2章\例34\彩色冰裂纹理.psd

知识点

- "云彩"滤镜
- "马赛克"滤镜
- "极坐标"滤镜
- "镜头光晕"滤镜
- "渐变映射"效果

制作要领

- 冰裂纹理的制作
- 颜色的设置

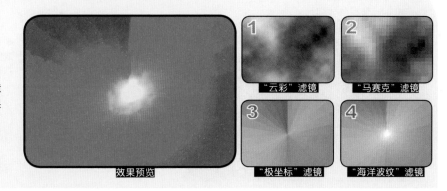

效果预览

1 "云彩"滤镜
2 "马赛克"滤镜
3 "极坐标"滤镜
4 "海洋波纹"滤镜

步骤详解

01 应用"云彩"滤镜

新建一个400像素×400像素、分辨率为150像素/英寸的文件。按【D】键恢复默认的前景色和背景色，选择"滤镜/渲染/云彩"命令，得到如图所示的云彩效果。

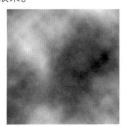

02 应用"马赛克"滤镜

选择"滤镜/像素化/马赛克"命令，在打开的对话框中设置参数如图所示，单击"确定"按钮得到马赛克效果。

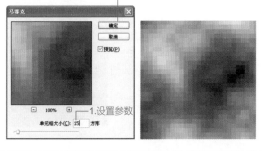

2.单击该按钮

1.设置参数
单元格大小 15 方形

03 应用"动感模糊"滤镜

选择"滤镜/模糊/动感模糊"命令，在打开的对话框中如图所示进行设置，单击"确定"按钮得到模糊后的效果。

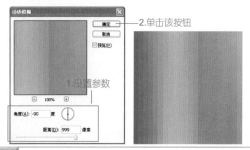

2.单击该按钮

1.设置参数
角度(A): -90 度
距离(D): 999 像素

04 应用"极坐标"滤镜

选择"滤镜/扭曲/极坐标"命令，在打开的对话框中如图所示进行设置，单击"确定"按钮得到极坐标效果。

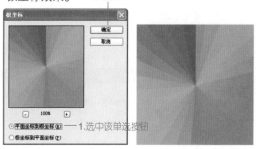

2.单击该按钮

1.选中该单选按钮
平面坐标到极坐标(R)
极坐标到平面坐标(P)

05 应用"镜头光晕"滤镜

选择"滤镜/渲染/镜头光晕"命令，在打开的对话框中设置如图所示的参数，单击"确定"按钮得到添加镜头光晕后的效果。

06 应用"海洋波纹"滤镜

选择"滤镜/扭曲/海洋波纹"命令，在打开的对话框中如图所示设置参数，单击"确定"按钮得到海洋波纹效果。

07 羽化选区

使用椭圆选框工具◯在图像中部绘制一个正圆选区，按【Ctrl+Alt+D】键打开"羽化选区"对话框，在其中设置羽化半径为"20像素"，单击"确定"按钮。

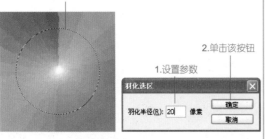

08 应用"球面化"滤镜

选择"滤镜/扭曲/球面化"命令，在打开的对话框中设置参数如图所示，单击"确定"按钮。

 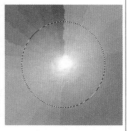

09 应用"径向模糊"滤镜

选择"滤镜/模糊/径向模糊"命令，在打开的对话框中设置参数如图所示，单击"确定"按钮得到径向模糊后的效果。按【Ctrl+D】键取消选区，选择"图像/调整/自动色阶"命令对图像进行色阶调整。

 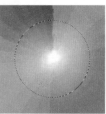

10 添加渐变映射效果

单击"图层"面板下方的"创建新的填充或调整图层"按钮◯，在弹出的下拉菜单中选择"渐变映射"命令，在打开的"渐变映射"对话框中单击"灰度映射所用的渐变"下拉列表框右侧的▸按钮，在打开的面板中选择"蓝色、红色、黄色"选项，单击"确定"按钮完成彩色冰裂纹理的制作。

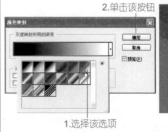 

例35　岩石纹理

素材\第2章\无
源文件\第2章\例35\岩石纹理.psd

知识点

- "分层云彩"滤镜
- "光照效果"滤镜
- 图层混合模式
- 添加图案
- 填充图案

制作要领

- 岩石纹理的制作

效果预览

"分层云彩"滤镜

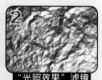
"光照效果"滤镜

填充大理石图案

填充红岩图案

步骤详解

01　新建通道

新建一个400像素×300像素、分辨率为150像素/英寸的文件。按【Ctrl+J】键复制背景图层为图层1，切换到"通道"面板，单击面板下方的"创建新通道"按钮新建Alpha 1通道。

02　应用"分层云彩"滤镜

按【D】键恢复默认的前景色和背景色，选择"滤镜/渲染/分层云彩"命令，按【Ctrl+F】键重复多次该滤镜操作。选择"图像/调整/（亮度/对比度）"命令，在打开的对话框中分别设置亮度和对比度为"30"和"-10"，单击"确定"按钮得到调整后的效果。

◆调整亮度和对比度后的效果

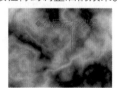
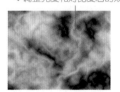

03　应用"光照效果"滤镜

选择图层1，选择"滤镜/渲染/光照效果"命令，在打开的对话框中设置参数如图所示，单击"确定"按钮。

3.单击该按钮

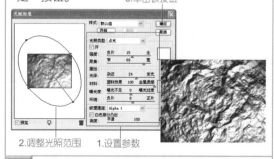

2.调整光照范围　　1.设置参数

04　调整亮度和对比度

选择"图像/调整/（亮度/对比度）"命令，在打开的对话框中进行如图所示的设置，单击"确定"按钮得到调整后的效果。

2.单击该按钮

1.设置参数

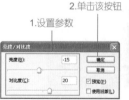

05 添加图案

在"图层"面板中新建图层2，选择"编辑/填充"命令，在打开对话框的"使用"下拉列表框中选择"图案"选项，单击"自定图案"下拉列表框右侧的按钮，在打开的面板中单击右上角的按钮，在弹出的下拉菜单中选择"岩石图案"命令，在打开的对话框中单击"追加"按钮添加图案。

1.单击该按钮

2.选择该命令

3.单击该按钮

06 填充大理石图案

添加了图案后，在面板中选择"黑色大理石"图案，设置不透明度为"100%"，单击"确定"按钮得到填充后的效果。

2.单击该按钮

1.选择该选项

07 设置图层混合模式和不透明度

设置图层2的图层混合模式为"正片叠底"，不透明度为"60%"。

08 填充红岩图案

新建图层3，选择"编辑/填充"命令，单击"自定图案"下拉列表框右侧的按钮，在打开的面板中选择"红岩"图案，设置不透明度为"100%"，单击"确定"按钮。然后设置图层3的图层混合模式为"正片叠底"，不透明度为"65%"。

1.修改图层混合模式　2.修改不透明度

09 复制图层并设置图层混合模式

按【Ctrl+Alt+Shift+E】键盖印可见图层，自动生成图层4，拖动图层4到"创建新图层"按钮上，复制生成图层4副本，设置图层4副本的混合模式为"滤色"。

◆修改图层混合模式

10 调整色相和饱和度

选择"图像/调整/（色相/饱和度）"命令，在打开的对话框中设置参数如图所示，单击"确定"按钮完成岩石纹理的制作。

2.单击该按钮

1.设置参数

例 36 树皮纹理

素材\第2章\无
源文件\第2章\例36\树皮纹理.psd

知识点

- "纤维"滤镜
- 调整曲线
- 复制图像到通道
- "光照效果"滤镜

制作要领

- 树皮纹路的制作

效果预览

填充颜色

"纤维"滤镜

调整曲线

复制图像到通道

步骤详解

01 应用"纤维"滤镜

新建一个400像素×300像素、分辨率为150像素/英寸的文件。分别设置前景色和背景色为"棕色（R:73,G:60,B:2）"和"白色"，按【Alt+Delete】键为背景图层填充前景色。选择"滤镜/渲染/纤维"命令，在打开的"纤维"对话框中进行如左下图所示的设置，单击"确定"按钮。

02 调整曲线

按【Ctrl+M】键打开"曲线"对话框，调整曲线如左下图所示，单击"确定"按钮得到右下图所示的效果。

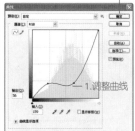

2.单击该按钮

1.调整曲线

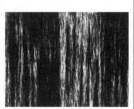

03 复制图像到通道

按【Ctrl+A】键全选图像，按【Ctrl+C】键复制，切换到"通道"面板，在面板下方单击"创建新通道"按钮新建Alpha 1通道，按【Ctrl+V】键将复制的内容粘贴到通道中，再按【Ctrl+D】键取消选区。

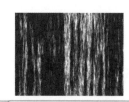

04 应用"光照效果"滤镜

单击"通道"面板中的RGB通道，切换到"图层"面板，单击背景图层。选择"滤镜/渲染/光照效果"命令，在打开的对话框中设置参数如图所示，单击"确定"按钮完成树皮纹理的制作。

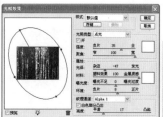

例 **37** 玻璃光纹理

素材\第2章\无
源文件\第2章\例37\玻璃光纹理.psd

知识点

- "云彩"滤镜
- 调整曲线
- "波浪"滤镜
- 画笔工具的应用
- 图层混合模式

制作要领

- 玻璃纹理的制作
- 颜色的添加

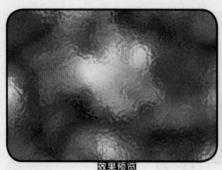

效果预览

"云彩"滤镜

调整曲线

"波浪"滤镜

涂抹颜色

步骤详解

01 应用"云彩"滤镜

新建一个400像素×300像素、分辨率为150像素/英寸的文件。分别设置前景色和背景色为"灰色（R:113,G:113,B:113）"和"白色"，按【Alt+Delete】键给背景图层填充前景色。选择"滤镜/渲染/云彩"命令，按【Ctrl+F】键多次得到云彩效果。

02 调整曲线

按【Ctrl+M】键打开"曲线"对话框，调整曲线如左下图所示，单击"确定"按钮得到如右下图所示的效果。　2.单击该按钮

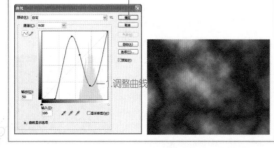

1.调整曲线

03 应用"波浪"滤镜

选择"滤镜/扭曲/波浪"命令，参数设置如图所示，单击"确定"按钮。

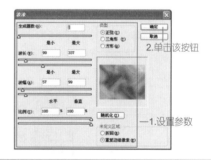

2.单击该按钮

1.设置参数

04 使用画笔工具进行涂抹

在"图层"面板中单击"创建新图层"按钮，新建图层1，选择画笔工具，在图层1上绘制出丰富的颜色。将图层1的图层混合模式设置为"叠加"，完成玻璃光纹理的制作。

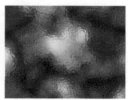

铁锈纹理

素材\第2章\无
源文件\第2章\例38\铁锈纹理.psd

知识点

- "云彩"滤镜
- "添加杂色"滤镜
- "高斯模糊"滤镜
- 图层样式
- 画笔工具的应用

制作要领

- 铁锈纹理的制作
- 铁锈颜色和厚度的体现

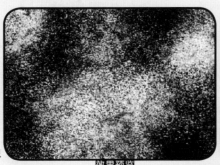

效果预览

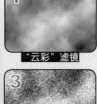

"云彩"滤镜

"添加杂色"滤镜

斜面和浮雕效果　　涂抹颜色

步骤详解

01 应用"云彩"滤镜

新建一个500像素×350像素、分辨率为200像素/英寸的文件。按【D】键恢复默认的前景色和背景色，单击"图层"面板下方的"创建新图层"按钮 ，新建图层1，选择"滤镜/渲染/云彩"命令，得到如图所示的云彩效果。

02 应用"添加杂色"滤镜

选择"滤镜/杂色/添加杂色"命令，在打开的对话框中设置参数如图所示，单击"确定"按钮得到添加杂色后的效果。

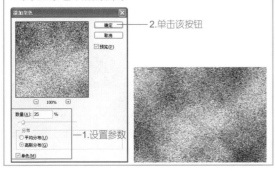

2.单击该按钮

1.设置参数

03 应用"高斯模糊"滤镜

选择"滤镜/模糊/高斯模糊"命令，在打开的对话框中设置半径为"0.5像素"，单击"确定"按钮得到如右下图所示的效果。

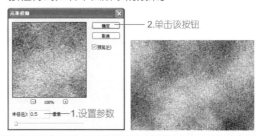

2.单击该按钮

1.设置参数

04 复制图层并修改图层混合模式

按【Ctrl+J】键复制图层1为图层1副本，设置图层1副本的图层混合模式为"叠加"，效果如图所示。

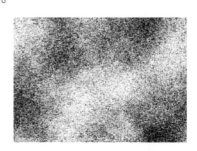

05 设置投影

双击图层1副本，打开"图层样式"对话框。选中"投影"复选框，设置距离为"25像素"，大小为"18像素"，其他参数保持默认设置。

06 设置斜面和浮雕

选中"斜面和浮雕"复选框，参数设置如左下图所示，单击"高光模式"下拉列表框后面的颜色选择框，在打开的"选择高光颜色"对话框中将颜色设置为"黄色（R:255,G:145,B:0）"，单击"确定"按钮得到如右下图所示的效果。

07 设置画笔属性

在"图层"面板中新建图层2，选择画笔工具，单击其选项栏中画笔右侧的▼按钮打开画笔设置面板。在中间的列表框中选择"滴溅24像素"选项，在"主直径"文本框中输入"150px"。

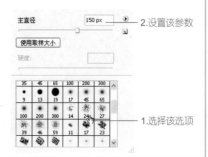

08 使用画笔工具涂抹

分别设置前景色为"深黄色（R:210,G:160,B:7）"、"咖啡色（R:70,G:20,B:4）"和"暗红色（R:131,G:36,B:7）"，使用画笔工具在图像窗口中随意涂抹，得到如图所示的效果。

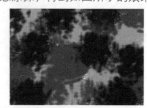

09 设置图层混合模式和图层样式

在"图层"面板中设置图层2的混合模式为"叠加"。双击图层2，打开"图层样式"对话框，选中"投影"复选框，参数设置保持默认值，直接单击"确定"按钮得到添加投影后的效果。

10 设置图层混合模式

按【Ctrl+Alt+Shift+E】键盖印可见图层并自动生成图层3，将图层3的混合模式设置为"颜色加深"，不透明度设置为"45%"，完成铁锈纹理的制作。

例 39 水波纹理

素材\第2章\无
源文件\第2章\例39\水波纹理.psd

- "云彩"滤镜
- "径向模糊"滤镜
- "基底凸现"滤镜
- "铬黄"滤镜

制作要领

- 水波纹理的制作

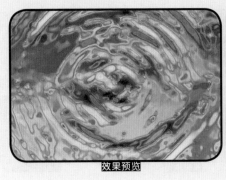

效果预览

"云彩"滤镜

"径向模糊"滤镜

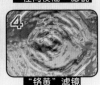

"基底凸现"滤镜

"铬黄"滤镜

步骤详解

01 应用"云彩"滤镜

新建一个500像素×350像素、分辨率为200像素/英寸的文件。按【D】键恢复默认的前景色和背景色，选择"滤镜/渲染/云彩"命令，得到如图所示的云彩效果。

02 应用"径向模糊"滤镜

选择"滤镜/模糊/径向模糊"命令，在打开的对话框中进行如图所示的参数设置，单击"确定"按钮得到径向模糊的效果。

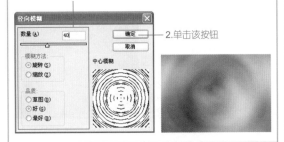

03 应用"基底凸现"滤镜

选择"滤镜/素描/基底凸现"命令，在打开的对话框中设置参数如图所示，单击"确定"按钮。

04 应用"铬黄"滤镜并调整颜色

选择"滤镜/素描/铬黄"命令，在打开的"铬黄渐变"对话框中设置细节为"8"，平滑度为"2"，单击"确定"按钮。按【Ctrl+U】键打开"色相/饱和度"对话框，设置参数如图所示，单击"确定"按钮完成水波纹理的制作。

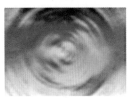

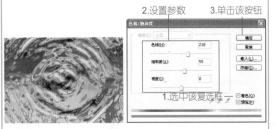

例 40 放射晶体纹理

素材\第2章\无
源文件\第2章\例40\放射晶体纹理.psd

知识点

- "镜头光晕"滤镜
- "壁画"滤镜
- "凸出"滤镜
- 创建调整图层

制作要领

- 放射状晶体的制作

效果预览

"镜头光晕"滤镜

"壁画"滤镜

"凸出"滤镜

调整亮度和对比度

步骤详解

01 应用"镜头光晕"滤镜

新建一个400像素×300像素、分辨率为150像素/英寸的文件。按【D】键恢复默认的前景色和背景色，按【Alt+Delete】键给背景图层填充前景色，选择"滤镜/渲染/镜头光晕"命令，在打开的对话框中进行如图所示的设置，单击"确定"按钮得到镜头光晕效果。

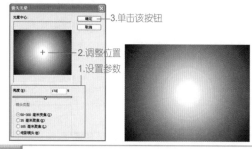

02 应用"壁画"滤镜

选择"滤镜/艺术效果/壁画"命令，在打开的对话框中设置参数如图所示，单击"确定"按钮得到壁画效果。

03 应用"凸出"滤镜

选择"滤镜/风格化/凸出"命令，在打开的对话框中设置参数如图所示，单击"确定"按钮得到凸出效果。1.设置参数　2.单击该按钮

04 创建调整图层

单击"图层"面板下方的 ⊘. 按钮，在弹出的下拉菜单中选择"亮度/对比度"命令，在打开的对话框中设置参数如图所示，单击"确定"按钮完成放射晶体纹理的制作。

1.设置参数　2.单击该按钮

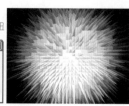

实战演练

素材\第2章\实战演练\砖墙.jpg
源文件\第2章\实战演练\

　　本章介绍了经典材质纹理特效的制作方法，其中包括豹皮纹理、迷彩纹理、西瓜皮纹理、电路板纹理、竹编纹理以及铁锈纹理等，这些纹理都是通过Photoshop中各种命令和滤镜的综合应用完成的。读者在学习过程中，可以自己先观察效果，然后总结出大致的操作步骤，这样不仅能加深印象，还能培养自己的创新能力。

◆ 实战演练一——制作残损土墙纹理

　　自己动手制作如图所示的残损土墙纹理，在制作过程中主要需要突出砖墙上面所覆盖的土墙残损效果。

制作提示：

（1）填充颜色并添加杂色，然后再应用"高斯模糊"滤镜。

（2）新建图层并填充灰色，应用"便条纸"滤镜，再删除灰色部分。

（3）新建图层并应用"云彩"滤镜，设置该图层的混合模式为"叠加"。

（4）盖印图层，应用"水彩画纸"滤镜。复制图层到通道，应用"光照效果"滤镜。

（5）为图层添加"投影"图层样式，置入素材文件，再使用橡皮擦工具 ✐ 在窗口中涂抹。

◆ 实战演练二——制作方格纹理

　　自己动手制作如图所示的方格纹理，其制作的关键是方格效果的体现，以及通过"凸出"滤镜来实现放射效果，在应用该滤镜时应选择"块"单选按钮。

制作提示：

（1）填充颜色，新建图层并复制背景图层。

（2）应用"染色玻璃"滤镜，然后再进行锐化。

（3）应用"添加杂色"和"凸出"滤镜，制作图像的放射效果。

（4）调整图像的色阶。

拓展效果

素材\第2章\拓展效果\
源文件\第2章\拓展效果\

制作纹理特效的方法很多，需要注意的是有时会因为步骤的细微差别而导致效果大相径庭。下面给出一些纹理效果让大家欣赏，读者可以自行分析这些效果的制作过程。

◆ 抽象纹理

本图展示的是抽象纹理效果，主要使用到的命令有"波浪"、"极坐标"、"色相/饱和度"、"旋转扭曲"命令以及图层混合模式的设置等。制作的关键是先通过"极坐标"命令制作出放射效果的纹理，然后对纹理进行旋转扭曲。

◆ 浓香咖啡纹理

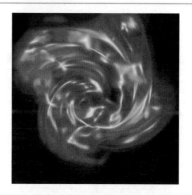

本图展示的是浓香咖啡纹理效果，主要使用到的工具和命令有"镜头光晕"、"喷色描边"、"波浪"、"铬黄"、"色彩平衡"、"旋转扭曲"命令和图层混合模式的设置等，重点是浓度较大的液态效果的制作。

◆ 五彩星空纹理

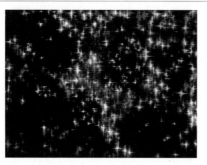

本图展示的是五彩星空纹理效果，主要使用到的命令有"照亮边缘"、"染色玻璃"、"风"、"旋转画布"、"羽化"、"色阶"和"曲线"命令等，重点在于利用"风"滤镜生成星光闪耀效果。使用素材图片的目的主要是为了获取其中的颜色信息，这样制作出来的星空才具有五彩斑斓的效果。

◆ 水花纹理

本图展示的是水花纹理效果，主要使用到的命令有"镜头光晕"、"水波"、"垂直翻转"、"铬黄"、"色相/饱和度"命令以及图层混合模式的设置等，重点是要制作出水花剔透的效果。

第3章

图像艺术处理特效

图像艺术处理特效可以增加图像画面的视觉效果，为一张平淡无奇的图片增加丰富的如云雾、阳光照射和下雪等效果。Photoshop CS3除了能在图像上处理外，还可以通过它自身强大的功能从无到有制作出很多绚丽的效果，如抽象烟雾、螺旋光影和火烈星球等。下面就带大家进入图像处理的多彩世界。

例41 酒杯中的情侣

素材\第3章\例41\
源文件\第3章\例41\酒杯中的情侣.psd

知识点
- 椭圆选框工具
- 羽化选区
- 图层蒙版
- 画笔工具
- 图层样式

制作要领
- 图像置入酒杯的效果制作

效果预览

1 打开素材文件

2 粘贴选区图像

3 缩小图像

4 沿酒杯边缘处理图像

步骤详解

01 打开素材文件

按【Ctrl+O】键打开"酒杯.jpg"和"情侣.jpg"素材文件。

02 绘制选区

使用椭圆选框工具 ○ 在"情侣"图片中拖动，绘制出如图所示的选区，让人物位于选区中。

◆绘制的选区

03 羽化选区

按【Ctrl+Alt+D】键打开"羽化选区"对话框，在该对话框中设置参数如图所示，单击"确定"按钮得到羽化选区后的效果。

1.设置参数 2.单击该按钮

羽化选区

羽化半径(R): 20 像素

确定
取消

04 复制并粘贴选区内容

按【Ctrl+C】键复制选区内容，再切换到酒杯文件中，按【Ctrl+V】键将内容粘贴到该文件中，自动生成图层1。

◆粘贴的图像

05 缩小复制的图像

按【Ctrl+T】键打开变换编辑框，按住【Shift】键拖动控制点将其等比例缩小，并放置在如图所示的位置。调整好大小和位置后按【Enter】键确定。

06 给图层添加蒙版

选择图层1，单击"图层"面板下方的"添加图层蒙版"按钮█给该图层添加蒙版。

◆单击"添加图层蒙版"按钮

07 处理酒杯左边缘图像

选择画笔工具█，单击选项栏中"画笔"旁边的·按钮，在打开的面板中选择"柔角45像素"选项。设置前景色为"黑色"，然后使用画笔工具█沿酒杯左边缘拖动鼠标。

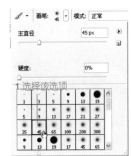 

08 处理酒杯右边缘图像

使用画笔工具█沿酒杯的右边缘拖动，得到如图所示的效果。

09 打开"图层样式"对话框

单击"图层"面板下方的"添加图层样式"按钮fx.，在弹出的下拉菜单中选择"混合选项"命令，打开"图层样式"对话框。

◆选择该命令

10 调整色块

按住【Alt】键拖动对话框最下面颜色条上的白色滑块，调整为如图所示的效果，使酒杯上面透明的边缘宽度稍微加宽，单击"确定"按钮完成酒杯中情侣效果的制作。

◆拖动该色块

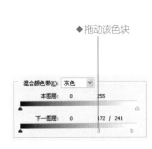 

例 42 水晶玻璃球

素材\第3章\例42\
源文件\第3章\例42\水晶玻璃球.psd

知识点

- 转换背景图层为普通图层
- "色阶"命令
- 图层蒙版

制作要领

- 通道选区的载入
- 图层蒙版的添加

效果预览

"花"素材文件

"红心"素材文件

调整色阶

载入通道选区

步骤详解

01 打开素材文件并移动位置

按【Ctrl+O】键打开"红心.jpg"和"花.jpg"素材文件,使用移动工具拖动"花"文件到"红心"文件中,自动生成图层1,调整好位置让其重叠放置。

02 转换背景图层为普通图层

双击背景图层,在打开的对话框中直接单击"确定"按钮将其转换为普通图层,自动生成图层0,拖动图层0到图层1的上方。

◆单击该按钮

03 调整色阶

切换到"通道"面板,拖动绿通道到"创建新通道"按钮上复制出绿副本通道。按【Ctrl+L】键打开"色阶"对话框,调整参数如图所示,单击"确定"按钮得到调整色阶后的效果。

2.单击该按钮

1.调整色阶

04 添加图层蒙版

按住【Ctrl】键单击绿副本通道,载入该通道的选区。切换到"图层"面板,单击"添加矢量蒙版"按钮给图层1添加蒙版,完成水晶玻璃球的制作。

例 43 图像堆叠效果

素材\第3章\例43\彩色树叶.jpg
源文件\第3章\例43\图像堆叠效果球.psd

知识点

- 标尺和辅助线
- 复制选区图像
- 图层样式
- 复制和粘贴图层样式
- 画布大小

制作要领

- 分割图像
- 堆叠效果的制作

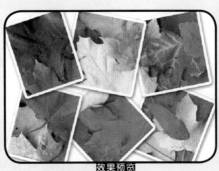

效果预览

"花" 素材文件

创建辅助线

添加图层样式

旋转图像

步骤详解

01 打开素材文件并显示标尺

按【Ctrl+O】键打开 "彩色树叶.jpg" 素材文件，选择 "视图/标尺" 命令在图像窗口中显示标尺。

◆显示的标尺

02 创建辅助线

在标尺上拖动鼠标分别拉出两条垂直辅助线和1条水平辅助线，在图像中呈现为绿色，效果如图所示。

03 复制选区图像

选择矩形选框工具，沿着辅助线交叉形成的方块绘制选区，再按【Ctrl+J】键复制选区的图像，在 "图层" 面板中自动生成图层1。

◆绘制的选区

04 复制选区图像

选择矩形选框工具，沿辅助线绘制如图所示的选区，选择 "图层" 面板中的背景图层，按【Ctrl+J】键复制选区中的图像到图层2中。

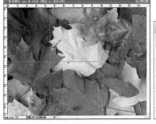

05 复制选区图像

重复步骤4的操作，复制其他选区中的图像。选择每个选区后，都要单击背景图层再按【Ctrl+J】键复制选区中的图像到新图层。

◆复制的图像

06 设置投影

双击图层1，在打开的"图层样式"对话框中选中"投影"复选框，参数设置如图所示。

07 设置描边

选中"描边"复选框，参数设置如图所示。单击颜色选择框，在打开的对话框中设置颜色为"白色"，然后单击"确定"按钮。

08 复制并粘贴图层样式

在图层1上单击鼠标右键，在弹出的快捷菜单中选择"拷贝图层样式"命令，按住【Shift】键单击"图层"面板中的图层2和图层6，选中除图层1和背景图层之外的所有图层，在其上单击鼠标右键，在弹出的快捷菜单中选择"粘贴图层样式"命令，效果如图所示。

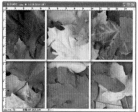

09 旋转图像

选择图层1，按【Ctrl+T】键打开变换编辑框，对该图层进行旋转，调整好合适的角度后按【Enter】键，效果如左下图所示。重复同样的操作对其他图层进行旋转，效果如右下图所示。

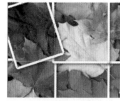

10 修改画布大小

选择"视图/清除参考线"命令清除设置的辅助线，按【D】键恢复默认的前景色和背景色，选择背景图层，按【Ctrl+Delete】键给该图层填充白色。选择"图像/画布大小"命令，在打开的对话框中选中"相对"复选框，分别在"宽度"和"高度"文本框中输入"2"，单击"确定"按钮完成图像堆叠效果的制作。

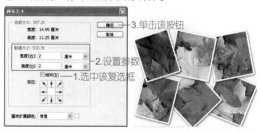

例 44 彩色抽丝效果

素材\第3章\例44\插画.jpg
源文件\第3章\例44\彩色抽丝效果.psd

知识点

- 单行选框工具
- 定义图案
- 填充图案
- "锐化"滤镜
- 图层混合模式

制作要领

- 定义图案
- 抽丝效果的制作

效果预览

打开素材文件

"锐化"滤镜

多次应用"锐化"滤镜

添加其他抽丝效果

步骤详解

01 打开素材文件

按【Ctrl+O】键打开"插画.jpg"素材文件,效果如图所示。

02 创建选区

选择单行选框工具 ,在图像窗口中单击得到如图所示的选区。

◆绘制的单行选区

03 定义图案

选择"编辑/定义图案"命令,在打开的"图案名称"对话框中的"名称"文本框中输入"插画",单击"确定"按钮将选区内容定义为图案。

1.输入名称 2.单击该按钮

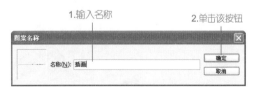

04 创建选区

单击"图层"面板下方的"创建新图层"按钮 新建图层1,使用矩形选框工具 创建如图所示的选区。

◆绘制的矩形选区

05 填充图案

选择"编辑/填充"命令，打开"填充"对话框，在"使用"下拉列表框中选择"图案"选项，单击"自定图案"下拉列表框右侧的 按钮，在打开的面板中选择刚创建的插画图案，单击"确定"按钮。

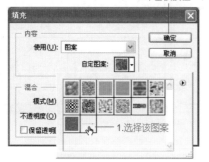

06 填充图案后的效果

给选区填充了图案，效果如图所示。

07 应用"锐化"滤镜

选择"滤镜/锐化/锐化"命令，按8次【Ctrl+F】键，重复应用"锐化"滤镜，得到如图所示的效果。

08 设置图层混合模式和不透明度

设置图层1的图层混合模式为"变暗"，得到如上图所示的效果。设置图层1的不透明度为"40%"，得到如下图所示的效果。

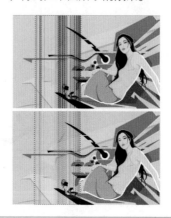

09 添加其他抽丝效果

随意绘制一些选区，将其定义为填充图案并应用"锐化"滤镜，按【Ctrl+D】键取消选区，得到如图所示的效果。

10 添加其他抽丝效果

新建图层2，使用矩形选框工具 绘制一个矩形选区，选择"编辑/填充"命令使用自定义的图案对其进行填充，设置该图层的混合模式为"叠加"，不透明度为"75%"，取消选区后完成彩色抽丝效果的制作。

例45 拼贴效果

素材\第3章\例45\卡通漫画.jpg
源文件\第3章\例45\拼贴效果.psd

知识点

- 选框工具
- 定义图案
- 填充图案
- 图层样式
- 图层混合模式

制作要领

- 绘制并定义图案
- 浮雕效果的设置

效果预览

绘制图形

打开素材文件

填充图案

斜面和浮雕效果

步骤详解

01 新建文件

按【Ctrl+N】键打开"新建"对话框，在其中设置参数如图所示，单击"确定"按钮新建一个透明文件。

◆这里设置透明背景

02 绘制左上角正方形

选择矩形选框工具，在其选项栏中的"样式"下拉列表框中选择"固定大小"选项，在后面出现的"高度"和"宽度"文本框中输入"50px"，沿文件的左上角绘制正方形选区如图所示。设置前景色为"灰色（R:239,G:239,B:239）"，按【Alt+Delete】键给选区填充灰色。

绘制的灰色正方形

03 绘制右下角正方形

选择矩形选框工具，沿文件右下角绘制正方形选区，设置背景色为"白色"，按【Ctrl+Delete】键给选区填充背景色，按【Ctrl+D】键取消选区后的效果如图所示。

◆绘制的白色正方形

04 绘制正圆

选择椭圆选框工具，在其选项栏中的"样式"下拉列表框中选择"固定大小"选项，在后面出现的"高度"和"宽度"文本框中输入"20px"，在图像窗口中绘制正圆，并按【Alt+Delete】键给选区填充灰色。同样，给白色的矩形绘制正圆。按【Ctrl+D】键取消选区后得到如图所示的效果。

05 删除图形

使用椭圆选框工具○在如左下图所示的位置绘制正圆选区，按【Delete】键删除选区内容。执行同样的操作，对白色的矩形进行处理，按【Ctrl+D】键取消选区后的效果如右下图所示。

06 定义图案

选择"编辑/定义图案"命令，在打开的"图案名称"对话框中输入图案的名称"拼贴"，单击"确定"按钮将绘制的图形定义为图案。

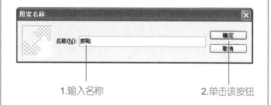

1.输入名称   2.单击该按钮

07 填充图案

按【Ctrl+O】键打开"卡通漫画.jpg"素材文件。单击"图层"面板下方的"创建新图层"按钮 新建图层1，选择"编辑/填充"命令，在打开的对话框中选择定义的图案，单击"确定"按钮得到填充后的效果。

2.单击该按钮

1.选择该图案

08 添加图层样式

双击图层1，在打开的"图层样式"对话框中选择"斜面和浮雕"复选框，参数设置如左图所示，单击"确定"按钮得到如右下图所示的浮雕效果。

09 设置图层混合模式

设置图层1的图层混合模式为"变暗"，完成拼贴效果的制作。

◆设置图层混合模式

举一反三

结合上面的制作方法并发挥自己的想象，为图片（光盘：\素材\第3章\例45\武术.jpg）制作拼贴效果，其制作前后的对比效果如图所示（光盘：\源文件\第3章\例45\举一反三.psd）。

例 46 岩石画效果

素材\第3章\例46\
源文件\第3章\例46\岩石画效果.psd

知识点

- "色阶"命令
- "反相"命令
- 图层样式
- 图层混合模式

制作要领

- 岩石上刻画效果的制作

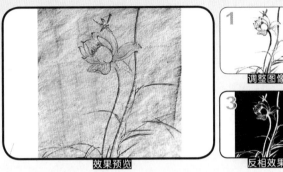

效果预览

调整图像

调整色阶

反相效果

添加图层样式

步骤详解

01 调整素材

按【Ctrl+O】键打开"花.jpg"和"岩石.jpg"素材文件，使用移动工具 拖动"花"到"岩石"文件中，按【Ctrl+T】键打开变换编辑框，调整好大小和位置后按【Enter】键确定。

02 粘贴图像到通道中

按【Ctrl+A】键全选整个图像，按【Ctrl+C】键复制选区内的图像。切换到"通道"面板中，单击下方的"创建新通道"按钮 新建Alpha 1通道，按【Ctrl+V】键将图像粘贴到通道中。

03 调整色阶

按【Ctrl+D】键取消选区，按【Ctrl+L】键打开"色阶"对话框，参数设置如图所示，单击"确定"按钮得到黑白对比明显的效果。

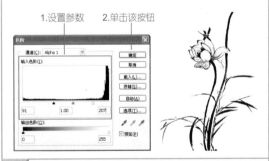

1.设置参数　　2.单击该按钮

04 反相

按【Ctrl+I】键对图像进行反相，效果如图所示。

05 复制图像

按住【Ctrl】键的同时单击Alpha 1通道的通道缩览图，载入该通道的选区。切换到"图层"面板，选择背景图层，按【Ctrl+J】键复制选区中的图像到自动生成的图层2中。单击图层1前的图标，隐藏图层1。

◆隐藏图层1

06 添加斜面和浮雕

双击图层2，在打开的"图层样式"对话框中选中"斜面和浮雕"复选框，设置参数如图所示。单击"阴影模式"下拉列表框右侧的颜色选择框，在打开的对话框中设置颜色为"棕色（R:113,G:62,B:25）"。

07 添加内阴影

选中"内阴影"复选框，设置参数如左图所示，单击"混合模式"下拉列表框右侧的颜色选择框，在打开的对话框中设置颜色为"棕色（R:113,G:62,B:25）"，单击"确定"按钮得到如右下图所示的效果。

08 填充颜色

按住【Ctrl】键的同时单击图层2的图层缩览图载入选区，新建图层3，按【D】键恢复默认的前景色和背景色，按【Alt+Delete】键给选区填充黑色，在"图层"面板中设置填充为"3%"，取消选区后得到如右图所示的效果。

09 添加斜面和浮雕

双击图层3，在打开的"图层样式"对话框中选中"斜面和浮雕"复选框，参数设置如左图所示，阴影模式的颜色仍然设置为"棕色"。选中"纹理"复选框，设置参数如右下图所示，单击"确定"按钮。

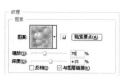

10 设置图层混合模式

单击图层1前面的空白方框，显示隐藏的图层1。设置该图层的混合模式为"变亮"，不透明度为"10%"，完成岩石画效果的制作。

素材\第3章\例47\一枝独秀.jpg
源文件\第3章\例47\下雪效果.psd

例 47 下雪效果

知识点

- "点状化"滤镜
- "阈值"命令
- "高斯模糊"滤镜
- "反相"命令
- 图层混合模式

制作要领

- 雪花颗粒的绘制
- 雪花效果的体现

效果预览

打开素材文件

"点状化"滤镜

调整阈值

反相效果

步骤详解

01 新建图层

打开"一枝独秀.jpg"素材文件。单击"图层"面板下方的"创建新图层"按钮 📄 新建图层1，按【D】键恢复默认的前景色和背景色，按【Ctrl+Delete】键给该图层填充背景色。

02 应用"点状化"滤镜

选择"滤镜/像素化/点状化"命令，在打开的对话框中设置单元格大小为"8"，单击"确定"按钮得到点状化效果。

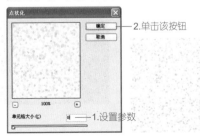

03 调整阈值

选择"图像/调整/阈值"命令，在打开的对话框中设置阈值色阶为"233"，单击"确定"按钮得到调整后的效果。

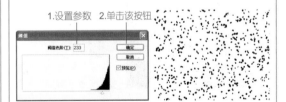

1.设置参数　2.单击该按钮

04 应用"高斯模糊"滤镜

选择"滤镜/模糊/高斯模糊"命令，在打开的对话框中设置半径为"2像素"，单击"确定"按钮得到模糊效果。按【Ctrl+I】键反相，设置图层1混合模式为"滤色"，完成下雪效果制作。

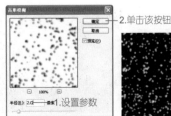
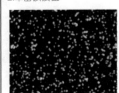

2.单击该按钮

1.设置参数

例 **48** 花儿光晕效果

素材\第3章\例48\花.jpg
源文件\第3章\例48\花儿光晕效果.psd

知识点

- "曲线"命令
- "色阶"命令
- "色彩平衡"命令
- "镜头光晕"滤镜
- "色相/饱和度"命令

制作要领

- 图片色彩的调整
- 灯晕效果的添加

效果预览

打开素材文件

调整曲线和色阶

调整色彩平衡

灯晕效果

步骤详解

01 打开素材文件并复制图层

打开"花.jpg"素材文件,拖动背景图层到"图层"面板下方的"创建新图层"按钮🖬上得到背景副本图层。

02 调整曲线

按【Ctrl+M】键打开"曲线"对话框,在其中调整曲线如图所示,单击"确定"按钮得到调整后的效果。

2.单击该按钮

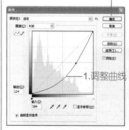
1.调整曲线

03 调整色阶

按【Ctrl+L】键打开"色阶"对话框,设置参数如左下图所示,单击"确定"按钮得到如右下图所示的效果。

1.设置参数　2.单击该按钮

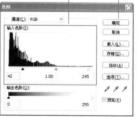

04 调整色彩平衡

按【Ctrl+B】键打开"色彩平衡"对话框,在其中设置参数如图所示,单击"确定"按钮得到图片颜色偏红的效果。

2.单击该按钮

1.设置参数

05 调整亮度和对比度

选择"图像/调整/（亮度/对比度）"命令，在打开的"亮度/对比度"对话框中设置参数如图所示，单击"确定"按钮。

1.设置参数　2.单击该按钮

06 应用"镜头光晕"滤镜

选择"滤镜/渲染/镜头光晕"命令，打开"镜头光晕"对话框，设置参数如图所示，使用鼠标单击花朵下方的位置给花朵添加光晕效果，单击"确定"按钮。

07 应用"镜头光晕"滤镜

选择"滤镜/渲染/镜头光晕"命令，打开"镜头光晕"对话框，设置参数如图所示，使用鼠标单击花朵下方的位置给花朵添加光晕效果，单击"确定"按钮。

08 调整亮度和对比度

使用同样的方法，为其他花朵添加光晕效果，在添加的时候可以根据花朵的大小来分别调整不同的亮度参数，添加后的效果如图所示。

09 调整色相和饱和度

选择"图像/调整/（色相/饱和度）"命令，打开"色相/饱和度"对话框。设置参数如图所示，单击"确定"按钮后完成花儿光晕效果的制作。

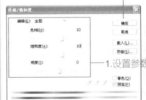

举一反三

参照上面讲解的制作方法，给花朵（光盘：\素材\第3章\例48\花朵.jpg）添加光晕效果，其制作前后的对比效果如图所示（光盘：\源文件\第3章\例48\举一反三.psd）。

素材\第3章\例49\手提袋.jpg
源文件\第3章\例49\朦胧艺术效果.psd

例 49 朦胧艺术效果

知识点

- "动感模糊"滤镜
- 图层混合模式
- "底纹效果"滤镜
- "渐隐"命令

制作要领

- 朦胧效果的制作

效果预览

打开素材文件　"动感模糊"滤镜

"动感模糊"滤镜　设置图层混合模式

步骤详解

01 打开素材文件

打开"手提袋.jpg"素材文件，效果如图所示。

02 复制并隐藏图层

拖动背景图层到"图层"面板下方的"创建新图层"按钮 ▣ 上生成背景副本图层，再拖动背景副本图层到 ▣ 按钮上得到背景副本2图层。单击背景副本2图层前的 ◉ 图标隐藏该图层。

03 应用"动感模糊"滤镜

选择背景副本图层，选择"滤镜/模糊/动感模糊"命令，在打开的对话框中设置参数如图所示，单击"确定"按钮。

04 应用"动感模糊"滤镜

单击背景副本2图层前的空白方框显示该图层，并选择该图层，选择"滤镜/模糊/动感模糊"命令，在打开的对话框中设置参数如图所示，单击"确定"按钮。

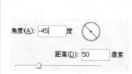

05　设置图层混合模式

设置背景副本2图层的图层混合模式为"叠加"，得到如图所示的效果。

06　设置图层混合模式

设置背景副本图层的图层混合模式为"叠加"，得到柔和明亮的效果。

07　盖印图层

按【Alt+Ctrl+Shift+E】键盖印所有图层，自动生成图层1，将该图层拖动放置到"图层"面板的最上层。

08　应用"底纹效果"滤镜

选择"滤镜/艺术效果/底纹效果"命令，在打开的对话框中设置参数如左下图所示，单击"确定"按钮得到如右下图所示的效果。

09　渐隐效果

选择"编辑/渐隐底纹效果"命令，在打开的对话框中设置参数如左图所示，单击"确定"按钮完成朦胧艺术效果。

1.设置参数　　　2.单击该按钮

操作提示

"编辑"菜单中的"渐隐"命令，会根据所应用的滤镜不同而发生变化，例如应用"晶格化"滤镜，则"渐隐"命令变为"渐隐晶格化"命令。

举一反三

参照本例讲解的方法，给图片（光盘：\素材\第3章\例49\花海.jpg）制作朦胧效果，制作前后的对比效果如图所示（光盘：\源文件\第3章\例49\举一反三.psd）。

水雾玻璃效果

知识点

- "颗粒"滤镜
- "动感模糊"滤镜
- "涂抹棒"滤镜
- "玻璃"滤镜
- "阈值"命令

制作要领

- 水雾纹路的制作
- 水雾效果的制作

效果预览

打开素材文件

颗粒效果

调整亮度和对比度

调整阈值

步骤详解

01 打开素材文件并新建通道

打开"美女.jpg"素材文件，切换到"通道"面板，单击该面板下方的"创建新通道"按钮 新建Alpha 1通道。

02 应用"颗粒"滤镜

选择"滤镜/纹理/颗粒"命令，在打开的对话框中设置参数如左下图所示，单击"确定"按钮得到如右下图所示的效果。

03 应用"动感模糊"滤镜

选择"滤镜/模糊/动感模糊"命令，在打开的对话框中设置参数如图所示，单击"确定"按钮得到模糊后的效果。2.单击该按钮

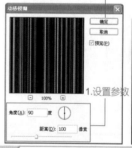

04 应用"涂抹棒"滤镜

选择"滤镜/艺术效果/涂抹棒"命令，在打开的对话框中设置参数如左下图所示，单击"确定"按钮得到如右下图所示的效果。

05 应用"高斯模糊"滤镜

选择"滤镜/模糊/高斯模糊"命令，在打开的对话框中设置半径为"3像素"，单击"确定"按钮得到如右图所示的高斯模糊效果。

2.单击该按钮

1.设置参数

06 调整亮度和对比度

选择"图像/调整/（亮度/对比度）命令，在打开的对话框中设置参数如左图所示，单击"确定"按钮。

1.设置参数 2.单击该按钮

07 应用"木刻"滤镜

选择"滤镜/艺术效果/木刻"命令，在打开的对话框中设置参数如左下图所示，单击"确定"按钮得到如右下图所示的效果。

08 应用"玻璃"滤镜

选择"滤镜/扭曲/玻璃"命令，在打开的对话框中设置参数如左下图所示，单击"确定"按钮得到如右下图所示的效果。

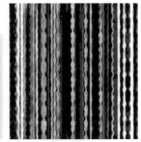

09 应用"波浪"滤镜

选择"滤镜/扭曲/波浪"命令，在打开的对话框中设置参数如左下图所示，单击"确定"按钮得到如右下图所示的效果。

2.单击该按钮

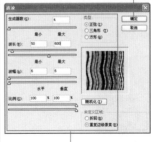

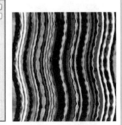

1.设置参数

10 调整阈值

选择"图像/调整/阈值"命令，在打开的对话框中设置阈值色阶为"75"，单击"确定"按钮得到如图所示的效果。

1.设置参数 2.单击该按钮

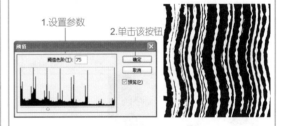

11 载入通道的选区

按住【Ctrl】键的同时单击Alpha 1通道的通道缩览图，载入该通道的选区。单击RGB通道，切换到"图层"面板，选择背景图层。◆载入的选区

12 平滑选区

选择"选择/修改/平滑"命令，在打开的对话框中设置参数如图所示，单击"确定"按钮得到选区平滑后的效果。

1.设置参数　2.单击该按钮

13 调整亮度和对比度

选择"图像/调整/（亮度/对比度）"命令，在打开的对话框中设置参数如图所示，单击"确定"按钮得到调整后的效果。

2.单击该按钮
1.设置参数

14 反选选区

按【Ctrl+Shift+I】键反选选区，选择"图像/调整/（亮度/对比度）"命令，在打开的对话框中设置参数如图所示，单击"确定"按钮得到调整反选选区的效果。

2.单击该按钮
1.设置参数

15 应用"高斯模糊"滤镜

选择"滤镜/模糊/高斯模糊"命令，在打开的对话框中设置半径为"9像素"，单击"确定"按钮。取消选区后完成水雾玻璃效果的制作。

2.单击该按钮
1.设置参数

举一反三

参照本例讲解的方法，给图片（光盘:\素材\第3章\例50\美女.jpg）添加水雾玻璃效果，制作前后的对比效果如图所示（光盘:\源文件\第3章\例50\举一反三.psd）。

例 51 斑驳墙面效果

素材\第3章\例51\
源文件\第3章\例51\斑驳墙面效果.psd

知识点

- 图层样式
- 图层混合模式
- 羽化和填充选区
- 图层蒙版

制作要领

- 使图像附于墙面
- 斑驳效果的体现

效果预览 / 打开素材文件 / 调整图层样式

设置图层混合模式 / 蒙版效果

步骤详解

01 打开素材文件

打开"个性美女.jpg"和"墙面.jpg"素材文件，使用移动工具 ⊕ 移动美女图像到"墙面"文件窗口中自动生成图层1，调整好位置。

02 调整图层样式

双击图层1打开"图层样式"对话框，在底部的颜色条中，按住【Alt】键的同时拖动右侧的滑块到如左下图所示的位置，单击"确定"按钮得到如右下图所示的效果。

◆拖动该滑块

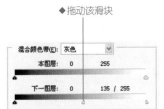

03 设置图层混合模式

将图层1的图层混合模式设置为"正片叠底"，得到如图所示的效果。

◆设置图层混合模式

04 复制通道

单击图层1前面的 ⊙ 图标隐藏该图层，切换到"通道"面板，将红通道拖动到其下方的"创建新通道"按钮 ⊡ 上，复制生成红副本通道。

05 选择裂纹

按住【Shift】键不放使用磁性套索工具 🦟 对红副本通道中图像的裂纹进行选择，效果如图所示。

06 羽化选区

按住【Ctrl+Alt+D】键打开"羽化选区"对话框，设置参数如图所示，单击"确定"按钮。

1.设置参数　　2.单击该按钮

07 填充选区

设置前景色为"黑色"，按【Alt+Delete】键对红副本通道的选区进行填充，按【Ctrl+D】键取消选区，效果如图所示。

08 添加蒙版

按住【Ctrl】键的同时单击红副本通道，载入该通道的选区。切换到"图层"面板，单击图层1前面的空白方框显示该图层，并选择该图层，然后单击"添加矢量蒙版"按钮 ▣ 给图层添加蒙版，效果如图所示。

09 设置图层混合模式和不透明度

拖动图层1到"图层"面板下方的"创建新图层"按钮 ▣ 上，复制该图层，并设置其图层混合模式为"颜色"，不透明度为"50%"，完成斑驳墙面效果的制作。

1.设置图层混合模式

2.设置不透明度

操作提示

磁性套索工具 🦟 主要用于选择有明显色彩对比的图像，而对于色彩相似的图像，磁性套索工具 🦟 就不好用了。在步骤5中，按住【Shift】键的同时使用磁性套索工具 🦟 在图像窗口中拖动，是为了添加选区。

经验之谈

使用磁性套索工具 🦟 时，在其选项栏中可以设置宽度、对比度和频率等，使用这些属性可以加强磁性套索的选取能力。

玻璃效果

素材\第3章\例52\浴美人.jpg
源文件\第3章\例52\玻璃效果.psd

例 52

知识点

- "高斯模糊"滤镜
- "玻璃"滤镜
- 图层样式

制作要领

- 玻璃效果的制作
- 玻璃颜色的体现

效果预览

打开素材文件

创建矩形选区

"高斯模糊"滤镜

"玻璃"滤镜

步骤详解

01 打开素材文件并复制图层

打开"浴美人.jpg"素材文件,按【Ctrl+J】键复制背景图层为图层1。

02 创建矩形选区

使用矩形选框工具,在图像窗口中绘制如图所示的矩形选区。

03 应用"高斯模糊"滤镜

选择"滤镜/模糊/高斯模糊"命令,在打开的"高斯模糊"对话框中设置半径为"5像素",单击"确定"按钮得到如图所示的效果。

2.单击该按钮 ◆模糊效果

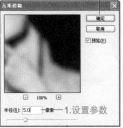

1.设置参数

04 应用"玻璃"滤镜

选择"滤镜/扭曲/玻璃"命令,在打开的"玻璃"对话框中设置参数如左下图所示,单击"确定"按钮得到如右下图所示的效果。

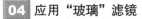

05 填充选区

单击"图层"面板中"创建新图层"按钮 ⬚ 新建图层2，设置前景颜色为"蓝色（R:9,G:75,B:175）"，按【Alt+Delete】键为选区填充前景色。

◆填充蓝色

06 设置填充参数

在"图层"面板中设置图层1的填充为"10%"，按【Ctrl+D】键取消选区，效果如图所示。

◆设置参数

07 设置描边效果

双击图层1，在打开的"图层样式"对话框中选中"描边"复选框，设置参数如图所示，设置描边颜色为"白色"。

08 设置外发光效果

在"图层样式"对话框中选中"外发光"复选框，设置参数如左下图所示，单击"确定"按钮得到如右下图所示的效果。

09 设置不透明度

在"图层"面板中设置图层2的不透明度为"50%"，完成玻璃效果的制作。

◆设置参数

举一反三

参照本例讲解的方法，给图片（光盘:\素材\第3章\例52\小孩.jpg）添加玻璃效果，制作前后的对比效果如图所示（光盘:\源文件\第3章\例52\举一反三.psd）。

例 53　给盘子添加纹理

素材\第3章\例53\盘子.jpg
源文件\第3章\例53\给盘子添加纹理.psd

 知识点

- "晶格化"滤镜
- "查找边缘"滤镜
- "色阶"命令
- "光照效果"滤镜
- 添加调整图层

制作要领

- 纹理的添加
- 颜色的设置

效果预览

 调整选区
 晶格化效果
 查找边缘效果
 去色效果

步骤详解

01　打开素材文件并调整选区

按【Ctrl+O】键打开"盘子.jpg"素材文件，使用椭圆选框工具◯绘制椭圆选区，选择"选择/变换选区"命令，拖动控制点对选区进行调整，调整合适后按【Enter】键确认变换。

02　应用"晶格化"滤镜

按【Ctrl+J】键复制选区内容到图层1，选择"滤镜/像素化/晶格化"命令，在打开的对话框中设置参数如左图所示，单击"确定"按钮得到如右图所示的效果。

2.单击该按钮

1.设置参数

03　应用"查找边缘"滤镜

选择"滤镜/风格化/查找边缘"命令，得到裂纹线条，效果如图所示。

04　调整色阶

选择"图像/调整/色阶"命令，在打开的对话框中设置参数如图所示，单击"确定"按钮增加线条的清晰度。

2.单击该按钮

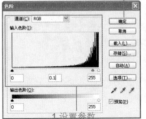

1.设置参数

05 图像去色

选择"图像/调整/去色"命令，去掉图像颜色，得到黑白图像，效果如图所示。

06 应用"光照效果"滤镜

选择"滤镜/渲染/光照效果"命令，在打开的对话框中设置参数如图所示，调整光照角度，单击"确定"按钮，出现龟裂浮雕效果。

2.单击该按钮

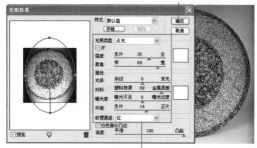

1.设置参数

07 设置图层混合模式和不透明度

设置图层1的图层混合模式为"正片叠底"，不透明度为"15%"，此时陶瓷图像呈现裂痕纹理效果。

08 羽化选区

按住【Ctrl】键不放，单击图层1前面的图层缩览图载入选区。按【Ctrl+Alt+D】键打开"羽化选区"对话框，设置参数如图所示，单击"确定"按钮得到羽化选区的效果。

09 添加调整图层

单击"图层"面板下方的"创建新的填充或调整图层"按钮，在弹出的下拉菜单中选择"色彩平衡"命令，打开"色彩平衡"对话框，设置参数如图所示，单击"确定"按钮将图像变为蓝色调。

2.单击该按钮

1.设置参数

10 设置图层混合模式和不透明度

按【Ctrl+Alt+Shift+E】键盖印可见图层，自动生成图层2。设置图层2的图层混合模式为"颜色加深"，不透明度为"15%"，完成为盘子添加纹理效果的制作。

1.设置混合模式 2.设置参数

例 54 透明水泡效果

素材\第3章\例54\海底世界.jpg
源文件\第3章\例54\水泡效果.psd

知识点
- "镜头光晕"滤镜
- "极坐标"滤镜
- "垂直翻转"命令
- 图层混合模式
- 添加调整图层

制作要领
- 水泡形状的制作
- 水泡透明效果的体现

效果预览

镜头光晕效果

晶格化效果

查找边缘效果　去色效果

步骤详解

01 新建文件

按【Ctrl+N】键新建一个600像素×600像素、分辨率为200像素/英寸的文件。新建图层1，设置前景色为"黑色"，按【Alt+Delete】键为图层1填充前景色。

02 应用"镜头光晕"滤镜

选择"滤镜/渲染/镜头光晕"命令，在打开的对话框中设置参数如左下图所示，单击"确定"按钮得到如右下图所示的效果。

03 应用"极坐标"滤镜

选择"滤镜/扭曲/极坐标"命令，在打开的对话框中选中"极坐标到平面坐标"单选按钮，然后单击"确定"按钮得到如图所示的效果。

2.单击该按钮

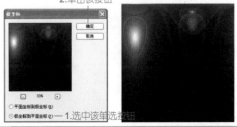

1.选中该单选按钮

04 垂直翻转

选择"编辑/变换/垂直翻转"命令将图像窗口垂直翻转，得到如图所示的效果。

05　应用"极坐标"滤镜

选择"滤镜/扭曲/极坐标"命令，选中"平面坐标到极坐标"单选按钮，单击"确定"按钮得到如图所示的效果。

2.单击该按钮

06　变换和羽化选区

使用椭圆选框工具◯绘制选区，然后选择"选择/变换选区"命令打开变换编辑框，拖动控制点对选区进行调整，然后按【Enter】键确定。按【Ctrl+Alt+D】键打开"羽化选区"对话框，设置参数如图所示，单击"确定"按钮羽化选区。

2.单击该按钮

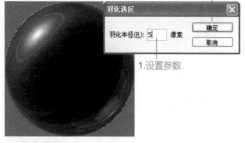

1.设置参数

07　拖动水泡

打开"海底世界.jpg"素材文件，使用移动工具▶┿拖动制作的水泡到"海底世界"文件窗口中。

08　调整水泡大小

按【Ctrl+T】键打开变换编辑框，拖动控制点调整水泡的大小，然后放置在合适的位置，按【Enter】键确认变换。

09　设置图层混合模式

设置图层1的图层混合模式为"滤色"，得到透明水泡效果。

◆透明水泡效果

10　制作其他水泡效果

按住【Alt】键的同时在图像窗口中拖动图层1，复制生成多个副本图层。按【Ctrl+T】键打开变换编辑框，分别调整各副本图层的大小与位置，完成水泡效果的制作。

例 55　胶片效果

素材\第3章\例55\
源文件\第3章\例55\胶卷效果.psd

知识点

- 矩形工具
- 路径选择工具
- 旋转画布
- "切变"滤镜

制作要领

- 胶片形状的制作
- 胶片扭曲效果的制作

效果预览

打开素材文件　制作胶片形状

放置图片　切变效果

步骤详解

01 打开文件并绘制矩形

按【Ctrl+O】键打开"背景.jpg"素材文件，按【D】键复位前景色和背景色，选择工具箱中的矩形工具▢，在选项栏中进行如图所示的设置。

02 制作挖空效果

使用矩形工具▢绘制一个黑色的矩形，然后在选项栏中单击"从形状区域减去"按钮▣，再使用矩形工具▢在黑色的矩形上方绘制小矩形，此时大矩形和小矩形的重叠区域就会被挖空，效果如图所示。

◆挖空效果

03 复制小矩形

选择路径选择工具▶，按住【Alt】键的同时选择小矩形向右移动并复制小矩形，再按住【Shift】键选择绘制的两个小矩形，然后按住【Alt】键进行复制。重复该操作，得到一排使黑色矩形镂空的小矩形。

04 对齐矩形

按住【Shift】键的同时使用路径选择工具▶选择所有的空心小矩形，然后在选项栏中单击"顶对齐"按钮▇和"水平居中分布"按钮▮，此时小矩形水平均匀地进行了排列，效果如图所示。

05 复制下排矩形

使用路径选择工具[image]选择这一排小矩形，然后按住【Alt】键再复制一排小矩形到胶卷的下部，制作出胶片的轮廓，效果如图所示。

◆复制的小矩形

06 放置图片

按【Ctrl+O】键打开其他几个素材文件，分别拖进胶片区域中，调整大小和位置，效果如图所示。

07 合并图层

在"图层"面板中选择图像图层以及制作的胶片所在图层，在其上单击鼠标右键，在弹出的快捷菜单中选择"合并图层"命令，此时所选图层被合并。

◆选择该命令

08 顺时针旋转画布

选择合并后的图层，再选择"图像/旋转画布/90度（顺时针）"命令，将画布旋转90°。

09 应用"切变"滤镜

选择"滤镜/扭曲/切变"命令，在打开的"切变"对话框中调整波浪形状，如左下图所示，然后单击"确定"按钮得到如右下图所示的效果。

2.调整切变效果   3.单击该按钮

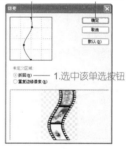

1.选中该单选按钮

10 对胶片效果旋转和缩小

选择"图像/旋转画布/90度（逆时针）"命令，将画布旋转为水平方向。按【Ctrl+T】键打开变换编辑框，对胶片效果进行旋转和缩小处理，并放置于合适的位置，双击鼠标完成胶片效果的制作。

例 56 **给酒杯添加水珠**

素材\第3章\例56\酒杯.jpg
源文件\第3章\例56\给酒杯添加水珠.psd

知识点
- "纤维"滤镜
- "染色玻璃"滤镜
- "塑料效果"滤镜
- 图层混合模式
- 图层蒙版

制作要领
- 水珠附于酒杯壁效果的制作

效果预览

打开素材文件

纤维效果

染色玻璃效果

塑料效果

步骤详解

01 打开素材文件并新建图层

按【Ctrl+O】键打开"酒杯.jpg"素材文件，按【D】键复位前景色和背景色，在"图层"面板中新建图层1，按【Alt+Delete】键将其填充为"黑色"。

02 应用"纤维"滤镜

选择"滤镜/渲染/纤维"命令，在打开的"纤维"对话框中设置参数如左下图所示，单击"确定"按钮得到如右下图所示的效果。

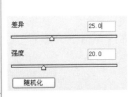
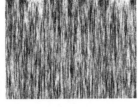

03 应用"染色玻璃"滤镜

选择"滤镜/纹理/染色玻璃"命令，在打开的对话框中设置参数如左下图所示，单击"确定"按钮得到如右下图所示的效果。

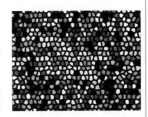

04 应用"塑料效果"滤镜

选择"滤镜/素描/塑料效果"命令，在打开的对话框中设置参数如左下图所示，单击"确定"按钮得到如右下图所示的效果。

05 删除黑色区域

设置前景色为"黑色"，然后使用魔棒工具 ![icon] 选择图像中的黑色区域，按【Delete】键删除，按【Ctrl+D】键取消选区，得到如图所示的效果。

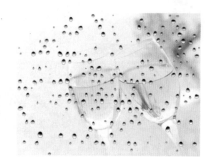

06 设置图层混合模式

设置图层1的图层混合模式为"叠加"，不透明度为"70%"，得到如图所示的效果。

07 添加图层蒙版

单击"图层"面板下方的"添加图层蒙版"按钮 ![icon] ，为图层1添加蒙版，此时"图层"面板如图所示。

08 设置画笔工具

选择画笔工具 ![icon] ，在选项栏中单击"画笔"右侧的 ▾ 按钮，在打开的面板中选择"尖角19像素"选项，然后在"主直径"文本框中输入"45px"，如图所示。

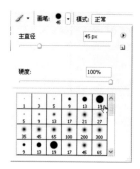

09 涂抹多余水珠

使用画笔工具 ![icon] 对酒杯外的水珠进行涂抹，完成水珠的添加，效果如图所示。

操作提示

在给酒杯绘制水珠的步骤9中，使用画笔工具对酒杯外的水珠进行涂抹时，注意还要涂抹掉酒杯上方玻璃处的水珠，而只保留酒杯中酒区域内的水珠，这样才能使效果更逼真。

经验之谈

在使用魔棒工具对黑色区域进行删除时，必须要确保设置的前景色为黑色，否则不能得到删除背景后的水珠效果。

例57 撕脸效果

素材\第3章\例57\美容.jpg
源文件\第3章\例57\撕脸效果.psd

知识点
- 钢笔工具
- "喷溅"滤镜
- 图层样式
- 渐变工具
- 水平翻转

制作要领
- 撕开脸部效果的模拟
- 立体效果的制作

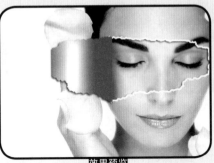

效果预览

打开素材文件

创建路径

撕纸边缘效果

填充渐变

步骤详解

01 打开素材文件并复制图层

按【Ctrl+O】键打开"美容.jpg"素材文件，拖动背景图层到"图层"面板下方的"创建新图层"按钮上，复制生成背景副本图层。

02 创建路径

选择"图像/调整/去色"命令，为图像去色。使用钢笔工具绘制如左下图所示的路径，按【Ctrl+Enter】键将路径转换为选区。

◆转换为选区
◆绘制的路径

03 填充通道

选择"通道"面板，新建Alpha 1通道。设置前景色为"白色"，按【Alt+Delete】键将选区填充为前景色，按【Ctrl+D】键取消选区。

04 应用"喷溅"滤镜

选择"滤镜/画笔描边/喷溅"命令，在打开的对话框中设置参数如图所示，单击"确定"按钮得到如图所示的效果。

05 收缩选区

新建Alpha 2通道，按住【Ctrl】键的同时单击Alpha 1通道，载入其选区。选择"选择/修改/收缩"命令，在打开的对话框中设置收缩量为"4像素"，单击"确定"按钮。按【Alt+Delete】键将选区填充为前景色，按【Ctrl+D】键取消选区，得到如图所示的效果。

06 删除选区图像

选择背景副本图层，选择"通道"面板，按住【Ctrl】键的同时单击Alpha 1通道载入该通道的选区。按【Delete】键删除选区内容，按【Ctrl+D】键取消选区。

07 载入选区

拖动背景图层到"图层"面板下方的"创建新图层"按钮 ⬚ 上，复制生成背景副本2图层。按住【Ctrl】键的同时单击Alpha 2通道载入该通道的选区。

08 改变图层顺序

按【Shift+Ctrl+I】键反选选区，设置前景色为"白色"，按【Alt+Delete】键将选区填充为前景色，按【Ctrl+D】键取消选区，将背景副本2图层放置于背景副本图层的下方。

09 设置投影

复制背景副本2图层，双击生成的背景副本3图层，在打开的"图层样式"对话框中选中"投影"复选框，设置参数如左下图所示，单击"确定"按钮得到如右下图所示的效果。

10 填充渐变

新建图层1，选择"通道"面板，按住【Ctrl】键的同时单击Alpha 1通道载入该通道的选区。设置前景色为"浅灰色（R:235,G:235,B:235）"，背景色为"深灰色（R:85,G:85,B:85）"。选择渐变工具 ⬚，单击选项栏中的"线性渐变"按钮 ▬，从右向左水平拖动鼠标，填充如图所示的渐变色，然后取消选区。

11 调整形状

将图层1置于最顶层，按【Ctrl+T】键打开变换编辑框，按住【Ctrl】键的同时拖动控制点调整渐变图形，然后按【Enter】键确认变换。

12 水平翻转

选择"编辑/变换/水平翻转"命令，将渐变图形水平翻转，使用移动工具将该图形移动到合适的位置。

13 制作高光效果

选择减淡工具，在选项栏中设置画笔为"柔角65像素"，范围为"高光"，曝光度为"30%"。然后对图层1的高光部分进行减淡处理，得到高光效果。

14 制作阴影效果

选择加深工具，在选项栏中设置画笔为"柔角65像素"，范围为"高光"，曝光度为"20%"，然后在图层1的阴影部位进行加深处理。

15 删除图形边缘

选择矩形选框工具，分别在渐变图层的左右内边绘制矩形选区，框选边缘的撕纸效果，然后按【Delete】键删除选区内容，再按【Ctrl+D】键取消选区。

16 设置投影

选择背景图层，选择加深工具，在靠近渐变色的脸部区域进行涂抹，得到如左下图所示的效果。双击图层1，在打开的对话框中选中"投影"复选框，参数设置如右下图所示，完成撕脸效果的制作。

例
58
制作晶莹水珠

素材\第3章\例58\树叶.jpg
源文件\第3章\例58\晶莹水珠.psd

知识点

- 套索工具
- "球面化"滤镜
- "高斯模糊"滤镜
- 图层样式
- 渐变工具

制作要领

- 水珠立体效果的制作
- 水珠透明效果的体现

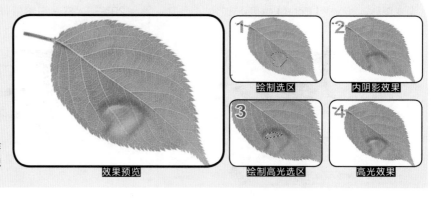

效果预览　　　绘制选区　　　内阴影效果　　　绘制高光选区　　　高光效果

步骤详解

01 打开素材文件并复制图像

按【Ctrl+O】键打开"树叶.jpg"素材文件，使用套索工具 在树叶上绘制如图所示的选区，按【Ctrl+J】键复制选区内容到图层1。

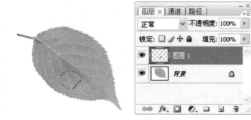

02 应用"球面化"滤镜

选择"滤镜/扭曲/球面化"命令，在打开的对话框中设置参数如左下图所示，单击"确定"按钮得到如右下图所示的效果。

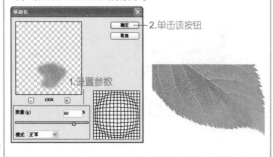

03 应用"高斯模糊"滤镜

选择"滤镜/模糊/高斯模糊"命令，在打开的对话框中设置参数如左下图所示，单击"确定"按钮得到如右下图所示的效果。

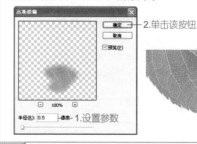

04 设置内阴影

双击图层1，在打开的"图层样式"对话框中选中"内阴影"复选框，设置参数如图所示，单击"确定"按钮后得到内阴影效果。

05 填充选区

新建图层2，按住【Ctrl】键的同时单击图层1前的图层缩览图载入该图层的选区。按【Ctrl+Alt+D】键打开"羽化选区"对话框，设置参数如左下图所示，单击"确定"按钮为选区填充"黑色"，效果如右下图所示。

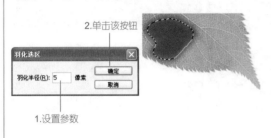

2.单击该按钮

1.设置参数

08 设置渐变填充

设置前景色为"白色"，选择渐变工具，单击选项栏中的渐变色选择框，在打开的"渐变编辑器"对话框中选择"前景到透明"选项，单击"确定"按钮。然后在选区内自上向下拖动鼠标，得到如图所示的效果。

2.单击该按钮

1.选择该选项

06 设置不透明度

将图层2放置于图层1的下方，按【Ctrl+D】键取消选区，然后选择移动工具将投影稍微向下移动。按【Ctrl+T】键打开变换编辑框，对投影的大小做适当的调整，设置该图层的不透明度为"50%"。　◆设置不透明度后的效果

09 设置不透明度

按【Ctrl+D】键取消选区，设置图层3的不透明度为"45%"，得到如图所示的效果。

07 绘制高光选区

新建图层3，将其放置于"图层"面板的最顶层，使用套索工具在水珠的上方绘制选区，选择"选择/变换选区"命令，打开变换编辑框，适当对选区进行调整，然后双击鼠标确认变换，得到如图所示的选区。

◆变换选区

10 绘制下部高光选区

新建图层4，使用套索工具绘制如图所示的选区，按【Ctrl+Alt+D】键打开"羽化选区"对话框，设置羽化半径为"5像素"，单击"确定"按钮后按【Alt+Delete】键为选区填充前景色。设置图层4的不透明度为"40%"，按【Ctrl+D】键取消选区，完成水珠的制作。

素材\第3章\例59\荷花.jpg
源文件\第3章\例59\金色荷花.psd

例 59 制作金色荷花

知识点

- 渐变映射
- 调整图层
- "USM锐化"滤镜
- "径向模糊"滤镜
- 图层蒙版

制作要领

- 金色效果的体现
- 闪光效果的添加

效果预览

打开素材文件

渐变映射效果

选择层次好的通道

USM锐化效果

步骤详解

01 选择"渐变映射"命令

按【Ctrl+O】键打开"荷花.jpg"素材文件,单击"图层"面板下方的"创建新的填充或调整图层"按钮,在弹出的下拉菜单中选择"渐变映射"命令。

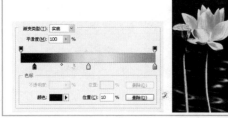

◆选择该命令

02 设置渐变映射

在打开的对话框中单击渐变色选择框，在打开的"渐变编辑器"对话框中选择"橙色、黄色、橙色"选项,然后拖动左下角色标位置在"10%"左右,双击"颜色"选择框,在打开的对话框中设置颜色为"黑色",依次单击"确定"按钮得到如图所示的效果。

03 选择层次较好的通道

按【Ctrl+Shift+Alt+E】键盖印图层,切换到"通道"面板,选择层次较好的绿通道。

◆选择该通道

04 粘贴通道到图层

按【Ctrl+A】键全选图像,然后按【Ctrl+C】键复制,再按【Ctrl+~】键返回到RGB通道,按【Ctrl+V】键粘贴。选择"图层"面板,此时自动生成图层2,设置该图层的图层混合模式为"滤色",不透明度为"40%"。

05 应用"USM锐化"滤镜

选择"滤镜/锐化/USM锐化"命令，在打开的对话框中设置参数如图所示，单击"确定"按钮。按【Ctrl+F】键，增强锐化效果。

2.单击该按钮

1.设置参数

06 应用"径向模糊"滤镜

选择"滤镜/模糊/径向模糊"命令，在打开的对话框中设置参数，单击"确定"按钮得到如右下图所示的效果。

1.设置参数　　2.单击该按钮

07 添加图层蒙版

单击"图层"面板下方的"添加图层蒙版"按钮为图层2添加蒙版。设置前景色为"黑色"，选择画笔工具，在选项栏中选择柔角画笔，在荷花处涂抹，得到如图所示的效果。

08 调整曲线

单击"图层"面板下方的"创建新的填充或调整图层"按钮，在弹出的下拉菜单中选择"曲线"命令，在打开的对话框中调整曲线为如图所示，单击"确定"按钮。

2.单击该按钮

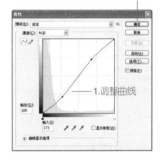
1.调整曲线

09 使曲线只对下一图层起作用

按【Alt】键在曲线1调整图层和图层2之间单击鼠标，使曲线调整只对下面一个图层起作用，得到如图所示的效果。

10 调整色彩平衡的中间调

设置曲线1调整图层的图层混合模式为"正片叠底"。单击"图层"面板下方的"创建新的填充或调整图层"按钮，在弹出的下拉菜单中选择"色彩平衡"命令，参数设置如图所示。

2.单击该按钮

1.设置参数

11 调整色彩平衡的阴影

选中"阴影"单选按钮，参数设置如图所示。

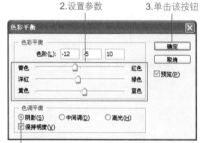

2.设置参数　　3.单击该按钮

1.选中该单选按钮

12 调整色彩平衡的高光

在对话框的"色彩平衡"栏中选中"高光"单选按钮，参数设置如图所示，单击"确定"按钮。

2.设置参数　　3.单击该按钮

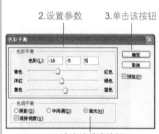

1.选中该单选按钮

13 添加画笔样式

单击"图层"面板下方的"创建新图层"按钮，新建图层3，在工具箱中选择画笔工具，单击选项栏中"画笔"旁边的·按钮，在展开的面板中单击●按钮，在弹出的快捷菜单中选择"混合画笔"命令，在打开的对话框中单击"追加"按钮追加画笔样式。

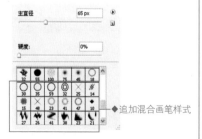

◆追加混合画笔样式

14 设置画笔属性

在添加的笔触样式列表框中选择"交叉排线1"选项，然后在"主直径"文本框中输入"90px"，如图所示。

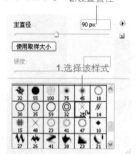

2.设置直径

1.选择该样式

15 添加闪光效果

设置前景色为"白色"，使用画笔工具在荷花的花瓣尖上单击，增加一些闪光效果，完成金色荷花效果的制作。

◆闪光效果

举一反三

学习本例所讲的方法后，自己动手给人物（光盘：\素材\第3章\例59\美女.jpg）制作金属质感效果（光盘：\源文件\第3章\例59\举一反三.psd）。制作过程是先创建并载入人物选区，然后将人物眼睛单独保存为一个图层，最后再对图像进行去色、调整曲线和色彩平衡等处理来达到最终效果。

例 60　云雾效果

素材\第3章\例60\山间瀑布.jpg
源文件\第3章\例60\云雾效果.psd

知识点

- 画笔工具
- "云彩"滤镜
- 图层混合模式
- 图层蒙版

制作要领

- 云雾效果的模拟

效果预览

打开素材文件

云彩效果

设置图层样式

蒙版涂抹效果

步骤详解

01　打开素材文件并新建图层

按【Ctrl+O】键打开"山间瀑布.jpg"素材文件，单击"图层"面板下方的"创建新图层"按钮 🔳 新建图层1。

02　应用"云彩"滤镜

按【D】键复位前景色和背景色，选择"滤镜/渲染/云彩"命令，得到如左下图所示的效果。设置图层1的图层混合模式为"滤色"，不透明度为"60%"，效果如右下图所示。

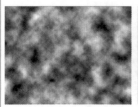

03　添加蒙版

单击"图层"面板下方的"添加图层蒙版"按钮 🔳 ，为图层1添加蒙版，选择画笔工具 ✐ ，在选项栏中选择"柔角65像素"选项，设置不透明度为"60%"，然后在图像窗口的下方涂抹，得到如图所示的效果。

04　涂抹云雾

在选项栏中调整不透明度为"10%"，在图像窗口上方的部分区域进行涂抹，完成云雾效果的制作。

例 61 蛛网效果

素材\第3章\例61\背景.jpg
源文件\第3章\例61\蛛网效果.psd

知识点

- "高斯模糊"滤镜
- 画笔工具
- 描边路径

制作要领

- 蛛网路径的绘制

效果预览

1 打开素材文件
2 高斯模糊效果
3 绘制路径
4 描边路径

步骤详解

01 复制图层

按【Ctrl+O】键打开"背景.jpg"素材文件，按【Ctrl+J】键复制背景图层为图层1。

02 应用"高斯模糊"滤镜

选择图层1，选择"滤镜/模糊/高斯模糊"命令，在打开的对话框中设置参数如左下图所示，单击"确定"按钮得到如右下图所示的效果。

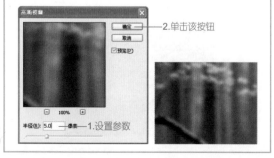

2.单击该按钮

半径(R)：5.0—像素—1.设置参数

03 绘制并保存路径

使用钢笔工具 ✒ 绘制如图所示的路径，选择"路径"面板，双击绘制的工作路径，在打开的"存储路径"对话框中直接单击"确定"按钮保存绘制的路径。

◆单击该按钮

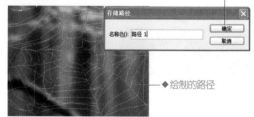

◆绘制的路径

04 设置画笔工具

设置前景色为"白色"，选择画笔工具 ✏，按【F5】键打开"画笔"面板，选择"画笔笔尖形状"选项，在笔尖形状列表框中选择"尖角3像素"选项，设置其他参数如图所示。

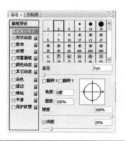

05 新建图层

在"图层"面板中单击"创建新图层"按钮，新建图层2，此时"图层"面板如图所示。

06 选择"描边路径"命令

切换到"路径"面板，在保存的路径1上单击鼠标右键，在弹出的快捷菜单中选择"描边路径"命令。

◆选择该命令

07 应用画笔描边

在打开的"描边路径"对话框的下拉列表框中选择"画笔"选项，单击"确定"按钮得到如图所示的描边效果。

◆描边效果

08 隐藏路径

使用鼠标单击"路径"面板中除路径1之外的其他区域，隐藏保存的路径1，完成蛛网效果的制作。

◆蛛网效果

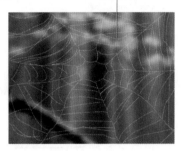

操作提示

蛛网由一段一段的线条组成，所以在绘制蛛网路径的时候，每绘制完一段路径，就需要按【Ctrl】键终止该路径的绘制，这样才不会与下一段路径相连。

经验之谈

本例一开始对图像进行高斯模糊处理的目的，是为了让蛛网效果更突出，而且也能体现出微距离摄影的效果。

经验之谈

在设置画笔工具时，要注意不能选中其他复选框，例如若设置了"形状动态"中的参数，蛛网将会产生不均匀的效果。所以一定要取消选中"画笔"面板中的其他复选框。

例 62 水墨画效果

素材\第3章\例62\荷花.jpg
源文件\第3章\例62\荷花.psd

知识点

- "去色"命令
- "反相"命令
- "曲线"命令
- "高斯模糊"滤镜
- "喷溅"滤镜

制作要领

- 水墨画效果的体现

效果预览

打开素材文件

去色效果

高斯模糊效果

设置图层混合样式

步骤详解

01 复制图层

按【Ctrl+O】键打开"荷花.jpg"素材文件,按【Ctrl+J】键复制背景图层为图层1。

02 应用"去色"命令

选择图层1,选择"图像/调整/去色"命令,得到图像去色后的效果。

03 应用"反相"命令

选择"图像/调整/反相"命令,得到图像反相后的效果。

04 调整曲线

按【Ctrl+M】键打开"曲线"对话框,调整曲线为左下图所示,单击"确定"按钮得到如右下图所示的效果。

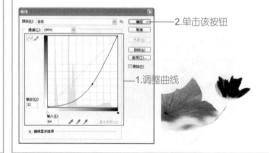

2.单击该按钮

1.调整曲线

05 应用"高斯模糊"滤镜

选择"滤镜/模糊/高斯模糊"命令,在打开的对话框中设置参数如左下图所示,单击"确定"按钮得到模糊后的效果,如右下图所示。

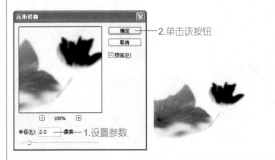

2.单击该按钮

1.设置参数

06 转换图像模式

选择"图像/模式/RGB颜色"命令,在打开的提示对话框中单击"不拼合"按钮,在不合并图层的情况下将图像转换为RGB模式。

◆单击该按钮

07 应用"喷溅"命令

选择"滤镜/画笔描边/喷溅"命令,在打开的对话框中设置参数如上图所示,单击"确定"按钮得到如下图所示的效果。

08 设置图层混合模式

在"图层"面板中设置图层1的图层混合模式为"明度",图像效果如图所示。

◆设置图层混合模式

09 调整曲线

按【Ctrl+M】键打开"曲线"对话框,调整曲线如左下图所示,单击"确定"按钮得到如右下图所示的效果。

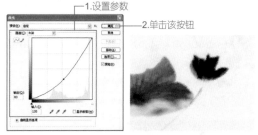

1.设置参数

2.单击该按钮

10 调整亮度和对比度

选择"图像/调整/(亮度/对比度)"命令,在打开的对话框中设置参数并单击"确定"按钮。然后选择直排文字工具 IT,在选项栏中设置文字格式如图所示,设置前景色为黑色,使用直排文字工具 IT 输入"水墨荷花"文字,完成水墨画的制作。

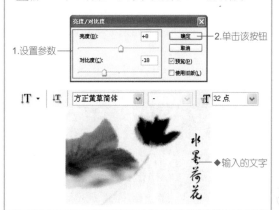

1.设置参数

2.单击该按钮

◆输入的文字

例 63 抽象烟雾效果

素材\第3章\无
源文件\第3章\例63\抽象烟雾.psd

知识点

- 画笔工具
- 涂抹工具
- 渐变工具
- "高斯模糊"滤镜
- "扭曲"滤镜

制作要领

- 烟雾形状的制作
- 烟雾质感的体现

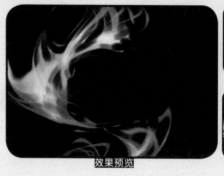

效果预览

绘制线条

涂抹效果

波浪效果

最小值效果

步骤详解

01 新建通道

新建一个400像素×300像素、分辨率为200像素/英寸的文件，设置前景色为"黑色"，按【Alt+Delete】键为背景图层填充前景色。选择"通道"面板，新建Alpha 1通道。

02 绘制线条

设置前景色为"白色"，选择画笔工具 ✐，在选项栏中设置参数如上图所示，在Alpha 1通道中绘制如下图所示的线条。

03 应用"高斯模糊"滤镜

选择"滤镜/模糊/高斯模糊"命令，在打开的对话框中设置参数如图所示，单击"确定"按钮得到模糊后的效果。

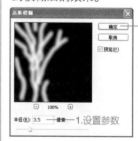

2.单击该按钮

1.设置参数

04 涂抹线条

选择涂抹工具 ✋，在选项栏中设置参数如上图所示，然后在绘制的线条上随意涂抹，得到如下图所示的效果。

◆涂抹效果

05 应用"波浪"命令

选择"滤镜/扭曲/波浪"命令，在打开的对话框中设置参数如图所示，单击"确定"按钮得到扭曲后的效果。

1.设置参数　　　　　　　2.单击该按钮

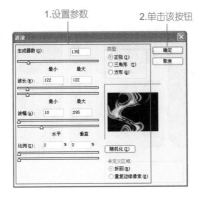

06 应用"最小值"命令

选择"滤镜/其他/最小值"命令，在打开的对话框中设置参数如左下图所示，单击"确定"按钮得到如右下图所示的效果。

2.单击该按钮

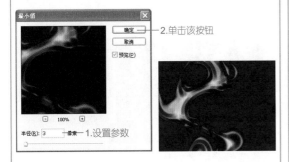

1.设置参数

07 载入并填充选区

按住【Ctrl】键的同时单击Alpha 1通道，载入该通道的选区，如左下图所示。选择"图层"面板，新建图层1，填充选区为"白色"，按【Ctrl+D】键取消选区，得到如右下图所示的效果。

08 应用"旋转扭曲"滤镜

选择"通道"面板，选择Alpha 1通道，选择"滤镜/扭曲/旋转扭曲"命令，在打开的对话框中设置参数如左下图所示，单击"确定"按钮得到如右下图所示的效果。

2.单击该按钮

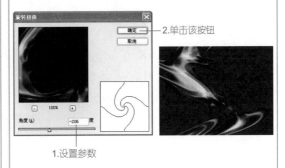

1.设置参数

09 载入并填充选区

按住【Ctrl】键的同时单击Alpha 1通道，载入该通道的选区，如左下图所示。选择"图层"面板，新建图层2，填充选区为"白色"，按【Ctrl+D】键取消选区，得到如右下图所示的效果。

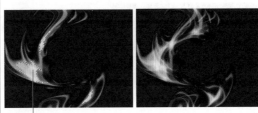

◆载入的选区

10 添加渐变颜色

新建图层3，选择渐变工具，单击选项栏中渐变色选择框右侧的按钮，在打开的面板中选择"透明彩虹"选项，然后自上而下拖动鼠标，得到如右下图所示的渐变效果。设置图层3的图层混合模式为"叠加"，完成抽象烟雾效果的制作。

◆选择该选项

例 64 阳光照射效果

素材\第3章\例64\树林.jpg
源文件\第3章\例64\阳光照射效果.psd

知识点

- "蒙尘与划痕"滤镜
- "曲线"命令
- "径向模糊"滤镜
- "USM锐化"滤镜
- 渐变工具
- "扭曲"滤镜

制作要领

- 阳光洒过树林效果的制作

效果预览

打开素材文件

蒙尘与划痕效果

径向模糊效果

USM锐化效果

步骤详解

01 复制背景图层

按【Ctrl+O】键打开"树林.jpg"素材文件，按【Ctrl+J】键复制背景图层为图层1。

02 应用"蒙尘与划痕"滤镜

选择"滤镜/杂色/蒙尘与划痕"命令，在打开的对话框中设置参数如左下图所示，单击"确定"按钮得到如右下图所示的效果。

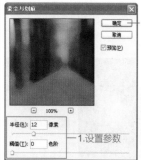

半径(R)：12 像素
阈值(T)：0 色阶

1.设置参数

2.单击该按钮

03 设置图层混合模式

设置图层1的图层混合模式为"叠加"，此时的图像效果如图所示。

04 调整通道的对比度

选择"通道"面板，拖动蓝通道到"创建新通道"按钮 上，复制生成蓝副本通道。按【Ctrl+M】键打开"曲线"对话框，调整曲线为如图所示，单击"确定"按钮增大图像的对比度。

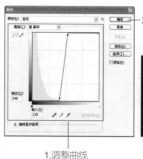

2.单击该按钮

1.调整曲线

05　载入并填充选区

按住【Ctrl】键的同时单击Alpha 1通道，载入该通道的选区，选择"图层"面板，新建图层2，填充选区为"白色"，按【Ctrl+D】键取消选区。

06　应用"径向模糊"滤镜

选择"滤镜/模糊/径向模糊"命令，在打开的对话框中设置参数如左下图所示，单击"确定"按钮。按【Ctrl+F】键重复应用径向模糊滤镜，得到如右下图所示的效果。

1.设置参数　2.单击该按钮

07　应用"USM锐化"滤镜

选择"滤镜/锐化/USM锐化"命令，在打开的对话框中设置参数如左下图所示，单击"确定"按钮得到如右下图所示的效果。

2.单击该按钮

1.设置参数

08　应用"径向模糊"滤镜

选择"滤镜/模糊/径向模糊"命令，在打开的对话框中设置参数如步骤6一样，单击"确定"按钮得到如图所示的效果。

09　径向渐变填充

设置前景色为"白色"，选择渐变工具，单击选项栏中渐变色选择框右侧的按钮，在打开的面板中选择"前景到透明"选项，在选项栏中单击"径向渐变"按钮。在"图层"面板中新建图层3，沿阳光洒进方向拖动，得到渐变填充效果。

1.选择该选项　　2.单击该按钮

10　设置图层混合模式

设置图层3的图层混合模式为"滤色"，不透明度为"70%"，完成为树林添加阳光照射效果的制作。

1.设置混合模式　2.设置不透明度

例 65 螺旋光影效果

效果预览

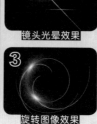
镜头光晕效果

极坐标效果

旋转图像效果

螺旋效果

步骤详解

01 新建文件

新建一个300像素×300像素、分辨率为150像素/英寸的文件。按【D】键复位前景色和背景色，按【Alt+Delete】键将背景图层填充为"黑色"。

02 应用"镜头光晕"滤镜

选择"滤镜/渲染/镜头光晕"命令，在打开的对话框中设置参数如图所示，单击"确定"按钮得到镜头光晕效果。

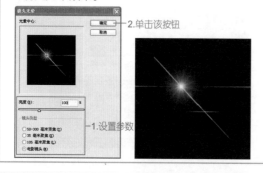

1.设置参数　　2.单击该按钮

03 应用"极坐标"滤镜

选择"滤镜/扭曲/极坐标"命令，在打开的对话框中选中"平面坐标到极坐标"单选按钮，单击"确定"按钮得到极坐标效果。

1.选中该单选按钮

2.单击该按钮

04 复制图层并设置图层混合模式

按【Ctrl+J】键复制背景图层为图层1，设置图层1的图层混合模式为"滤色"，此时图像中的镜头光晕效果得到加强。

◆设置图层混合模式

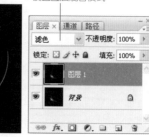

05 旋转图像

选择"编辑/变换/旋转90度（顺时针）"命令，将图层1顺时针旋转90°，得到如图所示的效果。

06 复制并旋转图像

按【Ctrl+J】键复制图层1为图层1副本图层，然后选择"编辑/变换/旋转90度（顺时针）"命令，将图层1副本图层顺时针旋转90°，得到如图所示的效果。

07 复制并旋转图像

按【Ctrl+J】键复制图层1副本图层为图层1副本2图层，然后选择"编辑/变换/旋转90度（顺时针）"命令，将图层1副本2图层顺时针旋转90°，得到如图所示的螺旋效果。

08 复制并旋转图像

按【Ctrl+J】键复制图层1副本2图层为图层1副本3图层，按【Ctrl+T】键打开变换编辑框，在选项栏的"设置旋转"文本框中输入"45"，双击鼠标应用旋转，得到如图所示的效果。

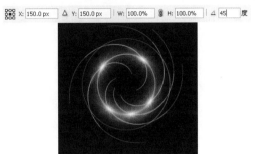

09 复制并旋转图像

按【Ctrl+J】键复制图层1副本3图层为图层1副本4图层，然后选择"编辑/变换/旋转90度（顺时针）"命令，将图层1副本4图层顺时针旋转90°，得到如图所示的效果。

10 重复复制和旋转操作

重复执行步骤9的操作，分别复制图层两次并对图层顺时针旋转90°，完成螺旋光影效果的制作。

例 66 火烈星球

素材\第3章\无
源文件\第3章\例66\火烈星球.psd

知识点

- "添加杂色"滤镜
- "分层云彩"滤镜
- "USM锐化"滤镜
- "球面化"滤镜
- "色彩平衡"命令

制作要领

- 纹理和立体效果的制作
- 星球颜色的体现

效果预览

星空效果

分层云彩效果

球面化效果

星球效果

步骤详解

01 新建文件和图层

新建一个400像素×400像素、分辨率为150像素/英寸的文件。按【D】键复位前景色和背景色，新建图层1，按【Alt+Delete】键为图层1填充"黑色"。

02 应用"添加杂色"滤镜

选择"滤镜/杂色/添加杂色"命令，在打开的对话框中设置参数如左下图所示，单击"确定"按钮。按【Ctrl+J】键复制图层1为图层1副本图层，设置图层1副本图层的图层混合模式为"叠加"，得到如右下图所示的星空背景。

03 绘制正圆选区

新建图层2，按住【Shift】键的同时使用椭圆选框工具绘制一个正圆选区，按【Alt+Delete】键为选区填充"黑色"。

◆为选区填充黑色

04 应用"分层云彩"滤镜

选择"滤镜/渲染/分层云彩"命令，按【Ctrl+F】键复制该滤镜的操作，直到得到满意的效果，如图所示。

◆分层云彩效果

05 调整色阶

按【Ctrl+L】键打开"色阶"对话框，设置参数如图所示，单击"确定"按钮得到调整色阶后的效果。

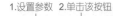

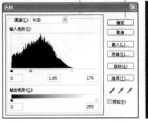

06 应用"USM锐化"滤镜

选择"滤镜/锐化/USM锐化"命令，在打开的对话框中设置参数如左下图所示，单击"确定"按钮得到如右下图所示的效果。

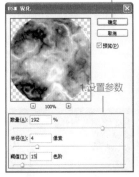

07 应用"球面化"滤镜

选择"滤镜/扭曲/球面化"命令，在打开的对话框中设置参数如左下图所示，单击"确定"按钮得到如右下图所示的球面化效果。

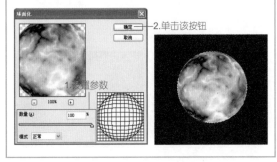

08 再次应用"球面化"滤镜

选择"滤镜/扭曲/球面化"命令，在打开的对话框中设置参数如左下图所示，单击"确定"按钮得到如右下图所示的球面化效果。

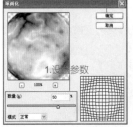

09 给星球上色

选择"图像/调整/色彩平衡"命令，在打开的对话框中选中"阴影"单选按钮，设置参数如左上图所示；选中"中间调"单选按钮，设置参数如右上图所示；选中"高光"单选按钮，设置参数如左下图所示，单击"确定"按钮为星球上色。

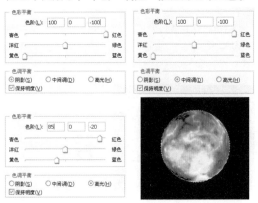

10 制作外发光效果

按【Ctrl+D】键取消选区，双击图层2，在打开的"图层样式"对话框中设置参数如左下图所示，单击"确定"按钮为星球添加外发光效果。

例 **67**

工笔画效果

素材\第3章\例67\荷花.jpg
源文件\第3章\例67\工笔画效果.psd

知识点

- "高斯模糊"滤镜
- "中间值"滤镜
- "去色"命令
- "查找边缘"滤镜
- 图层混合模式

制作要领

- 工笔画效果的模拟

效果预览

打开素材文件

高斯模糊效果

去色效果

查找边缘效果

步骤详解

01 打开文件并复制图层

按【Ctrl+O】键打开"荷花.jpg"素材文件，拖动背景图层到"图层"面板下方的"创建新图层"按钮 上，复制背景图层为背景副本图层。

02 应用"高斯模糊"滤镜

选择"滤镜/模糊/高斯模糊"命令，在打开的对话框中设置参数如左下图所示，单击"确定"按钮得到模糊后的效果。

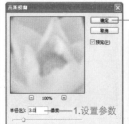

03 应用"中间值"滤镜

选择"滤镜/杂色/中间值"命令，在打开的对话框中设置参数如左下图所示，单击"确定"按钮得到如右下图所示的效果。

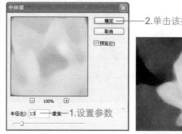

04 使用"去色"命令

拖动背景图层到"创建新图层"按钮 上，生成背景副本2图层，将该图层置于最顶层。按【Shift+Ctrl+U】键为图像去色，将图像转换为黑白效果。

05 应用"查找边缘"滤镜

选择"滤镜/风格化/查找边缘"命令，查找图像的边缘。

06 设置图层混合模式

在"图层"面板中设置背景副本2图层的图层混合模式为"正片叠底"，得到图像边缘与色彩融合在一起的效果。

07 自动调整色阶

再次拖动背景图层到"创建新图层"按钮 ▣ 上，生成背景副本3图层，仍然将该图层置于最顶层。选择"图像/调整/自动色阶"命令，得到自动调整色阶后的效果。

经验之谈

读者在使用其他素材做与本例相同的效果时，最好还是选择微距拍摄的鲜花图片，这样制作出来才能更好地展示工笔画效果。

08 设置图层混合模式

设置背景副本3图层的图层混合模式为"柔光"，得到如图所示的效果。

09 输入文字

选择横排文字工具 T，在选项栏中设置文字格式如图所示，设置前景色为"白色"，在图像左上方输入文字"荷"，完成工笔画效果的制作。

举一反三

根据本例所讲的方法，为人物图片（光盘:\素材\第3章\例67\美女.jpg）制作工笔画效果，制作前后的对比效果如图所示（光盘:\源文件\第3章\例67\举一反三.psd）。

例 **68** 时尚插画效果

素材\第3章\例68\
源文件\第3章\例68\时尚插画效果.psd

知识点

- "色调分离"命令
- "中间值"滤镜
- "阈值"命令
- "描边"命令
- 图层混合模式

制作要领

- 插画效果的制作

效果预览

打开素材文件 1

黑白图像效果 2

调整曲线效果 3

图层混合模式效果 4

步骤详解

01 打开文件并选择白色背景

按【Ctrl+O】键打开"时尚模特.jpg"素材文件，使用魔棒工具 选择图像中的白色区域。

02 反选选区并复制图像

按【Shift+Ctrl+I】键对选区进行反选，得到人物的选区，按【Ctrl+J】键复制选区中的图像到图层1。

03 应用"去色"命令

拖动图层1到"创建新图层"按钮 上，生成图层1副本图层，按【Shift+Ctrl+U】键去色，得到黑白图像效果。

04 复制并隐藏图层

拖动图层1副本图层到"创建新图层"按钮 上，生成图层1副本2图层。单击图层1副本2图层前面的 图标，隐藏图层1副本2图层。

05 用"色调分离"命令

选择图层1副本图层，选择"图像/调整/色调分离"命令，在打开的对话框中设置参数如图所示，单击"确定"按钮得到色调分离效果。

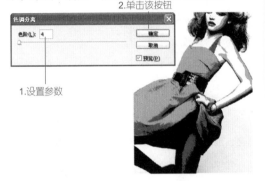

2.单击该按钮

1.设置参数

06 应用"中间值"滤镜

选择"滤镜/杂色/中间值"命令，在打开的对话框中设置参数如左下图所示，单击"确定"按钮得到调整后的效果。

2.单击该按钮

1.设置参数

07 调整曲线

按【Ctrl+M】键打开"曲线"对话框，调整曲线为如图所示，单击"确定"按钮得到图像变亮的效果。

1.调整曲线 2.单击该按钮

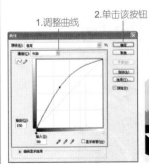

08 应用"阈值"滤镜

单击图层1副本2图层前面的空白方框，出现 👁 图标，显示图层1副本2图层。选择该图层，选择"图像/调整/阈值"命令，在打开的对话框中设置参数如左下图所示，单击"确定"按钮得到对比强烈的黑白效果。

1.设置参数 2.单击该按钮

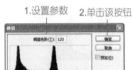

09 应用"中间值"滤镜

选择"滤镜/杂色/中间值"命令，在打开的对话框中设置参数如左下图所示，单击"确定"按钮得到如右下图所示的效果。

2.单击该按钮

1.设置参数

10 设置图层混合模式

设置图层1副本2图层的图层混合模式为"正片叠底"，得到如图所示的效果。

◆设置图层混合模式

11 设置图层的混合模式

将图层1置于顶层，设置其图层混合模式为"强光"，不透明度为"80%"。

12 使用"描边"命令

按住【Ctrl】键的同时单击图层1前的图层缩览图，载入人物选区，新建图层2。选择"编辑/描边"命令，在打开的对话框中设置参数如图所示，单击"确定"按钮，按【Ctrl+D】键取消选区。

1.设置参数

2.单击该按钮

13 使用"色调分离"命令

按【Ctrl+O】键打开"花.jpg"素材文件，选择"图像/调整/色调分离"命令，在打开的对话框中设置参数如图所示，单击"确定"按钮得到如右下图所示的效果。

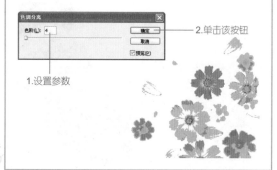

2.单击该按钮

1.设置参数

14 应用"中间值"滤镜

选择"滤镜/杂色/中间值"命令，在打开的对话框中设置参数如左下图所示，单击"确定"按钮得到如右下图所示的效果。

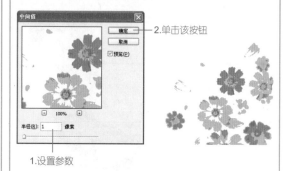

2.单击该按钮

1.设置参数

15 应用"反相"命令

按【Ctrl+I】键，得到图像反相后的效果，如图所示。

16 调整大小

使用移动工具拖动反相后的图像到人物文件中，自动生成图层3。将图层3放在背景图层的上方，按【Ctrl+T】键打开变换编辑框，调整图像的大小后双击鼠标完成时尚插画的制作。

例 69　黄金效果

素材\第3章\例69\老鹰.jpg
源文件\第3章\例69\黄金效果.psd

知识点
- "去色"命令
- "曲线"命令
- "色彩平衡"命令
- 魔棒工具

制作要领
- 黄金效果颜色的设置

效果预览

打开素材文件

黑白图像效果

调整曲线效果

色彩平衡效果

步骤详解

01　打开文件并去色

按【Ctrl+O】键打开"老鹰.jpg"素材文件，按【Ctrl+J】键复制背景图层为图层1，按【Shift+Ctrl+U】键对图像去色，使图像变为黑白效果。

02　调整曲线

按【Ctrl+M】键打开"曲线"对话框，调整曲线如左下图所示，单击"确定"按钮得到如右下图所示的效果。

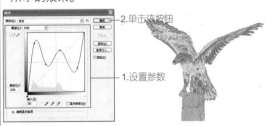

2.单击该按钮
1.设置参数

03　应用"色彩平衡"命令

选择"图像/调整/色彩平衡"命令，在打开的对话框中分别选中"中间调"、"阴影"和"高光"单选按钮，设置参数如图所示，单击"确定"按钮得到调整后的效果。

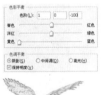

04　填充选区

使用魔棒工具选择白色背景，选择"选择/修改/扩展"命令，在打开的对话框中设置扩展量为"1像素"，单击"确定"按钮，然后为选区填充"黑色"，取消选区完成黄金效果的制作。

1.设置参数　2.单击该按钮

例 70 制作舞台幕布

素材\第3章\例70\瑜珈.jpg
源文件\第3章\例70\幕布效果.psd

知识点

- 画笔工具
- "风"滤镜
- "高斯模糊"滤镜
- 旋转变换
- "光照效果"滤镜

制作要领

- 幕布效果的制作
- 幕布真实感的体现

效果预览

绘制白色线条

风和模糊效果

旋转并放大图像

光照效果

步骤详解

01 新建文件

新建一个450像素×300像素、分辨率为200像素/英寸的文件。按【D】键复位前景色和背景色，按【Alt+Delete】键为背景图层填充"黑色"。

02 绘制白色线条

新建图层1，设置前景色为"白色"，选择画笔工具 ，在选项栏中设置画笔为"尖角13像素"，然后使用画笔工具 在图层1中绘制如图所示的线条。

03 应用"风"滤镜

选择"滤镜/风格化/风"命令，在打开的对话框中设置参数如左下图所示，单击"确定"按钮后再按3次【Ctrl+F】键重复应用该滤镜，得到如右下图所示的效果。

04 应用"高斯模糊"滤镜

选择"滤镜/模糊/高斯模糊"命令，在打开的对话框中设置参数如左下图所示，单击"确定"按钮得到如右下图所示的效果。

2.单击该按钮

1.设置参数

05　旋转并调整大小

按【Ctrl+T】键打开变换编辑框，在其上单击鼠标右键，在弹出的快捷菜单中选择"旋转90度（逆时针）"命令，将图层1逆时针旋转90°，然后拖动控制点调整大小。按【Ctrl+A】键全选图像，然后按【Ctrl+C】键复制图像。

◆选择该命令

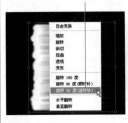

06　复制图像到通道中

选择"通道"面板，单击"创建新通道"按钮，新建Alpha 1通道，按【Ctrl+V】键粘贴复制的图像到Alpha 1通道中。选择"图层"面板，新建图层2，为其填充"红色（R:225,G:37,B:37）"。

07　应用"光照效果"滤镜

选择"滤镜/渲染/光照效果"命令，在打开的对话框中设置参数如左下图所示，单击"确定"按钮得到光照效果。

2.调整光照范围　　1.设置参数

3.单击该按钮

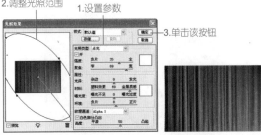

08　绘制选区并填充颜色

按【Ctrl+O】键打开"瑜珈.jpg"素材文件，用魔棒工具选择白色的背景，按【Shift+Ctrl+I】键反选得到人物的选区。使用移动工具拖动人物到幕布文件中，按【Ctrl+T】键打开变换编辑框，缩小图像到如图所示的效果。新建图层4，使用矩形选框工具绘制一个矩形选区，为其填充黑色，并将该图层放置于图层2的上方。

◆绘制的黑色矩形

09　垂直翻转图像

复制图层2为图层2副本图层，按【Ctrl+T】键打开变换编辑框，在其上单击鼠标右键，在弹出的快捷菜单中选择"垂直翻转"命令，然后拖动到黑色地板的位置，双击鼠标后将该图层放置于图层4的上方，得到如图所示的效果。设置前景色为"黑色"，选择渐变工具，在选项栏中设置"前景到透明"的线性渐变。

10　制作倒影

单击"图层"面板下方的"添加图层蒙版"按钮，使用渐变工具自下而上在图层2副本图层中拖动，设置该图层的不透明度为"70%"，得到如左下图所示的倒影效果。用同样的方法为人物添加倒影，效果如右下图所示。为图层4添加蒙版，使用画笔工具适当对地板进行细节调整，完成幕布效果的制作。

例71 霓虹灯效果

素材\第3章\例71\
源文件\第3章\例71\霓虹灯效果.psd

知识点
- 自定形状工具
- 转换路径为选区
- 图层样式
- 横排文字工具

制作要领
- 形状的载入
- 霓虹灯效果的体现

效果预览

绘制路径

霓虹灯效果

圆角矩形效果

文字效果

步骤详解

01 打开素材文件

按【Ctrl+O】键打开"砖墙.jpg"素材文件，按【Ctrl+J】键复制背景图层为图层1，设置图层1的图层混合模式为"正片叠底"。

02 载入形状

选择自定形状工具，单击其选项栏中"形状"右侧的·按钮，打开形状选择面板。单击面板右上角的按钮，在弹出的下拉菜单中选择"载入形状"命令，在打开的"载入"对话框中选择光盘提供的美女剪影形状素材，单击"载入"按钮载入，此时形状列表框中显示出载入的形状。

1.选择该文件
2.单击该按钮

◆载入的形状

03 绘制载入的形状

在形状列表框中任意选择一个人物剪影，按住【Shift】键的同时在图像窗口中拖动鼠标光标，绘制所选择的形状。

◆绘制的形状

04 填充形状

按【Ctrl+Enter】键将路径转换为选区，按【D】键复位前景色和背景色，新建图层2，按【Ctrl+Delete】键为选区填充背景色，并按【Ctrl+D】键取消选区。

05 设置"外发光"和"内发光"

双击图层2，在打开的"图层样式"对话框中选中"外发光"复选框，设置发光颜色为"淡绿色（R:61,G:252,B:182）"，其他参数设置如图所示。然后选中"内发光"复选框，设置发光颜色为"绿色（R:0,G:255,B:150）"，其他参数设置如图所示，单击"确定"按钮得到霓虹灯效果。

06 绘制圆角矩形

新建图层3，使用圆角矩形工具绘制圆角矩形路径，按【Ctrl+Enter】键将路径转换为选区，再按【Ctrl+Delete】键为选区填充"白色"。选择"选择/修改/收缩"命令，在打开的"收缩选区"对话框中设置收缩量为"3像素"，单击"确定"按钮。按【Delete】键删除选区内容，取消选区后的效果如图所示。

 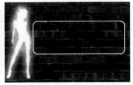

07 设置图层样式

按住【Alt】键的同时拖动图层2下面的效果到图层3上，复制图层2的图层样式到图层3。再双击图层3，在打开的"图层样式"对话框中分别修改"外发光"大小为"10像素"，单击"确定"按钮得到如图所示的效果。

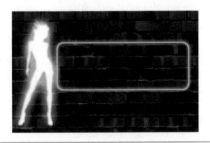

08 输入文字

按【X】键切换前景色和背景色，选择横排文字工具，在选项栏中设置字体为"Showcard Gothic"，字体大小为"80点"，设置消除锯齿的方法为"浑厚"，然后在圆角矩形框内单击，输入文字"KKBAR"。

09 设置图层样式

双击文字图层，在打开的"图层样式"对话框中分别选中"外发光"和"内发光"复选框，设置参数如图所示，颜色分别为"白色"和"淡蓝色（R:198,G:253,B:255）"，单击"确定"按钮为文字添加霓虹灯效果。

10 添加其他形状

用同样的方法添加音符和人物剪影等形状，分别为其添加外发光和内发光效果，在设置颜色的时候可以根据自己的喜好来选择，完成霓虹灯效果的制作。

例72 纹身效果

素材\第3章\例72\
源文件\第3章\例72\人体纹身.psd

知识点

- 自定形状工具
- 转换路径为选区
- "置换"滤镜
- 钢笔工具
- 图层混合模式

制作要领

- 形状的载入
- 图像附着背部效果的制作

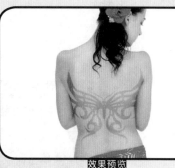

效果预览

1 打开素材文件　　2 绘制形状

3 填充图形　　4 置换效果

步骤详解

01 打开素材文件

按【Ctrl+O】键打开"裸背美女.jpg"素材文件，效果如图所示。

02 载入形状

选择自定形状工具 ，单击其选项栏中"形状"右侧的·按钮，打开形状选择面板。单击面板右上角的 按钮，在弹出的下拉菜单中选择"载入形状"命令，在打开的"载入"对话框中选择光盘提供的纹身形状素材，单击"载入"按钮载入，此时形状列表框中显示出载入的形状。

1.选择该文件

2.单击该按钮

◆载入的形状

03 绘制载入的形状

在形状列表框中选择"抽象蝴蝶"形状，按住【Shift】键的同时在图像窗口中拖动鼠标光标，绘制所选的形状。

1.选择该形状

2.绘制形状

04 填充形状

按【Ctrl+Enter】键将路径转换为选区，按【D】键复位前景色和背景色，新建图层1，按【Alt+Delete】键给选区填充前景色，按【Ctrl+D】键取消选区。按【Ctrl+T】键打开变换编辑框，放大图像，按【Ctrl+S】键保存文件为"人体彩绘.psd"。

05 调整色阶

单击图层1前面的 👁 图标隐藏该图层，选择背景图层，按【Ctrl+L】键打开"色阶"对话框，设置参数如左下图所示，单击"确定"按钮得到如右下图所示的效果，然后将其另存为"模板.psd"。

1.设置参数　2.单击该按钮

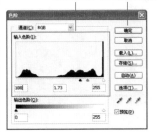

06 应用"置换"滤镜

选择图层1，然后选择"滤镜/扭曲/置换"命令，在打开的"置换"对话框中设置参数如图所示，单击"确定"按钮。

2.单击该按钮

1.设置参数

07 选择模板文件

在打开的对话框中选择存储的模板文件，单击"打开"按钮得到置换后的效果。

1.选择该文件　　2.单击该按钮

08 删除多余的部分

放大图像，设置图层1的不透明度为"50%"，这样便于对多出人物背部的区域进行删除。选择钢笔工具 ，绘制路径框选超出背部的图案。按【Ctrl+Enter】键将路径转换为选区，然后按【Delete】键删除选区中的图像，取消选区后的效果如图所示。

◆超出背部的图案　　◆超出背部的图案

09 设置图层混合模式和不透明度

设置图层1的图层混合模式为"叠加"，不透明度为"70%"，填充为"80%"，完成人体纹身效果的制作。

举一反三

根据本例所讲的方法，为图中的美女（光盘:\素材\第3章\例72\举一反三）添加纹身效果，添加前后的对比效果如图所示（光盘:\源文件\第3章\例72\举一反三.psd）。

例 73　画中画效果

素材\第3章\例73\情侣.jpg
源文件\第3章\例73\画中画效果.psd

 知识点

- 矩形选框工具
- 旋转选区
- 图层样式
- "径向模糊"滤镜
- "色相/饱和度"命令

制作要领

- 画中画选区的绘制
- 画中画立体感的体现

效果预览

绘制选区

变换选区

描边效果

投影效果

步骤详解

01　打开素材文件

按【Ctrl+O】键打开"情侣.jpg"素材文件，效果如图所示。

02　绘制选区

使用矩形选框工具 在图像窗口中框选需要作为画中画的区域，效果如图所示。

03　旋转选区

选择"选择/变换选区"命令打开变换编辑框，在选项栏的"设置旋转"文本框中输入"15"，按【Enter】键确认旋转操作，得到如图所示的选区。

W: 100.0% ⚭ H: 100.0% | △ 15 度 H: 0.0 度 V: 0.0 度

04　复制图像到新图层

按【Ctrl+J】键复制选区中的图像到新图层，自动生成图层1。

05 选择命令

单击"图层"面板下方的"添加图层样式"按钮 *fx.*，在弹出的下拉菜单中选择"描边"命令。

◆选择该命令

06 设置描边效果

在打开的"图层样式"对话框中设置参数如左下图所示，设置描边颜色为"白色"，此时的图像效果如右下图所示。

07 设置投影效果

在"图层样式"对话框中选中"投影"复选框，设置参数如左下图所示，单击"确定"按钮得到如右下图所示的投影效果。

08 应用"径向模糊"滤镜

选择背景图层，选择"滤镜/模糊/径向模糊"命令，在打开的对话框中设置参数如左下图所示，单击"确定"按钮得到径向模糊效果，如右下图所示。

09 调整色相和饱和度

按【Ctrl+U】键打开"色相/饱和度"对话框，在该对话框中选中"着色"复选框，设置参数如图所示，单击"确定"按钮完成画中画效果的制作。

举一反三

根据本例所讲的方法，为图片中的人物（光盘:\素材\第3章\例73\阳光女孩.jpg）制作画中画效果，制作前后的对比效果如图所示（光盘:\源文件\第3章\例73\举一反三.psd）。

例 **74**

曲线光束效果

素材\第3章\例74\骑马.jpg
源文件\第3章\例74\曲线光束.psd

知识点

- 钢笔工具
- 画笔工具
- 橡皮擦工具
- 图层样式

制作要领

- 光束路径的绘制
- 光束效果的体现

效果预览

① 打开素材文件

② 绘制路径

③ 描边路径

④ 图层样式

步骤详解

01 打开素材文件

按【Ctrl+O】键打开"骑马.jpg"素材文件，效果如图所示。

02 绘制路径

使用钢笔工具 在图中马鞭处绘制缠绕的形状路径，效果如图所示。

◆绘制的路径

03 设置画笔属性

选择画笔工具 ，按【F5】键打开"画笔"面板，选择左侧的"画笔笔尖形状"选项，然后在笔尖形状列表框中选择"尖角5像素"选项，然后设置其他参数如图所示。

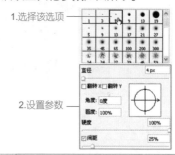

1.选择该选项

2.设置参数

04 设置画笔属性

选中"形状动态"复选框，在"大小抖动"文本框下方的"控制"下拉列表框中选择"钢笔压力"选项。

大小抖动		0%
⚠ 控制:	钢笔压力	
最小直径		0%
倾斜缩放比例		
角度抖动		0%
控制:	关	
圆度抖动		0%
控制:	关	

05 存储路径

选择"路径"面板，双击绘制的工作路径，在打开的"存储路径"对话框中直接单击"确定"按钮，保存该路径，此时"路径"面板中显示为"路径1"。

◆单击该按钮

06 描边路径

设置前景色为"白色"，新建图层1，然后选择"路径"面板，在路径1上单击鼠标右键，在弹出的快捷菜单中选择"描边路径"命令。在"路径"面板的其他区域单击鼠标，隐藏路径，得到描边效果，如图所示。

◆选择该命令

07 擦除不需要的部分

选择橡皮擦工具，在选项栏中设置画笔大小为"尖角3像素"，擦除曲线光束上不需要的部分，使光束具有缠绕在马鞭上的效果。

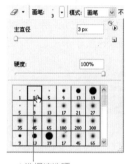

◆选择该选项

08 设置内发光和外发光效果

双击图层1，在"图层样式"对话框中选中"外发光"复选框，设置参数如左下图所示，颜色设置为"红色（R:179,G:36,B:28）"；再选中"内发光"复选框，设置参数如右下图所示，颜色仍然设置为"红色（R:179,G:36,B:28）"，单击"确定"按钮得到发光效果。

09 复制图层并设置画笔属性

按【Ctrl+J】键复制图层1为图层1副本图层，加强光束效果，如左下图所示。然后选择画笔工具，按【F5】键打开"画笔"面板，设置直径为"3px"，再选中"散布"复选框，设置参数如右下图所示。

10 添加光点效果

新建图层2，然后使用画笔工具在光束周围单击，为光束添加光点效果，完成曲线光束效果的制作。

例 **75** **水晶头像**

素材\第3章\例75\骑马.jpg
源文件\第3章\例75\水晶头像.psd

知识点

- 收缩选区
- "铬黄"滤镜
- 图层混合模式
- "照亮边缘"滤镜
- "色相/饱和度"命令

制作要领

- 水晶头像效果的处理

效果预览

1 打开素材文件

2 拖入图像到另一个文件

3 铬黄效果

4 照亮边缘效果

步骤详解

01 得到人物头像选区

按【Ctrl+O】键打开"美女头像.jpg"素材文件，按住【Shift】键的同时使用魔棒工具 选择图像中的白色区域，然后按【Ctrl+Shift+I】键反选选区得到人物头像的选区。

◆选择的白色区域

02 收缩选区

选择"选择/修改/收缩"命令，在打开的对话框中设置收缩量为"1像素"，单击"确定"按钮得到如图所示的选区。

2.单击该按钮

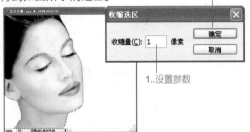

1..设置参数

03 移动图像

按【Ctrl+O】键打开"背景.jpg"素材文件，使用移动工具 将选区中的图像移动到背景文件中，自动生成图层1，将其放置在合适的位置，效果如图所示。

04 复制图层

拖动图层1到"图层"面板下方的"创建新图层"按钮 上两次，复制图层，生成图层1副本和图层1副本2图层，将图层1放置于最顶层。

05 应用"铬黄"滤镜

选择图层1，然后选择"滤镜/素描/铬黄"命令，在打开的对话框中设置参数如图所示，单击"确定"按钮得到铬黄效果。

06 设置图层混合模式

单击图层1副本和图层1副本2图层前的👁图标，隐藏这两个图层，设置图层1的图层混合模式为"叠加"，此时图像效果如图所示。

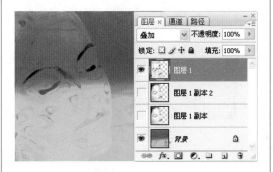

07 应用"照亮边缘"滤镜

显示并选择图层1副本图层，选择"滤镜/风格化/照亮边缘"命令，在打开的对话框中设置参数如图所示，单击"确定"按钮得到照亮边缘效果。

08 设置图层混合模式

设置图层1副本图层的图层混合模式为"滤色"，不透明度为"40%"，此时的图像效果如图所示。

09 调整色相和饱和度

显示并选择图层1副本2图层，按【Ctrl+U】键打开"色相/饱和度"对话框，设置参数如图所示，单击"确定"按钮后设置该图层的不透明度为"30%"，得到调整色相和饱和度后的效果。

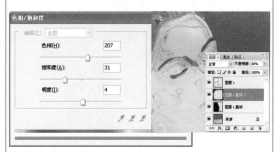

10 调整色相和饱和度

选择图层1副本图层，按【Ctrl+U】键打开"色相/饱和度"对话框，设置参数如图所示，单击"确定"按钮后得到调整后的图像效果。

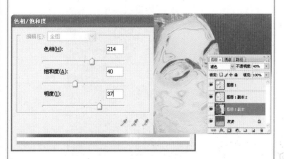

11 调整色相和饱和度

选择图层1，按【Ctrl+U】键打开"色相/饱和度"对话框，设置参数如图所示，单击"确定"按钮，得到调整后的图像效果。

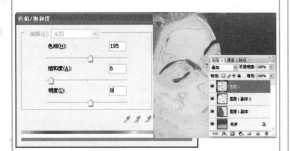

12 移动素材文件

按【Ctrl+O】键打开"水波.jpg"素材文件，使用移动工具 将其拖入到制作的水晶头像中。按【Ctrl+T】键打开变换编辑框，调整图像的大小，然后双击鼠标完成变换操作。

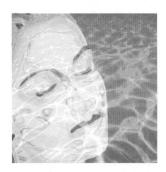

13 删除头像外的区域

按住【Ctrl】键的同时选择除背景图层外的任何一个图层，载入该图层的选区，然后按【Ctrl+Shift+I】键反选选区，按【Delete】键删除选区内容，再按【Ctrl+D】键取消选区。

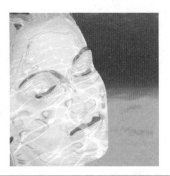

14 设置图层混合模式

设置图层2的图层混合模式为"变亮"，不透明度为"80%"，此时的图像效果如图所示。

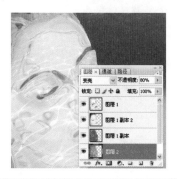

15 调整曲线

将图层2放置于最顶层，按【Ctrl+M】键打开"曲线"对话框，调整曲线为如图所示，单击"确定"按钮。

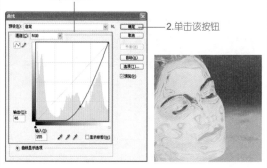

16 调整曲线

复制图层1副本2图层生成图层1副本3图层，按【Ctrl+M】键打开"曲线"对话框，调整曲线为如图所示，单击"确定"按钮后完成水晶头像的制作。

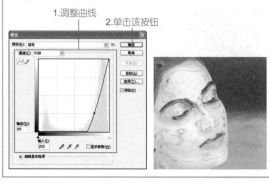

实战演练

素材\第3章\实战演练\
源文件\第3章\实战演练\

　　本章主要讲解了使用Photoshop制作各种图像特效的方法，例如为杯子添加水珠、制作舞台幕布效果和霓虹灯效果等，大家在学习的时候先要对需要做出的效果进行分析，然后再通过Photoshop中的各种功能和命令来实现。本章给出的效果只是很小的一部分，希望读者通过本章实例的学习，结合自己的想象，制作出更多的艺术特效，化平淡为神奇。

◆ 实战演练一——水粉效果

　　自己动手将图像制作成水粉画的效果，在制作的过程中主要用到"调整"命令，包括"色相/饱和度"、"亮度/对比度"、"色调分离"、"阈值"和"去色"命令等，在调整的时候还需要修改图层混合模式来实现最终的水粉效果。

制作提示：

（1）复制背景图层，选择几朵玫瑰，通过调整色相和饱和度改变花朵的颜色。

（2）调整图像的亮度和对比度。

（3）复制背景图层，使用"去色"命令对图像去色。

（4）使用"色调分离"命令对图像进行色调分离处理。

（5）再次复制背景图层，先对其去色，然后调整阈值。

（6）设置背景副本3和背景副本图层的图层混合模式为"正片叠底"和"颜色"。

◆ 实战演练二——制作夜光摩天轮

　　自己动手制作如图所示的夜光摩天轮效果，制作的关键是各重要部分的霓虹灯效果的体现，主要涉及到绘制及描边路径、添加镜头光晕和图层样式等知识点。

制作提示：

（1）新建图层，为其填充渐变色，制作出夜空的效果。

（2）使用钢笔工具绘制放射状路径，然后使用画笔对路径进行描边。

（3）使用椭圆选框工具绘制多个正圆选区，然后对其进行描边，描边颜色设置为不同的颜色。

（4）为描边后的路径设置"外发光"和"内发光"图层样式。

（5）使用"滤镜/渲染/镜头光晕"命令添加镜头光晕，设置图层混合模式为"线性加深"以增加夜空效果。

拓展效果

素材\第3章\拓展效果\
源文件\第3章\拓展效果\

图像艺术效果丰富多彩，可以根据自己的想象任意发挥，最主要的还是要熟练掌握软件功能。下面给出一些效果让大家欣赏，读者自己可分析一下这些效果的制作过程。

◆ 卷页效果

本图展示的是为图片添加卷页前后的对比效果。操作比较简单，主要是通过创建卷页形状后对其填充渐变色，然后再添加投影效果，增强其立体感。

◆ 爆炸效果

本图展示的是爆炸效果，主要使用到的命令有"填充"和"反相"命令、"云彩"和"极坐标"滤镜等。制作过程是先通过"填充"命令填充石头图案，然后对石头图案应用"球面化"滤镜，再通过"极坐标"滤镜来制作放射效果，最后对其颜色进行调整，使其具有爆炸的火光效果。

◆ 水笼头流水效果

本图展示的是为水笼头添加流水前后的对比效果，主要使用到的工具和命令有钢笔工具、"修改"命令、"玻璃"滤镜、"色相/饱和度"命令和"液化"滤镜。制作过程并不复杂，主要是先绘制出流水的路径，然后通过收缩选区和"玻璃"滤镜来体现水的质感。为了使效果更加逼真，最后需要对其应用"液化"滤镜。

◆ 水中倒影效果

本图展示的是为图像添加水中倒影前后的对比效果。该效果的制作过程比较简单，主要使用到的工具和命令有"画布大小"命令、"垂直翻转"命令、矩形选框工具、添加图层蒙版、"高斯模糊"滤镜、"水波"滤镜和加深工具等。在整个制作过程中，垂直翻转图像是最重要的一步，后面的操作基本都是在翻转后的图像上进行的。

第4章

图像创意合成

在Photoshop中，可以将几张图像完美自然地融合在一起，从而合成更多的图像，使制作出来的广告作品更富有创意和个性。图像的合成可以通过羽化、蒙版和橡皮擦工具来实现，一般使用较多、过渡又自然的是蒙版操作。在蒙版操作中，黑色的区域表示隐藏的部分，而白色的区域则表示显示的部分。

例 76 水果足球

素材\第4章\例76\
源文件\第4章\例76\水果足球.psd

知识点

- 椭圆选框工具
- 移动工具
- 图层蒙版
- 画笔工具
- 图层混合模式

制作要领

- 水果足球效果的体现
- 被覆盖叶和茎的处理

效果预览

打开素材文件

拖入足球素材

对叶和茎进行处理

另一个水果足球效果

步骤详解

01 打开素材文件

按【Ctrl+O】键打开"橙子.jpg"和"足球.jpg"
素材文件，如图所示。

02 选择足球

按住【Shift】键的同时使用椭圆选框工具〇在足
球图片中拖动绘制如左图所示的正圆选区，然后
选择"选择/变换选区"命令打开变换编辑框，
调整选框如足球一样大小，按【Enter】键确认
变换。

03 缩小足球

使用移动工具 ► 拖动选择的足球到橙子文
件中，按【Ctrl+T】键打开变换编辑框，按
【Shift+Alt】键等比例缩小足球，放置在合适的
位置后双击鼠标确认变换。

04 让足球与橙子重合

使用移动工具 ► 将足球移动到与橙子重合的位
置，然后按【Ctrl+T】键打开变换编辑框，拖动
控制点进行调整，使足球与橙子完全重合，然后
双击鼠标确认变换，效果如图所示。

05 设置图层的不透明度

足球被拖入橙子文件中时，自动生成图层1。设置图层1的不透明度为"50%"，这里设置不透明度的目的是为了方便后面对叶和茎的处理。

06 为图层添加蒙版

选择图层1，单击"图层"面板下方的"添加图层蒙版"按钮，为该图层添加蒙版，此时"图层"面板如图所示。

07 对叶和茎进行涂抹

设置前景色为"黑色"，在工具箱中选择画笔工具，在选项栏中单击"画笔"右侧的·按钮，在打开的面板中选择"尖角9像素"选项，然后使用画笔工具沿被足球覆盖了的叶和茎部分进行涂抹，效果如图所示。

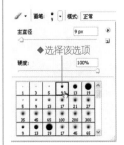

◆选择该选项

◆涂抹后的效果

08 删除图层蒙版

拖动图层1到"图层"面板下方的"创建新图层"按钮上，使用鼠标拖动图层蒙版缩览图到"删除图层"按钮上，在打开的对话框中单击"删除"按钮删除图层蒙版。

◆单击该按钮

09 处理另一个橙子足球效果

使用移动工具移动复制的图层1副本图层到另一个橙子上，按【Ctrl+T】键打开变换编辑框，拖动控制点调整足球的大小，直到与橙子重合，按【Enter】键确认变换，效果如左下图所示。单击"图层"面板下方的"添加图层蒙版"按钮为图层1副本图层添加蒙版，然后重复步骤7的操作，对被足球覆盖了的叶、茎以及两个橙子重叠的部分进行涂抹，得到如右下图所示的效果。

10 设置图层混合模式和不透明度

分别设置图层1和图层1副本图层的混合模式为"叠加"，不透明度为"80%"，完成水果足球的制作。

例 **77** 合成梦幻背景

素材\第4章\例77\
源文件\第4章\例77\梦幻背景.psd

知识点

- 移动工具
- "应用图像"命令
- 图层混合模式
- "曲线"命令
- 画笔工具

制作要领

- 图像融合效果的制作
- 渐隐蝴蝶的绘制

效果预览

设置图层混合模式

拖入素材文件

设置图层混合模式

删除蝴蝶

步骤详解

01 移动素材文件到另一个素材文件

按【Ctrl+O】键打开"绿芽.jpg"和"和平鸽.jpg"素材文件,使用移动工具 拖动和平鸽文件到绿芽文件中,自动生成图层1,按【Ctrl+T】键调整好大小和位置让其重叠放置。

02 使用"应用图像"命令

选择图层1,选择"图像/应用图像"命令,在打开的对话框中设置参数如左下图所示,单击"确定"按钮得到如右下图所示的效果。

2.单击该按钮

1.设置参数

03 拖动文件

按【Ctrl+O】键打开"梦幻电杆.jpg"素材文件,使用移动工具 拖动电杆文件到绿芽文件中,自动生成图层2。

04 调整大小

按【Ctrl+T】键打开变换编辑框,拖动控制点调整图层2的大小,然后双击鼠标确认变换,效果如图所示。

05 调整曲线

按【Ctrl+M】键打开"曲线"对话框，调整曲线为如左下图所示，单击"确定"按钮得到图像颜色变深的效果。

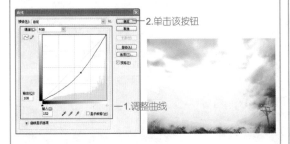

—2.单击该按钮

—1.调整曲线

06 设置图层混合模式

设置图层2的图层混合模式为"正片叠底"，此时的图像效果如图所示。

07 设置图层混合模式

打开"蝴碟.jpg"素材文件，使用移动工具将其拖动到绿芽文件中，自动生成图层3。设置图层3的混合模式为"正片叠底"，得到如左下图所示的效果，使用移动工具将其移动到绿叶上，效果如右下图所示。

08 删除紫色蝴蝶

使用缩放工具放大蝴蝶区域，然后使用多边形套索工具选取除黄色蝴蝶外的其他区域，效果如左下图所示。在选取的时候需要按住【Shift】键加选，然后按【Delete】键删除所选区域，按【Ctrl+D】键取消选区后的效果如右下图所示。

09 设置画笔

选择画笔工具，按【F5】键打开"画笔"面板。单击面板右上角的按钮，在弹出的下拉菜单中选择"特殊效果画笔"命令，在打开的对话框中单击"追加"按钮添加画笔形状。然后在形状列表框中选择"缤纷蝴蝶"选项，分别选中对话框左侧的"形状动态"和"散布"复选框，设置参数如图所示。

10 绘制蝴蝶

再选中"其他动态"复选框，设置参数如图所示。新建图层4，设置前景色为"白色"，使用画笔工具在图像两边任意涂抹绘制蝴蝶，完成梦幻背景的合成。

恐怖的眼睛

素材\第4章\例78\
源文件\第4章\例78\恐怖的眼睛.psd

知识点

- "色相/饱和度"命令
- 椭圆选框工具
- 反选选区
- 图层混合模式
- 图层样式

制作要领

- 图片的混合效果
- 文字的浮雕效果

效果预览

打开素材文件

调整色相和饱和度

绘制选区

输入文字

步骤详解

01 打开素材文件

按【Ctrl+O】键打开"眼睛.jpg"素材文件,如图所示。

02 调整色相和饱和度

按【Ctrl+U】键打开"色相/饱和度"对话框,在对话框中设置参数如图所示,单击"确定"按钮得到调整后的效果。

1.设置参数　　2.单击该按钮

03 拖动文件

按【Ctrl+O】键打开"艺术画.jpg"素材文件,使用移动工具将其拖动到眼睛文件中,效果如图所示。

04 调整大小并对齐

按【Ctrl+T】键打开变换编辑框,拖动控制点调整艺术画的大小,设置图层1的不透明度为"54%",将艺术画中的孔与背景图层中的眼睛对齐,效果如图所示。

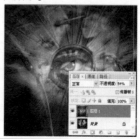

05 绘制选区

双击鼠标确认变换，选择工具箱中的椭圆选框工具 ⬭，在选项栏中的"羽化"文本框中输入"15px"，然后使用该工具在图像中绘制如图所示的选区。

06 添加图层蒙版

按【Ctrl+Shift+I】键反选选区，选择"图层/图层蒙版/显示选区"命令，为图层1添加图层蒙版，得到如图所示的效果。

07 设置图层混合模式

在"图层"面板中设置图层1的混合模式为"亮光"，图像效果如图所示。

08 设置图层混合模式

按【Ctrl+O】键打开"墙.jpg"素材文件，使用移动工具 ➤ 将其拖动到眼睛文件中，自动生成图层3，设置图层3的混合模式为"叠加"，得到如图所示的效果。

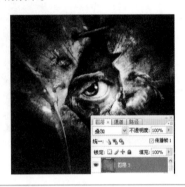

09 输入文字

在工具箱中选择横排文字工具 T，在选项栏中设置文字格式如图所示，然后图像窗口中输入文字"恐怖的眼"。

10 添加图层样式

双击"图层"面板中的文字图层，在打开的"图层样式"对话框中选中"斜面和浮雕"复选框，设置参数如图所示，单击"确定"按钮完成效果的制作。

例 79 人物雕像

素材\第4章\例79\
源文件\第4章\例79\人物雕像.psd

知识点

- 魔棒工具
- 反选选区
- 图层混合模式
- 仿制图章工具
- 橡皮擦工具

制作要领

- 图像融合效果的制作

效果预览

打开素材文件

拖动并调整头像大小

擦除选区中的雕刻图像

制作融合效果

步骤详解

01 打开素材文件

按【Ctrl+O】键打开"人物.jpg"素材文件，如图所示。

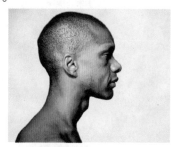

02 选择人物头像

在工具箱中选择魔棒工具，在图像中单击选择绿色的背景，在选择的时候可以按【Shift】键加选没有选择的区域，然后按【Ctrl+Shift+I】键反选选区，效果如图所示。

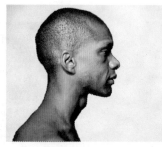

03 拖动文件

按【Ctrl+O】键打开"雕刻.jpg"素材文件，使用移动工具将选择出的人物拖动到该文件中，效果如图所示。

04 调整位置和大小

使用移动工具将人物头像移动到雕刻图像的边缘位置，按【Ctrl+T】键打开变换编辑框，拖动控制点适当调整头像的大小，效果如图所示。

05 绘制路径

选择背景图层，在工具箱中选择钢笔工具 ✎ 沿人物的侧面轮廓绘制路径。

◆绘制的路径

06 擦除选区中的雕像图像

按【Ctrl+Enter】键将路径转换为选区，选择仿制图章工具 ✎，在选项栏中设置适当的画笔大小，按住【Alt】键进行取样，松开【Alt】键对选区中的雕刻图像进行涂抹，完成后的效果如图所示。

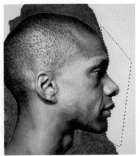

07 设置图层混合模式

按【Ctrl+D】键取消选区，选择图层1，设置图层1的图层混合模式为"叠加"。

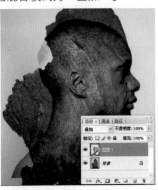

08 制作融合效果

在工具箱中选择橡皮擦工具 ✎，在选项栏中设置参数如图所示，然后在头像边缘进行涂抹，得到头像与雕刻图像融合的效果。

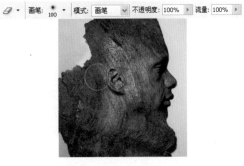

09 再次加强融合效果

选择橡皮擦工具 ✎，在选项栏中设置不透明度为"53%"，其他参数保持不变，继续在头像上涂抹，得到如图所示的效果，此时可以看出融合效果更加自然。

10 设置图层不透明度

设置图层1的不透明度为"80%"，完成人物雕像效果的制作。

例
80 神秘古堡

素材\第4章\例80\
源文件\第4章\例80\神秘古堡.psd

知识点

- 钢笔工具
- 调整图层
- 画笔工具
- 载入笔刷
- 裁剪工具

制作要领

- 调整图层的运用
- 笔刷的载入与应用

效果预览

打开素材文件

删除蓝天图像

添加乌云效果

添加调整图层

步骤详解

01 打开素材文件

按【Ctrl+O】键打开"古堡.jpg"素材文件，如图所示。

02 创建并存储路径

使用钢笔工具绘制古堡的轮廓，选择"路径"面板，双击创建的工作路径，在打开的"存储路径"对话框中直接单击"确定"按钮保存路径。

◆绘制的路径

03 删除蓝天图像

按【Ctrl+Enter】键将路径转换为选区，再按【Ctrl+J】键复制选区中的图像，自动生成图层1，删除背景图层，效果如图所示。

04 拖动文件

按【Ctrl+O】键打开"乌云.jpg"素材文件，使用移动工具将其移动到古堡文件中，自动生成图层2，将图层2放置于图层1的下方，效果如图所示。

05　放大乌云图像

按【Ctrl+T】键打开变换编辑框，拖动控制点放大乌云图像，放置在合适的位置，得到如图所示的效果。

06　创建调整图层

选择图层1，单击"图层"面板下方的"创建新的填充或调整图层"按钮，在弹出的下拉菜单中选择"色相/饱和度"命令，在打开的对话框中设置参数如图所示，单击"确定"按钮得到调整后的效果。

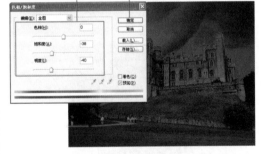

07　选择命令

选择画笔工具，在选项栏中单击"画笔"右侧的▼按钮，在打开的面板中单击右上角的▶按钮，在弹出的下拉菜单中选择"载入画笔"命令。

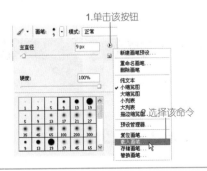

08　载入闪电笔刷

在打开的"载入"对话框中选择提供的闪电笔刷文件，单击"载入"按钮将其载入，此时可以看到笔刷列表框中添加了两种闪电的笔刷图标，效果如图所示。

09　设置笔刷大小

设置前景色为"白色"，在笔刷列表框中选择一种新载入的闪电笔刷，设置画笔的主直径为"250px"。

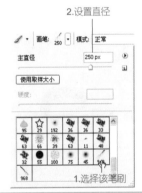

10　添加闪电效果

在"图层"面板中新建图层3，选择画笔工具，在选项栏中设置参数如图所示，在古堡上空单击，得到闪电效果。使用裁剪工具在图像上方拖动，然后双击鼠标确定裁剪，完成神秘古堡效果的制作。

例 **81** 美人云朵

素材\第4章\例81\
源文件\第4章\例81\美人云朵.psd

知识点

- 翻转图像
- 橡皮擦工具
- "曲线"命令
- 图层蒙版
- 加深工具

制作要领

- 人物脸部色彩的调整
- 脸部边缘与白云的
  融合处理

效果预览

打开素材文件

粘贴图像

水平翻转并缩小

调整曲线后的效果

步骤详解

01 打开素材文件并选取脸部

按【Ctrl+O】键打开"美女.jpg"素材文件，使用磁性套索工具选取人物脸部，效果如图所示。

02 羽化选区并复制图像

按【Alt+Ctrl+D】键打开"羽化选区"对话框，设置羽化半径为"5像素"，单击"确定"按钮。再按【Ctrl+C】键复制选区中的图像。

03 粘贴图像

按【Ctrl+O】键打开"白云.jpg"素材文件，按【Ctrl+V】键将复制的图像粘贴到白云文件中，效果如图所示。

04 水平翻转图像

按【Ctrl+T】键打开变换编辑框，在变换编辑框上单击鼠标右键，在弹出的快捷菜单中选择"水平翻转"命令，然后拖动控制点缩小图像，放置到合适的位置后双击鼠标确认变换。

◆选择该命令

05 设置橡皮擦工具属性

选择工具箱中的橡皮擦工具 ，在选项栏中设置画笔大小为"柔角27像素"。

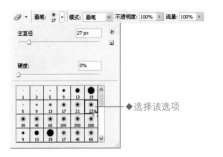

◆选择该选项

06 涂抹人物脸部边缘

使用橡皮擦工具 对人物脸部边缘进行处理，在涂抹时可以按【 [】键或【] 】键来缩小或增大笔尖大小，处理后的效果如图所示。

07 调整曲线

按【Ctrl+M】键打开"曲线"对话框，调整曲线如图所示，单击"确定"按钮后得到脸部变白的效果。

1.调整曲线　　2.单击该按钮

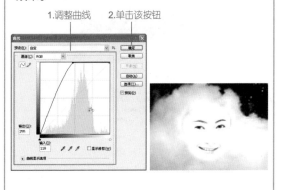

08 添加图层蒙版

单击"图层"面板下方的"添加图层蒙版"按钮 ，为图层1添加蒙版，此时的"图层"面板如图所示。

09 制作融合效果

设置前景色为黑色，选择画笔工具 ，在选项栏中设置画笔为"柔角17像素"，在人物脸部边缘处进行涂抹，得到脸部和云朵的融合效果。

10 调整色阶

在"图层"面板中单击图层1的图层缩览图，使当前操作针对图层中的图像而不是蒙版。按【Ctrl+L】键打开"色阶"对话框，设置参数如图所示，单击"确定"按钮。

1.设置参数　　2.单击该按钮

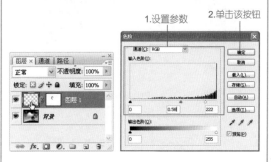

11 查看调整色阶后的效果

调整色阶后的效果如图所示。

12 设置加深工具

在工具箱中选择加深工具，在选项栏中设置画笔为"尖角3像素"，主直径为"2px"。

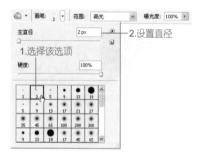

13 加深眉毛和眼睛的颜色

使用缩放工具放大人物脸部，使用加深工具在人物的眉毛和眼睛处涂抹，使颜色加深一些。

14 模糊脸部边缘

在工具箱中选择模糊工具，对脸部边缘进行涂抹，使其更好地与白云融合在一起。

15 盖印可见图层

按【Ctrl+Alt+Shift+E】键盖印所有可见图层，自动生成图层2，此时"图层"面板如图所示。

16 调整色相和饱和度

按【Ctrl+U】键打开"色相/饱和度"对话框，设置参数如图所示，单击"确定"按钮使图像的颜色更饱和，此时完成美人云朵效果的制作。

 实战演练

素材\第4章\实战演练\
源文件\第4章\实战演练\

　　本章介绍了图像创意合成的几种方法。在合成图像时，方法并不是一成不变的，只要能制作出过渡自然、融合效果好的合成效果即可，所以在学习本章内容的时候，读者也可以根据自己的思路来制作合成效果，从而达到巩固和扩大知识面的目的。创意合成图像不仅需要很好地掌握软件，更重要的是要有较好的思维，这样才能使合成出来的图像效果更加独树一帜。

◆ **实战演练一——合成婚纱**

　　自己动手将提供的几张素材照片合成为如图所示的效果，制作步骤很简单，主要是通过羽化操作来使照片的边缘相互融合，从而完成合成效果。在制作的过程中主要用到矩形选框工具和"羽化"命令。

制作提示：

（1）打开素材文件，移动任意图像到其他图像文件中。

（2）使用矩形选框工具绘制矩形选区，然后对选区进行羽化。

（3）将艺术文字移动到图像中并调整好位置。

◆ **实战演练二——制作房地产广告**

　　自己动手制作如图所示的房地产广告，本例主要通过蒙版和渐变来完成花与背景的合成。制作过程中主要用到蒙版、渐变工具和图层混合模式。

制作提示：

（1）打开背景素材文件"房地产广告.psd"，将花的素材移动到该文件中。

（2）为移动的花图层添加蒙版，然后填充径向渐变。

（3）设置花图层的混合模式为"颜色减淡"。

拓展效果

素材\第4章\拓展效果\
源文件\第4章\拓展效果\

　　合成图像的实质是将多个图像自然地融合在一起，使图像之间的过渡显得不那么生硬。下面给出一些效果让大家欣赏，读者自己可以分析一下这些效果的制作过程。

◆ 为牧场更换天空

本图展示的是为牧场更换天空前后的对比效果，主要是通过"图层样式"对话框中的混合选项来调整天空与牧场的融合效果的。

◆ 合成广告

本例使用了夸张的手法来制作广告，不管是背景图像的选择，还是添加的图像大小，都能给人以震撼的效果。小提琴的提取是在通道中完成的，然后设置其图层混合模式为"正片叠底"即可。

◆ 鲜花文字

本图展示的鲜花文字效果，其实质可以理解为图像和文字的合成。制作的关键是为图像添加文字蒙版，使图像装入文字中。为了突出效果，可以适当地为文字添加"描边"和"外发光"样式。

◆ 去除图像

本图展示的是利用素材文件合成美人鱼的效果，主要使用的工具和命令有快速选择工具、画笔工具、"液化"滤镜、"色彩平衡"命令和"高斯模糊"滤镜等，步骤上稍微有点复杂，但思路仍是通过蒙版来对图像进行合成的。

第5章

经典鼠绘艺术

Photoshop作为目前流行的图像特效制作软件，被大家所认识的更多的是图像处理方面的功能。其实Photoshop还有着完整而且强大的绘图功能，不论是尺寸精细的印刷品效果图，还是充满艺术感的绘图作品，它都能够轻松地帮您完成。本章将带大家进入Photoshop的鼠绘艺术世界。

例 **82** 绘制发光花朵

素材\第5章\例82\背景.jpg
源文件\第5章\例82\发光花朵.psd

知识点
- 画笔工具
- "风"滤镜
- 钢笔工具
- 描边路径
- 图层样式

制作要领
- 花朵的绘制
- 发光效果的添加

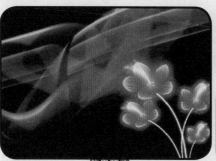
效果预览

绘制花瓣

变形花朵

绘制花蕊

绘制花蕊伸长部分

步骤详解

01 新建文件

按【Ctrl+N】键打开"新建"对话框,设置参数如图所示,单击"确定"按钮新建文件。然后单击"图层"面板下方的 █ 按钮,新建图层1。

2.单击该按钮

1.设置参数

02 绘制直线

设置前景色为"白色",选择画笔工具 ✐ ,在选项栏中单击"画笔"右侧的·按钮,在打开的面板中如左下图所示设置笔触大小,然后按住【Shift】键不放绘制如右下图所示的直线。

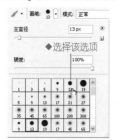
◆选择该选项

03 应用"风"滤镜

选择"滤镜/风格化/风"命令,在打开的对话框中设置参数如左下图所示,单击"确定"按钮得到如图所示的效果。按两次【Ctrl+F】键重复滤镜操作,效果如右下图所示。

04 调整花瓣形状

按【Ctrl+T】键打开变换编辑框,在其上单击鼠标右键,在弹出的快捷菜单中选择"变形"命令。然后用鼠标拖动编辑框上的控制点至如图所示,调整花瓣的形状,满意后按【Enter】键确认变换。

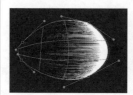

05 排列成花朵的形状

复制花瓣图层，分别对副本图层进行旋转和缩放，并排列成花朵的形状，效果如图所示，然后选择除背景图层之外的图层，按【Ctrl+E】键合并图层。

06 对花朵进行调整

用步骤4的方法对花朵进行变形调整，如图所示，调整好后按【Enter】键确认变换，得到花朵的效果。

07 制作花蕊

复制合并后的图层，按【Ctrl+T】键打开变换编辑框，再同时按住【Shift】键和【Alt】键不放等比例缩小花朵，按【Enter】键确认变换，得到花蕊，移动并将其放置于合适的位置，效果如图所示。

08 创建花蕊伸长部分路径

使用钢笔工具绘制花蕊的伸长部分，效果如图所示，此时"路径"面板中显示出绘制的路径。

09 描边路径

新建一个图层，设置画笔工具的主直径为"3px"，然后在"路径"面板的工作路径上单击鼠标右键，在弹出的快捷菜单中选择"描边路径"命令，在打开对话框的下拉列表框中选择"画笔"选项，如左下图所示，单击"确定"按钮描边路径，效果如右下图所示。

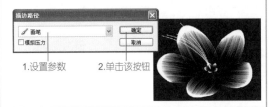

10 绘制花蕊顶端部分

新建一个图层，设置画笔工具的主直径为"5px"，在花蕊伸长部分的顶端涂抹，得到如图所示的效果。

11 绘制花茎效果

新建一个图层，使用钢笔工具绘制花茎，同样对其进行描边，设置画笔工具的主直径为"4px"，得到花茎的效果。

◆绘制的花茎

12 为花瓣添加颜色

双击花瓣所在的图层，在打开的"图层样式"对话框中选中"颜色叠加"复选框，单击"颜色模式"下拉列表框后的颜色选择框，在打开的对话框中设置颜色为"粉色（R:241,G:173,B:230）"，如图所示。

13 为花瓣添加发光效果

在"图层样式"对话框中选中"外发光"复选框，设置外发光颜色为"紫色（R:196,G:29,B:162）"，其他参数设置如左下图所示，单击"确定"按钮后得到如右下图所示的效果。

14 为花蕊添加发光效果

双击花蕊所在的图层，在打开的对话框中添加"颜色叠加"和"外发光"效果，参数设置和花瓣图层一样，只是叠加颜色为"淡黄色（R:247,G:245,B:66）"，外发光颜色为"深黄色（R:232,G:168,B:14）"，效果如图所示。

15 为花蕊伸长部分和花茎添加发光效果

用同样的方法为花蕊伸长部分和花茎添加图层样式，得到发光效果。

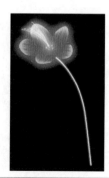

16 复制花朵并添加背景

将除背景图层外的所有图层合并，然后复制得到多个发光花朵，分别对其进行缩放和镜像处理。打开"背景.jpg"素材文件，使用移动工具将其拖入绘制的发光花朵文件中，调整大小和位置，完成发光花朵的绘制。

例 **83** **绘制高尔夫球**

素材\第5章\ 无
源文件\第5章\例83\高尔夫球.psd

知识点 ◢

- 渐变工具
- "玻璃"滤镜
- "球面化"滤镜
- "镜头光晕"滤镜
- 图层样式

制作要领 ◢

- 高尔夫球纹路的制作
- 立体效果的体现

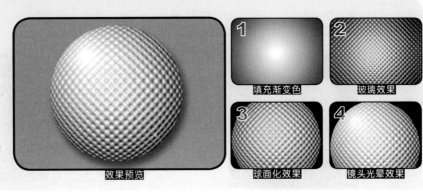

效果预览

填充渐变色

玻璃效果

球面化效果

镜头光晕效果

步骤详解

01 新建文件

按【Ctrl+N】键打开"新建"对话框，在对话框中设置参数如图所示，单击"确定"按钮新建文件。

1.设置参数　　　2.单击该按钮

02 设置渐变

在"图层"面板中新建图层1，设置前景色为"白色"，背景色为"黑色"，选择渐变工具█，在选项栏中单击渐变色选择框████右侧的█按钮，在打开的面板中选择"前景到背景"选项，单击"径向渐变"按钮█。

2.单击该按钮

1.选择该选项

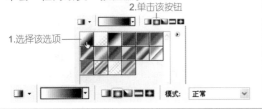

03 填充渐变色

在图像窗口中填充从中心向外的渐变色。

04 应用"玻璃"滤镜

选择"滤镜/扭曲/玻璃"命令，在打开的"玻璃"对话框中设置参数如左下图所示，单击"确定"按钮得到如右下图所示的效果。

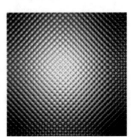

05 绘制正圆选区

按住【Shift】键不放，使用椭圆选框工具○在图像窗口中绘制一个正圆选区。按【Ctrl+J】键将选区中的图像复制到图层2中。单击图层1前的 ◉ 图标隐藏该图层。

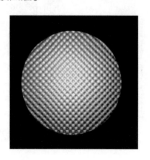

06 应用"球面化"滤镜

选择"滤镜/扭曲/球面化"命令，在打开的"球面化"对话框中设置参数如左下图所示，单击"确定"按钮得到如右下图所示的效果。

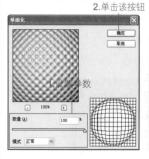
2.单击该按钮

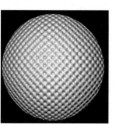

07 应用"镜头光晕"滤镜

选择"滤镜/渲染/镜头光晕"命令，在打开的"镜头光晕"对话框中设置参数如左下图所示，单击"确定"按钮得到如右下图所示的效果。

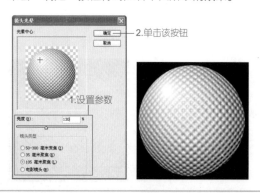

08 改变画布大小

选择"图像/画布大小"命令，在打开的对话框中设置参数如左下图所示，单击"确定"按钮得到画布增大后的效果。

2.单击该按钮
1.设置参数

09 填充颜色

在"图层"面板中选择背景图层，设置前景色为"绿色（R:45,G:140,B:60）"，按【Alt+Delete】键为背景图层填充绿色，得到如图所示的效果。

10 设置投影效果

双击图层2，在打开的"图层样式"对话框中选中"投影"复选框，设置参数如左下图所示，单击"确定"按钮后为球体添加投影效果，完成高尔夫球的制作。

例 84 绘制棒棒糖

素材\第5章\无
源文件\第5章\例84\棒棒糖.psd

知识点

- 渐变工具
- "旋转扭曲"滤镜
- 图层样式
- "色相/饱和度"命令
- 自定形状工具

制作要领

- 棒棒糖的制作
- 蝴蝶结效果的制作

效果预览

填充渐变色

旋转扭曲效果

糖饼效果

绘制手柄效果

步骤详解

01 新建文件

新建一个8厘米×8厘米、分辨率为150像素/英寸的RGB颜色模式的文件。设置前景色为"粉红色（R:255,G:210,B:218）"，按【Alt+Delete】键将背景图层填充为前景色，然后新建图层1。

02 添加渐变色

选择渐变工具，在选项栏中单击渐变色选择框右侧的按钮，在打开的面板中单击按钮，在弹出的下拉菜单中选择"杂色样本"命令，然后在打开的对话框中单击"追加"按钮，将杂色渐变添加到列表框中。

◆添加的渐变样式

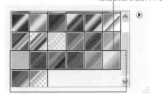

03 设置渐变色

双击选项栏中的渐变色选择框，在打开的"渐变编辑器"对话框中选择添加的"特紫"选项，然后设置粗糙度为"80%"，拖动R颜色条对应的滑块到右端，单击"确定"按钮。

◆选择该渐变样式

04 渐变效果

选择渐变工具，在选项栏中单击"线性渐变"按钮，在图像窗口中垂直拖动鼠标光标，得到如图所示的填充效果。

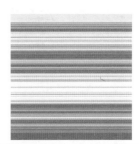

05 应用"旋转扭曲"滤镜

选择"滤镜/扭曲/旋转扭曲"命令，在打开的对话框中设置参数如左下图所示，单击"确定"按钮得到如右下图所示的旋转效果。

2.单击该按钮

1.设置参数

06 删除图像

按住【Shift】键的同时使用椭圆选框工具在窗口中绘制如左下图所示的正圆选区。按【Shift+Ctrl+I】键反选选区，按【Delete】键删除选区内容，按【Ctrl+D】键取消选区，得到如右下图所示的效果。

07 添加图层样式

双击图层1，在打开的"图层样式"对话框中选中"斜面和浮雕"复选框，设置参数如左下图所示。再选中"投影"复选框，设置参数如右下图所示，单击"确定"按钮。

08 缩小图像

得到的立体效果如图所示，按【Ctrl+T】键打开变换编辑框，拖动控制点缩小图像后按【Enter】键确认变换。

09 调整色相和饱和度

选择"图像/调整/（色相/饱和度）"命令，在打开的对话框中设置参数如左下图所示，单击"确定"按钮得到调整色相后的效果。

1.设置参数　　　　2.单击该按钮

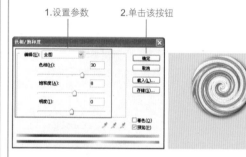

10 绘制矩形选区

使用矩形选框工具在窗口中绘制如图所示的矩形选区，新建图层2，将图层2拖动到图层1的下方。

11 填充渐变色

设置前景色为"浅灰色（R:135,G:135,B:135）"，背景色为"白色"。选择渐变工具 ，在选项栏中的单击渐变色选择框 ▭ 右侧的 ▭ 按钮，在打开的面板中选择"前景到背景"选项，单击"线性渐变"按钮 ▭，在选区中水平拖动鼠标填充渐变色，按【Ctrl+D】键取消选区。

12 添加图层样式

双击图层2，在打开的"图层样式"对话框中选中"斜面和浮雕"复选框和"投影"复选框，设置参数分别如左图所示，单击"确定"按钮得到立体化效果。

13 绘制蝴蝶结形状

选择自定形状工具 ，单击选项栏中"形状"右侧的 ▾ 按钮，在打开的面板中单击右上角的 ⊙ 按钮，在弹出的下拉菜单中选择"物体"命令，然后在打开的提示对话框中单击"追加"按钮将其添加到列表框中。返回列表框，选择"蝴蝶结"选项，新建图层3，拖动鼠标绘制路径。

14 对蝴蝶结进行变形

按【Ctrl+Enter】键将路径转换为选区，设置前景色为"红色（R:216,G:19,B:118）"，按【Alt+Delete】键为选区填充前景色，按【Ctrl+D】键取消选区，得到如图所示的效果。选择"编辑/变换/变形"命令打开变换编辑框，拖动控制点对图案进行变形处理，按【Enter】键确认变换。

15 对蝴蝶结进行加深处理

选择加深工具 ，在选项栏中设置参数如下图所示，然后在蝴蝶结的阴影处进行加深处理。

16 添加投影效果

双击图层3，在打开的对话框中选中"投影"复选框，设置参数如左下图所示，单击"确定"按钮完成棒棒糖的绘制。

例 **85** 绘制珍珠项链

素材\第5章\例85\背景.jpg
源文件\第5章\例85\珍珠项链.psd

知识点

- 钢笔工具
- 画笔工具
- 描边路径
- 图层样式

制作要领

- 珍珠项链形状的绘制
- 珍珠质感的体现

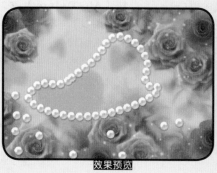
效果预览

打开素材文件

绘制路径

描边路径

图层样式效果

步骤详解

01 打开素材文件并绘制路径

按【Ctrl+O】键打开"背景.jpg"素材文件，使用钢笔工具 ◊ 绘制如图所示的路径。

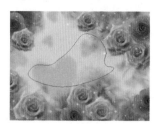

02 设置画笔

选择画笔工具 ✐ ，按【F5】键打开"画笔"面板，选择"画笔笔尖形状"选项，在右侧的笔触列表中选择"尖角19像素"选项，其他参数设置如图所示。

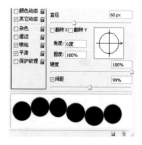

03 描边路径

设置前景色为"白色"，新建图层1，选择"路径"面板，在绘制的工作路径上单击鼠标右键，在弹出的快捷菜单中选择"描边路径"命令，在打开对话框的下拉列表框中选择"画笔"选项，然后单击"确定"按钮。

1.选择该选项　　2.单击该按钮

04 设置斜面和浮雕效果

在"路径"面板的空白区域单击，隐藏工作路径。双击图层1，在打开的"图层样式"对话框中选中"斜面和浮雕"复选框，设置参数如图所示。

05 调整等高线

选中"等高线"复选框，单击"等高线"下拉列表框，在打开的对话框中调整等高线为如图所示，单击"确定"按钮返回"图层样式"对话框，此时的图像效果如右下图所示。

1.调整曲线　2.单击该按钮

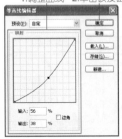

06 设置渐变色

选中"渐变叠加"复选框，单击"渐变"选择框，在打开的"渐变编辑器"对话框中单击⊙按钮，在弹出的下拉菜单中选择"金属"命令，再在打开的对话框中单击"追加"按钮。在"预设"列表框中选择添加的"金色"选项，单击"确定"按钮。

2.单击该按钮

1.选择该选项

07 设置渐变叠加效果

设置渐变叠加的其他参数如左下图所示，此时图像效果如右下图所示。

08 设置内发光效果

在"图层样式"对话框中选中"内发光"复选框，设置参数如左下图所示，此时图像效果如右下图所示。

09 设置投影效果

在"图层样式"对话框中选中"投影"复选框，设置参数如左下图所示，单击"确定"按钮。

10 绘制散落的珍珠

使用画笔工具 在图像窗口的其他位置单击，图层样式自动应用到图像中，得到散落的珍珠效果。

例 86 绘制水晶樱桃

素材\第5章\无
源文件\第5章\例86\水晶樱桃.psd

知识点

- 钢笔工具
- 渐变工具
- 图层样式
- 画笔工具
- "羽化"命令

制作要领

- 樱桃形状的绘制
- 水晶质感的体现

效果预览

绘制樱桃

绘制叶子

绘制叶茎

制作樱桃的柄

步骤详解

01 绘制路径

新建一个400像素×300像素、分辨率为150像素/英寸的文件，使用钢笔工具 绘制如图所示的路径。按【Ctrl+Delete】键将路径转换为选区。

◆绘制的路径

02 渐变填充

选择渐变工具 ，设置渐变为"黄色（R:255，G:110,B:2）、红色（R:255,G:255,B:0）"，渐变形式为"径向渐变"。新建图层1，使用鼠标沿选区自下而上拖动，得到如图所示的渐变效果。

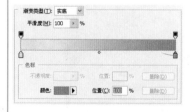

03 设置内发光效果

按【Ctrl+D】键取消选区，双击图层1，在打开的"图层样式"对话框中选中"内发光"复选框，设置颜色为"黄色（R:255,G:222,B:0）"，其他参数设置如图所示。

04 设置描边效果

在"图层样式"对话框中选中"描边"复选框，设置颜色为"黄色（R:255,G:204,B:0）"，其他参数设置如左下图所示，单击"确定"按钮得到如右下图所示的效果。

05 渐变填充

新建图层2，按住【Ctrl】键的同时单击图层1前的图层缩览图载入图层1的选区，按【Ctrl+Alt+D】键，在打开的对话框中设置羽化半径为"15像素"，使用渐变工具■为选区填充"白到透明"的径向渐变。设置图层2的不透明度为"80%"，得到如图所示的效果。

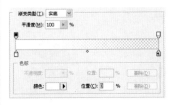

06 制作高反光效果

新建图层3，使用套索工具 ⃝ 绘制如图所示的选区，为选区填充"白到透明"的线性渐变，按【Ctrl+D】键取消选区，得到高反光效果。

◆绘制的选区

07 绘制叶子路径

使用钢笔工具 ✎ 绘制一片叶子的路径，按【Ctrl+Delete】键将路径转换为选区，如图所示。

08 为叶子填充渐变色

新建图层4，选择渐变工具■，设置渐变为"浅绿色（R:193,G:227,B:104）、深绿色（R:127,G:169,B:16）"，沿叶子的左下方往右上方拖动鼠标，按【Ctrl+D】键取消选区，得到如图所示的渐变效果。

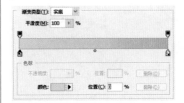

09 绘制叶茎

新建图层5，设置前景色为"深绿色（R:127,G:169,B:16）"，选择画笔工具 ✐，在其选项栏中设置画笔为"尖角3像素"，在叶子上拖动鼠标绘制叶茎，效果如图所示。

10 设置描边效果

双击图层5，在打开的"图层样式"对话框中选中"描边"复选框，设置颜色为"深绿色（R:8,G:129,B:2）"，其他参数设置如左下图所示，单击"确定"按钮得到描边后的效果。

11 制作叶子的高反光效果

新建图层6，使用钢笔工具  绘制叶子的高反光路径，并将路径转换为选区，使用渐变工具为选区填充"白到透明"的线性渐变。按【Ctrl+D】键取消选区，设置图层6的不透明度为"80%"，得到如图所示的渐变效果。

12 绘制柄的路径

使用钢笔工具 绘制樱桃柄的形状路径，将路径转换为选区。新建图层7，为选区填充"绿色（R:86,G:115,B:10）"，按【Ctrl+D】键取消选区，得到如图所示的效果。

13 设置斜面和浮雕效果

双击图层7，在打开的"图层样式"对话框中选中"斜面和浮雕"复选框，设置参数如图所示。

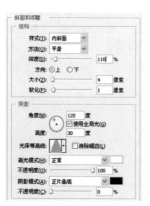

14 设置光泽效果

在"图层样式"对话框中选中"光泽"复选框，设置参数如左下图所示，颜色设置为"绿色（R:52,G:188,B:5）"，单击"确定"按钮得到如右下图所示的效果。

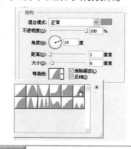

15 填充渐变色

选择背景图层，设置渐变色为"黑色、橙色（R:255,G:180,B:0）"，使用渐变工具 自上而下绘制渐变效果。

16 制作羽化投影效果

新建图层8，使用椭圆选框工具 在樱桃底部绘制如图所示的椭圆选区，按【Ctrl+Alt+D】键打开"羽化选区"对话框，设置羽化半径为"15像素"，单击"确定"按钮。然后为选区填充"黄色（R:255,G:244,B:0）"，取消选区完成水晶樱桃的绘制。

例 87 绘制钻石

素材\第5章\无
源文件\第5章\例87\钻石.psd

知识点
- 钢笔工具
- 描边路径
- 图案填充
- "极坐标"滤镜
- 图层蒙版

制作要领
- 钻石形状的绘制
- 晶莹剔透效果的制作

效果预览

绘制路径

极坐标效果

设置图层混合模式

绘制钻石外轮廓

步骤详解

01 绘制路径

新建一个400像素×400像素、分辨率为150像素/英寸的文件。按【D】键复位前景色和背景色，按【Alt+Delete】键为背景图层填充前景色。使用钢笔工具绘制如图所示的路径。

◄绘制的路径

02 描边路径

选择画笔工具，在选项栏中设置画笔为"尖角3像素"，设置前景色为"白色"。新建图层1，在"路径"面板的路径上单击鼠标右键，在弹出的快捷菜单中选择"描边路径"命令，在打开的对话框中选择"画笔"选项，单击"确定"按钮得到描边后的效果。

◆选择该命令

03 填充图案

新建图层2，按【Shift+F5】键打开"填充"对话框，在"使用"下拉列表框中选择"图案"选项，单击"自定图案"下拉列表框，在打开的面板中选择"绸光"选项，单击"确定"按钮得到如图所示的效果。

2.单击该按钮

1.选择该选项

04 应用"极坐标"滤镜

选择"滤镜/扭曲/极坐标"命令，在打开的"极坐标"对话框中选中"极坐标到平面坐标"单选按钮，单击"确定"按钮得到极坐标效果。

2.单击该按钮

1.选中该单选按钮
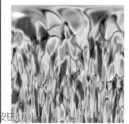

05 应用"云彩"滤镜

新建图层3，按【D】键复位前景色和背景色，选择"滤镜/渲染/云彩"命令，按【Ctrl+F】键重复滤镜操作，得到合适的效果后将该图层的混合模式设置为"强光"，得到如图所示的效果。

06 调整色相和饱和度

将图层1移至最顶层，选择图层2，单击"图层"面板下方的"创建新的填充或调整图层"按钮 ◔.，在弹出的下拉菜单中选择"色相/饱和度"命令，在打开的对话框中设置参数如左下图所示，单击"确定"按钮得到如右下图所示的效果。

1.设置参数　2.单击该按钮

07 应用"高斯模糊"滤镜

拖动图层1到"图层"面板下方的"创建新图层"按钮 ▣ 上，复制生成图层1副本图层。选择"滤镜/模糊/高斯模糊"命令，在打开的对话框中设置半径为"3像素"，单击"确定"按钮。设置图层1的图层混合模式为"叠加"。

08 绘制钻石外轮廓

选择除描边和背景图层以外的所有图层，按【Ctrl+E】键合并图层。使用钢笔工具 ♠ 绘制出钻石的外轮廓，按【Ctrl+Enter】键将路径转换为选区，按【Shift+Ctrl+I】键反选选区，再按【Ctrl+Alt+D】键，在打开的"羽化"对话框中设置羽化半径为"5像素"，单击"确定"按钮。按【Delete】键删除选区内容，取消选区。

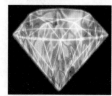

09 添加图层蒙版

将绘制的钻石复制两次，设置中间图层的图层混合模式为"强光"，上面图层的图层混合模式为"叠加"。分别为绘制的钻石图层添加图层蒙版，然后设置前景色为黑色，使用画笔工具 ✎ 对蒙版进行涂抹修饰图像细节，效果如图所示。

10 设置外发光效果

选择除背景图层外的其他图层，按【Ctrl+E】键合并图层，按【Ctrl+U】键打开"色相/饱和度"对话框，设置参数如左下图所示，单击"确定"按钮。双击该图层，在打开的"图层样式"对话框中选中"外发光"复选框，设置参数如右下图所示，颜色设置为"紫色（R:208,G:47,B:255）"，单击"确定"按钮完成钻石的绘制。

1.设置参数　2.单击该按钮

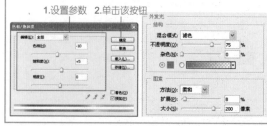

例 88 绘制玉镯

素材\第5章\无
源文件\第5章\例88\玉镯.psd

知识点

- 椭圆选框工具
- 变换选区
- 图层样式
- "镜头光晕"滤镜

制作要领

- 玉镯形状的绘制
- 玉镯质感的体现

效果预览

绘制正圆选区

圆环效果

添加图层样式

复制玉镯并缩小

步骤详解

---

01 新建文件

新建一个400像素×300像素、分辨率为150像素/英寸的文件。按【D】键复位前景色和背景色，再按【Alt+Delete】键为背景图层填充前景色。

02 绘制正圆选区

按住【Shift】键的同时使用椭圆选框工具 ○ 在图像窗口中绘制正圆选区，新建图层1，按【Ctrl+Delete】键为选区填充背景色，效果如图所示。

03 绘制圆环

选择"选择/变换选区"命令打开变换编辑框，按住【Shift+Alt】键的同时向内拖动控制点等比例缩小选区，然后双击鼠标确认变换，再按【Delete】键删除选区内容，取消选区。

04 设置内发光效果

双击图层1，在打开的"图层样式"对话框中选中"内发光"复选框，设置参数如左下图所示，颜色设置为"绿色（R:13,G:129,B:46）"，此时图像效果如右下图所示。

05 设置斜面和浮雕效果

在"图层样式"对话框中选中"斜面和浮雕"复选框，设置参数如图所示，再选中下面的"等高线"复选框，单击"等高线"下拉列表框，在打开的对话框中调整等高线如右下图所示，单击"确定"按钮返回到"图层样式"对话框中，设置范围为"100%"。

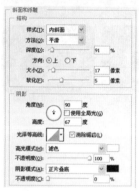

1.调整等高线 2.单击该按钮

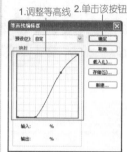

06 设置颜色叠加效果

在"图层样式"对话框中选中"颜色叠加"复选框，设置颜色为"绿色（R:8,G:131,B:45）"，其他参数设置如左下图所示，图像效果如右下图所示。

07 设置光泽效果

在"图层样式"对话框中选中"光泽"复选框，设置参数如左下图所示，单击"等高线"下拉列表框，在打开的对话框中调整等高线如右下图所示，单击"确定"按钮。

1.调整等高线 2.单击该按钮

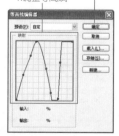

08 添加图层样式后的效果

在"图层样式"对话框中单击"确定"按钮，得到玉镯效果。

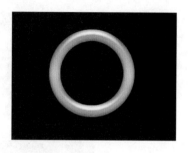

09 复制玉镯并调整大小

按【Ctrl+T】键打开变换编辑框，拖动控制点缩小玉镯的大小。然后将图层1拖动到"图层"面板下方的"创建新图层"按钮上生成图层1副本图层，同样对其缩小并调整位置，得到如图所示的效果。

10 应用"镜头光晕"滤镜

选择背景图层，然后选择"滤镜/渲染/镜头光晕"命令，在打开的对话框中设置参数如图所示，用鼠标单击"光晕中心"预览框左上角确定光晕位置，单击"确定"按钮完成玉镯的绘制。

2.单击该按钮

1.设置参数

例 89 绘制回形针

素材\第5章\例89\纸张.jpg
源文件\第5章\例89\回形针.psd

知识点
- 自定形状工具
- 图层样式
- 橡皮擦工具
- 创建图层

制作要领
- 回形针的绘制
- 回形针真实效果的体现

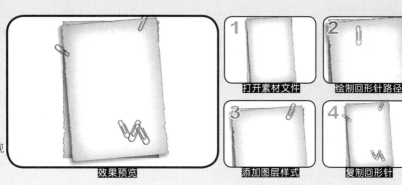

效果预览　　　　打开素材文件　　绘制回形针路径

添加图层样式　　复制回形针

步骤详解

01 打开素材文件

按【Ctrl+O】键打开"纸张.jpg"素材文件，效果如图所示。

02 追加形状

选择自定形状工具 ，单击选项栏中"形状"右侧的·按钮，在打开的面板中单击右上角的 按钮，在弹出的下拉菜单中选择"物体"命令，在打开的对话框中单击"追加"按钮将所选形状添加到形状列表框中。

◆添加的形状

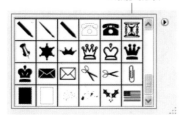

03 绘制回形针

在列表框中选择"回形针"选项，按住【Shift】键的同时在图像窗口中绘制回形针路径，然后新建图层1。

04 路径转换为选区

按【Ctrl+Enter】键将路径转换为选区，设置前景色为"浅绿色（R:168,G:196,B:99）"，按【Alt+Delete】键为选区填充前景色，按【Ctrl+D】键取消选区，得到如图所示的效果。

05 设置斜面和浮雕效果

按【Ctrl+T】键打开变换编辑框，旋转控制点旋转回形针，然后放置在合适的位置，按【Enter】键确认变换。双击图层1，在打开的对话框中选中"斜面和浮雕"复选框，设置参数如图所示。

06 设置内阴影效果

在"图层样式"对话框中选中"内阴影"复选框，设置参数如图所示。单击"品质"栏中"等高线"下拉列表框右侧的按钮，在打开的面板中选择"锥形"选项。

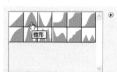

07 设置内发光和投影效果

在"图层样式"对话框中选中"内发光"复选框，设置参数如图所示，设置内发光颜色为"绿色（R:184,G:211,B:119）"。选中"投影"复选框，设置参数如图所示，单击"确定"按钮得到添加图层样式后的回形针效果。

08 复制并变换回形针

按4次【Ctrl+J】键复制生成图层1副本、图层1副本2、图层1副本3和图层1副本4图层。按【Ctrl+T】键打开变换编辑框，调整各副本图层的位置和角度，按【Enter】键确认变换。

09 擦除隐藏部分

选择图层1，选择橡皮擦工具，在选项栏中设置画笔为"尖角9像素"，不透明度为"100%"，然后使用橡皮擦工具将应该隐藏在纸张后面的回形针部分擦除。

10 擦除截断处各图层样式

选择"图层/图层样式/创建图层"命令，为图层1的各图层样式分别创建新的图层。使用橡皮擦工具对回形针截断处的各图层样式进行擦除，效果如左图所示。使用同样的方法对左侧的回形针进行处理，完成回形针的绘制。

素材\第5章\无
源文件\第5章\例90\星空.psd

例 90　绘制星空

知识点
- 渐变工具
- 椭圆选框工具
- 画笔工具
- 图层样式

制作要领
- 夜空效果的体现
- 月亮和星星的绘制

效果预览

绘制夜空效果

绘制月亮

绘制星星

绘制满天繁星的效果

步骤详解

01　新建文件

新建一个400像素×300像素、分辨率为200像素/英寸的文件，按【D】键复位前景色和背景色，按【Alt+Delete】键为背景图层填充黑色。

02　填充渐变色

设置前景色为"蓝色（R:6,G:46,B:118）"，选择渐变工具，单击选项栏中渐变色选择框右侧的按钮，在打开的面板中选择"前景到透明"选项。新建图层1，然后自下向上拖动鼠标，得到如图所示的渐变效果。

◆选择该选项

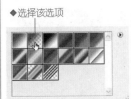

03　绘制月亮选区

新建图层2，按住【Shift】键的同时使用椭圆选框工具绘制一个正圆选区，然后单击选项栏中的"从选区减去"按钮，再使用椭圆选框工具绘制如中图所示的正圆选区，释放鼠标后得到两圆相减的选区，如右下图所示。◆选区相减得到的选区

04　填充颜色

按【Ctrl+Delete】键为选区填充白色，按【Ctrl+D】键取消选区，完成月亮的绘制。

05 绘制星星效果

新建图层3，选择画笔工具 ✐，在选项栏中设置画笔为"柔角21像素"，不透明度为"100%"，然后设置前景色为白色，使用画笔工具 ✐ 在图像窗口中单击绘制星星效果。绘制过程中可以按【[】键缩小画笔的大小，从而绘制出大小不一的星星效果，如图所示。

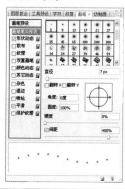

06 设置画笔

新建图层4，按【F5】键打开"画笔"面板，选择左侧的"画笔笔尖形状"选项，设置直径为"7px"，间距为"400%"。选中"形状动态"复选框，设置大小抖动为"100%"，其他参数保持不变。

07 设置画笔

在"画笔"面板中选中"散布"复选框，设置散布为"1000%"，其他参数保持不变，如图所示。

08 绘制满天繁星

选择画笔工具 ✐，在图像窗口中随意拖动鼠标光标，绘制满天繁星的效果，如左下图所示。拖动图层4到背景图层的上一层，此时的图像效果如右下图所示。

09 绘制光芒效果

单击"画笔"面板右上角的 ▼≡ 按钮，在弹出的下拉菜单中选择"混合画笔"命令，在打开的对话框中单击"追加"按钮载入画笔。选择"画笔笔尖形状"选项，在形状列表框中选择"交叉排线4"画笔，取消选中"形状动态"和"散布"复选框，在星星中心发光点位置绘制光芒效果。

◆选择该选项

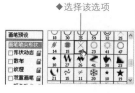

10 给星星添加外发光效果

双击图层4，在打开的"图层样式"对话框中选中"外发光"复选框，设置发光颜色为"橙色（R:255,G:156,B:0）"，不透明度为"100%"，其他参数保持不变，单击"确定"按钮完成星空的绘制。

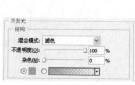 

第5章 经典鼠绘艺术

例 91 绘制大头娃娃

素材\第5章\无
源文件\第5章\例91\大头娃娃.psd

绘制背景

绘制头发

效果预览

绘制脸和手

绘制裙子

知识点

- "纹理化"滤镜
- 钢笔工具
- 画笔工具
- "填充"命令
- "描边"命令

制作要领

- 人体各组成部分路径的绘制

步骤详解

01 新建文件

新建一个400像素×400像素、分辨率为150像素/英寸的文件。设置前景色为"洋红色（R:209,G:9,B:113）"，按【Alt+Delete】键为背景图层填充前景色。

02 应用"纹理化"滤镜

选择"滤镜/纹理/纹理化"命令，在打开的对话框中设置参数如左下图所示，单击"确定"按钮得到纹理化效果，如右下图所示。

03 绘制头发路径

选择工具箱中的钢笔工具，在选项栏中单击"路径"按钮，在窗口中绘制如图所示的路径。双击绘制的路径，在打开的对话框中直接单击"确定"按钮存储工作路径为"路径1"。

04 填充白色

新建图层1，按【Ctrl+Enter】键将路径转换为选区，设置前景色为"白色"，按【Alt+Delete】键为选区填充白色，效果如图所示。

05 为头发描边

双击图层1，在打开的"图层样式"对话框中选中"描边"复选框，设置描边颜色为"暗红色（R:108,G:0,B:0）"，其他参数设置如左下图所示，单击"确定"按钮得到描边效果。

06 绘制头发效果

新建图层2，选择画笔工具 ，在选项栏中设置画笔大小为"尖角13像素"，设置前景色为"淡黄色（R:248,G:250,B:230）"，使用画笔工具 在选区中任意涂抹，得到如左下图所示的效果。然后设置前景色为"黄色（R:246,G:223,B:143）"，在选区中绘制如右下图所示的效果，按【Ctrl+D】键取消选区。

07 绘制发夹的路径并填充颜色

使用钢笔工具 在窗口中绘制发夹的路径，存储路径，然后按【Ctrl+Enter】键将路径转换为选区。新建图层3，选择"编辑/填充"命令，在打开的"填充"对话框的"使用"下拉列表框中选择"颜色"选项，在打开的"选取一种颜色"对话框中设置为"黄色（R:252,G:200,B:120）"，依次单击"确定"按钮，得到如图所示的效果。

08 为发夹描边

选择"编辑/描边"命令，在打开的对话框中设置颜色为"深红色（R:206,G:103,B:80）"，其他参数设置如左下图所示，单击"确定"按钮并取消选区，得到如右下图所示的描边效果。

09 绘制另外两个心形发夹

按照步骤7和步骤8的方法绘制另外两个心形发夹的形状，并填充颜色和描边，得到如图所示的效果。（颜色可以根据自己的喜好来进行填充。）

10 绘制头发阴影

使用钢笔工具 绘制头发阴影的路径，然后按【Ctrl+Enter】键将其转换为选区。新建图层6，设置前景色为"暗红色（R:208,G:141,B:142）"，使用画笔工具 在选区中绘制头发的阴影，效果如图所示。

11 绘制手臂

新建图层7，为选区填充白色，然后选择"编辑/描边"命令，在打开的对话框中设置颜色为"深红色（R:108,G:0,B:0）"，其他参数设置如左下图所示，单击"确定"按钮。取消选区并将头发阴影图层置于最顶层，效果如右下图所示。

1.设置参数　2.单击该按钮

12 绘制脸部

使用钢笔工具 ◊ 绘制人物脸部路径，然后按【Ctrl+Enter】键将其转换为选区，新建图层8，为选区填充"肉色（R:255,G:204,B:186）"。设置前景色为"橙色（R:253,G:154,B:121）"，使用画笔工具 ✐ 在选区中绘制如图所示的刘海效果。

◆头发的刘海效果

13 绘制脸部阴影

设置前景色为"深肉色（R:252,G:187,B:185）"，使用画笔工具 ✐ 在选区中绘制脸部的阴影区域，效果如图所示。

◆脸部的阴影区域

14 为脸部描边

选择"编辑/描边"命令，在打开的对话框中设置颜色为"深红色（R:108,G:0,B:0）"，其他参数设置如左下图所示，单击"确定"按钮并取消选区，得到如右下图所示的脸部描边效果。

1.设置参数　2.单击该按钮

15 绘制腮红和五官

设置前景色为"粉红色（R:255,G:155,B:170）"，使用画笔工具 ✐ 绘制腮红，效果如左下图所示。设置前景色为"深红色（R:108,G:0,B:0）"，设置画笔大小为"尖角5像素"，使用画笔工具 ✐ 在脸部绘制眼和嘴，效果如右下图所示。

◆绘制的腮红　　　◆绘制的眼和嘴

16 绘制手掌

使用钢笔工具 ◊ 绘制手掌的路径，如左下图所示，按【Ctrl+Enter】键将其转换为选区，新建图层9，给选区填充"肉色（R:255,G:204,B:186）"，效果如右下图所示。

◆绘制的手掌路径　◆绘制的手掌路径

17 为手掌描边

选择"编辑/描边"命令，在打开的对话框中设置颜色为"深红色（R:108,G:0,B:0）"，其他参数设置如左下图所示，单击"确定"按钮，取消选区后的效果如右下图所示。

18 绘制人身

使用钢笔工具在图像窗口中绘制人身的路径，然后新建图层10，按【Ctrl+Enter】键将其转换为选区，使用"编辑/填充"命令为选区填充"黄色（R:255,G:232,B:96）"，效果如图所示。

19 为人身描边

选择"编辑/描边"命令，在打开的对话框中设置参数如左下图所示，设置颜色为"深红色（R:108,G:0,B:0）"，单击"确定"按钮，取消选区后得到如右下图所示的效果。

20 绘制裙子

使用钢笔工具在图像窗口中绘制裙子的路径，新建图层11，按【Ctrl+Enter】键将其转换为选区，然后使用"编辑/填充"命令为选区填充"黄色（R:249,G:247,B:196）"，效果如左下图所示。使用前面的方法为选区描边，效果如右下图所示。

21 绘制折皱效果

使用多边形套索工具在裙子上绘制如左下图所示的选区，新建图层12，然后为选区填充黄色（R:246,G:223,B:143），取消选区后得到如右下图所示的效果。

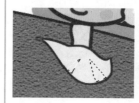

22 绘制裙子里层和腿

使用前面讲解的方法绘制裙子里层和腿的路径，将其转换为选区后，分别填充"深灰色（R:152,G:112,B:122）"和"咖啡色（R:180,G:106,B:108）"，再分别对其进行描边操作，完成大头娃娃的绘制。

例 92 绘制水墨画

素材\第5章\例92\竹林.jpg
源文件\第5章\例92\水墨画.psd

知识点
- "风"滤镜
- "极坐标"滤镜
- 画笔工具
- 钢笔工具
- "色彩平衡"命令

制作要领
- 熊猫皮毛效果的体现
- 竹子颜色的调整

效果预览

绘制耳朵和四肢

绘制脑袋和眼睛

绘制鼻子和爪子

绘制竹子

步骤详解

01 绘制选区并填充颜色

新建一个500像素×500像素、分辨率为100像素/英寸的文件。新建图层1，使用矩形选框工具在图像窗口中创建一个矩形选区，设置前景色为"黑色"，按【Alt+Delete】键为选区填充前景色，效果如图所示。

02 应用"风"滤镜

按【Ctrl+D】键取消选区，选择"滤镜/风格化/风"命令，在打开的"风"对话框中设置参数如左下图所示，单击"确定"按钮得到风效果。按【Ctrl+F】键重复该滤镜操作，得到如右下图所示的效果。

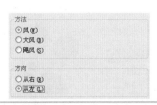

03 旋转图像

按【Ctrl+T】键打开变换编辑框，在其上单击鼠标右键，在弹出的快捷菜单中选择"旋转90度（逆时针）"命令，然后将其移到图像窗口的上方，使其上边缘与图像窗口上边缘重合，按【Enter】键确认变换，效果如图所示。

04 应用"极坐标"滤镜

选择"滤镜/扭曲/极坐标"命令，在打开的"极坐标"对话框中选中"平面坐标到极坐标"单选按钮，单击"确定"按钮得到如图所示的效果。

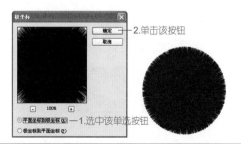

05 羽化选区

按住【Ctrl】键不放单击图层1前面的图层缩览图，载入该图层的选区。按【Ctrl+Alt+D】键打开"羽化选区"对话框，设置羽化半径为"10像素"，单击"确定"按钮得到羽化选区的效果。按【Ctrl+Shift+I】键反选选区，按【Delete】键删除选区中的图像，按【Ctrl+D】键取消选区，得到如图所示的效果。

06 绘制熊猫的耳朵和前肢

选择移动工具，按住【Alt】键不放，拖动该图形，将其复制4份，效果如左下图所示。按【Ctrl+T】键打开变换编辑框，拖动控制点调整大小和形状并移动到合适的位置，绘制出熊猫的耳朵和前肢，效果如右下图所示。

07 绘制熊猫的后肢

继续复制图形，调整形状和大小后移动到合适位置，绘制熊猫的后肢，效果如图所示。

08 绘制眼睛和脑袋路径

再复制任意一个图形，将其变换为小椭圆形，并使用橡皮擦工具在中间擦出一个白色圆点，作为熊猫的眼睛，效果如左下图所示。选择钢笔工具，在图像窗口中绘制熊猫脑袋的路径，如右下图所示。

09 设置画笔

在工具箱中选择画笔工具，在选项栏中单击"画笔"右侧的·按钮，在打开的面板中单击右上角的按钮，在弹出的下拉菜单中选择"自然画笔2"命令，在打开的对话框中单击"追加"按钮将该画笔样式添加到列表框中。然后在列表框中选择"蜡笔亮20像素"选项，在"主直径"文本框中输入"10px"，如图所示。

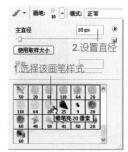

10 描边路径

设置前景色为黑色，新建一个图层。选择"路径"面板，在刚才绘制的路径上单击鼠标右键，在弹出的快捷菜单中选择"描边路径"命令，在打开对话框的下拉列表框中选择"画笔"选项，单击"确定"按钮得到如图所示的效果。

11　绘制鼻子和爪子

选择画笔工具 ，笔触样式保持不变，在路径的端头处按住鼠标左键不放并拖动，绘制熊猫的鼻子和爪子，效果如图所示。

14　绘制竹叶

选择钢笔工具 ，在选项栏中单击"路径"按钮 ，在图像窗口中绘制竹叶形状的路径，效果如左下图所示。新建一个图层并按【Ctrl+Enter】键将其转换为选区，设置前景色为"绿色（R:20,G:81,B:53）"，按【Alt+Delete】键填充选区，效果如右下图所示。

◆制作的竹叶效果

12　新建组

单击"图层"面板底部的"创建新组"按钮 ，新建一个组，将所有包含熊猫图像的图层拖放到该组中。双击该组，打开"组属性"对话框，在"名称"文本框中输入"熊猫"，在"颜色"下拉列表框中选择"蓝色"选项，单击"确定"按钮，"图层"面板中出现新建的组。

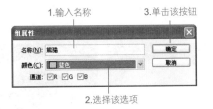

1.输入名称　　　3.单击该按钮

2.选择该选项

15　复制竹叶

新建一个图层，使用同样的方法绘制一个颜色稍浅些的竹叶，对这两种竹叶进行复制和变换操作，并移动到合适的位置，得到如左下图所示的效果。打开"竹林.jpg"素材文件，设置前景色为"白色"，选择橡皮擦工具 ，在选项栏中设置笔触的流量为"30%"，将图像窗口中不需要的图像擦除，效果如右下图所示。

13　改变画布大小

选择"图像/画布大小"命令，在打开的"画布大小"对话框中设置参数如图所示，单击"确定"按钮将画布变大。

3.单击该按钮

2.设置参数

1.单击此处

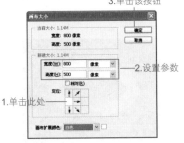

16　添加竹子图像

使用移动工具 将竹叶拖动到熊猫图像窗口中生成新图层，并将其移到"熊猫"图层组的下方，如左下图所示。按【Ctrl+B】键打开"色彩平衡"对话框，设置参数如图所示，单击"确定"按钮完成水墨画的绘制。

1.设置参数　　　2.单击该按钮

例93 绘制金戒指

素材\第5章\无
源文件\第5章\例93\金戒指.psd

知识点

- 渐变工具
- 变换选区
- 图层样式
- 横排文字工具
- 调整图层

制作要领

- 戒指形状的绘制
- 立体效果和黄金效果的体现

效果预览

绘制戒指的形状

添加图层样式

调整色彩

输入文字

步骤详解

01 绘制椭圆选区

新建一个400像素×300像素、分辨率为100像素/英寸的文件。按【D】键复位前景色和背景色，按【Alt+Delete】键为背景图层填充前景色。新建图层1，使用椭圆选框工具◯在图层1中绘制如图所示的椭圆。

02 填充渐变色

选择渐变工具■，在选项栏中单击渐变色选择框■右侧的█按钮，在打开的面板中单击▶按钮，在弹出的下拉菜单中选择"金属"命令，在打开的对话框中单击"追加"按钮添加渐变色。然后选择"银色"选项，在选区中水平拖动，得到如图所示的渐变效果。

◆选择该选项

◆渐变效果

03 变换选区

选择"选择/变换选区"命令打开变换编辑框，按住【Shift+Alt】键进行等比例缩小，然后将其放置在如左下图所示的位置，按【Enter】键确认变换，再按【Delete】键删除选区内容，效果如右下图所示。

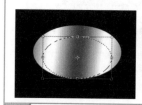

04 垂直翻转图像

按【Ctrl+D】键取消选区，拖动图层1到"创建新图层"按钮□上，复制生成图层1副本图层。选择"编辑/变换/垂直翻转"命令，将复制的图层进行翻转，效果如图所示。

◆垂直翻转效果

05 设置外发光效果

双击图层1副本图层，在打开的"图层样式"对话框中选中"外发光"复选框，设置颜色为"黄色（R:255,G:168,B:0）"，其他参数设置如左下图所示，此时的图像效果如右下图所示。

06 设置斜面和浮雕效果

在"图层样式"对话框中选中"斜面和浮雕"复选框，设置参数如左下图所示。单击"阴影"栏中"光泽等高线"下拉列表框右侧的:按钮，在打开的面板中选择"高斯分布"选项，如右下图所示。

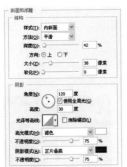
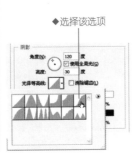

◆选择该选项

07 设置等高线

选中"等高线"复选框，单击"等高线"下拉列表框右侧的:按钮，在打开的面板中选择"高斯分布"选项，此时的图像效果如图所示。

◆选择该选项

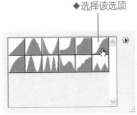

08 设置光泽效果

在"图层样式"对话框中选中"光泽"复选框，设置参数如左下图所示，设置等高线为"锥形"，此时图像效果如右下图所示。

09 设置图案叠加效果

选中"图案叠加"复选框，设置参数如图所示，设置图案为"绸光"，单击"确定"按钮得到如右下图所示的效果。

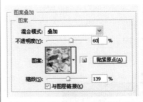

10 调整色相和饱和度

单击"图层"面板下方的"创建新的填充或调整图层"按钮 ◑.，在弹出的下拉菜单中选择"色相/饱和度"命令，在打开的对话框中设置参数如左下图所示，单击"确定"按钮得到如右下图所示的效果。

2.设置参数　3.单击该按钮

1.选中该复选框

11 调整色彩平衡

单击"图层"面板下方的 ◎. 按钮，在弹出的下拉菜单中选择"色彩平衡"命令，在打开的对话框中设置参数如左下图所示，单击"确定"按钮得到如右下图所示的效果。

12 输入文字

使用椭圆工具 ◎ 在图像窗口中绘制如图所示的椭圆路径，单击图层1前的 ◉ 图标隐藏图层1。选择横排文字工具 T，在选项栏中设置字体为"Blackadder ITC"，字体大小为"18点"，设置前景色为"白色"，在路径上单击输入文字"I Love you"，"图层"面板中自动生成文字图层，效果如图所示。

◆输入的文字

13 栅格化文字

在文字图层上单击鼠标右键，在弹出的快捷菜单中选择"栅格化文字"命令。按【Ctrl+T】键打开变换编辑框，调整控制点得到如图所示的文字效果。

14 制作镂空效果

单击图层1前面的空白方框，显示该图层。选择图层1，然后单击文字图层前的缩览图载入文字选区，按【Delete】键删除选区图像，单击文字图层前的 ◉ 图标隐藏文字图层，再按【Ctrl+D】键取消选区，得到如图所示的效果。

15 调整曲线

选择图层1副本图层，单击"图层"面板下方的"创建新的填充或调整图层"按钮 ◎.，在弹出的下拉菜单中选择"曲线"命令，在打开的对话框中调整曲线至如左下图所示，单击"确定"按钮完成金戒指的绘制，效果如右下图所示。

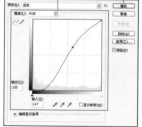

本例的制作重点在于"图层样式"对话框中"斜面和浮雕"和"光泽"样式的"等高线"设置。在"图层样式"对话框中调整等高线结构，也就相当于调整一个物体的表面结构，而它所呈现出来的将是不同的高反光效果。

操作提示

本例中的文字效果是镂空图层1而形成的，读者可以自己尝试其他的方法来制作文字效果，只是需要注意文字的色彩应尽量与戒指颜色相符。

例 94 绘制红宝石项链

素材\第5章\无
源文件\第5章\例94\红宝石项链.psd

知识点

- 椭圆工具
- 调整路径
- 应用样式
- 描边路径
- 图层样式

制作要领

- 宝石和项链的绘制
- 宝石质感的体现

效果预览

调整吊坠形状

应用样式

为宝石镶边

制作项链

◀ 步骤详解

01 新建文件

新建一个400像素×400像素、分辨率为150像素/英寸的文件。按【D】键复位前景色和背景色，按【Alt+Delete】键为背景图层填充前景色。

03 将路径转换为选区并填充

新建图层1，按【Ctrl+Enter】键将路径转换为选区，然后按【Ctrl+Delete】键为选区填充白色，再按【Ctrl+D】键取消选区，得到如图所示的效果。

02 绘制并调整路径

使用椭圆工具 在图像窗口中绘制一个椭圆路径，使用直接选择工具选择绘制的路径，然后调整该路径左右两侧的控制点，得到如图所示的效果。

1.绘制椭圆路径

2.调整控制点

04 添加并应用样式

选择"样式"面板，单击右上角的 按钮，在弹出的下拉菜单中选择"Web样式"命令，在打开的对话框中单击"追加"按钮将样式添加到列表框中。在列表框中选择"带投影的绿色凝胶"样式，得到如图所示的效果。

◆选择该选项

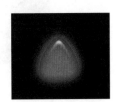

05 设置内阴影和外发光效果

由于效果不是很理想，这里需要重新设置某些参数。在"图层"面板中双击"内阴影"效果，在打开的对话框中设置参数如左下图所示。选中"外发光"复选框，重新设置参数如右下图所示。

06 设置斜面和浮雕效果

在"图层样式"对话框中选中"斜面和浮雕"复选框，重新设置参数如左下图所示，单击"确定"按钮得到如右下图所示的效果。

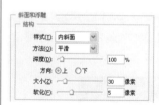 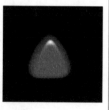

07 放大路径

选择"路径"面板，选择开始绘制的路径，按【Ctrl+T】键打开变换编辑框，按住【Shift+Alt】键放大路径。

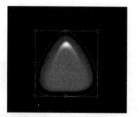

08 给选区填充颜色

双击鼠标确认变换操作，新建图层2，按【Ctrl+Enter】键将路径转换为选区，再按【Ctrl+Delete】键为选区填充白色，效果如左下图所示。将图层2放置于图层1的下方，效果如右下图所示。

09 应用样式

在"样式"面板中选择"水银"样式，为图层2应用该样式，按【Ctrl+D】键取消选区后的效果如图所示。

◆选择该样式

 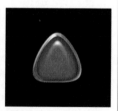

10 修改图层样式

双击图层2，在打开的"图层样式"对话框中取消选中"描边"复选框，然后选中"斜面和浮雕"复选框，单击"阴影模式"后的颜色选择框，设置为"灰色（R:140,G:140,B:140）"，单击"确定"按钮得到镶边的红宝石效果。

11 绘制项链路径

按住【Shift】键的同时选择图层1和图层2，再单击"图层"面板下方的"链接图层"按钮 ∞ ，将所选图层进行链接，按【Ctrl+T】键打开变换编辑框，缩小宝石吊坠。然后使用椭圆工具 ⬭ 绘制一个椭圆路径，调整路径大小并放置在如图所示的位置。

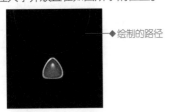

◆绘制的路径

12 设置画笔并描边

选择画笔工具 ✐ ，按【F5】键打开"画笔"面板，选择"画笔笔尖形状"选项，在右侧的列表框中选择"尖角3像素"，设置直径为"4px"，间距为"116%"，取消选中其他复选框。设置前景色为"灰色（R:221,G:215,B:215）"，新建图层3，使用画笔描边路径，得到如图所示的效果。

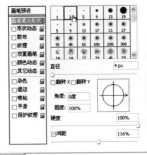
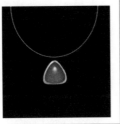

13 设置图层样式

双击图层3，在打开的"图层样式"对话框中选中"外发光"和"斜面和浮雕"复选框，设置参数分别如图所示，然后单击"确定"按钮。

14 制作吊环路径

在"路径"面板中选择开始绘制的吊环路径，按【Ctrl+T】键打开变换编辑框，然后将其缩小并垂直翻转，放置在如图所示的位置。

◆缩小吊环路径

15 描边路径

确认变换后新建图层4，按【Ctrl+Enter】键将路径转换为选区。选择"编辑/描边"命令，在打开的对话框中设置参数如图所示，单击"确定"按钮得到描边效果。

1.设置参数　　2.单击该按钮

16 制作项链穿过吊环效果

在宝石银边的图层2上单击鼠标右键，在弹出的快捷菜单中选择"拷贝图层样式"命令，然后在图层4上单击鼠标右键，在弹出的快捷菜单中选择"粘贴图层样式"命令，得到如图所示的效果。使用橡皮擦工具 ✐ 擦除项链与吊环重叠的一边，形成项链穿过吊环的效果，完成红宝石项链的绘制。

例 95 绘制铅笔

素材\第5章\无
源文件\第5章\例95\彩色铅笔.psd

知识点

- 矩形工具
- 自由变换路径
- 渐变工具
- 画笔工具
- 图层样式

制作要领

- 铅笔形状的绘制
- 铅笔立体感的体现

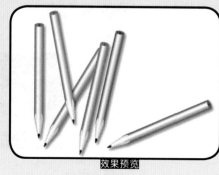

效果预览

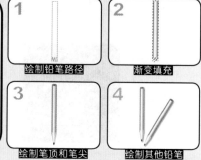

1 绘制铅笔路径
2 渐变填充
3 绘制笔顶和笔尖
4 绘制其他铅笔

步骤详解

01 新建文件并绘制矩形

新建一个400像素×300像素、分辨率为150像素/英寸的文件。按【D】键复位前景色和背景色，按【Ctrl+Delete】键为背景图层填充背景色。然后使用矩形工具▢绘制如图所示的矩形。

02 添加控制点

选择添加锚点工具▷，在路径上单击添加如左下图所示的6个控制点。选择直接选择工具▷，按住【Shift】键的同时选择不相邻的3个控制点并向上拖动，得到如右下图所示的效果。

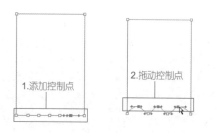

1.添加控制点　　2.拖动控制点

03 变换路径

使用路径选择工具▷选择绘制的路径，按【Ctrl+T】键打开变换编辑框，对其进行自由变换，调整出如左图所示的效果。按【Enter】键确认变换，得到如右图所示的效果。

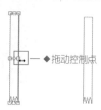

◆ 拖动控制点

04 填充渐变色

新建图层1，按【Ctrl+Enter】键将路径转换为选区。选择渐变工具▢，在选项栏中单击渐变色选择框▬▬，在打开的"渐变编辑器"对话框中设置渐变色如图所示，其中绿色的颜色值为（R:29,G:125,B:4）。使用渐变工具▢在选区中水平拖动，得到如右下图所示的效果。

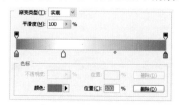

05 填充渐变色

选择渐变工具 ▣，按照步骤4的方法设置渐变色如左下图所示，其中绿色的颜色值为（R:29,G:125,B:4）。新建图层2，拖动该图层到图层1下方。使用矩形选框工具 ▣ 在图层2中绘制如右下图所示的选区。

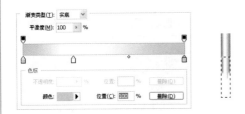

08 绘制笔尖

按【Ctrl+T】键打开变换编辑框，对其进行自由变换后放置在铅笔笔杆顶部，得到如左下图所示的效果。再使用画笔工具 ✍ 绘制笔尖，效果如右下图所示。

◆绘制的笔尖

06 变换图像

使用渐变工具 ▣ 在选区内水平拖动，为其填充线性渐变色，取消选区后按【Ctrl+T】键打开变换编辑框，按住【Alt】键对左右侧的控制点进行拖动，得到如图所示的变换效果。

◆拖动控制点

09 添加投影效果

按住【Shift】键的同时选择新建的3个图层，按【Ctrl+E】键合并所选图层。双击合并后的图层，在打开的"图层样式"对话框中选中"投影"复选框，设置参数如图所示，单击"确定"按钮为铅笔添加投影效果。

07 绘制铅笔顶部

新建图层3，并将其拖动到图层1的上方。使用椭圆选框工具 ◯ 绘制一个圆形选区，为其填充"绿色（R:89,G:125,B:4）"，然后设置前景色为"黑色"，使用画笔工具 ✍ 在圆的正中心单击鼠标绘制铅笔的笔芯，取消选区后的效果如图所示。

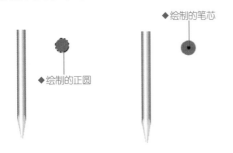

◆绘制的笔芯

◆绘制的正圆

10 改变铅笔颜色

复制合并后的图层，再双击该图层，在打开的"图层样式"对话框中选中"颜色叠加"复选框，设置参数如左下图所示，单击"确定"按钮后对复制的图层进行旋转，得到如右下图所示的效果。重复同样的操作制作出其他颜色的铅笔，完成彩色铅笔的绘制。

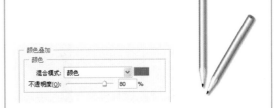

例 96 绘制檀香扇

素材\第5章\例96\背景.jpg
源文件\第5章\例96\檀香扇.psd

知识点

- 图案填充
- 设置图层样式
- 透视变形
- "半调图案"滤镜
- 变换复制图像

制作要领

- 扇叶的制作
- 扇叶的复制

效果预览

制作镂空图案

绘制扇子下面部分

复制扇叶

绘制两侧的扇片

步骤详解

01 新建文件并绘制圆角矩形

新建一个400像素×300像素、分辨率为150像素/英寸、背景为白色的文件。在工具箱中选择圆角矩形工具，在选项栏中设置参数如图所示，然后在图像窗口中绘制一个圆角矩形。

03 填充图案

按【Ctrl+D】键取消选区，双击图层1，在打开的"图层样式"对话框中选中"纹理"复选框，在"图案"下拉列表框中选择"木质"选项，其他参数设置如图所示，单击"确定"按钮得到填充后的效果。

02 选区相减

按【Ctrl+Enter】键将路径转换为选区，选择矩形选框工具，在选项栏中单击"从选区减去"按钮，在圆角矩形选区下方绘制一个矩形选区，得到如图所示的选区形状。在"图层"面板中新建图层1，为选区填充深黄色（R:195,G:170,B:16）。

04 设置颜色叠加效果

在"图层样式"对话框中选中"斜面和浮雕"复选框，设置参数如图所示。再选中"颜色叠加"复选框，设置颜色为"黄色（R:215,G:175,B:102）"，其他参数设置保持不变。

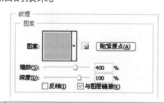

05　设置投影效果

在"图层样式"对话框中选中"投影"复选框，设置参数如左下图所示，单击"确定"按钮得到添加图层样式后的效果。

08　制作镂空图案

按【Ctrl+Enter】键将路径转换为选区，选择图层1，按【Delete】键删除选区中的图像，按【Ctrl+D】键取消选区，得到如图所示的效果。

◆转换选区

06　透视变形

按【Ctrl+T】键打开变换编辑框，按住【Shift+Ctrl+Alt】键调整控制点，使图像产生透视变换，然后双击鼠标确认变换，效果如图所示。

09　应用"半调图案"滤镜

选择"通道"面板，单击"创建新通道"按钮 新建Alpha 1通道，为该通道填充白色。选择"滤镜/素描/半调图案"命令，在打开的对话框中设置参数如左下图所示，单击"确定"按钮得到如右下图所示的效果。

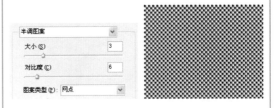

07　绘制形状

选择自定形状工具 ，在选项栏中单击"形状"右侧的按钮，在打开的面板中选择"花形纹章"选项，然后在图像窗口中拖动鼠标，绘制出所选图案的路径，效果如图所示。

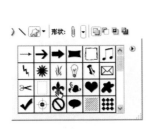

10　载入通道的选区

按住【Ctrl】键单击Alpha 1通道，载入该通道的选区，选择图层1，在图层1中载入选区，如图所示。

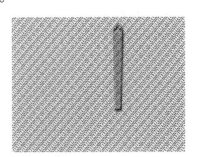

11 减去选区

选择多边形套索工具，按住【Alt】键的同时绘制选区，绘制的区域将从选区中减去，效果如左下图所示。选择图层1，按【Ctrl+D】键取消选区，得到如右下图所示的效果。

◆减选的选区

12 绘制扇叶下部分

使用矩形选框工具在图层1中绘制一个矩形选区，为其任意填充一种颜色，图层1的图层样式被自动应用到图像中，效果如左下图所示。按【Ctrl+D】键取消选区，再按【Ctrl+T】键打开变换编辑框，旋转并缩小图像，按【Enter】键确认变换，效果如右下图所示。

13 复制扇叶

按【Ctrl+T】键打开变换编辑框，将中心点移动到扇叶的下端，并顺时针旋转一定角度，效果如左下图所示。按【Enter】键确认变换，然后按住【Shift+Ctrl+Alt】键，再按【T】键多次，复制扇叶得到打开的扇面效果，如右下图所示。

14 绘制两侧的扇片

使用钢笔工具绘制如图所示的路径，按【Ctrl+Enter】键将其转换为选区，如左下图所示。新建图层2，为选区填充白色，然后复制图层1的图层样式，在图层2上单击鼠标右键，在弹出的快捷菜单中选择"粘贴图层样式"命令。按【Ctrl+D】键取消选区后得到如右下图所示的效果。

15 绘制螺丝钉的选区

复制图层2为图层2副本图层，选择"图层/排列/置为底层"命令将其放在底层。按【Ctrl+T】键打开变换编辑框，将图像旋转至左侧，放置在如图所示的位置。按住【Shift+Alt】键使用椭圆选框工具绘制一个以鼠标单击处为中心的正圆选区，然后按住【Alt】键使用矩形选框工具减选中间区域，得到如右图所示的效果。

16 设置斜面和浮雕效果

新建图层3，为选区填充白色。再双击图层3，在打开的对话框中选中"斜面和浮雕"复选框，设置参数如图所示，然后单击"确定"按钮。打开"背景.jpg"素材文件，将其拖入"檀香扇"文件中，调整好大小后将其放置于底层，设置该图层的填充为"68%"。链接所有扇子图层，适当调整檀香扇的大小和角度，完成檀香扇的绘制。

实战演练

素材\第5章\实战演练\
源文件\第5章\实战演练\

本章主要讲解了在Photoshop中绘图的常见方法和技巧，在绘图过程中最重要的是钢笔工具 和路径的使用，当然填充颜色也是体现绘图效果不可忽视的环节。Photoshop中的钢笔工具 和其他绘图软件一样，都是以贝济埃曲线为基础，所以在绘图的过程中，要熟练掌握该曲线的绘制和调整方法，这样才能更好地掌握Photoshop的绘图技巧。

◆ 实战演练一——制作玉坠

自己动手制作如图所示的玉坠效果，制作过程中主要用到魔棒工具 、移动工具 、"云彩"滤镜、"添加杂色"滤镜和图层样式等。

制作提示：

（1）绘制云彩效果并给云彩效果添加杂点。

（2）在云彩效果中导入玉坠形状图像，开载入选区。

（3）为图像添加"斜面和浮雕"、"颜色叠加"、"光泽"以及"图案叠加"等图层样式，制作玉坠的立体效果。

（4）添加玉坠的挂绳。

◆ 实战演练二——彩色球体

自己动手制作如图所示的彩色球体，本例的制作关键是球体图案的制作，主要通过"镜头光晕"滤镜、"铬黄"滤镜、翻转命令以及其他一些调整颜色的命令来完成。

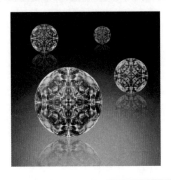

制作提示：

（1）应用"镜头光晕"滤镜、"铬黄"滤镜和翻转命令制作球体图案。

（2）通过"调整"命令下的子命令调整图像的颜色。

（3）使用椭圆选框工具选择需要的区域，然后反向选区，删除选区中的图像。

（4）对图像应用"球面化"滤镜，制作球体效果。

（5）复制多个球体，对其进行调色并缩小。

拓展效果

素材\第5章\无
源文件\第5章\拓展效果\

　　Photoshop具有强大的绘图功能，在绘画领域也能实现更多传统绘画不能达到的效果。下面给出一些效果让大家欣赏，读者自己可以分析一下这些效果的制作过程。

绘制海底世界

本图展示的是绘制的海底世界效果，操作步骤比较简单，先使用钢笔工具绘制海底的大致场景，包括沙石、海水和水草等，然后再绘制气泡，最后对这些图像进行填充即可。

绘制炸弹娃娃

本图展示的是绘制的炸弹娃娃效果，主要通过渐变工具和选框工具来实现。绘制完成后为了体现其立体感，可以通过设置"投影"图层样式为其添加阴影效果。

绘制篮球

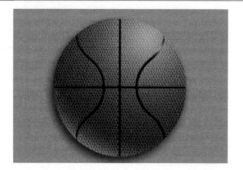

本图展示的是绘制的篮球效果，其制作关键是要体现出篮球的纹理和条纹，以及为了更好地体现效果，为篮球添加的阴影效果和木地板背景等。主要使用到的工具和命令有椭圆选框工具、渐变工具、钢笔工具、"染色玻璃"滤镜和"风格化"滤镜等。

绘制台球

本图展示的是绘制的台球效果，其绘制方法和炸弹娃娃类似，通过渐变效果来表示高光，从而体现球的立体感。主要使用到的工具和命令有椭圆选框工具、渐变工具和图层样式等。

第6章

常见抠图技法

在处理图像或照片时，若要将主体对象同背景对象分离，就需要用到抠图的方法。所谓"抠图"，是指将图像中的某一部分，例如建筑、人像或者人像的某一局部从原图像中"剥离"出来。"抠图"在图像处理中会经常用到，熟练掌握抠图的技法，也是使用Photoshop处理图像的重点，本章将详细介绍抠图方面的内容。

例 97 白云的抠取

素材\第6章\例97\
源文件\第6章\例97\抠取白云.psd

知识点
- 通道的应用
- "色阶"命令
- 羽化选区
- "曲线"命令
- 收缩选区

制作要领
- 白云的选择
- 白云边缘的处理

效果预览

打开素材文件

调整色阶

将白云拖入蓝天文件

调整曲线

步骤详解

01 打开素材文件

按【Ctrl+O】键打开"白云.jpg"素材文件,效果如图所示。

02 选择对比度大的通道

选择"通道"面板,分别观察红、绿和蓝3个通道的图像,选择图像对比度最大的通道,这里选择红通道。

03 复制通道

拖动红通道到"通道"面板下方的"创建新通道"按钮 □ 上复制该通道,生成红副本通道,如图所示。

04 调整色阶

按【Ctrl+L】键打开"色阶"对话框,设置参数如左下图所示,单击"确定"按钮,得到调整色阶后的效果。

1.设置参数 2.单击该按钮

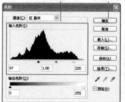

05 裁切图像

使用裁剪工具 🔲 对白云图像进行裁切，留下白云部分，得到如图所示的效果。

06 选择图像中的白云

按住【Ctrl】键的同时单击复制的红副本通道，载入该通道的选区，选择RGB通道，再选择"图层"面板，白云即被选择，效果如图所示。

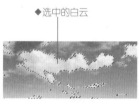

◆选中的白云

◆单击该通道

07 羽化选区

按【Ctrl+Alt+D】键打开"羽化选区"对话框，在对话框中设置羽化半径为"2像素"，单击"确定"按钮得到羽化后的选区，效果如图所示。

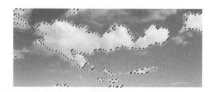

08 移动白云到蓝天文件中

按【Ctrl+O】键打开"蓝天.jpg"素材文件，使用移动工具 ➤ 移动选择的白云图像到蓝天文件中，按【Ctrl+T】键打开变换编辑框，拖动控制点调整白云的大小，效果如图所示。

09 调整曲线

按【Ctrl+M】键打开"曲线"对话框，调整曲线至如左下图所示，单击"确定"按钮得到白云变亮的效果。

1.调整曲线　　2.单击该按钮

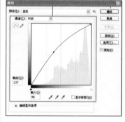

10 收缩选区并反选图像

按住【Ctrl】键的同时单击图层1前的缩览图，载入白云选区，选择"选择/修改/收缩"命令，在打开的对话框中设置收缩量为"1像素"，单击"确定"按钮后得到如右下图所示的效果。按【Shift+Ctrl+I】键反选选区，再按【Delete】键删除选区内的图像，取消选区后即完成白云抠取的操作。

1.输入数值　　2.单击该按钮

例 98 昆虫翅膀的抠取

素材\第6章\例98\
源文件\第6章\例98\抠取蜻蜓.psd

知识点
- "反相"命令
- "曲线"命令
- "色阶"命令
- 通道的应用

制作要领
- 抠取透明翅膀

效果预览

选择层次感强的通道

反相图像

调整色阶

抠取蜻蜓

步骤详解

01 打开文件并选择层次感强的通道

按【Ctrl+O】键打开"蜻蜓.jpg"素材文件，选择"通道"面板，选择黑白层次对比较强、翅膀轮廓明显的通道，这里选择蓝通道，并将其拖动到"创建新通道"按钮 □ 上，复制该通道。

02 反相图像

按【Ctrl+I】键反相图像，得到如图所示的效果。

03 选择蜻蜓的头部和身体

由于蜻蜓的头部和身体是不透明的，所以应该将其调整为纯白色。选择多边形套索工具，在选项栏中设置羽化值为"20px"，再使用该工具选择蜻蜓的头部和身体，创建如图所示的选区。

04 调整曲线

按【Ctrl+M】键打开"曲线"对话框，设置参数如左下图所示，单击"确定"按钮后头部和身体变为白色，效果如右下图所示。

1.设置参数
2.单击该按钮

05 涂抹蜻蜓的头部和身体

设置前景色为"白色",使用画笔工具 ✎ 在蜻蜓的头部和身体部位进行涂抹,涂抹的过程要注意适当调整画笔的压力和大小,涂抹后的效果如图所示。

06 调整色阶

放大图像观察,部分边缘有发灰的区域。按【Ctrl+L】键打开"色阶"对话框,在该对话框中单击"在图像中取样以设置灰场"按钮 ✎,吸取所选择区域内的灰色部分,如图所示,单击"确定"按钮后灰色的区域变为白色。

2.单击该按钮

1.单击该按钮

07 选择左下方的翅膀

按【Ctrl+D】键取消选区,选择多边形套索工具 ☑,在选项栏中设置羽化值为"20px",使用该工具选择左下方的翅膀。

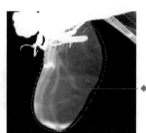

◆选择的翅膀

08 调整色阶

按【Ctrl+L】键打开"色阶"对话框,设置参数如图所示,经过调整后使一些不太明显的浅灰部分变亮,一些深灰部分变暗,单击"确定"按钮得到如图所示的效果。

1.设置参数 2.单击该按钮

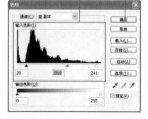 

09 调整另外3个翅膀的色阶

使用多边形套索工具 ☑ 选择另外3个翅膀,同样对其调整色阶,调整后得到如图所示的效果。

10 抠取蜻蜓

按住【Ctrl】键的同时单击蓝副本通道,载入该通道的选区。选择RGB通道,再选择"图层"面板,按【Ctrl+J】键将选区中的图像复制到图层1中,隐藏背景图层,效果如左下图所示。打开"蒲公英.jpg"素材文件,将图层1中的蜻蜓拖入该文件中,调整大小和位置即完成蜻蜓的抠取。

例 99 头发的抠取

素材\第6章\例99\
源文件\第6章\例99\抠取头发.psd

知识点
- "色阶"命令
- 套索工具
- "反相"命令
- 画笔工具
- 钢笔工具

制作要领
- 通道中黑白区域的调整

效果预览

打开素材文件

调整图像色阶

反相效果

为选区填充白色

步骤详解

01 打开素材文件

按【Ctrl+O】键打开"美女.jpg"素材文件,效果如图所示。

02 选择颜色对比强的通道

选择"通道"面板,选择除RGB通道外头发和背景颜色对比最强的通道,这里选择蓝通道。拖动该通道到"创建新通道"按钮上,复制生成蓝副本通道。

03 调整整个图像的色阶

按【Ctrl+L】键打开"色阶"对话框,对复制的通道进行调整,设置参数如左下图所示,单击"确定"按钮后得到如右下图所示的效果,可以看出头发与背景颜色的对比度加强了。

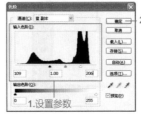

04 调整选区的色阶

观察发现图像下部区域的对比度不强,使用套索工具选择图像的右下侧部分,按【Ctrl+L】键打开"色阶"对话框,设置参数如左下图所示,单击"确定"按钮得到如右下图所示的效果。

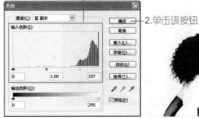

05 为选区填充白色

设置前景色为"白色",使用套索工具选择图像左下侧的区域,按【Alt+Delete】键为选区填充白色,效果如图所示。

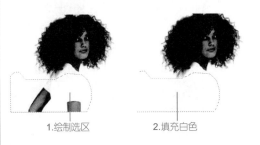

1.绘制选区　　　2.填充白色

06 对图像反相

由于通道中白色区域才是所选区域,所以这里按【Ctrl+D】键取消选区,然后按【Ctrl+I】键反相图像,得到如图所示的效果。

07 对脸部进行涂抹

选择画笔工具,在选项栏中单击"画笔"右侧的·按钮,在打开的面板中设置画笔大小为"尖角19像素",直径为"30px",在人物脸部进行涂抹,使其变为白色,效果如图所示。

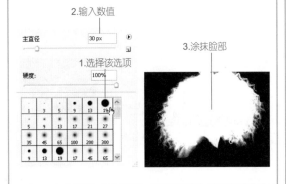

2.输入数值

主直径　30 px

3.涂抹脸部

1.选择该选项

硬度:　100%

08 绘制人物身体

单击"通道"面板中的RGB通道,使用钢笔工具绘制人物身体的区域,效果如图所示。

◆绘制身体路径

09 转换路径为选区并填充白色

单击蓝副本通道,按【Ctrl+Enter】键将路径转换为选区,按【Alt+Delete】键为选区填充前景色,按【Ctrl+D】键取消选区,效果如图所示。

10 添加背景

按住【Ctrl】键的同时单击蓝副本通道,再单击RGB通道,按【Ctrl+C】键复制图像。打开"草地.jpg"素材文件,按【Ctrl+V】键将复制的图像粘贴到草地文件中,按【Ctrl+T】键打开变换编辑框,调整图像大小,确认后完成头发的抠取。

例
100

婚纱的抠取

素材\第6章\例100\
源文件\第6章\例100\抠取婚纱.psd

知识点

- "色阶"命令
- 画笔工具
- 仿制图章工具
- 钢笔工具
- "通道"的应用

制作要领

- 婚纱透明效果的保留

效果预览

1 打开素材文件

2 调整图像色阶

3 涂抹墙壁砖的区域

4 为选区填充白色

步骤详解

01 打开素材文件

按【Ctrl+O】键打开"婚纱.jpg"素材文件，效果如图所示。

02 复制图层

按【Ctrl+J】键复制背景图层为图层1，为了更好地观察效果，这里再新建图层2，将其填充为"紫色（R:183,G:7,B:181）"，并将该图层放置于图层1的下方，此时"图层"面板如图所示。

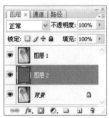

03 选择并复制对比度强的通道

单击图层2前的 👁 图标隐藏该图层，选择图层1，然后选择"通道"面板，选择黑白对比层次较好的通道，这里选择蓝通道，并将其拖动到"创建新通道"按钮 🔲 上，复制该通道。

04 调整色阶

按【Ctrl+L】键打开"色阶"对话框，设置参数如左下图所示，单击"确定"按钮后得到如右下图所示的效果。

1.设置参数　2.单击该按钮

05 再次调整色阶

再次按【Ctrl+L】键打开"色阶"对话框，设置参数如左下图所示，单击"确定"按钮得到如右下图所示的效果。

06 涂抹不够黑的区域

设置前景色为"黑色"，使用画笔工具 ✐ 对图像左上角和右上角不够黑的区域进行涂抹，效果如图所示。

07 涂抹有墙壁砖的区域

放大图像，发现右边的头纱下面还有墙壁砖效果，选择仿制图章工具 ✤ ，在选项栏中设置画笔大小为"柔角17像素"，然后按住【Alt】键单击白色区域，在右侧头纱中黑色的区域进行涂抹。

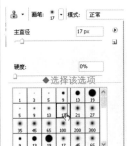
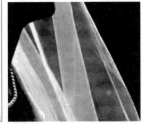

08 再次涂抹有墙壁砖的区域

继续对头纱中有黑色砖块效果的区域进行涂抹，完成时的效果如图所示。

09 绘制人物的路径

单击RGB通道，使用钢笔工具 ✐ 绘制人物身体的区域，效果如左下图所示，再单击蓝副本通道，按【Ctrl+Enter】键将绘制的路径转换为选区，为选区填充白色，效果如右下图所示。

10 添加背景

按住【Ctrl】键的同时单击蓝副本通道和RGB通道，选择图层1，按【Ctrl+J】键复制选区中的图像到图层3中。隐藏图层1和背景图层，显示图层2，效果如左下图所示。打开"背景.jpg"素材文件，使用移动工具 ✤ 将背景拖入婚纱文件中并放置于图层3的下方，按【Ctrl+T】键打开变换编辑框，调整图像大小，确认后完成婚纱的抠取。

例 **101** 玻璃瓶的抠取

素材\第6章\例101\
源文件\第6章\例101\抠取玻璃瓶.psd

知识点

- "抽出"滤镜
- 边缘高光器工具
- 缩放工具
- 橡皮擦工具

制作要领

- 玻璃透明质感的保留

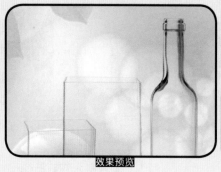

效果预览

打开素材文件

涂抹玻璃瓶

抽出玻璃瓶效果

处理边缘的杂色

步骤详解

01 打开素材文件并复制图层

按【Ctrl+O】键打开"玻璃瓶.jpg"素材文件，拖动背景图层到"图层"面板下方的"创建新图层"按钮 上，复制该图层。

02 拖入另一个素材文件

按【Ctrl+O】键打开"绿叶.jpg"素材文件，使用移动工具 移动该文件到玻璃瓶文件中，按【Ctrl+T】键打开变换编辑框，调整图像大小至如图所示，然后将自动生成的图层1放在背景图层上方。

03 应用"抽出"滤镜

单击背景副本2图层前的 图标隐藏该图层，然后选择背景副本图层，选择"滤镜/抽出"命令，在打开的对话框中选择边缘高光器工具 ，设置画笔大小为"50"，选中"强制前景"复选框，设置颜色为"白色"。

04 对玻璃瓶进行涂抹

使用边缘高光器工具 对玻璃瓶进行涂抹，得到如图所示的效果。

◆涂抹后的效果

05 抠出某些高光区域

单击"确定"按钮得到玻璃瓶某些高光的区域，如图所示，可以看出现在效果不是很明显。

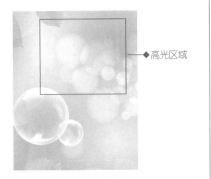

◆高光区域

06 应用"抽出"滤镜

单击背景副本2图层前的空白方框，显示该图层。选择该图层，选择"滤镜/抽出"命令，在打开的对话框中设置强制前景的颜色为"黑色"。

◆设置为黑色

07 对玻璃瓶进行涂抹

使用边缘高光器工具对玻璃瓶进行涂抹，得到如图所示的效果。

08 抠出玻璃瓶的大致效果

单击"确定"按钮得到如图所示的效果，可以看出已经抠出了玻璃瓶的大致效果。

09 创建新图层并填充颜色

单击"图层"面板下方的"创建新图层"按钮，新建图层2。设置前景色为"蓝色（R:23,G:99,B:176）"，按【Alt+Enter】键为该图层填充"蓝色"，然后将其放置在图层1的上方。

10 处理边缘的杂色

使用缩放工具放大图像，可以发现某些区域的边缘有杂色。分别选择背景副本图层和背景副本2图层，使用橡皮擦工具对有杂色的区域进行涂抹，然后隐藏图层2，完成玻璃瓶的抠取。

素材\第6章\例102\
源文件\第6章\例102\抠取树枝.psd

例 102 树枝的抠取

知识点

- "色彩范围"命令
- "去边"命令
- "移去黑色杂边"命令

制作要领

- 树枝边缘颜色的处理

效果预览

打开素材文件

选择树枝

复制选区中的图像

处理边缘的蓝色

步骤详解

01 打开素材文件

按【Ctrl+O】键打开"树枝.jpg"素材文件,效果如图所示。

02 复制图层

按【Ctrl+J】键复制背景图层为图层1,然后单击"图层"面板下方的"创建新图层"按钮 ◻ 新建图层2,为图层2填充"白色",并将其置于图层1的下方。

03 应用"色彩范围"命令

选择图层1,选择"选择/色彩范围"命令,在打开的"色彩范围"对话框中取消选中"反相"复选框,使用吸管工具 🖋 在图片蓝色背景上单击。

2.单击

1.取消选中该复选框

04 再次对蓝色区域取样

如果选择得不够精细,可以单击对话框中的"添加到取样"按钮 🖋,再单击图片中的蓝色区域,如图所示。

1.单击   2.单击该按钮

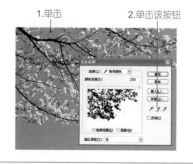

05　反选选区

单击"确定"按钮得到蓝色的选区，按【Ctrl+Shift+I】键反选选区，得到树枝的选区。

06　复制选区中的图像

选择图层1，按【Ctrl+J】键复制选区中的图像到图层3中，单击图层1前的 👁 图标隐藏该图层，此时可以看到图像边缘还保留有原来的蓝边。

07　去除图像中部分蓝边

选择图层3，选择"图层/修边/移去黑色杂边"命令，去除图像中局部的蓝边。

08　应用"去边"命令

选择"图层/修边/去边"命令，在打开的"去边"对话框的"宽度"文本框中输入"1"，单击"确定"按钮后得到如图所示的效果。

09　删除其他蓝色部分

放大图像，按住【Shift】键的同时使用套索工具 🔗 对图像中的局部蓝色区域进行选择，然后按【Delete】键将其删除，效果如图所示。

10　添加背景

按【Ctrl+O】键打开"蓝天白云.jpg"素材文件，使用移动工具 ➕ 将抠取的树枝拖入该文件中。按【Ctrl+T】键打开编辑对话框，调整图像大小，完成树枝的抠取，效果如图所示。

素材\第6章\例103\树枝.psd
源文件\第6章\例103\后期处理.psd

例 103 抠图的后期处理

知识点
- "去边"命令
- "移去白色杂边"命令

制作要领
- 图像边缘的处理

效果预览

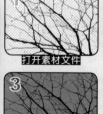

打开素材文件

新建图层并填色

去边效果　　移去白色杂边

步骤详解

01 打开素材文件

按【Ctrl+O】键打开"树枝.psd"素材文件，效果如图所示。

02 新建图层并填充颜色

为了让边缘效果更清楚，这里在"图层"面板中新增图层2，设置前景色为"绿色（R:67,G:118,B:6）"，按【Alt+Delete】键为图层2填充前景色，将其放置于图层1的下方，这时可以看到非常明显的灰白色边缘。

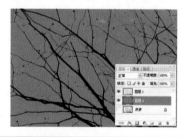

03 应用"去边"命令

选择图层1，选择"图层/修边/去边"命令，在打开的对话框中设置参数如图所示，单击"确定"按钮得到去边后的效果。

04 使用"移去白色杂边"命令

选择"图层/修边/移去白色杂边"命令，边缘的白色像素被去除，边缘的黑色像素得到加强，因此轮廓更清晰。

 实战演练

素材\第6章\实战演练\
源文件\第6章\实战演练\

本章详细讲解了通过Photoshop抠取图像的技巧，包括毛发、婚纱、昆虫翅膀和树枝等复杂的抠图方法，使大家对抠图有比较全面的了解和掌握。抠图是一个细致工作，想要追求完美效果，除了需要花费更多的时间外，还需要有足够的耐心。不过抠取的时候，不需要精细抠取的地方就没有必要花太多功夫，具体依情况而定。

实战演练一——抠取头发

自己动手将照片中的人物从背景中抠取出来，这里头发的抠取相对来说比较复杂。抠取的过程中主要用到画笔工具、套索工具、"色阶"命令、"曲线"命令和"通道"面板。

制作提示：

（1）打开素材文件，在"通道"面板中选择对比较强的通道并复制。

（2）对通道调整色阶，然后对通道图像进行反相。

（3）调整通道中不够黑的区域，保证图像中是纯黑和纯白。

（4）将通道作为选区载入，将抠取的图像放置在其他背景图片中。

（5）使用"修边"命令对头发的边缘进行处理。

实战演练二——抠取背影

自己动手将图中的背影抠出，本例是通过"抽出"滤镜来完成的。先使用边缘高光器工具选择主体图像，然后使用填充工具在选区范围内单击填充颜色，便可以将背景去除。

制作提示：

（1）打开素材文件，复制背景图层。

（2）使用"抽出"滤镜抠取背景。

（3）使用清除工具对没有删除的背景进行擦除。

（4）添加其他背景。

拓展效果

素材\第6章\拓展效果\
源文件\第6章\拓展效果\

抠取图像的方法很多，除了本章所讲的内容外，还包括利用魔棒工具和钢笔工具抠取图像等。下面给出一些效果让大家欣赏，读者自己可以分析一下使用了哪些抠图方法。

◆ 使用"计算"命令抠图

本图展示的是使用"计算"命令抠图的效果，该方法适合于看似很简单，但实际不太好抠取的图像。其实质是利用计算通道的方法来抠取，即先使用"计算"命令生成一个Alpha通道，再进行相关操作。

◆ 使用魔棒工具抠图

本图展示的是使用魔棒工具抠图的效果，魔棒工具抠图适用于颜色单一的背景抠取，在应用时可以通过设置容差值的大小来控制所抠图范围的大小。"容差"的取值范围在0~255之间，数值越大，选择的范围也就越大。

◆ 使用快速蒙版抠图

本图展示的是使用快速蒙版抠图的效果，使用快速蒙版抠图不需要使用"通道"面板，可以直接在"图层"面板中将选区作为蒙版进行编辑，而且不受背景图层的限制。使用快速蒙版抠图的方法很简单，先单击工具箱下方的"以快速蒙版模式编辑"按钮 ⊡ 进入快速蒙版状态，再使用画笔工具在不需要的地方进行涂抹，此时涂抹的地方呈红色，退出快速蒙版状态后便能选择到所想选择的区域。

◆ 使用路径抠图

本图展示的是使用路径抠图的效果，路径抠图主要是通过钢笔工具来完成的。由于可以任意添加和删除锚点，以及可以随意调整路径的曲度，所以通过路径抠图可以在不羽化处理的情况下绘制出非常精确的选区。

第7章

数码照片处理艺术

在平常生活中，大家喜欢用照相机记录下精彩的瞬间，但可能会因种种原因而造成拍摄效果不好，这时便可以通过Photoshop CS3来对照片进行修饰和处理。本章主要讲解照片的处理技巧，包括人物美化、缺陷处理、照片润色及合成等，希望读者通过本章的学习，掌握照片后期处理的相关技巧。

美白牙齿

素材\第7章\例104\牙齿.jpg
源文件\第7章\例104\美白牙齿.psd

知识点

- 创建路径
- 羽化选区
- "去色"命令
- "色彩平衡"命令

制作要领

- 牙齿的选取
- 牙齿颜色的调整

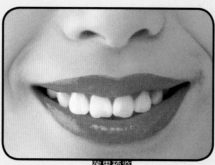

效果预览

打开素材文件

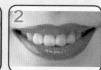
绘制路径

图像去色

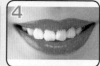
调整色彩平衡

步骤详解

01 打开素材文件

按【Ctrl+O】键打开"打开"对话框，在该对话框中选择"牙齿.jpg"素材文件，单击"确定"按钮打开该文件。

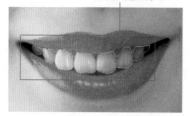

1.选择该选项

2.单击该按钮

02 绘制牙齿路径

使用缩放工具 将嘴部放大，然后使用钢笔工具 绘制牙齿部分的路径，效果如图所示。

◆勾勒出牙齿部分

03 载入选区

按【Ctrl+Enter】键将路径转换为选区，得到牙齿的选区范围。

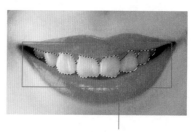

◆得到的牙齿选区

04 羽化选区

按【Ctrl+Alt+D】键打开"羽化选区"对话框，设置羽化半径为"4像素"，单击"确定"按钮得到羽化选区效果。

1.输入数值

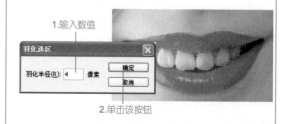

羽化选区

羽化半径(R): 4 像素

确定

取消

2.单击该按钮

05　图像去色

选择"图像/调整/去色"命令去掉选区图像的颜色，此时黄色的斑点已经去掉，变为灰色效果。

◆去色后的效果

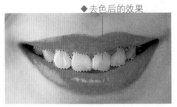

06　调整亮度和对比度

选择"图像/调整/（亮度/对比度）"命令，在打开的对话框中设置亮度为"40"，对比度为"35"，单击"确定"按钮得到调整后的效果。

1.设置参数　　2.单击该按钮

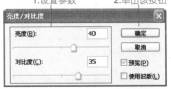

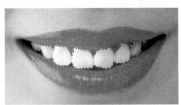

07　调整色彩平衡

选择"图像/调整/色彩平衡"命令，在打开的对话框中设置参数如图所示，单击"确定"按钮后得到调整色彩平衡后的效果。

2.单击该按钮

1.设置参数

08　取消选区

按【Ctrl+D】键取消选区，完成美白牙齿操作。

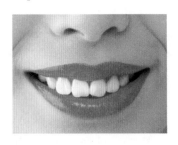

操作提示

在绘制牙齿路径时，注意不要绘制牙龈部分，最里面无法看到的牙齿也不需要绘制。如果对这些部分也进行了调整，效果反而会变得不自然。

经验之谈

在制作本例的过程中调整亮度和对比度后，可以看出牙齿已经变得洁白无暇了。调整图像色彩平衡的目的是让美白后的牙齿与皮肤的颜色更好地融合到一起，显得较自然。在调整的过程中要注意不能调整得过白，那样虽然是将牙齿变白了，但感觉非常不真实。

举一反三

根据本例所讲的方法，为图中的美女（光盘:\素材\第7章\例104\美女.jpg）进行洁牙处理，洁牙前后的对比效果如图所示（光盘:\源文件\第7章\例104\举一反三.psd）。

素材\第7章\例105\美眉.jpg
源文件\第7章\例105\改变唇彩颜色.psd

例 105 改变唇彩颜色

知识点
- 创建路径
- 羽化选区
- 图层混合模式
- 画笔工具的应用
- 选择高光部分

制作要领
- 嘴唇的绘制
- 唇彩颜色的设置

效果预览

打开素材文件

绘制路径

填充颜色

涂抹高光部位

步骤详解

01 打开素材文件

按【Ctrl+O】键打开"美眉.jpg"素材文件，拖动背景图层到"图层"面板下方的"创建新图层"按钮■上，复制生成背景副本图层。

02 绘制嘴唇路径

使用缩放工具将人物的唇部放大，使用钢笔工具沿嘴唇边缘绘制路径，效果如图所示。

03 转换选区并羽化

按【Ctrl+Enter】键将路径转换为选区，按【Ctrl+Alt+D】键打开"羽化选区"对话框，设置羽化半径为"5像素"，单击"确定"按钮得到羽化选区后的效果。

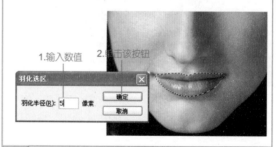

04 填充颜色

单击"图层"面板下方的"创建新图层"按钮■，新建图层1。设置前景色为"紫红色（R:212,G:13,B:205）"，按【Alt+Delete】键为选区填充前景色，按【Ctrl+D】键取消选区。

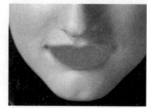

05 设置图层混合模式

设置图层1的图层混合模式为"色相"，效果如图所示。

06 涂抹高光部位

单击"图层"面板下方的"创建新图层"按钮，新建图层2。选择画笔工具，在选项栏中单击"画笔"右侧的·按钮，在打开的面板中选择"柔角17像素"选项，设置前景色为"白色"，在嘴唇高光部位进行涂抹，效果如图所示。

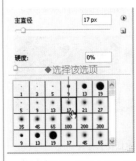

07 设置图层混合模式和不透明度

设置图层2的图层混合模式为"叠加"，不透明度为"40%"。

08 选择高光部分并反向

选择工具箱中的缩放工具，按【Alt】键的同时单击人物嘴唇部位至显示比例为"100%"。按【Ctrl+Alt+Shift+E】键盖印可见图层，自动生成图层3。按【Ctrl+Alt+Shift+~】键选择图像窗口中的高光部分，然后选择"选择/反向"命令得到如图所示的选区。

09 羽化选区

按【Ctrl+Alt+D】键打开"羽化选区"对话框，设置羽化半径为"4像素"，单击"确定"按钮得到羽化选区后的效果。

10 调整曲线

按【Ctrl+M】键打开"曲线"对话框，调整曲线至如图所示，单击"确定"按钮。按【Ctrl+D】键取消选区，完成效果的制作。

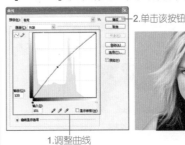

例 106

数码换装

素材\第7章\例106\蓝衣美女.jpg
源文件\第7章\例106\数码换装.psd

知识点

- "替换颜色"命令
- 历史记录画笔的应用

制作要领

- 选择要替换的蓝色
- 还原其他区域的颜色

效果预览

打开素材文件

选择需要替换的颜色

替换为红色

设置历史记录源

步骤详解

01 打开素材文件

按【Ctrl+O】键打开"蓝衣美女.jpg"素材文件，拖动背景图层到"图层"面板下方的"创建新图层"按钮 🔳 上，复制生成背景副本图层。

02 选择需要替换的颜色

选择背景副本图层，选择"图像/调整/替换颜色"命令，在打开对话框的"选区"栏中使用吸管工具 🖋 单击图中的蓝色裙子，再设置参数如图所示。

03 设置替换颜色

在"替换颜色"对话框的"替换"栏中设置参数如图所示，单击"确定"按钮得到替换颜色后的效果。这时图像中的其他区域也变得有点偏红。

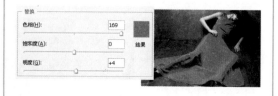

04 涂抹其他改变了颜色的区域

选择"历史记录"面板，单击替换颜色前一步操作前的方框，将其作为历史记录画笔的源，此时方框中出现历史记录画笔图标 🖌。在工具箱中选择历史记录画笔工具 🖌，在衣服以外的区域进行涂抹，将改变的颜色恢复到原始状态，完成数码换装效果的制作。

◆单击该处

素材\第7章\例107\手.jpg
源文件\第7章\例107\数码美甲.psd

例 107 数码美甲

知识点

- ◑ 创建路径
- ◑ 羽化选区
- ◑ "添加杂色"命令
- ◑ "染色玻璃"命令
- ◑ 图层混合模式

制作要领

- ◑ 创建指甲路径
- ◑ 美甲图案的制作

效果预览

1 打开素材文件
2 绘制指甲路径

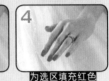

3 染色玻璃效果
4 为选区填充红色

步骤详解

01 打开素材文件并复制图层

按【Ctrl+O】键打开"手.jpg"素材文件,拖动背景图层到"图层"面板下方的"创建新图层"按钮 上,复制生成背景副本图层。

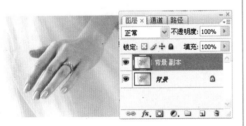

02 创建指甲路径

使用缩放工具 将图像放大,然后使用钢笔工具 沿手部指甲边缘绘制路径。

◆绘制的路径

03 转换选区并羽化

按【Ctrl+Enter】键将路径转换为选区,再按【Ctrl+Alt+D】键打开"羽化选区"对话框,设置羽化半径为"2像素",单击"确定"按钮得到羽化选区后的效果。

1.输入数值   2.单击该按钮

04 应用"添加杂色"滤镜

按【Ctrl+J】键复制选区内容到新的图层,生成图层1。选择"滤镜/杂色/添加杂色"命令,在打开的"添加杂色"对话框中设置参数如图所示,单击"确定"按钮得到添加杂色后的效果。

数量(A): 50 %

分布
◉ 平均分布(U)
○ 高斯分布(G)

☐ 单色(M)

05 应用"染色玻璃"滤镜

选择 "滤镜/纹理/染色玻璃" 命令，在打开的 "染色玻璃" 对话框中设置参数如图所示，单击 "确定" 按钮得到染色玻璃效果。

06 设置图层混合模式

在 "图层" 面板中设置图层1的图层混合模式为 "颜色"，得到如图所示的效果。

07 载入选区

按住【Ctrl】键的同时单击图层1缩览图，载入图层1的选区，如图所示。

08 为选区填充颜色

单击 "图层" 面板下方的 "创建新图层" 按钮 新建图层2。设置前景色为 "深红色（R:155,G:0,B:12）"，按【Alt+Delete】键为选区填充前景色，然后按【Ctrl+D】键取消选区。

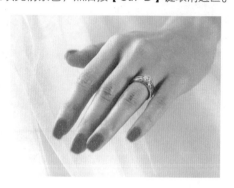

09 设置图层混合模式

在 "图层" 面板中设置图层2的图层混合模式为 "叠加"，完成美甲效果的制作。

举一反三

根据本例所讲的方法，给图片（光盘:\素材\第7章\例107\美手.jpg）中的指甲添加装饰效果，美甲前后的对比效果如图所示（光盘:\源文件\第7章\例107\举一反三.psd）。

例108　美白肌肤

素材\第7章\例108\黑美人.jpg
源文件\第7章\例108\美白肌肤.psd

知识点

- 载入通道的选区
- 橡皮擦工具
- 盖印可见图层
- "高反差保留"命令
- 图层混合模式

制作要领

- 载入选区并填充白色
- 恢复肌肤外区域的颜色

效果预览

打开素材文件

为选区填充白色

擦除肌肤外的区域　　擦除眼、眉和嘴区域

步骤详解

01　打开素材文件并复制图层

按【Ctrl+O】键打开"黑美人.jpg"素材文件，拖动背景图层到"图层"面板下方的"创建新图层"按钮🖻上，复制生成背景副本图层。

02　载入红通道

选择"通道"面板，按住【Ctrl】键的同时单击红通道将其作为选区载入。

◆载入的选区

03　填充选区

单击"图层"面板下方的"创建新图层"按钮🖻新建图层1，设置前景色为"白色"，按【Alt+Delete】键将选区填充为前景色，按【Ctrl+D】键取消选区，得到如图所示的效果。

操作提示

载入红通道的选区基本能载入绝大部分人物的肌肤，步骤3中给选区填充白色后，图像中人物的肌肤明显变白了，不过图像中其他某些区域也受到了影响，而且人物的肌肤看起来过于白皙，下面的步骤将对其进行进一步的处理，使效果看起来更加自然真实。

04 擦除肌肤外的区域

设置图层1的不透明度为"70%"。选择工具箱中的橡皮擦工具 ，在选项栏中设置画笔大小为"尖角20像素"，然后对除肌肤以外的区域进行擦除，使肌肤外的区域恢复原来的颜色，效果如图所示。

05 擦除眼、眉和嘴等区域

使用缩放工具 ![放大镜] 将人物脸部放大，再选择工具箱中的橡皮擦工具 ![橡皮擦]，在选项栏中设置不透明度为"65%"，在脸部的眼、眉和嘴等区域进行涂抹，让其恢复到原来的颜色，此时轮廓变得更清晰，效果如图所示。

06 盖印可见图层

按【Ctrl+Shift+Alt+E】键盖印可见图层，自动生成图层2。

07 应用"高反差保留"命令

选择"滤镜/其他/高反差保留"命令，在打开的的对话框中设置半径为"1像素"，单击"确定"按钮得到高反差保留效果。

08 设置图层混合模式

设置图层2的图层混合模式为"叠加"，此时人物的轮廓更加清晰，人物的肌肤也变得更自然而有光泽。

 举一反三

根据本例所讲的方法，美白图片（光盘:\素材\第7章\例108\时尚女郎.jpg）中人物的肌肤，美白前后的对比效果如图所示（光盘:\源文件\第7章\例108\举一反三.psd）。

例 109 数码染发

素材\第7章\例109\时尚美女.jpg
源文件\第7章\例109\数码染发.psd

知识点
- 调整色阶
- 绘制路径
- 反相图像
- 载入通道的选区
- 设置图层混合模式

制作要领
- 头发的选取
- 挑染头发

效果预览

打开素材文件

反相图像

为选区填充颜色

设置图层混合模式

步骤详解

01 打开素材文件并复制通道

按【Ctrl+O】键打开"时尚美女.jpg"素材文件，选择"通道"面板，选择对比度较大的通道，这里选择红通道，将其拖动到"通道"面板下方的"创建新通道"按钮上，复制生成红副本通道。

02 调整色阶

选择红副本通道，按【Ctrl+L】键打开"色阶"对话框，调整色阶如左下图所示，单击"确定"按钮后图像的对比度增大，效果如右下图所示。

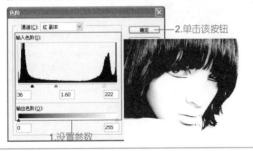

03 创建路径

使用钢笔工具绘制头发以外的黑色和灰度部分，得到所需的路径，按【Ctrl+Enter】键将路径转换为选区，如左下图所示。按【Ctrl+Alt+D】键打开"羽化选区"对话框，设置羽化半径为"2像素"，单击"确定"按钮，羽化后将选区填充为"白色"，效果如右下图所示。

操作提示

本例涉及到了头发的选取，具体的抠图方法在前面的章节中已经详细讲解。对于头发、羽毛等细微的、使用路径工具不好选择和抠取的图像，一般常用通道来选择。在使用通道抠图时，选择对比度强的通道是非常重要的步骤，本例中选择了对比度较大的红通道，这样能为后面的制作减少很多麻烦。

04 反相操作

按【Ctrl+D】键取消选区，再按【Ctrl+I】键反相图像，保留头发部分。

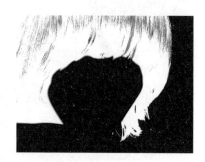

05 载入通道的选区

按住【Ctrl】键的同时单击红副本通道，载入该通道的选区，即选择人物的头发。选择"图层"面板，单击"创建新图层"按钮新建图层1，得到如图所示的选区。

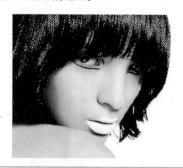

06 为选区填充颜色

设置前景色为"紫色（R:135,G:6,B:147）"，按【Alt+Delete】键为图层1中的选区填充"紫色"，效果如图所示。

07 设置图层混合模式

将该图层的图层混合模式设置为"颜色"，按【Ctrl+D】键取消选区，此时头发被染上紫色，效果如图所示。

08 绘制挑染头发的路径

单击"图层"面板下方的"创建新图层"按钮新建图层2。使用钢笔工具绘制挑染头发的路径。按【Ctrl+Enter】键将路径转换为选区，按【Ctrl+Alt+D】键打开"羽化选区"对话框，设置羽化半径为"3像素"，单击"确定"按钮得到羽化选区后的效果。

09 填充颜色并设置图层混合模式

设置前景色为"黄色（R:240,G:198,B:84）"，按【Alt+Delete】键为选区填充前景色，设置图层2的图层混合模式为"叠加"，按【Ctrl+D】键取消选区，完成染发效果的制作。

例 **110**

单眼皮变双眼皮

素材\第7章\例110\单眼皮.jpg
源文件\第7章\例110\单眼皮变双眼皮.psd

知识点

- "液化"滤镜
- 钢笔工具
- 加深工具
- 减淡工具
- 画笔工具

制作要领

- 路径的创建
- 加深工具和减淡工具的应用

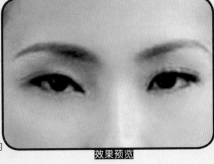

效果预览

打开素材文件

使眼睛变大

为右眼制作双眼皮

为左眼制作双眼皮

步骤详解

01 打开素材文件

按【Ctrl+O】键打开"单眼皮.jpg"素材文件，使用缩放工具 🔍 放大眼部。

02 变大右眼

选择"滤镜/液化"命令，打开"液化"对话框，选择向前变形工具 🖑，保持默认参数设置不变，使用该工具沿右眼睛上边缘向上稍微拖动，使眼睛变大，效果如图所示。

03 变大左眼

使用相同的方法将左眼睛变大，效果如图所示。

04 创建路径并保存

使用钢笔工具 🖋 绘制如图所示的路径，然后选择"路径"面板，双击刚创建的工作路径打开"存储路径"对话框，直接单击"确定"按钮保存该路径。

◆单击该按钮

◆绘制的路径

存储路径
名称(N)： 路径 1
确定
取消

05 为右眼制作双眼皮效果

选择存储的路径，按【Ctrl+Enter】键将其转换为选区。在工具箱中选择加深工具，在选项栏中进行如图所示的设置，然后沿选区的上边缘拖动，反复拖动多次，按【Ctrl+D】键取消选区，得到双眼皮效果。

 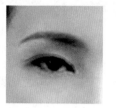

06 制作眼皮的高光效果

选择"路径"面板，选择存储的路径，按【Ctrl+Enter】键将其转换为选区。按【Ctrl+Shift+I】键反选选区，然后选择减淡工具，在选项栏中进行如图所示的设置，同样沿选区的左上边缘拖动，取消选区后得到双眼皮的高光效果。

07 为左眼制作双眼皮

用前面讲解的方法为左眼制作双眼皮，效果如图所示。

08 羽化选区

选择"路径"面板，选择路径1，按【Ctrl+Enter】键将其转换为选区。按【Ctrl+Alt+D】键打开"羽化选区"对话框，设置羽化半径为"2像素"，单击"确定"按钮得到羽化后的效果。

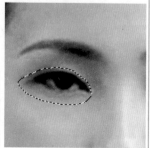

09 为右眼添加眼影

选择"图层"面板，单击其下方的"创建新图层"按钮新建图层1，设置该图层的图层混合模式为"颜色"。设置前景色为"蓝色（R:188,G:208,B:233）"，选择画笔工具，在选项栏中进行如图所示的设置，然后沿选区的上边缘涂抹，按【Ctrl+D】键取消选区，得到添加眼影后的效果。

10 为左眼添加眼影

按照同样的方法为左眼添加蓝色的眼影，完成效果的制作。

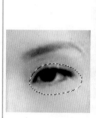 

例 **111** **美化睫毛**

素材\第7章\例111\眼睛.jpg
源文件\第7章\例111\ 美化睫毛.psd

知识点

- 画笔工具
- 加深工具

制作要领

- 睫毛的绘制
- 眼睛深邃效果的体现

效果预览

1 打开素材文件

2 绘制右侧的睫毛

3 绘制中间区域的睫毛

4 绘制左侧的睫毛

步骤详解

01 打开素材文件

按【Ctrl+O】键打开"眼睛.jpg"素材文件，拖动背景图层到"图层"面板下方的"创建新图层"按钮 上，复制生成背景副本图层。

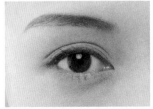

02 放大眼睛

单击"图层"面板下方的"创建新图层"按钮 新建图层1。使用缩放工具 单击眼睛部位放大眼睛。

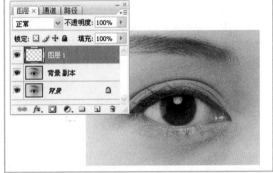

03 设置画笔

选择工具箱中的画笔工具 ，设置前景色为"黑色"。按【F5】键打开"画笔"面板，取消选中所有的复选框，选择"画笔笔尖形状"选项，设置笔尖形状为"沙丘草"，直径为"50px"，角度为"69度"，间距为"25%"，如图所示。然后使用画笔工具 在睫毛右侧单击，绘制如图所示的睫毛效果。

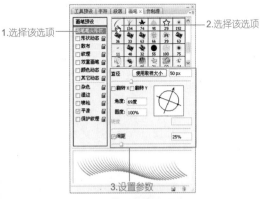

1.选择该选项
2.选择该选项
3.设置参数

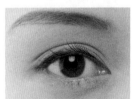

04 绘制睫毛

在"画笔"面板中设置直径为"60px"，角度为"90度"，然后使用画笔工具 ✐ 在如图所示的眼睛部位单击，绘制中间部分的睫毛。

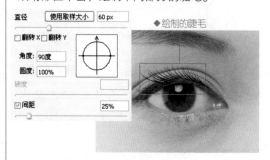

◆绘制的睫毛

05 绘制睫毛

在"画笔"面板中设置直径为"70px"，角度为"107度"，然后使用画笔工具 ✐ 绘制如图所示的睫毛。

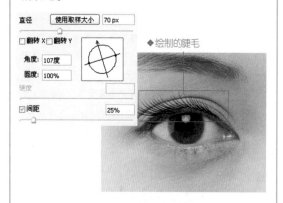

◆绘制的睫毛

06 绘制睫毛

在"画笔"面板中设置直径为"80px"，角度为"103度"，然后使用画笔工具 ✐ 绘制如图所示的睫毛。

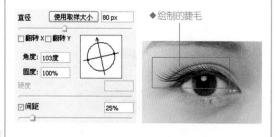

◆绘制的睫毛

07 绘制睫毛

在"画笔"面板中设置直径为"80px"，角度为"115度"，然后使用画笔工具 ✐ 绘制睫毛，效果如图所示。

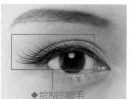

◆绘制的睫毛

08 为眼睛添加深邃效果

选择背景副本图层，选择工具箱中的加深工具 ✍ ，在选项栏中设置参数如图所示，然后使用该工具沿眼睛上边缘进行涂抹加深上边缘的肤色，突出眼睛深邃的感觉，完成美化睫毛的操作。

操作提示

绘制睫毛的过程中，需要随时根据睫毛的生长走向来调整画笔的大小和角度，可以按【[】键或【]】键来快速调整画笔大小，还可以用鼠标转动"画笔"面板中箭头设置框中的箭头轴来调整角度。需要强调的是，必须根据眼睛的具体情况来设置角度，这样才能使睫毛很自然地附着在眼睛上。这些参数并不是一成不变的，靠近内眼角的睫毛要短些，而靠近外眼角的睫毛要长些、翘些，这样制作出来的效果才更加逼真。

例 112 改变脸型

素材\第7章\例112\美女.jpg
源文件\第7章\例112\改变脸型.psd

知识点
- "液化"滤镜
- 向前变形工具

制作要领
- 工具的参数设置
- 涂抹的位置和方向

效果预览

打开素材文件

设置参数

改变右侧脸型

改变左侧脸型

步骤详解

01 打开素材文件并复制图层

按【Ctrl+O】键打开"美女.jpg"素材文件,拖动背景图层到"图层"面板下方的"创建新图层"按钮 上,复制生成背景副本图层。

02 放大图像

选择"滤镜/液化"命令,打开"液化"对话框,选择工具箱中的缩放工具 ,单击放大图像。

03 设置向前变形工具参数

选择向前变形工具 ,在"工具选项"栏中设置参数如图所示,在"重建选项"栏的"模式"下拉列表框中选择"平滑"选项。

1.设置参数

2.选择该选项

04 改变脸形

使用向前变形工具 在右侧脸部由外向内慢慢拖动鼠标,此时人物脸形有一些变化。在其他需要改变的地方拖动鼠标,完成右边脸形的改变。用同样的方法改变左侧的脸形,最后单击"确定"按钮完成制作。

1.涂抹

2.涂抹

例 113 模糊照片变清晰

素材\第7章\例113\小女孩.jpg
源文件\第7章\例113\模糊照片变清晰.psd

知识点

- "照亮边缘"滤镜
- "高斯模糊"滤镜
- "色阶"命令
- 画笔工具
- "绘画涂抹"滤镜

制作要领

- 清晰轮廓的处理
- 明亮度的调整

效果预览

打开素材文件

照亮边缘效果

调整色阶

绘画涂抹效果

步骤详解

01 打开素材文件并复制图层

按【Ctrl+O】键打开"小女孩.jpg"素材文件，拖动背景图层到"图层"面板下方的"创建新图层"按钮 □ 上，复制生成背景副本图层。

02 复制图像质量好的通道

选择"通道"面板，依次单击各个通道，选择图像质量较好的通道，这里选择绿通道，将其拖动到面板下方的"创建新通道"按钮 □ 上，复制生成绿副本通道。

03 应用"照亮边缘"滤镜

选择"滤镜/风格化/照亮边缘"命令，在打开的对话框中设置参数如图所示，单击"确定"按钮得到照亮边缘后的效果。

04 应用"高斯模糊"滤镜

选择"滤镜/模糊/高斯模糊"命令，在打开的对话框中设置半径为"1.5像素"，单击"确定"按钮得到模糊后的效果。

2.单击该按钮

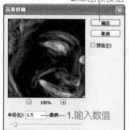

1.输入数值

05 调整色阶

按【Ctrl+L】键打开"色阶"对话框，在对话框中设置参数如图所示，单击"确定"按钮得到调整色阶后的效果。

2.单击该按钮

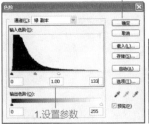

1.设置参数

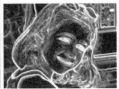

06 使用画笔工具涂抹背景

设置前景色为"黑色"，再选择画笔工具 <kbd></kbd>，在选项栏中适当调整画笔大小，然后将图像中不需要清晰的部分如背景等涂抹掉，效果如图所示，这样能使人物在画面中更加突出。

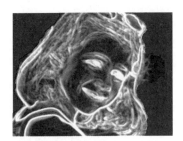

07 载入选区

选择"选择/载入选区"命令，打开"载入选区"对话框，在"通道"下拉列表框中选择"绿 副本"选项，单击"确定"按钮载入该通道的选区。

2.单击该按钮

1.选择该选项

08 应用"绘画涂抹"滤镜

选择"图层"面板，选择背景副本图层。选择"滤镜/艺术效果/绘画涂抹"命令，在打开的对话框中设置参数如图所示，单击"确定"按钮，再按【Ctrl+D】键取消选区，得到较为清晰的图像效果。

09 复制图层并设置图层混合模式

拖动背景副本图层到面板下方的"创建新图层"按钮 <kbd></kbd> 上，复制生成背景副本2图层，设置该图层的图层混合模式为"滤色"，然后设置背景副本图层的不透明度为"30%"，完成使模糊照片变清晰的操作。

举一反三

根据本例所讲的方法，将照片（光盘:\素材\第7章\例113\晨练.jpg）做清晰化处理，处理前后的对比效果如图所示（光盘:\源文件\第7章\例113\举一反三.psd）。

突出照片主题

114

素材\第7章\例114\荷花.jpg
源文件\第7章\例114\突出照片主题.psd

知识点

- 磁性套索工具
- "高斯模糊"滤镜
- 扩展选区
- "黑白"命令

制作要领

- 荷花轮廓的选取

效果预览

打开素材文件　创建荷花选区

高斯模糊效果　扩展选区

步骤详解

01 绘制荷花的选区并复制选区内容

按【Ctrl+O】键打开"荷花.jpg"素材文件，使用缩放工具 🔍 放大图片，使用磁性套索工具 🧲 沿颜色鲜艳的荷花边缘绘制荷花的选区，效果如图所示。按【Ctrl+J】键将选区复制为图层1。

02 应用"高斯模糊"滤镜

选择背景图层，然后选择"滤镜/模糊/高斯模糊"命令，在打开的对话框中设置半径为"2.5像素"，单击"确定"按钮，得到如图所示的效果。

2.单击该按钮

1.输入数值

03 扩展选区

按住【Ctrl】键的同时单击图层1的图层缩览图，载入图层1的选区。选择"选择/修改/扩展"命令，在打开的对话框中设置扩展量为"2像素"，单击"确定"按钮。

1.输入数值　2.单击该按钮

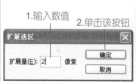

04 使用"黑白"命令

按【Ctrl+Shift+I】键反选选区，再按【Ctrl+F】键再次应用"高斯模糊"滤镜。按【Ctrl+D】键取消选区，选择"图像/调整/黑白"命令，在打开的对话框中单击"自动"按钮，再单击"确定"按钮完成效果的制作。

例 **115** **改善曝光不足的照片**

素材\第7章\例115\女孩.jpg
源文件\第7章\例115\改变曝光不足.psd

知识点

- 磁性套索工具
- 羽化选区
- "曲线"命令

制作要领

- 黑暗区域的选取
- 亮度的调整

效果预览

打开素材文件

创建黑暗区域的选区

使用"曲线"命令

使用"曲线"命令

步骤详解

01 打开素材文件并复制图层

按【Ctrl+O】键打开"女孩.jpg"素材文件,可以看到照片中人物很暗,拖动背景图层到"图层"面板下方的"创建新图层"按钮 上,复制生成背景副本图层。

02 创建并羽化选区

选择磁性套索工具 绘制照片中阴暗部分的选区,按【Alt+Ctrl+D】键打开"羽化选区"对话框,设置羽化半径为"2像素",然后单击"确定"按钮。

1.输入数值 2.单击该按钮

03 对选区应用"曲线"命令

选择"图像/调整/曲线"命令,在打开的对话框中调整曲线如左下图所示,单击"确定"按钮得到如右下图所示的效果。

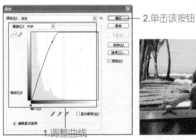

2.单击该按钮

1.调整曲线

04 对整个图像应用"曲线"命令

按【Ctrl+D】键取消选区,再按【Ctrl+M】键打开"曲线"对话框,对整个照片进行调整,单击"确定"按钮完成效果的制作。

1.调整曲线

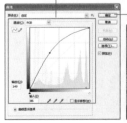

2.单击该按钮

例 116 校正偏色的照片

素材\第7章\例116\偏色照片.jpg
源文件\第7章\例116\校正偏色照片.psd

知识点

- "平均"滤镜
- 反相图像
- 图层蒙版
- 图层混合模式
- "应用图像"命令

制作要领

- 减淡偏黄的颜色
- 使校正后的色彩更自然

效果预览

打开素材文件

平均效果

设置图层混合模式

应用图像效果

步骤详解

01 打开素材文件并复制图层

按【Ctrl+O】键打开"偏色照片.jpg"素材文件，拖动背景图层到"图层"面板下方的"创建新图层"按钮 上，复制生成背景副本图层。

02 应用"平均"滤镜

选择"滤镜/模糊/平均"命令，得到如图所示的效果。

03 反相图像

选择"图像/调整/反相"命令，得到图像反相后的效果。

04 添加图层蒙版

单击"图层"面板下方的"添加图层蒙版"按钮 为图层添加蒙版，此时的"图层"面板如图所示。

05 设置图层混合模式

设置背景副本图层的图层混合模式为"滤色"，效果如图所示。

06 使用"应用图像"命令

选择"图像/应用图像"命令，在打开的"应用图像"对话框中设置参数如左下图所示，单击"确定"按钮得到如右下图所示的效果。

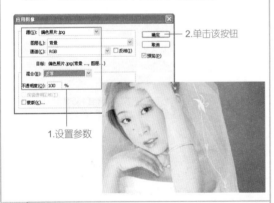

1.设置参数

07 复制图层

拖动背景副本图层到"图层"面板下方的"创建新图层"按钮 🖿 上，生成背景副本2图层，此时的图像效果如图所示。

08 复制图层并设置不透明度

拖动背景副本2图层到"图层"面板下方的"创建新图层"按钮 🖿 上，生成背景副本3图层，设置该图层的不透明度为"30%"，完成偏色照片的校正。

操作提示

本例制作的重点在于将图像中偏黄的颜色减淡，所以在案例开始时应用了"平均"滤镜，然后使用"应用图像"命令将图像的颜色信息与背景图层的颜色信息互补，最后通过设置图层的混合模式和不透明度来达到校正的最终目的。校正偏色照片的方法还有很多种，如可以通过"通道混合器"和"色相/饱和度"等图像色彩调整命令来进行调整。

举一反三

使用"调整"命令下的"亮度/对比度"和"通道混合器"两个子命令调整偏色的照片（光盘:\素材\第7章\例116\熟睡的宝宝.jpg），调整前后的对比效果如图所示（光盘:\源文件\第7章\例116\举一反三.psd）。

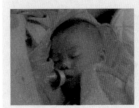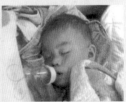

例 117 使夜景颜色更绚丽

素材\第7章\例117\夜景.jpg
源文件\第7章\例117\使夜景颜色更绚丽.psd

知识点

- 设置渐变
- 画笔工具

制作要领

- 画笔工具
- 使颜色更绚丽

效果预览

打开素材文件

添加渐变效果

添加光线　添加星光效果

步骤详解

01 打开素材文件

按【Ctrl+O】键打开"夜景.jpg"素材文件，可以看出该夜景照片颜色很平淡。

02 设置渐变色

选择渐变工具，在选项栏中单击渐变色选择框，在打开的"渐变编辑器"对话框的"预设"栏中选择"色谱"选项，单击"确定"按钮。

1.选择该选项　2.单击该按钮

03 添加渐变效果

单击"图层"面板下方的"创建新图层"按钮新建图层1，按住【Shift】键的同时，使用渐变工具从左至右绘制渐变，并设置图层1的图层混合模式为"叠加"，得到如图所示的效果。

04 设置渐变色

按照步骤2的方法打开"渐变编辑器"对话框，在该对话框中设置如图所示的银灰色渐变，单击"确定"按钮。

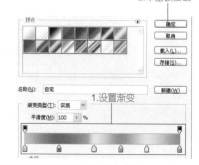
2.单击该按钮
1.设置渐变

05 绘制矩形选区并填充渐变色

新建图层2，选择矩形选框工具 ，在选项栏中设置羽化值为"50px"，拖动鼠标绘制一个矩形选区，再使用渐变工具 在选区内填充渐变，得到如图所示的效果。

◆绘制的渐变色

06 调整大小并旋转

按【Ctrl+D】键取消选区，再按【Ctrl+T】键打开变换编辑框，适当调整大小并旋转角度后按【Enter】键确认变换，将其放置在照片的左上角。调整该图层到图层1的下方，得到如右下图所示的效果。

◆放置在该处

07 设置画笔笔尖形状

按【Ctrl+J】键复制图层2生成图层2副本图层，拖动其往左下方稍微移动，得到如左下图所示的效果。选择画笔工具 ，按【F5】键打开"画笔"面板，选择"画笔笔尖形状"选项，设置参数如右下图所示。

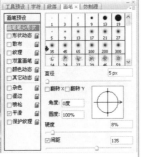

08 设置形状动态和散布效果

分别选中"画笔"面板中的"形状动态"和"散布"复选框，设置参数如图所示。

09 绘制星光效果

新建图层3，将其放置在彩色渐变图层的下方。设置前景色为"白色"，选择画笔工具 ，在光线周围拖动鼠标，绘制星光点点的效果，如图所示。

◆星光点点的效果

10 添加装饰效果

选择画笔工具 ，在"画笔"面板中选择"画笔笔尖形状"选项，在右侧的列表框中选择"绒毛球"选项，然后使用画笔工具 在图片中单击，为夜景添加装饰效果。

◆装饰效果

使照片颜色更艳丽

素材\第7章\例118\樱花.jpg
源文件\第7章\例118\使照片颜色更艳丽.psd

知识点

- 创建调整图层
- "高斯模糊"滤镜
- 盖印图层
- 图层混合模式
- "特殊模糊"滤镜

制作要领

- 创建调整图层
- 景深效果的制作

效果预览

打开素材文件

高斯模糊效果

盖印图层

特殊模糊效果

步骤详解

01 打开素材文件

按【Ctrl+O】键打开"樱花.jpg"素材文件，可以看出该照片的色彩不够鲜艳。

02 创建可选颜色调整图层

单击"图层"面板下方的"创建新的填充或调整图层"按钮 ⦿.，在弹出的下拉菜单中选择"可选颜色"命令，打开"可选颜色选项"对话框，设置参数如左下图所示，单击"确定"按钮得到如右下图所示的效果。

1.设置参数　2.单击该按钮

03 创建可选颜色调整图层

运用相同的方法再创建一个可选颜色调整图层，在打开的对话框中设置参数如左下图所示，单击"确定"按钮得到如右下图所示的效果。

2.单击该按钮

1.设置参数

04 应用"高斯模糊"滤镜

按【Ctrl+Alt+Shift+E】键盖印图层，生成图层1。选择"滤镜/模糊/高斯模糊"命令，在打开的对话框中设置半径为"4像素"，单击"确定"按钮，设置该图层的图层混合模式为"柔光"。

2.单击该按钮

1.输入数值

05　设置图层混合模式

新建图层2，设置前景色为"粉色（R:252,G:222,B:238）"，按【Alt+Delete】键为图层填充前景色，然后设置图层混合模式为"变暗"，不透明度为"70%"，效果如图所示。

06　盖印图层并设置图层混合模式

按【Ctrl+Alt+Shift+E】键盖印图层，自动生成图层3，设置该图层的图层混合模式为"正片叠底"，效果如图所示。

07　盖印图层并设置图层混合模式

按【Ctrl+Alt+Shift+E】键再次盖印图层，自动生成图层4，设置该图层的图层混合模式为"滤色"，效果如图所示。

08　创建可选颜色调整图层

按照步骤2的方法再次创建可选颜色调整图层，在打开的对话框中设置参数如左下图所示，单击"确定"按钮后得到如右下图所示的效果。

2.单击该按钮

1.设置参数

09　应用"特殊模糊"滤镜

按【Ctrl+Alt+Shift+E】键盖印图层，自动生成图层5，选择"滤镜/模糊/特殊模糊"命令，在打开的对话框中保持默认参数设置不变，单击"确定"按钮得到如图所示的景深效果。

10　调整亮度和对比度

选择"图像/调整/（亮度/对比度）"命令，在打开的对话框中设置亮度为"35"，对比度为"10"，单击"确定"按钮完成效果的制作。

1.设置参数　　2.单击该按钮

例 119 模拟特效镜头效果

素材\第7章\例119\好朋友.jpg
源文件\第7章\例119\特效镜头效果.jpg

知识点

- 矩形选框工具
- 羽化选区
- 反选选区
- "径向模糊"滤镜

制作要领

- 选区的羽化
- 模糊滤镜的应用

效果预览

打开素材文件

绘制选区

羽化选区

反选选区

步骤详解

01 打开素材文件并绘制选区

按【Ctrl+O】键打开"好朋友.jpg"素材文件,选
择矩形选框工具 [_] ,绘制如图所示的选区。

02 羽化选区

按【Ctrl+Alt+D】键打开"羽化选区"对话框,
设置羽化半径为"50像素",单击"确定"按钮
得到如右下图所示的效果。

1.输入数值   2.单击该按钮

03 反选选区

按【Ctrl+Shift+I】键对选区进行反选,得到如图
所示的选区。

04 应用"径向模糊"滤镜

选择"滤镜/模糊/径向模糊"命令,在打开的对话
框中进行如图所示的设置,单击"确定"按钮。
按【Ctrl+D】键取消选区,完成特效镜头效果的
制作。

1.设置参数   2.单击该按钮

例 120　儿童大头贴

素材\第7章\例120\乖乖女.jpg
源文件\第7章\例120\儿童大头贴.psd

知识点

◯ 自定形状工具
◯ 追加形状和样式
◯ 创建选区
◯ 应用样式
◯ 画笔工具

制作要领

◯ 气泡效果的制作
◯ 零乱蝴蝶的绘制

效果预览

1　打开素材文件

2　填充反选选区

3　应用样式　　4　添加气泡效果

步骤详解

01　打开素材文件并新建图层

按【Ctrl+O】键打开"乖乖女.jpg"素材文件，单击"图层"面板下方的"创建新图层"按钮新建图层1。

02　追加形状

选择自定形状工具，在选项栏中单击"形状"右侧的·按钮，单击打开面板右上角的按钮，在弹出的下拉菜单中选择"自然"命令，打开提示对话框，单击"追加"按钮将其添加到列表框中。

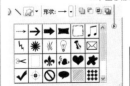

1.单击该按钮

2.单击该按钮

03　绘制云彩形状

在列表框中选择"云彩1"选项，拖动鼠标在图像窗口中绘制云彩形状，按【Ctrl+Enter】键将路径转换为选区。任意选择一个选区工具对选区进行移动，使儿童的头部处于选区内部。

◆绘制的云彩选区

04　反选选区

按【Ctrl+Shift+I】键反选选区，设置前景色为"黑色"，按【Alt+Enter】键为选区填充前景色，效果如图所示。

05 追加样式

单击"样式"面板右上角的  按钮，在弹出的下拉菜单中选择"Web样式"命令，在打开的提示对话框中单击"追加"按钮添加该样式。选择"样式"面板中的"带投影的紫色凝胶"样式，为图层1添加该样式效果。

◆选择该样式

06 绘制多个圆形选区

新建图层2，选择椭圆选框工具 ⊙，在选项栏中单击"添加到选区"按钮 ，在"样式"下拉列表框中选择"固定比例"选项，设置"宽度"和"高度"均为"1"。使用椭圆选框工具 ⊙ 连续绘制多个圆形选区，效果如图所示。

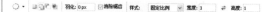

07 制作气泡效果

设置前景色为"黑色"，按【Alt+Delete】键为选区填充前景色，选择"样式"面板中的"透明胶体"样式，为图层2添加该样式效果。按【Ctrl+D】键取消选区，得到如图所示的效果。

◆选择该样式

08 追加画笔笔尖形状

新建图层3，选择画笔工具 ，按【F5】键打开"画笔"面板。单击面板右上角的 按钮，在弹出的下拉菜单中选择"特殊效果画笔"命令，在打开的对话框中单击"追加"按钮。选择"画笔笔尖形状"选项，在笔尖形状列表框中选择"缤纷蝴蝶"选项，其他参数设置如图所示。

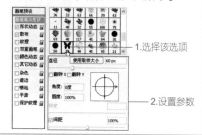

1.选择该选项

2.设置参数

09 设置画笔工具的动态参数

分别选中"形状动态"、"散布"和"颜色动态"复选框，设置参数如图所示。

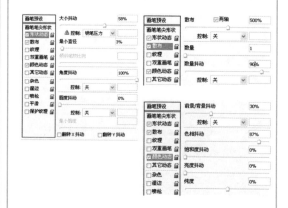

10 绘制蝴蝶

设置前景色为"黄色（R:254,G:208,B:71）"，背景色为"紫色（R:176,G:20,B:160）"，然后使用画笔工具 在图像窗口中拖动，完成儿童大头贴的制作。

例 **121** 将照片印在T恤上

素材\第7章\例121\
源文件\第7章\例121\将照片印在T恤上.psd

知识点

- "色阶"命令
- "置换"滤镜
- 图层蒙版
- "表面模糊"滤镜
- "海报边缘"滤镜

制作要领

- 让照片随T恤褶皱变化
- 照片局部效果的处理

效果预览

置换效果

显示人物头像

表面模糊效果

海报边缘效果

步骤详解

01 打开素材文件

按【Ctrl+O】键打开"T恤.jpg"和"艺术照片.jpg"素材文件,效果如图所示。

02 拖动素材并调整大小和位置

选择工具箱中的移动工具 ,将照片素材拖动到T恤文件中,自动生成图层1,按【Ctrl+T】键打开变换编辑框,调整素材的大小和位置,调整合适后按【Enter】键确认变换。

03 调整色阶

选择背景图层,按【Ctrl+A】键全选图像,按【Ctrl+C】键复制图像,然后按【Ctrl+N】键新建文件,按【Ctrl+V】键粘贴图像。再按【Ctrl+L】键打开"色阶"对话框,设置参数如图所示,单击"确定"按钮得到调整后的效果。

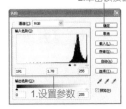

2.单击该按钮

191   1.78   255

1.设置参数

04 应用"置换"滤镜

按【Ctrl+S】键将新建的文件保存为"置换模板.psd"。返回到原来的文件中,选择图层1,选择"滤镜/扭曲/置换"命令,在打开的对话框中设置参数如图所示,单击"确定"按钮打开"选择一个置换图"对话框,在对话框中选择保存的模板文件,单击"打开"按钮得到置换效果。

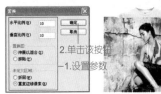

2.单击该按钮

1.设置参数

05 添加图层蒙版

按住【Alt】键的同时单击"图层"面板下方的"添加图层蒙版"按钮◻️，为图层1添加一个黑色蒙版。

06 显示人物头像

选择画笔工具✏️，在选项栏中设置参数如图所示，并设置前景色为"白色"，在头像周围涂抹，人物头像被显示出来并具有虚化效果。

07 复制选区内容

按住【Ctrl】键的同时单击图层蒙版缩览图载入选区，然后单击图层缩览图，按【Ctrl+J】键复制选区内容并自动生成图层2。

08 应用"表面模糊"滤镜

选择图层2，然后选择"滤镜/模糊/表面模糊"命令，在打开的对话框中设置半径为"9像素"，阀值为"37色阶"，单击"确定"按钮。

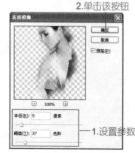

09 应用"海报边缘"滤镜

选择"滤镜/艺术效果/海报边缘"命令，在打开的"海报边缘"对话框中设置参数如图所示，单击"确定"按钮让T恤上的照片具有艺术效果。

10 调整亮度和对比度

选择"图像/调整/（亮度/对比度）"命令，在打开的对话框中设置亮度为"60"，对比度为"-20"，单击"确定"按钮完成制作。

素材\第7章\实战演练\
源文件\第7章\实战演练\

实战演练

　　本章介绍了常见的照片处理技巧，如美化人物，修饰眼睛、皮肤和头发等，以及如何对照片进行一些特殊效果处理，如添加模拟特殊镜头、将照片置于T恤上等，使原本平淡的照片呈现出不一样的效果。在处理的过程中，读者可以根据自己的想象结合Photoshop中的功能来进行处理或合成，这样不但培养了自己的想象力，还能巩固掌握Photoshop中各种工具和命令，达到一举两得的目的。

◆ 实战演练一——为皮肤去皱

　　自己动手将照片中人物眼角的皱纹去除，制作过程中主要用到修补工具和仿制图章工具，去除皱纹后还可以适当对照片进行美化处理。

制作提示：

（1）复制背景图层。

（2）使用修补工具去除眼睛下方的皱纹。

（3）使用仿制图章工具去除眼部周围、额头和嘴角处的皱纹。

（4）使用减淡工具对人物脸部和颈部的色斑进行减淡处理。

（5）通过"曲线"命令调整图像的亮度，达到美白肌肤的效果。

◆ 实战演练二——眼睛变色

　　自己动手制作如图所示的方格纹理，其制作的关键是方格效果的体现，主要通过"凸出"滤镜来突出放射效果，在应用该滤镜时注意选择的是"块"单选按钮。

制作提示：

（1）复制背景图层。

（2）设置复制的图层的图层混合模式为"正片叠底"，并适当设置其不透明度。

（3）新建图层1，使用画笔工具在眼珠处绘制颜色。

（4）设置图层1的图层混合模式为"柔光"，使用橡皮擦工具擦除眼珠上方的多余部分。

（5）新建图层2，使用画笔工具绘制眼珠的高光部分，然后设置图层混合模式为"叠加"，并修改其不透明度。

拓展效果

素材\第7章\拓展效果\
源文件\第7章\拓展效果\

处理照片的方法很多，具体要根据处理的目的来进行，只要能做出自己需要并满意的效果即可。下面给出一些效果让大家欣赏，读者自己可以分析一下这些效果的制作过程。

◆ 给照片添加特殊颜色

本图展示的是为照片添加特殊颜色前后的对比效果，操作步骤非常简单，选择蓝通道后对其应用"曝光过度"滤镜，再返回到RGB通道即可。

◆ 改变嘴形

本图展示的是改变嘴形前后的对比效果，主要是通过"液化"滤镜来实现的。在调整的过程中要注意根据人物的脸部确定嘴形的变化，不能使其过分变形，否则效果将会失真。

◆ 直发变卷发

本图展示的是直发变卷发的对比效果，主要使用到的工具和命令有涂抹工具 、橡皮擦工具 和"高斯模糊"滤镜。制作过程中使用涂抹工具 对人物的头发进行"S"形弯曲，然后复制并移动弯曲头发图层制作浓密卷发的效果。其制作过程并不复杂，但要制作出逼真的卷发效果需要一定的耐心。

◆ 去除图像

本图展示的是去除图像中人物前后的对比效果，主要使用到的工具和命令有钢笔工具 、仿制图章工具 和"消失点"滤镜。照片中的椅子具有透视效果，所以需要使用"消失点"滤镜来去除图中不规则的部分，可以先绘制该部分的选区，然后使用仿制图章工具进行涂抹。

第8章

闪亮动态图像特效

在Photoshop CS3中制作动画的基础就是帧，每一帧都包含着不同的图像，而帧与帧之间还可以设置不同的时间间隔，播放动画时，图像就会按照设置的时间间隔来替换前一幅图像从而达到动画效果。图层也是动画制作中很重要的一部分，对图层的操作将会直接影响到动画的效果和质量。

例 122 动态文字效果

素材\第8章\例122\气球.jpg
源文件\第8章\例122\动态文字.gif

知识点
- 横排文字工具
- 图层样式
- "动画"面板
- "动作"面板
- 优化动画

制作要领
- 动画效果的制作

效果预览

打开素材文件

输入文字

复制帧

选择动作

步骤详解

01 输入文字

按【Ctrl+O】键打开"气球.jpg"素材文件,选择横排文字工具 T,在选项栏中设置文字格式如图所示,设置颜色为"洋红色(R:243,G:11,B:164)",在图像中输入文字"LOVE"。

03 复制帧

选择"窗口/动画"命令打开"动画"面板,单击下方的"复制所选帧"按钮 ,然后单击文字图层前的 图标隐藏该图层,效果如图所示。

1.复制帧
2.隐藏该图层

02 设置图层样式

双击生成的文字图层,在打开的"图层样式"对话框中选中"外发光"和"描边"复选框,设置参数如图所示,外发光和描边颜色分别为"深黄色(R:240,G:225,B:137)"和"黄色(R:251,G:252,B:199)",单击"确定"按钮。

04 设置过渡帧

单击"动画"面板下方的"过渡动画帧"按钮 ,在打开的"过渡"对话框中设置参数如图所示,单击"确定"按钮。

1.设置参数
2.单击该按钮

05 插入过渡帧

在"动画"面板中自动插入8帧，如图所示。选择某一帧，可以在图像窗口中显示该帧的内容。

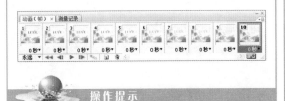

操作提示

这里在两帧间创建过渡帧，可以自动生成连贯的动画效果，这样做出来的动画过渡效果更自然。

06 复制帧

单击面板下方的"复制所选帧"按钮□生成第11帧，然后单击文字图层前的空白方框显示文字图层，效果如图所示。

07 添加动作

确定当前选择的是第11帧，按【Alt+F9】键打开"动作"面板。单击面板右上角的▼≡按钮，在弹出的下拉菜单中选择"文字效果"命令，此时"动作"面板中添加文字效果动作，如图所示。

08 选择动作

单击"文字效果"前的▶按钮展开该效果组，选择"挤压变形（文字）"效果，单击"播放选定的动作"按钮▶，此时"动画"面板如图所示。

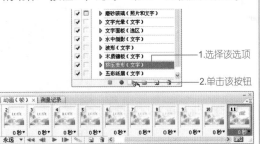

09 设置时间延迟

单击"动画"面板下方的"播放动画"按钮▶预览动画效果，按住【Shift】键的同时选择第2～10帧，在下面显示秒数的区域单击鼠标右键，在弹出的快捷菜单中选择"0.1秒"命令。用同样的方法对第1帧设置时间延迟为"0.2秒"，对第11帧设置时间延迟为"0.3秒"。

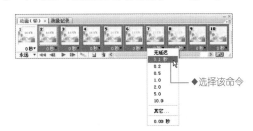

10 优化并存储文件

按【Ctrl+S】键保存文件，然后选择"文件/存储为Web和设备所用格式"命令，在打开的对话框中直接单击"存储"按钮，打开"将优化结果存储为"对话框，设置好名称后单击"保存"按钮，完成动态文字的制作。

飘舞的雪花

素材\第8章\例123\雪景.jpg
源文件\第8章\例123\飘舞的雪花.gif

知识点

- 录制动作
- "点状化"滤镜
- "阈值"命令
- 图层混合模式
- "动感模糊"滤镜

制作要领

- 雪花的制作
- 雪花飘舞效果的体现

效果预览

打开素材文件

点状化效果

动感模糊效果

调整阈值效果

步骤详解

01 打开素材文件并新建动作

按【Ctrl+O】键打开"雪景.jpg"素材文件，选择"窗口/动作"命令打开"动作"面板，单击面板下方的"创建新动作"按钮，在打开对话框的"名称"文本框中输入"雪花"，然后单击"记录"按钮开始记录动作。

2.单击该按钮
1.输入名称

02 给图层填充黑色

按【D】键复位前景色和背景色，新建图层1，按【Alt+Delete】键为图层1填充前景色，效果如图所示。

03 应用"点状化"滤镜

选择"滤镜/像素化/点状化"命令，在打开的对话框中设置单元格大小为"5"，单击"确定"按钮得到点状化效果。

2.单击该按钮

1.输入数值

04 调整阈值

选择"图像/调整/阈值"命令，在打开的对话框中设置参数如左下图所示，单击"确定"按钮得到如右下图所示的效果。

1.设置参数   2.单击该按钮

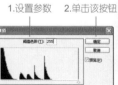

05 设置图层混合模式

设置图层1的图层混合模式为"滤色"，此时的图像效果如图所示。

06 连续播放得到图层

单击"动作"面板下方的"停止播放/记录"按钮■停止记录，然后连续单击"播放选定的动作"按钮▶两次，生成图层2和图层3，此时的图像效果如图所示。

07 应用"动感模糊"滤镜

选择图层3，选择"滤镜/模糊/动感模糊"命令，在打开的对话框中设置参数如左下图所示，然后单击"确定"按钮。对图层2和图层1进行相同的动感模糊，完成后的图像效果如右下图所示。

08 设置时间延迟

选择"窗口/动画"命令打开"动画"面板，单击"复制所选帧"按钮□两次。在每一帧下面显示秒数的区域单击鼠标右键，然后在弹出的快捷菜单中选择"0.1秒"命令，如图所示。

09 设置每帧显示图层的效果

选择"动画"面板中的第1帧，在"图层"面板中单击图层2和图层3前的●图标，隐藏图层2和图层3；选择第2帧，在"图层"面板中隐藏图层1和图层3，显示图层2；选择第3帧，在"图层"面板中隐藏图层1和图层2，显示图层3。

10 优化并存储文件

按【Ctrl+S】键对文件进行保存，然后选择"文件/存储为Web和设备所用格式"命令，在打开的对话框中直接单击"存储"按钮，打开"将优化结果存储为"对话框，设置好名称后单击"保存"按钮保存，此时完成飘舞雪花效果的制作。

例 124 手写文字

知识点

- 横排文字工具
- 栅格化文字
- 复制帧
- 橡皮擦工具
- 设置时间延迟

制作要领

- 书写文字动画的制作
- 手跟随文字的动画而移动

效果预览

输入文字

选择手图像

将手放入文字文件中

处理文字效果

步骤详解

01 新建文件并输入文字

按【Ctrl+N】键新建一个400像素×300像素、分辨率为200像素/英寸的文件。选择横排文字工具 T ，在选项栏中设置字体为"方正黄草简体"，大小为"70点"，颜色为"黑色"，然后在图像窗口中输入"大"字。

02 创建手的选区

按【Ctrl+O】键打开"手.jpg"素材文件，使用魔棒工具 ✦ 选择图像中的白色区域，按【Ctrl+Shift+I】键反选选区，得到手的选区，如图所示。

◆手的选区

03 移动手图像到文字中

使用移动工具 ▸⊕ 将选择的手移动到文字文件中，按【Ctrl+T】键打开变换编辑框，调整图像到合适的大小后，将其移动到书写文字第一笔的起始位置，如图所示。

04 栅格化文字

在文字图层上单击鼠标右键，在弹出的快捷菜单中选择"栅格化文字"命令，将文字栅格化。

◆选择该命令

05 复制帧

选择"窗口/动画"命令打开"动画"面板，单击面板下方的"复制所选帧"按钮□5次，得到第2~6帧的图像，选择第1帧，效果如图所示。

06 制作第1帧的文字效果

在"图层"面板中拖动文字图层到"创建新图层"按钮□上，生成文字副本图层，单击文字图层前的●图标隐藏该图层。使用橡皮擦工具☑涂抹文字副本图层中的文字，保留文字前面的部分，效果如图所示。

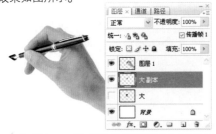

07 制作第2帧的文字效果

选择第2帧，在"图层"面板中拖动文字图层到"创建新图层"按钮□上，生成文字副本2图层，隐藏文字图层副本，使用橡皮擦工具☑涂抹第2帧的文字副本2图层中的文字，效果如图所示。

08 制作第3帧文字效果

选择第3帧，在"图层"面板中拖动文字图层到"创建新图层"按钮□上，生成文字副本3图层，隐藏前面所建的文字图层，使用橡皮擦工具☑涂抹第3帧的文字副本3图层中的文字，效果如图所示。

09 完成文字中横笔画的处理

重复上面的操作，将"大"字的横笔画处理完，最后一帧的效果如图所示。

10 对文字中撇笔画的处理

单击"动画"面板下方的"复制所选帧"按钮□复制第5帧，生成第6帧。复制文字图层为文字副本6图层，隐藏除文字副本6图层之外的所有文字图层，选择文字副本6图层，使用橡皮擦工具☑涂抹第6帧的文字副本6图层中的文字，效果如图所示。

11 继续对文字进行处理

单击"动画"面板下方的"复制所选帧"按钮回复制第6帧，生成第7帧。复制文字图层为文字副本7图层，隐藏前面所有的文字图层，显示并选择文字副本7图层，使用橡皮擦工具 ❢ 涂抹第7帧的文字副本7图层中的文字，效果如图所示。

12 完成文字中撇笔画的处理

重复步骤11的操作，将"大"字的撇笔画处理完，最后一帧的效果如图所示。

13 对文字中捺笔画进行处理

单击"动画"面板下方的"复制所选帧"按钮回复制第12帧，生成第13帧。复制文字图层为文字副本13图层，隐藏前面所有的文字图层，显示并选择文字副本13图层，使用橡皮擦工具 ❢ 涂抹第13帧的文字副本13图层中文字的捺笔画，隐藏图层1，效果如图所示。

14 完成文字中捺笔画的处理

显示图层1，重复上面的操作，将"大"字的捺笔画处理完，最后一帧的效果如图所示。

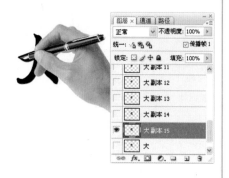

15 设置每帧的时间延迟

分别选择每一帧，然后在"图层"面板中移动手到相应的笔画位置。在"动画"面板中选择所有的帧，在每一帧下面显示秒数的区域单击鼠标右键，在弹出的快捷菜单中选择"0.2秒"命令，如图所示，然后单击"播放"按钮 ▶ 预览效果。

16 优化并存储文件

按【Ctrl+S】键对文件进行保存，然后选择"文件/存储为Web和设备所用格式"命令，在打开的对话框中直接单击"存储"按钮，打开"将优化结果存储为"对话框，设置好名称后单击"保存"按钮保存。

例 125 渐隐动画

素材\第8章\例125\
源文件\第8章\例125\渐隐动画.gif

知识点

- 魔棒工具
- 创建过渡帧
- 存储和优化动画

制作要领

- 动画渐隐效果的制作

效果预览

打开素材文件

选择花朵

将花朵放置在背景中

放置其他花朵

步骤详解

01 打开素材文件

按【Ctrl+O】键打开"背景.jpg"素材文件，效果如图所示。

02 创建花的选区

按【Ctrl+O】键打开"1.jpg"素材文件，使用魔棒工具选择图像中的白色区域，按【Ctrl+Shift+I】键反选选区，得到花的选区。

03 移动花到背景中

使用移动工具将选择的花移动到背景文件中，按【Ctrl+T】键打开变换编辑框，调整图像到合适的大小，放置在如图所示的位置，按【Enter】键确认变换。

04 对其他花朵进行处理

重复步骤2和步骤3的操作，选择其他素材中的花，分别使用移动工具将选择的花朵拖动到背景文件中花的位置，效果如图所示。

05 从图层创建帧

选择"窗口/动画"命令打开"动画"面板，单击面板右上角的▾≡按钮，在弹出的下拉菜单中选择"从图层建立帧"命令，此时"动画"面板如图所示。

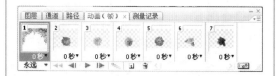

06 显示背景图层

按住【Shift】键的同时在"动画"面板中选择第2帧和第7帧，选择除第1帧外的其他帧，然后在"图层"面板中单击背景图层前的空白方框，显示背景图层，效果如图所示。

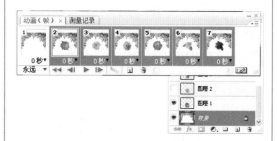

07 设置过渡帧

选择第2帧，单击"动画"面板下方的"过渡动画帧"按钮 ，在打开的对话框中设置参数如图所示，单击"确定"按钮后"动画"面板如图所示。此时原来的第2帧由于多加了5帧，变成了第8帧。

2.单击该按钮

—1.设置参数

08 设置过渡帧

选择第8帧，单击"动画"面板下方的"过渡动画帧"按钮 ，在打开的对话框中设置参数如图所示，单击"确定"按钮创建过渡动画。

2.单击该按钮

—1.设置参数

09 为其他帧插入过渡帧

重复上面的操作为开始置入的花朵创建过渡帧，最后一帧不需创建过渡帧。按住【Shift】键的同时选择第1帧和最后一帧，选中所有帧，在每一帧下面显示秒数的区域单击鼠标右键，在弹出的快捷菜单中选择"0.2秒"命令，此时的"动画"面板如图所示。

10 优化并存储动画

按【Ctrl+S】键对文件进行保存，然后选择"文件/存储为Web和设备所用格式"命令，在打开的对话框中直接单击"存储"按钮，打开"将优化结果存储为"对话框，设置好名称后单击"保存"按钮保存，完成渐隐动画的制作。

例 126 翻页动画

素材\第8章\例126\乖乖女.jpg
源文件\第8章\例126\翻页动画.gif

打开素材文件

制作渐变效果

效果预览

绘制阴影　　调整色相和饱和度

步骤详解

01 打开素材文件并复制图层

按【Ctrl+O】键打开"乖乖女.jpg"素材文件，按【Ctrl+J】键复制背景图层为图层1，如图所示。

02 调整亮度和对比度

由于翻页的时候会有明暗变化，这里选择"图像/调整/（亮度/对比度）"命令，在打开的对话框中设置亮度为"-40"，对比度为"-20"，单击"确定"按钮得到调整后的效果。

2.单击该按钮

1.设置参数

03 绘制渐变矩形

新建图层2，选择矩形选框工具，在图像窗口中绘制矩形选区。按【D】键复位前景色和背景色，选择渐变工具，单击选项栏中的"线性渐变"按钮，在选区内水平拖动鼠标为选区填充"前景到背景"的渐变，按【Ctrl+D】键取消选区。

04 变换渐变图像

按【Ctrl+T】键打开变换编辑框，调整图像的大小、位置和角度，按【Enter】键确认变换，效果如图所示。

◆放置的渐变色块

05 制作渐变效果

新建图层3，重复步骤3和步骤4的操作，制作渐变效果，将其旋转和缩放后放置在左上角，按【Ctrl+D】键取消选区，得到如图所示的效果。

06 复制并旋转图像

选择背景图层，按【Ctrl+J】键复制该图层为背景副本图层，将复制的图层放置在图层3之上。按【Ctrl+T】键打开变换编辑框，拖动控制点对大小进行调整，然后旋转到与图层3一样的角度，按【Enter】键确认变换，效果如图所示。

07 载入选区

按住【Ctrl】键不放单击图层3的图层缩览图，载入该图层的选区，按【Ctrl+Shift+I】键反选选区，按【Delete】键删除选区内容，并按【Ctrl+D】键取消选区，效果如图所示。

08 设置图层混合模式

设置背景副本图层的图层混合模式为"正片叠底"，不透明度为"60%"，此时的图像效果如图所示。

09 绘制阴影效果

选择图层3，按住【Ctrl】键不放单击图层3的图层缩览图，载入选区，再按【Ctrl+Shift+I】键反选选区。选择画笔工具，在选项栏中设置画笔为大号柔角，不透明度为"50%"，在选区边缘处绘制阴影，按【Ctrl+D】键取消选区，效果如图所示。

◆绘制的阴影

10 绘制渐变矩形

新建图层4，使用矩形选框工具在窗口中绘制矩形选区，使用渐变工具为选区填充如图所示的渐变色，按【Ctrl+D】键取消选区。

11 制作透视效果

选择"编辑/变换/透视"命令，打开变换编辑框，调整左上角的控制点，得到透视变换后的效果。再按【Ctrl+T】键打开变换编辑框，对其进行大小变换和旋转，按【Enter】键确认变换后放置在如图所示的位置。

12 变形图像

选择"编辑/变换/变形"命令，打开变换编辑框，拖动控制点及控制柄，对图像进行变形，如图所示，然后按【Enter】键确认变形操作。

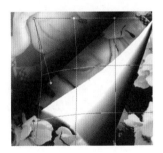

13 旋转图像

选择背景图层，按【Ctrl+J】键复制该图层为背景副本2图层，将复制的图层放置在图层4之上。按【Ctrl+T】键打开变换编辑框，拖动控制点对图像大小进行调整，然后旋转到与图层4一样的角度，按【Enter】键确认变换，效果如图所示。

14 载入选区并反向

按住【Ctrl】键不放单击图层4的图层缩览图，载入该图层的选区，按【Ctrl+Shift+I】键反选选区，按【Delete】键删除选区内容，并按【Ctrl+D】键取消选区，效果如图所示。

15 设置图层混合模式

设置背景副本2图层的图层混合模式为"正片叠底"，不透明度为"40%"，此时的图像效果如图所示。

16 绘制阴影效果

选择图层4，按住【Ctrl】键不放单击图层4的图层缩览图，载入选区，再按【Ctrl+Shift+I】键反选选区。选择画笔工具，在选项栏中设置画笔为大号柔角，不透明度为"50%"，在选区边缘处绘制阴影，按【Ctrl+D】键取消选区，效果如图所示。

17 复制图层

拖动图层4到"图层"面板下方的"创建新图层"按钮 ▣ 上，复制生成图层4副本图层，并将其放置在背景副本2图层之上。

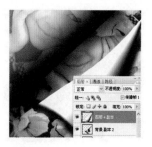

18 调整色相和饱和度

按【Ctrl+T】键打开变换编辑框，调整图像大小和位置，按【Enter】键确认变换。按【Ctrl+U】键打开"色相/饱和度"对话框，设置参数如图所示，单击"确定"按钮得到调整后的效果。

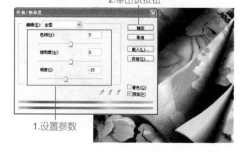

19 绘制选区

选择背景图层，按【Ctrl+J】键复制该图层为背景副本3图层，将其放置在图层4副本图层的下方。选择多边形套索工具 ☑，在窗口右下角绘制如图所示的选区，按【Delete】键删除选区内容，最后按【Ctrl+D】键取消选区。

20 绘制选区

选择背景图层，按【Ctrl+J】键复制该图层为背景副本4图层，将其放置在图层4的下方。隐藏图层4副本和背景副本3图层，再选择背景副本4图层，使用多边形套索工具 ☑ 在窗口右下角绘制如图所示的选区，按【Delete】键删除选区内容，最后按【Ctrl+D】键取消选区。

21 隐藏图层

选择"窗口/动画"命令打开"动画"面板，单击"图层"面板上除背景图层和图层1之外所有图层前的 ◉ 图标，将它们隐藏。

22 复制帧并隐藏图层

单击"动画"面板下方的"复制所选帧"按钮 ▣，复制生成第2帧。单击图层1前面的 ◉ 图标隐藏该图层，再单击图层4副本和背景副本3图层前面的空白方框，显示这两个图层。

23 复制帧并隐藏图层

单击"动画"面板下方的"复制所选帧"按钮 🖮 ，复制为第3帧。隐藏图层4副本和背景副本3图层，显示背景副本2、图层4和背景副本4图层。

24 复制帧并隐藏图层

单击"动画"面板下方的"复制所选帧"按钮 🖮 ，复制为第4帧。隐藏上一步显示的3个图层，显示图层3和背景副本图层。

25 绘制阴影效果

单击"动画"面板下方的"复制所选帧"按钮 🖮 ，复制为第5帧。隐藏除背景图层外的所有图层，显示图层2。选择图层2，并按住【Ctrl】键单击该图层前的图层缩览图，再按【Ctrl+Shift+I】键反选选区。选择画笔工具 ✐ ，使用前面的方法在下面选区边缘处绘制阴影，按【Ctrl+D】键取消选区，效果如图所示。

26 复制帧

单击"动画"面板下方的"复制所选帧"按钮 🖮 ，复制为第6帧，单击图层2前的 👁 图标隐藏该图层。

27 设置延迟时间

按住【Shift】键的同时选择第1帧和第6帧，选中所有帧，在每一帧下面显示秒数的区域单击鼠标右键，在弹出的快捷菜单中选择"0.5秒"命令。单击"播放动画"按钮 ▶ 预览动画效果。

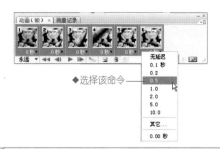

◆选择该命令

28 优化并存储动画

按【Ctrl+S】键对文件进行保存，然后选择"文件/存储为Web和设备所用格式"命令，在打开的对话框中直接单击"存储"按钮，打开"将优化结果存储为"对话框，设置好名称后单击"保存"按钮保存，完成渐隐动画的制作。

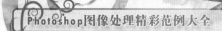

例 **127** 星光闪烁动画

素材\第8章\例127\
源文件\第8章\例127\星光闪烁动画.gif

知识点

- 移动工具
- 图层混合模式
- "动画"面板
- 过渡帧

制作要领

- 星光闪烁效果的制作

效果预览

打开素材文件

拖动文件并调整大小

设置图层混合模式

设置过渡帧

步骤详解

01 移动文件

按【Ctrl+O】键打开"卡通美女.jpg"和"星光.jpg"素材文件，使用移动工具 将星光文件拖动到美女文件中，自动生成图层1，按【Ctrl+T】键打开变换编辑框，调整图像大小。

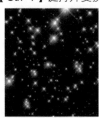

02 设置图层混合模式

设置图层1的图层混合模式为"变亮"，然后选择"窗口/动画"命令打开"动画"面板，在第1帧下面显示秒数的区域单击鼠标右键，在弹出的快捷菜单中选择"0.1秒"命令。在"图层"面板中单击图层1前的 图标隐藏该图层。

03 复制帧并隐藏或显示图层

单击"动画"面板下方的"复制所选帧"按钮 复制帧，单击图层1前的空白方框显示图层1，再复制该帧，单击图层1前的 图标，再次隐藏图层1。

04 设置过渡帧

选择第2帧，单击"动画过渡帧"按钮 ，在打开的对话框中设置参数如图所示，单击"确定"按钮。再选择最后一帧，同样为该帧添加10帧的过渡动画，按照前面保存动画的操作保存并优化动画。

2.单击该按钮
1.设置参数

 实战演练

素材\第8章\无
源文件\第8章\实战演练\

Photoshop CS3中的动画操作主要通过"动画"面板来实现，本章介绍了将平面制作的彩色画面和文字以动态的形式展示出来的方法，使读者能够领略到Photoshop软件制作动态图像的强大功能，这样不仅使平面广告更具生命力，能轻松地将平面作品制作成动态广告或其他动态宣传作品，同时还能制作网络世界中的动画效果。

◆ 实战演练一——彩色文字动画

自己动手制作如图所示的彩色文字动画，其效果类似于霓虹灯效果文字。在其制作过程中主要用到矩形选框工具、渐变工具和横排文字工具T等，该效果主要是通过渐变图层的移动来达到动态彩色文字效果的。

制作提示：

（1）新建渐变图层。

（2）输入文字并设置图层混合模式为"正片叠底"。

（3）缩小并移动渐变图层。

（4）使用同样的方法制作帧，并设置每帧的时间间隔。

（5）复制渐变图层并水平翻转，用同样的方法制作其他帧并设置图层的可见性。

（6）存储并优化动画。

◆ 实战演练二——旋转光圈

自己动手制作如图所示的旋转光圈效果，其制作的关键是旋转效果的体现。首先应制作发射光的效果，然后复制图层并对其进行扭曲变形。注意，每复制一层，就对其进行扭曲变形一次，这样才能制作出旋转的效果。

制作提示：

（1）使用矩形选框工具绘制正圆并填充为"黑色"。

（2）应用"添加杂色"和"径向模糊"滤镜制作发射效果。

（3）使用"色相/饱和度"命令为发射光上色。

（4）复制图层并设置生成图层的图层混合模式为"叠加"。

（5）使用"旋转扭曲"和"塑料包装"命令制作旋转效果。

（6）选择"动画"面板，然后复制图层并分别对其进行旋转扭曲，再对每帧所对应的图层进行可见性设置。

（7）存储并优化动画。

拓展效果

素材\第8章\拓展效果\
源文件\第8章\拓展效果\

动画有很多不同的效果，在Photoshop中基本都是通过设置图层可见性来达到动画效果的。下面给出一些效果让大家欣赏，读者自己可以分析一下这些效果的制作过程。

◆ 小鸭眨眼

本图展示的是小鸭眨眼的动画效果，主要使用到画笔工具 ✎、仿制图章工具 ♣ 和"动画"面板等。制作的重点在于制作小鸭几个不同眨眼时的图像，在制作过程中要记得复制帧并在该帧所对应的图层中进行相应的图像处理。特别是在每一帧眨眼的动画之间应插入一帧睁眼的图像，使小鸭在每次闭眼之后再睁开眼睛。

◆ 情人贺卡

本图展示的是制作的情人贺卡动画，该动画相对来说复杂一些，因为动画的部分较多，例如心形跳动、文字闪耀、渐隐以及文字移动动画等。制作过程中主要使用到的工具和命令有钢笔工具 ✎、渐变工具 ▭ 和"高斯模糊"滤镜等。

◆ 网店广告

本图展示的是网店广告，主要通过心形图像和文字的放大和缩小来实现动画效果。在制作过程中主要使用到画笔工具 ✎、横排文字工具 T 和"动画"面板。

◆ 旋转的风车

本图展示的是旋转的风车动画效果，关键体现其旋转效果。本例中的风车和背景效果都是在Photoshop中绘制出来的，使用到的工具和命令有矩形选框工具 ▢、多边形套索工具 ⋎、自定义形状工具 ⋈、"透视"命令、"径向模糊"命令和"动画"面板等。

第9章

网页设计

独具特色的网页页面是一个优秀的网站所必备的条件，漂亮的网页更能吸引浏览者的目光，因此网页设计也是Photoshop图像处理的一个重要应用方面。本章将对网页的各个重要组成部件的制作方法进行讲解，使读者掌握使用Photoshop CS3进行网页设计的方法和技巧。

例
128

Vista风格按钮

素材\第9章\无
源文件\第9章\例128\Vista风格按钮.psd

知识点

- 绘制圆角矩形
- 设置图层样式
- 添加调整图层
- 输入文字

制作要领

- 设置图层样式
- 添加调整图层

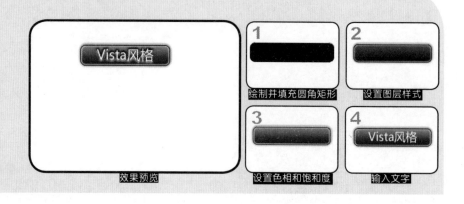

效果预览

绘制并填充圆角矩形 | 设置图层样式

设置色相和饱和度 | 输入文字

步骤详解

01 新建文件

启动Photoshop CS3，按【Ctrl+N】键打开"新建"对话框，在其中进行如图所示的设置后单击"确定"按钮新建一个图像文件。

2.单击该按钮

1.设置参数

02 绘制路径

在工具箱中选择圆角矩形工具 ，在其选项栏中进行如图所示的设置，在图像窗口中拖动鼠标绘制一个如图所示的圆角矩形路径。

2.设置参数

3.绘制路径

1.选择该工具

03 将路径转换为选区

按【Ctrl+Enter】键将绘制的路径转换为选区，在"图层"面板中新建图层1。

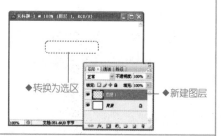

◆转换为选区 | ◆新建图层

04 填充选区

将前景色设置为"黑色"，按【Alt+Delete】键将选区填充为前景色。

2.填充选区

1.设置前景色

05 设置描边

双击图层1，在打开的"图层样式"对话框中选中"描边"复选框，在右侧的"大小"文本框中输入"1"，在"位置"下拉列表框中选择"内部"选项，并将填充颜色设置为"黑色"。

06 设置渐变叠加

选中"渐变叠加"复选框，在"渐变"栏中单击"渐变"选择框，在打开的"渐变编辑器"对话框中设置渐变为"黑色、深灰色（R:39,G:39,B:39）、灰色（R:104,G:104,B:104）"，单击"确定"按钮，返回"图层样式"对话框。

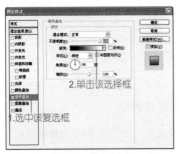

07 设置内发光

在"图层样式"对话框中选中"内发光"复选框，在右侧的"混合模式"下拉列表框中选择"正常"选项，将发光颜色设置为"白色"，然后将其他选项按如图所示设置。

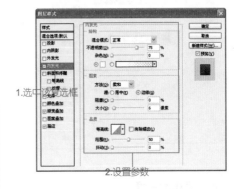

08 设置内阴影

选中"内阴影"复选框，在右侧进行如图所示的参数设置。

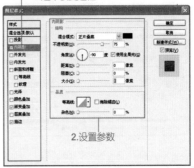

09 设置投影

选中"投影"复选框，在右侧进行如图所示的参数设置，完成后单击"确定"按钮。

10 选择命令

返回图像窗口，在"图层"面板中单击"创建新的填充或调整图层"按钮 ◑.，在弹出的下拉菜单中选择"色相/饱和度"命令。

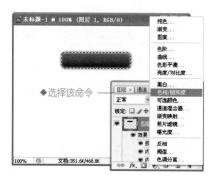

◆选择该命令

11 设置色相和饱和度

在打开的"色相/饱和度"对话框中选中"着色"复选框，分别在"色相"和"饱和度"文本框中输入"98"和"42"，单击"确定"按钮。

3.单击该按钮

2.设置参数

1.选中该复选框

12 选择并设置文字工具

在工具箱中选择横排文字工具 T.，在其选项栏中设置字体为"微软雅黑"，字号为"12点"，在其后的下拉列表框中选择"平滑"选项。

2.设置参数

1.选择该工具

13 输入文字

将鼠标光标移动到按钮图形上方单击，将文本插入点定位到此处，输入文字"Vista风格"并将文字图层移动到如图所示的位置。

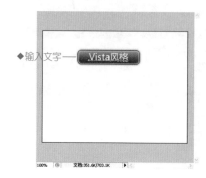

◆输入文字

14 设置文字图层样式

在"图层"面板中双击文字图层打开"图层样式"对话框，选中"斜面和浮雕"复选框，并在右侧进行如图所示的设置，单击"确定"按钮。

3.单击按钮

2.设置参数

1.选中该复选框

15 查看最终效果

返回图像窗口，制作完成的Vista风格按钮如图所示，保存图像，完成本例的制作。

例 129 水晶按钮

素材\第9章\例129\背景.jpg
源文件\第9章\例129\水晶按钮.psd

知识点

- 绘制按钮形状
- 填充按钮颜色
- 添加图层样式
- 输入文字

制作要领

- 填充颜色
- 添加图层样式

效果预览

1　绘制圆角矩形

2　填充圆角矩形

3　添加图层样式　　　4　输入文字

步骤详解

01 选择工具

在Photoshop CS3中打开"背景.jpg"图像文件，在工具箱中选择圆角矩形工具 ▢，在其选项栏中将半径设置为"40px"。

3.设置参数
2.选择该工具
1.打开文件

02 绘制圆角矩形

将前景色设置为"蓝色（R:112,G:229,B:244）"，将鼠标光标移动到图像窗口中；拖动鼠标绘制一个如图所示的圆角矩形路径。

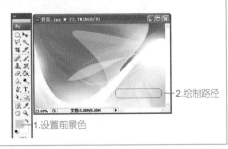

2.绘制路径
1.设置前景色

03 将路径转换为选区

按【Ctrl+Enter】键将绘制的路径转换为选区。

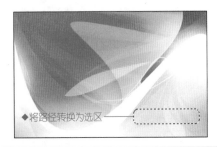

◆将路径转换为选区

04 新建并填充选区

在"图层"面板中新建图层1，创建的选区将自动载入到该图层，按【Alt+Delete】键为选区填充前景色。

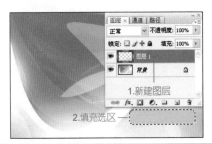

1.新建图层
2.填充选区

05 设置投影

按【Ctrl+D】键取消选区。双击图层1，在打开的"图层样式"对话框中选中"投影"复选框，进行如图所示的设置。

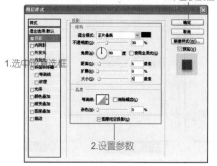

06 设置内阴影

选中"内阴影"复选框，单击"混合模式"下拉列表框后的颜色选择框，设置颜色为"蓝色（R:51,G:111,B:153）"，然后进行如图所示设置。

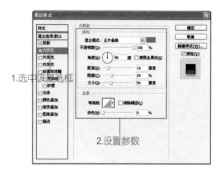

07 设置内发光

选中"内发光"复选框，在"结构"和"图案"栏中进行如图所示的设置，在"品质"栏中单击"等高线"下拉列表框。

08 编辑等高线

在打开的"等高线编辑器"对话框中将曲线设置为如图所示的效果，单击"确定"按钮。

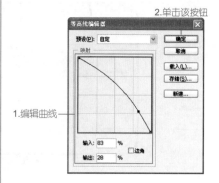

09 选择文字工具

返回"图层样式"对话框，单击"确定"按钮，返回图像窗口查看按钮效果。在工具箱中选择横排文字工具 T 并设置字体格式。

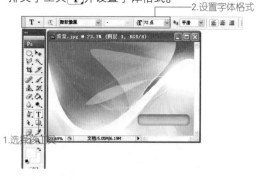

10 输入文字

将文本插入点定位到按钮上，输入文字"水晶按钮"，将文字调整到合适位置后保存图像文件完成本例的制作。

例 **130** 制作网站标志

素材\第9章\例130\蒲公英.jpg
源文件\第9章\例130\网站标志.psd

知识点
- 输入文本
- 复制与移动图层
- 添加图层样式

制作要领
- 复制与移动图层
- 添加图层样式

效果预览

1 输入文字

2 复制并调整图层

3 添加图层样式

4 添加图层样式

步骤详解

01 新建图像文件

在Photoshop CS3中按【Ctrl+N】键打开"新建"对话框，在其中进行如图所示的设置后单击"确定"按钮新建一个图像文件。

2.单击该按钮
1.设置参数

02 输入文本

在工具箱中选择横排文字工具【T】，在其选项栏中设置字体为"Pristina"、字号为"24点"、颜色为"红色"，然后输入文字"Phineas"。

2.设置字体
1.选择该工具
3.输入文字

03 创建选区

打开素材文件"蒲公英.jpg"，在工具箱中选择套索工具，将鼠标光标移动到图像窗口中创建如图所示的选区。

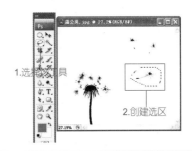

1.选择该工具
2.创建选区

04 复制图层

在工具箱中选择移动工具，按住【Alt】键不放拖动选区到刚新建的文件图像窗口中，将选区中的图像复制到该文件中。

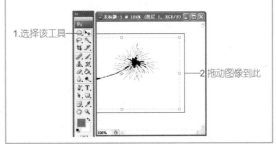

1.选择该工具
2.拖动图像到此

05 调整图层

选择复制的图层，在移动工具 ![] 的选项栏中选中"显示变换控件"复选框，拖动打开的变换编辑框上的控制点调整其大小和位置。

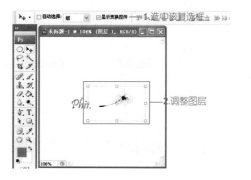

06 复制并调整图层

用相同的方法将"蒲公英"文件中的图形复制到新建的图像文件中并调整其大小和位置，效果如图所示。

07 设置混合模式

在"图层"面板中选择图层1，设置图层的混合模式为"正片叠底"，为图层2设置同样的混合模式。

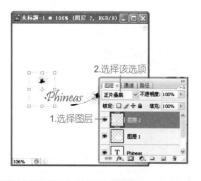

08 添加图层样式

在"图层"面板中双击图层1，在打开的"图层样式"对话框中选中"光泽"复选框，在其中进行如图所示的设置后单击"确定"按钮。

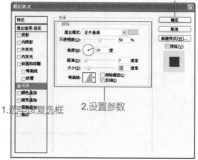

09 添加图层样式

双击图层2，在打开的"图层样式"对话框中选中"光泽"复选框，在其中进行如图所示的设置后单击"确定"按钮。

10 添加图层样式

双击文本图层打开"图层样式"对话框，选中"投影"复选框，在其中进行如图所示的设置后单击"确定"按钮。保存图像文件，完成本例的制作。

例 131 制作Banner

素材\第9章\例131\玫瑰.jpg
源文件\第9章\例131\Banner.psd

知识点
- 调整图像颜色
- 绘制渐变图形
- 添加文字

制作要领
- 调整图像颜色
- 绘制渐变图形

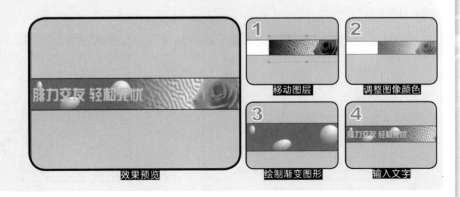

效果预览　　　移动图层　　　调整图像颜色

绘制渐变图形　　　输入文字

步骤详解

01 新建图像文件

新建一个800像素×100像素、分辨率为72像素/英寸、颜色模式为8位RGB的图像文件。

2.单击该按钮

1.设置参数

02 打开图像文件

按【Ctrl+O】键，在打开的"打开"对话框中选择素材文件所在的文件夹，在中间的列表框中选择"玫瑰.jpg"图像文件，单击"打开"按钮。

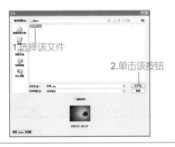

1.选择该文件

2.单击该按钮

03 选择并拖动图像

使用矩形选框工具 创建如图所示的选区，选择移动工具 ，将选区中的图像拖动到新建文件窗口中，生成图层1。

◆生成的图层

04 调整图像大小

按【Ctrl+T】键打开变换编辑框，拖动控制点调整图像大小，将其放置到如图所示的位置，按【Enter】键。

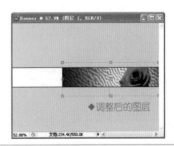

◆调整后的图层

05 调整图像颜色

选择"图像/调整/（色相/饱和度）"命令打开"色相/饱和度"对话框，选中"着色"复选框，其他参数如图所示，单击"确定"按钮。

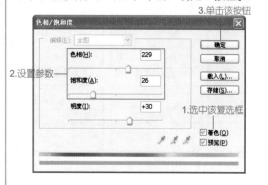

06 设置前景色

选择吸管工具 ，移动光标到图像窗口中，单击鼠标，将前景色设置为如图所示的"蓝灰色（R:93,G:106,B:157）"。

07 填充图层

选择背景图层，按【Alt+Delete】键将其填充为前景色。

08 添加矢量蒙版

选择图层1，在"图层"面板中单击"添加矢量蒙版"按钮 为图层1添加蒙版。

09 选择并设置渐变工具

将前景色设置为"黑色"，在工具箱中选择渐变工具 ，单击其选项栏中渐变色选择框右侧的 按钮，在弹出的面板中选择"前景到透明"选项。

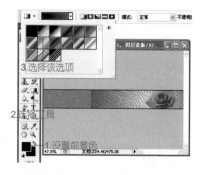

10 添加渐变效果

使用渐变工具 从左到右进行多次水平拖动，得到如图所示的图像和背景颜色自然过渡的效果。

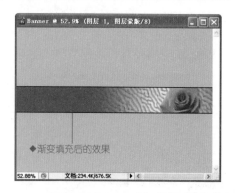

11 创建选区

在"图层"面板中新建图层2，选择椭圆选框工具 ◯，按住【Shift】键不放在如图所示的位置创建一个正圆选区。

12 创建渐变效果

选择渐变工具 ▣，在其选项栏中单击"径向渐变"按钮 ▣，将前景色设置为"白色"后，按住鼠标左键从选区右上角向左下角拖动，得到如图所示的效果。

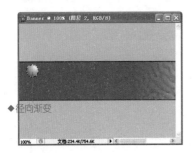

◆径向渐变

13 复制并移动图层

按【Ctrl+D】键取消选区，在"图层"面板中复制图层2，得到两个副本图层，并分别将其移动到如图所示的位置。

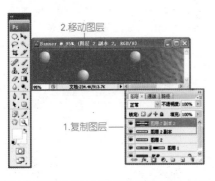

14 调整图层

在"图层"面板中选择"图层2副本"图层，按【Ctrl+T】键对其进行旋转和缩放。对图层2副本2图层进行相同的操作，效果如图所示。

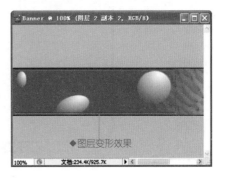

◆图层变形效果

15 输入文字

选择横排文字工具 T，设置字体为"方正综艺简体"、字号为"48点"，字体颜色为"蓝色（R:0,G:252,B:255）"，然后输入如图所示的文字。

16 完成制作

调整文字图层的位置，保存图像文件，完成本例的制作。

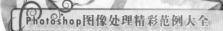

例 132 制作导航按钮和导航栏

素材\第9章\例132\Banner.psd
源文件\第9章\例132\导航栏.psd

知识点 ↘
- 置入 "Banner.psd" 文件
- 绘制选区并制作效果
- 输入文字
- 制作分隔线

制作要领 ↘
- 绘制选区并制作效果
- 制作分隔线

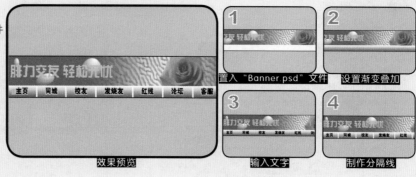

效果预览　　　　置入 "Banner.psd" 文件　　设置渐变叠加

输入文字　　制作分隔线

步骤详解

01 新建图像文件

在Photoshop CS3中新建一个800像素×140像素、分辨率为72像素/英寸、颜色模式为8位RGB颜色的名为 "导航栏" 的图像文件。

1.设置参数　　2.单击该按钮

02 合并图层

打开 "Banner.psd" 图像文件，在 "图层" 面板中的 "背景" 图层上单击鼠标右键，在弹出的快捷菜单中选择 "合并可见图层" 命令，合并所有图层。

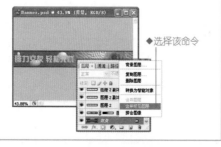

◆选择该命令

03 移动图层

选择合并后的背景图层，按住鼠标左键不放将其拖动到导航栏文件窗口中，新建图层1，将其移动到窗口中合适的位置。

04 创建选区

新建图层2，选择矩形选框工具，在选项栏中的 "样式" 下拉列表框中选择 "固定大小" 选项，设置宽度和高度分别为 "800px" 和 "40px"，在图像窗口中单击鼠标创建固定的选区。

1.选择该工具　　2.设置参数　　3.创建选区

05 填充选区

设置前景色为"蓝灰色（R:149,G:167,B:236）"，按【Alt+Delete】键为选区填充该颜色。

1.设置前景色

06 添加图层样式

在"图层"面板中双击图层2，在打开的"图层样式"对话框中选中"渐变叠加"复选框，在右侧单击"渐变"选择框。

1.选中该复选框

1.单击该选择框

07 设置渐变填充

在打开的"渐变编辑器"对话框中单击色标，使用吸管工具吸取Banner中的蓝灰色，连续单击两次"确定"按钮。

2.单击该按钮

1.设置渐变色

08 输入文字

选择横排文字工具，在其选项栏中进行如图所示的设置，然后在图像窗口中输入文字并调整文字的位置。

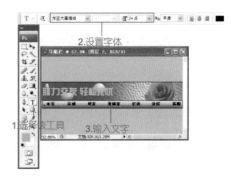

2.设置字体

1.选择文字工具

3.输入文字

09 创建选区并进行填充

在"图层"面板中新建图层3，将前景色设置为"白色"，使用矩形选框工具在其中创建一个矩形区域并按【Alt+Delete】键进行填充。

2.创建并填充选区

1.新建图层

2.设置前景色

10 复制并移动图层

在"图层"面板中，按住【Alt】键向下拖动图层3为其创建一个副本，使用移动工具将其中的白色区域移动到文字"同城"和"校友"之间。

2.移动图层

1.复制图层

11 复制并移动图层

用相同的方法在导航栏中的每两段文字之间放置一个白色区域，效果如图所示。

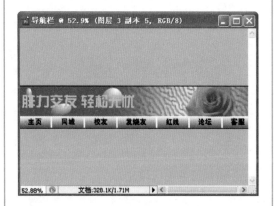

13 添加文字图层样式

双击文字图层，在打开的"图层样式"对话框中选中"描边"复选框，单击右侧的"颜色"选择框，设置描边颜色为"淡青色(R:122,G:247,B:252)"，单击"确定"按钮。

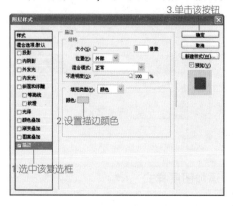

12 合并图层

在"图层"面板中按住【Ctrl】键选择图层3及其所有副本图层，在其上单击鼠标右键，在弹出的快捷菜单中选择"合并可见图层"命令将其合并为一个图层，然后重命名合并后的图层为"分隔线"。

14 完成制作

返回图像编辑窗口，即可查看到为文字图层设置"描边"样式后的效果，最后保存图像文件，完成本例的制作。

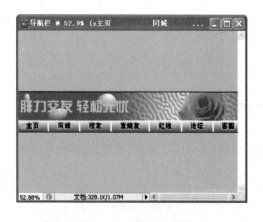

经验之谈

在制作导航栏时，由于要用到前面制作的Banner文件，为了使后面的思路清晰、操作方便，可以将组成某种效果的图层进行合并或链接，如本例对Banner的各个图层进行了合并。

操作提示

由于步骤4在矩形选框工具选项栏中的"样式"下拉列表框中选择了"固定大小"选项，所以步骤9创建矩形选区时需要选择"正常"选项，否则创建的就是设置固定大小的选区。

例 133 制作网页背景

知识点
- 改变画布大小
- 定义图案
- 填充图案

制作要领
- 定义图案
- 填充图案

效果预览

改变画布大小

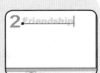

输入文本

调整文字方向

复制并调整图层

步骤详解

01 另存图像文件

打开素材文件夹中的"导航栏.psd"图像文件，按【Ctrl+Shift+S】键打开"存储为"对话框，将其以"网页背景"为名进行保存。

1.选择保存位置

2.输入文件名   3.单击该按钮

02 设置画布大小

选择"图像/画布大小"命令，在打开的"画布大小"对话框中将画布的宽度和高度分别设置为"800像素"和"600像素"，单击"确定"按钮。

2.单击该按钮

1.设置参数

03 调整后的效果

返回图像编辑窗口，调整画布大小后的效果如图所示。

◆调整画布大小后的效果

04 新建图像窗口

按【Ctrl+N】键打开"新建"对话框，在"宽度"和"高度"文本框中分别输入"100"，保持其他设置不变，单击"确定"按钮。

2.单击该按钮

1.设置参数

05 输入文字

在工具箱中选择横排文字工具 **T**，在其选项栏中进行如图所示的设置后，将文本插入点定位到新建文件图像窗口中，输入文字"Friendship"。

06 自由变换图层

选择文字图层，按【Ctrl+T】键打开变换编辑框，将鼠标光标移动到外侧，当其变为 ↘ 形状时按住鼠标左键不放拖动，改变文字的方向。

07 复制并移动图层

在"图层"面板中按住【Alt】键拖动文字图层为其创建两个副本图层，使用移动工具 移动各图层移动到如图所示的位置。

08 定义图案

选择"编辑/定义图案"命令，打开"图案名称"对话框，在"名称"文本框中输入"背景图案"，单击"确定"按钮。

09 填充图案

选择"网页背景"窗口，选择"编辑/填充"命令，打开"填充"对话框，在"使用"下拉列表框中选择"图案"选项，在"自定图案"下拉列表框中选择之前定义的图案，单击"确定"按钮。

10 完成制作

返回图像编辑窗口，查看设置网页背景后的效果，最后保存图像文件，完成本例的制作。

制作个性网页

素材\第9章\例134\
源文件\第9章\例134\个性网页.psd

例 **134**

知识点

- 调整色相和饱和度
- 填充渐变色
- 输入文字并添加效果
- 置入图片

制作要领

- 填充渐变色
- 输入文字并添加效果

效果预览

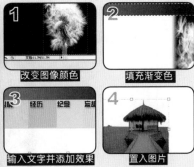

改变图像颜色　　填充渐变色

输入文字并添加效果　　置入图片

步骤详解

01 新建图像文件

按【Ctrl+N】键打开"新建"对话框，在其中进行如图所示的设置后单击"确定"按钮新建一个名为"个性网页"的图像文件。

1.设置参数　　2.单击该按钮

02 打开图像文件

选择"文件/打开"命令，在打开的"打开"对话框中选择打开素材文件夹中的"蒲公英2.jpg"图像文件。

03 调整色相和饱和度

选择"图像/调整/（色相/饱和度）"命令，在打开的"色相/饱和度"对话框中进行如图所示的设置，单击"确定"按钮。

3.单击该按钮

2.设置参数

1.选中该复选框

04 创建选区

选择矩形选框工具 ，在其选项栏中的"羽化"文本框中输入"40px"，在图像窗口中创建如图所示的选区。

1.设置参数

2.创建选区

05 移动并变换图层

使用移动工具将选区中的图像拖动到"个性网页"文件窗口中，按【Ctrl+T】键打开变换编辑框，调整形状和位置后的效果如图所示。

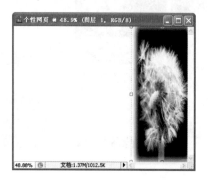

06 设置渐变色

选择矩形选框工具，在图像窗口顶部创建一个选区，选择渐变工具，在其选项栏中单击渐变色选择框，在打开的对话框中进行如图所示的设置，单击"确定"按钮。

07 新建并填充图层

新建图层2，从右到左拖动鼠标，为选区填充渐变，效果如图所示。

08 创建并填充选区

使用矩形选框工具在渐变色块下方创建一个选区，新建图层3，将其填充为"浅紫色（R:219,G:215,B:234）"，取消选区。

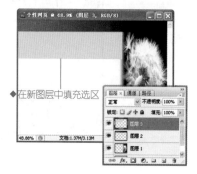

09 创建并填充选区

选择矩形选框工具，在浅紫色区域上创建一个矩形选区，将其填充为"粉色（R:239,G:211,B:199）"，取消选区后的效果如图所示。

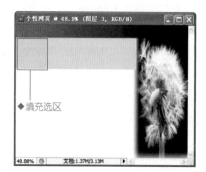

10 创建并填充选区

用相同的方法在浅紫色区域上依次创建两个选区，将其填充为不同的颜色，效果如图所示。

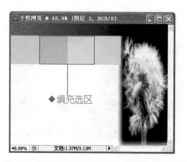

11 输入文字

选择横排文字工具 $\boxed{T}$，在其选项栏中设置字体为"方正综艺简体"、"24点"、字体颜色为"黑色"，输入如图所示的文字。

1.设置字体

2.输入文本

12 设置文字投影效果

在"图层"面板中双击文字图层，在打开的"图层样式"对话框中选中"投影"复选框，在右侧进行如图所示的设置，文字投影效果如图所示。

1.选中该复选框

2.设置参数

13 设置外发光

选中"外发光"复选框，在右侧进行如图所示的设置后单击"确定"按钮关闭对话框。

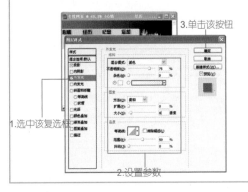

3.单击该按钮

1.选中该复选框

2.设置参数

14 移动图像

打开素材文件夹中的"静谧.jpg"图像文件，将其中的部分图像拖动到"个性网页"图像窗口中并调整大小。

◆移动图层并调整大小

15 输入文字

选择横排文字工具 $\boxed{T}$，在其选项栏中设置字体为"华文行楷"、字号为"100点"、字体颜色为"深紫色（R:128,G:30,B:185）"，在如图所示的位置输入文字"静"。

◆输入文字

16 完成制作

调整文字图层的位置使网页布局更协调，保存图像文件完成本例的制作，最终效果如图所示。

例 135 制作网站首页

素材\第9章\例135\
源文件\第9章\例135\网站首页.psd

知识点

- 创建羽化选区并移动
- 创建并填充选区
- 应用滤镜
- 制作变形文字

制作要领

- 创建羽化选区并移动
- 制作变形文字

效果预览

创建羽化选区并移动

创建并填充选区

插入网页内容

制作变形文字

步骤详解

01 另存图像文件

打开素材文件夹中的"网页背景.psd"图像文件，选择"文件/存储为"命令，在打开的"存储为"对话框中将其以"网站首页"为名进行保存。

1.输入文件名　　　　2.单击该按钮

02 打开图像文件

选择"文件/打开"命令，在打开的"打开"对话框中选择打开素材文件夹中的"人物.jpg"图像文件。

03 创建选区

在工具箱中选择磁性套索工具，在其选项栏的"羽化"文本框中输入"20px"，在图像窗口中创建如图所示的选区。

1.设置参数
2.创建选区

04 调整和移动选区

选择移动工具，按住【Alt】键将选区中的图像拖动到"网站首页"图像窗口中，调整大小和位置后的效果如图所示。

◆移动并调整选区

05　添加图层样式

在"图层"面板中双击图层3，在打开的"图层样式"对话框中选中"投影"复选框，进行如图所示的设置后单击"确定"按钮。

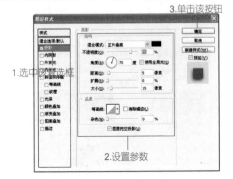

06　输入文字

选择横排文字工具 T，在选项栏中设置字体为"方正琥珀简体"、字号为"160点"，字体颜色为"蓝灰色（R:108,G:120,B:168）"，在插入的图片左侧输入文字"缘"。

07　新建图层并创建选区

在"图层"面板中新建图层4，在工具箱中选择矩形选框工具，在图像窗口中创建一个如图所示的矩形选区。

08　填充选区

将前景色设置为"淡蓝色（R:19,G:210,B:223）"，按【Alt+Delete】键为选区填充颜色。

09　创建选区并填充

用相同的方法新建一个图层5，使用矩形选框工具创建如图所示的选区后将其填充为淡蓝色。

10　移动图像

打开"人物2.jpg"图像文件，创建一个与人物等高、与整个画布等宽的矩形选区，然后将其移动到"网站首页"图像文件中并调整大小和位置。

11 应用滤镜

选择图像所在的图层6，选择"滤镜/模糊/特殊模糊"命令，在打开的"特殊模糊"对话框中进行如图所示的设置，单击"确定"按钮。

12 创建选区

打开"人物3.jpg"图像文件，选择矩形选框工具，在其选项栏中的"羽化"文本框中输入"40px"，在图像窗口中创建如图所示的选区。

13 拖动并调整图层

选择移动工具，将选区中的图像拖动到"网站首页"图像窗口中并调整其大小和位置。

14 输入文字

选择横排文字工具，在其选项栏中设置字体为"方正彩云简体"、字号为"45点"，字体颜色为"浅红色（R:238,G:106,B:184）"，输入如图所示的文字。

15 制作变形文字

选择该文字图层，选择"图层/文字/文字变形"命令，在打开的"变形文字"对话框中进行如图所示的设置，单击"确定"按钮。

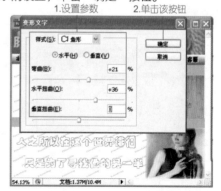

16 完成制作

用同样的方法为下方的文字制作变形效果，最后保存图像，完成本例的制作。

 实战演练

素材\第9章\实战演练\
源文件\第9章\实战演练\

　　本章介绍了使用Photoshop CS3制作网页中几个重要组成部分的方法，一方面帮助初学者快速入门，另一方面可以为读者将来的网页设计之路添砖加瓦。希望读者能够从本章的案例学习中举一反三，制作出漂亮、精彩的网页效果。读者在学习的过程要善于观察和总结。

◆ 实战演练一——制作森林公园首页

　　自己动手制作如图所示的森林公园网站首页，制作的过程中主要需要突出图像的布局和文字的特效处理等。

制作提示：

（1）复制图像并粘贴。

（2）绘制路径。

（3）沿路径输入文字。

（4）输入文字并添加图层样式。

（5）创建并羽化选区，将选区中的图像复制到图像窗口中。

（6）创建并填充选区。

（7）添加图层样式。

◆ 实战演练二——制作学术型网页

　　自己动手制作如图所示的学术型网页，制作的关键是创建按钮和添加图层样式等。

制作提示：

（1）羽化选区，复制图像并粘贴。

（2）绘制形状。

（3）输入文字。

（4）渐变填充。

（5）添加图层样式。

拓展效果

素材\第9章\拓展效果\
源文件\第9章\拓展效果\

网页的类型多种多样，其表现的效果也各有不同。前面对部分效果进行了详细讲解，下面给出一些同类的效果让大家欣赏，读者自己可以分析一下这些效果的制作过程。

◆ **游戏网页**

本图展示的是网络游戏网页的效果，主要使用到以快速蒙版模式编辑和"高斯模糊"滤镜等，重点突出图像的质感和按钮的轮廓。

◆ **个人网页**

本图展示的是个人网页的效果，主要使用到的工具和命令有横排文字工具 T 和"纹理化"滤镜等，重点是图片的放置和文字效果的制作。

◆ **主题网页**

本图展示的是主题网页的效果，主要使用到的工具和命令有切片工具 ✂ 和"镜头光晕"滤镜等，重点是突出玻璃球玲珑剔透的效果。

◆ **商业网页**

本图展示的是商业网页的效果，主要使用到"高斯模糊"滤镜和图层样式等，重点是突出图像的代表性和专业性。

第10章

标志设计

商标是一个企业或商品的标志，其表现形式简练而明确，代表着某种精神和内涵。商标的应用范围非常广泛，可出现在各种印刷品、纺织品、交通工具、电器用品以及任何可见的物品上。本章将对几种常见标志类型的设计方法进行详细讲解。

素材\第10章\例136\公司商标背景.psd
源文件\第10章\例136\方形商标.psd

例 **136** 方形商标

知识点

- 绘制矩形形状
- 编辑形状

制作要领

- 绘制矩形形状
- 编辑形状

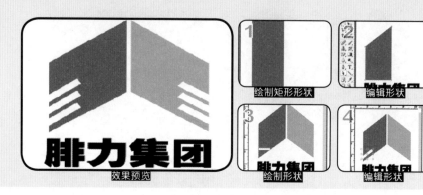

效果预览　绘制矩形形状　编辑形状　绘制形状　编辑形状

步骤详解

01 打开素材并设置前景色

打开素材文件夹中的"公司商标背景.psd"图像文件，将前景色设置为"蓝色（R:69,G:89,B:214）"。

◆设置前景色

02 选择并设置矩形工具

选择矩形工具，在其选项栏中单击"形状图层"按钮，再单击"几何选项"按钮，在打开的面板中进行如图所示的设置。

3.输入
2.选中该单选按钮
1.选择该工具

03 绘制形状

将鼠标光标移动到图像窗口中，当其变为十形状时按住鼠标左键不放进行拖动，在图像窗口中绘制一个如图所示的矩形且自动填充为前景色。

◆绘制形状

04 编辑矩形形状

选择直接选择工具，选择形状左上角的锚点，按住鼠标左键不放将其垂直向下拖动到如图所示的位置。

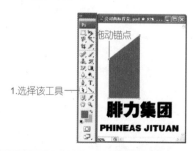

拖动锚点
1.选择该工具

05 编辑矩形形状

使用直接选择工具，选择矩形右下角的锚点，将其垂直向上拖动到如图所示的位置。

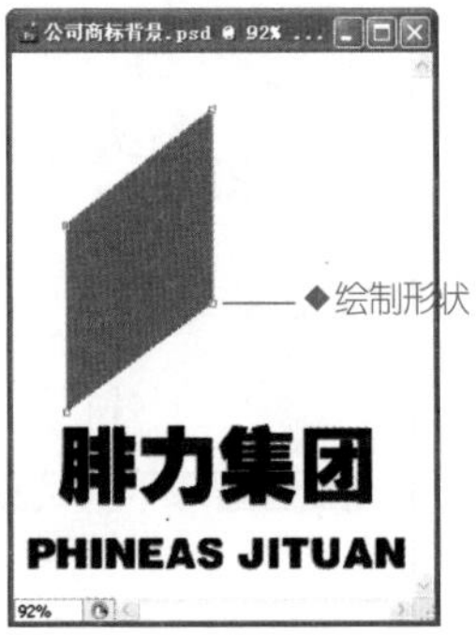

06 绘制形状

将前景色设置为“蓝色（R:34,G:180,B:255）”，选择矩形工具，在图像窗口中绘制一个矩形，此时该形状将填充为当前前景色。

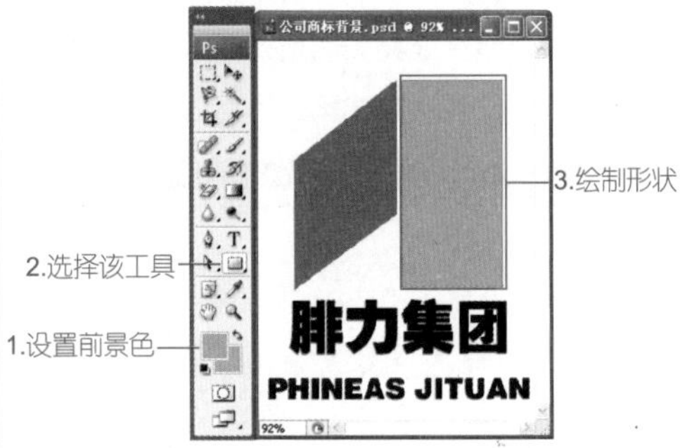

07 编辑矩形形状

选择直接选择工具，分别选择形状左下角和右上角的锚点，并将其垂直拖动到如图所示的位置。

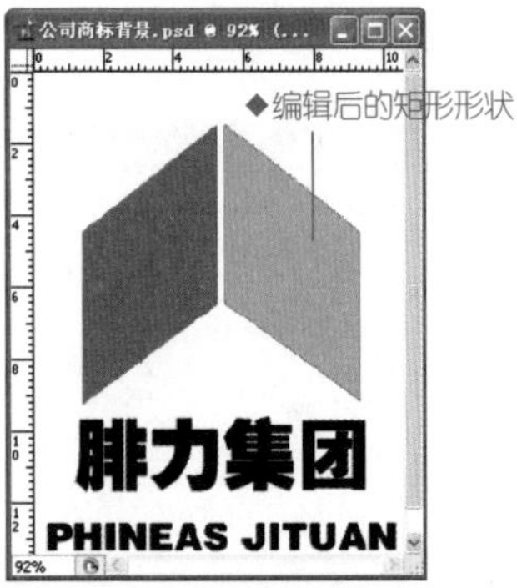

08 绘制矩形

将前景色设置为“白色”，选择矩形工具，在其选项栏中单击“几何选项”按钮，在打开的面板中选中“不受约束”单选按钮，绘制一个如图所示的矩形。

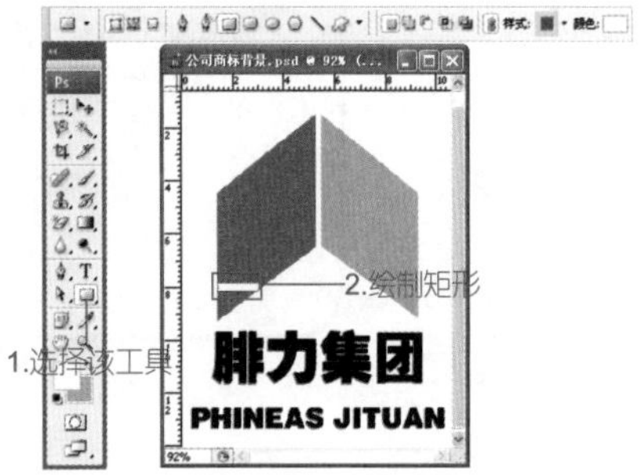

09 编辑矩形形状

选择移动工具，在选项栏中选中“显示变换控件”复选框，打开变换编辑框，调整形状为如图所示效果。

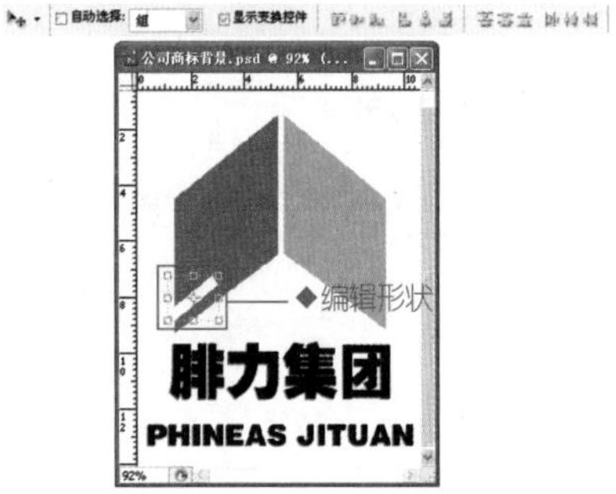

10 完成制作

用相同的方法继续在图像窗口中绘制多个矩形并调整其形状和位置，最终效果如图所示。保存图像文件，完成本例的制作。

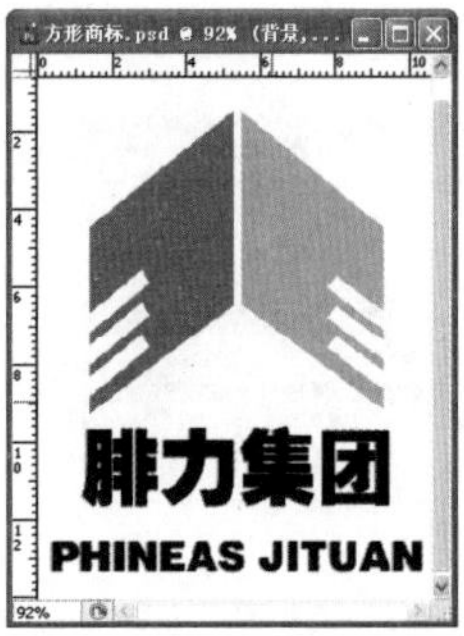

例 137 三角形商标

素材\第10章\无
源文件\第10章\例137\三角形商标.psd

知识点

- 绘制路径
- 编辑路径
- 填充路径
- 输入并编辑文字

制作要领

- 填充路径
- 输入并编辑文字

效果预览

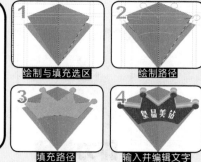

1 绘制与填充选区　　2 绘制路径

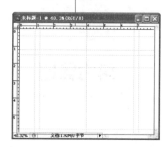

3 填充路径　　4 输入并编辑文字

步骤详解

01 新建图像文件并设置前景色和背景色

新建一个图像文件，将前景色和背景色分别设置为"紫红色（R:252,G:89,B:235）"和"紫色（R:149,G:140,B:233）"。

2.单击该按钮
1.设置参数

02 创建参考线

按【Ctrl+R】键显示标尺，选择"视图/新建参考线"命令，在打开的"新建参考线"对话框中进行如图所示设置，单击"确定"按钮。

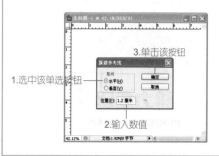

3.单击该按钮
1.选中该单选按钮
2.输入数值

03 创建多条参考线

用相同的方法在图像窗口中创建5条水平参考线和5条垂直参考线，效果如图所示。

◆ 创建10条参考线

04 创建选区

选择多边形套索工具，在图像窗口中沿参考线创建一个如图所示的选区。

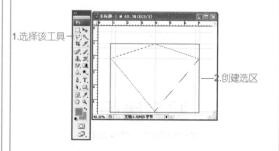

1.选择该工具
2.创建选区

05 填充选区

在"图层"面板中单击"创建新图层"按钮新建图层1，按【Ctrl+Delete】键将选区填充为背景色。

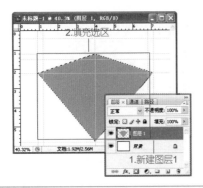

06 创建选区

在"图层"面板中新建图层2，再次使用多边形套索工具在图像窗口中沿参考线创建如图所示的多边形选区。

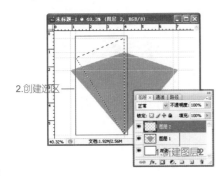

07 填充选区

按【Alt+Delete】键为当前选区填充前景色，填充后的效果如图所示。

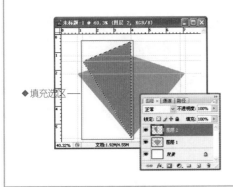

08 创建选区

新建图层3，使用多边形套索工具在图像窗口中创建如图所示的选区，在工具箱中选择渐变工具。

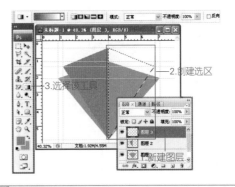

09 设置并填充渐变

在其选项栏中单击"线性渐变"按钮，单击渐变色选择框，选择"前景到背景"选项，在图像窗口中按住鼠标左键从左向右拖动进行渐变填充。

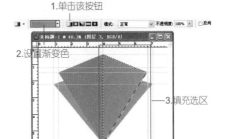

10 绘制路径

在工具箱中选择自定形状工具，在其选项栏中单击"路径"按钮，然后追加"物体"形状，在"形状"下拉列表框中选择"王冠1"选项，绘制如图所示路径。

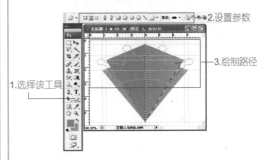

11 填充路径

新建图层4，将前景色设置为"浅绿色（R:117,
G:249,B:20）"，单击"路径"面板中的"用前
景色填充路径"按钮，为路径填充前景色。

1.设置前景色　　2.单击该按钮

12 移动并填充路径

选择路径选择工具，将绘制的路径向下移动
到如图所示位置，将前景色设置为"蓝色（R:86,
G:254,B:248）"，填充路径。

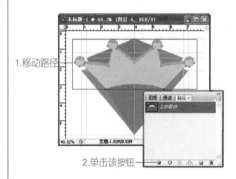

1.移动路径

2.单击该按钮

13 调整并填充路径

用相同的方法移动路径两次并分别在其中填充
"浅蓝色（R:86,G:173,B:254）"和"蓝色
（R:22,G:31,B:224）"，效果如图所示。

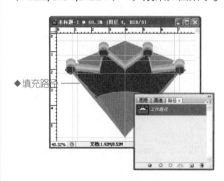

◆填充路径

14 输入文字

在工具箱中选择横排文字工具，将字体设置
为"方正美黑简体"，字号为"20点"，颜色为
"白色"，输入如图所示的文字。

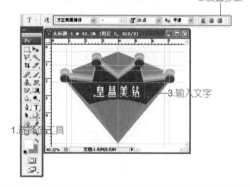

2.设置参数

3.输入文字

1.选择该工具

15 设置变形文字

选择文本图层，选择"图层/文字/文字变形"命
令，在打开的"变形文字"对话框中进行如图所
示的设置，单击"确定"按钮。

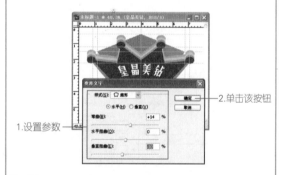

2.单击该按钮

1.设置参数

16 完成制作

使用横排文字工具依次在图像窗口中输入如图
所示的文字，最后保存图像文件，完成本例的
制作。

圆形商标
138

素材\第10章\无
源文件\第10章\例138\圆形商标.psd

知识点 ↘
- 绘制路径
- 输入并编辑文字
- 编辑路径
- 填充并描边路径

制作要领 ↘
- 输入并编辑文字
- 填充并描边路径

效果预览

1 绘制路径

2 输入并编辑文字

3 编辑并填充路径

4 绘制并描边路径

步骤详解

01 新建图像文件

新建一个8厘米×6厘米、分辨率为300像素/英寸、颜色模式为8位RGB颜色的图像文件，按【D】键复位前景色和背景色。

2.单击该按钮

1.设置参数

02 选择并设置椭圆工具

选择椭圆工具◯，在其选项栏中单击"路径"按钮◻，单击"几何形状"按钮▾，在打开的面板中选中"固定大小"单选按钮，设置高度和宽度为"5厘米"。

1.选中该单选按钮

2.设置参数

03 绘制圆形路径

将鼠标光标移动到图像窗口右上角，单击鼠标左键即可绘制一个半径为5厘米的圆形路径。

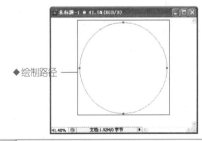

◆绘制路径

04 选择并设置文字工具

选择横排文字工具Ｔ，在其选项栏中设置字体为"方正综艺简体"，字号为"10点"，字体颜色为"黑色"。

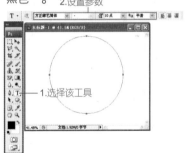

2.设置参数

1.选择该工具

05 输入文字

在路径上单击鼠标，将文本插入点定位到路径上，输入文字"Sherry & Phineas Forever"。

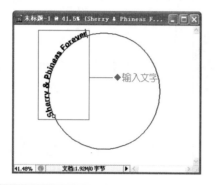

◆输入文字

06 设置文字格式

选择输入的文字，打开"字符"面板，单击"仿粗体"按钮 T 和"全部大写字母"按钮 TT，在"设置所选字符的字距调整"下拉列表框中输入"200"。

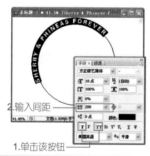

2.输入间距

1.单击该按钮

07 输入文字

使用横排文字工具 T 在如图所示位置输入文字"S & P"，并将其字体设置为"华文琥珀"，字号为"72点"，颜色为"红色（R:255,G:0,B:0）"。

08 栅格化文字图层

在"图层"面板中选择刚创建的文字图层"S&P"，选择"图层/栅格化/文字"命令将该图层栅格化，此时"图层"面板中该图层的图层缩览图将发生变化。

◆栅格化后的图层

09 擦除图像

选择橡皮擦工具 ，在其选项栏中单击"画笔"后的 按钮，在打开的面板中设置画笔主直径为"40px"，拖动鼠标擦除图像窗口中多余的图形。

2.设置参数

1.选择该工具

3.擦除图像

10 绘制并编辑路径

选择钢笔工具 ，在图像窗口中绘制一个矩形路径，然后将路径编辑成如图所示的效果。

1.选择该工具

2.绘制并编辑路径

11 填充路径

新建图层1，设置前景色为"红色（R:255,G:0,
B:0）"，单击"路径"面板中的"用前景色填
充路径"按钮，为路径填充前景色。

1.设置前景色　　2.单击该按钮

12 绘制路径

新建图层2，选择自定形状工具，在其选项栏
中单击"路径"按钮，在"形状"下拉列表
框中选择"新月"选项，绘制如图所示的路径。

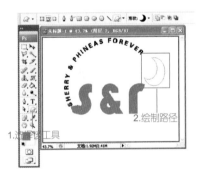

1.选择该工具　　2.绘制路径

13 调整并填充路径

选择直接选择工具，将路径编辑为如图所示的
效果，单击"路径"面板中的"用前景色填充路
径"按钮将路径填充为"红色"。

2.单击该按钮　　1.编辑路径

14 绘制路径

新建图层3，使用钢笔工具在图像窗口中绘制
如图所示的开放式路径。

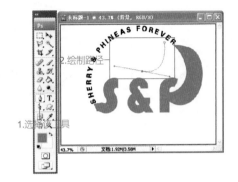

2.绘制路径　　1.选择该工具

15 描边路径

将前景色设置为"黑色"，选择画笔工具，在
其选项栏中将画笔主直径设置为"10px"，单击
"路径"面板中的"用画笔描边路径"按钮。

3.设置参数　　2.选择该工具　　4.单击该按钮　　1.设置前景色

16 完成制作

按照步骤14和步骤15的方法继续绘制路径并用
前景色进行描边，效果如图所示。保存图像文
件，完成本例的制作。

例 139 立体商标

素材\\第10章\无
源文件\第10章\例139\立体商标.psd

知识点
- 创建并填充选区
- 绘制路径
- 填充路径
- 沿路径输入文字

制作要领
- 绘制并填充路径
- 沿路径输入文字

效果预览

1 创建并填充选区

2 绘制路径

3 填充路径

4 将选区转换为路径

步骤详解

01 新建图像文件

新建一个8厘米×6厘米、分辨率为300像素/英寸、颜色模式为8位RGB的图像文件，按【D】键复位前景色和背景色，新建图层1。

2.新建图层

1.复位前景色和背景色

02 创建并填充选区

在工具箱中选择椭圆选框工具〇，按住【Shift】键的同时在图像窗口中绘制一个正圆选区，按【Alt+Delete】键为选区填充前景色。

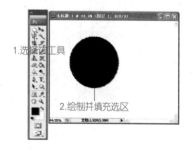

1.选择该工具

2.绘制并填充选区

03 存储选区

选择"选择/存储选区"命令，在打开的"存储选区"对话框的"名称"文本框中输入"正圆选区"，单击"确定"按钮。

2.单击该按钮

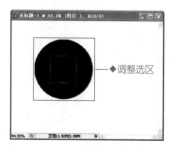

1.输入名称

04 变换选区

选择"选择/变换选区"命令，打开变换编辑框，按住【Shift+Alt】键的同时拖动控制点，等比例缩小选区。

◆调整选区

05 删除选区内的图像

调整选区大小合适后按【Enter】键确认变换，按【Delete】键删除选区中的图像，按【Ctrl+Shift+I】键反选选区。

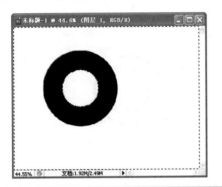

06 载入选区

选择"选择/载入选区"命令，在打开的"载入选区"对话框的"通道"下拉列表框中选择"正圆选区"选项，选中"与选区交叉"单选按钮，单击"确定"按钮。

3.单击该按钮

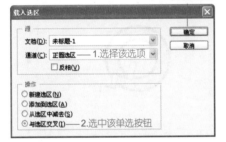

1.选择该选项
2.选中该单选按钮

07 收缩选区

选择"选择/修改/收缩"命令，打开"收缩选区"对话框，在"收缩量"文本框中输入"15"，单击"确定"按钮。

2.单击该按钮

1.输入数值

08 填充选区

在"图层"面板中新建图层2，设置前景色为"青色（R:43,G:242,B:249）"，按【Alt+Delete】键填充选区。

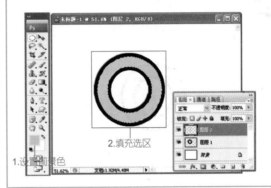

2.填充选区
1.设置前景色

09 设置画笔工具

新建图层3，选择画笔工具，在选项栏中设置画笔笔尖样式为"缤纷蝴蝶"，按【F5】键打开"画笔"面板，在其中进行如图所示的设置。

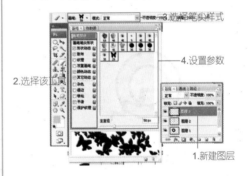

3.选择笔尖样式
4.设置参数
2.选择该工具
1.新建图层

10 使用画笔

将鼠标光标移动到图像窗口中的选区中，按住鼠标左键不放沿环形选区拖动绘制蝴蝶形状，按【Ctrl+D】键取消选区。

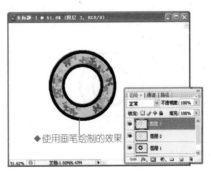

◆使用画笔绘制的效果

11 绘制路径

新建图层4，在工具箱中选择自定形状工具 ，在选项栏中进行如图所示的设置后在图像窗口中绘制路径。

12 填充路径

设置前景色为"黑色"，在"路径"面板中单击"用前景色填充路径"按钮 ，将路径填充为黑色。

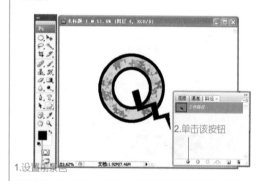

13 绘制并填充路径

设置前景色为"白色"，使用钢笔工具 在之前的路径上绘制如图所示的路径，用前景色填充路径。

14 载入并调整选区

选择"选择/载入选区"命令载入正圆选区，选择"选择/修改/扩展"命令，在打开的"扩展选区"对话框中将选区向外扩展5像素。

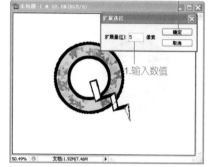

15 将选区转换为路径

在"路径"面板底部单击"从选区生成工作路径"按钮 ，将选区转换为路径。

16 输入文字

在工具箱中选择横排文字工具 T，设置字体为"Arial"，字号为"8点"，颜色为"黑色"，输入如图所示的文字后保存图像文件，完成本例的制作。

例 140 文字形商标

素材\第10章\无
源文件\第10章\例140\文字形商标.psd

 知识点
- 创建并填充选区
- 输入文字
- 将文字转换为形状
- 编辑形状

制作要领
- 将文字转换为形状
- 编辑形状

效果预览

创建并填充选区

输入文字

编辑形状

创建并填充选区

步骤详解

01 新建图像文件

新建一个8厘米×6厘米、分辨率为300像素/英寸、颜色模式为8位RGB的图像文件，将前景色设置为"红色"，在"图层"面板中新建图层1。

1.设置前景色
2.新建图层

02 创建并填充选区

在工具箱中选择椭圆选框工具，在选项栏中设置宽度为400px、高度为600px的固定大小，在图像窗口中单击绘制一个椭圆选区并用前景色填充。

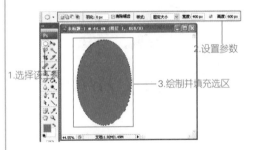
1.选择该工具
2.设置参数
3.绘制并填充选区

03 变换选区

按【Ctrl+T】键，在出现的选项栏中的"旋转"文本框中输入"20"，按【Enter】键将选区沿顺时针方向旋转20°，按【Ctrl+D】键取消选区。

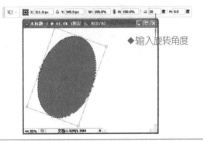
◆输入旋转角度

04 输入文字

选择横排文字工具，将字体设置为"华文新魏"，字号为"200点"，颜色为"黑色"，在图像窗口中输入文字"S"并调整位置至如图所示。

1.选择该工具
2.设置参数
3.输入文字

05 填充形状

选择"图层/文字/转换为形状"命令将文字图层转换为形状图层，将前景色设置为"黄色(R:246, G:255,B:0)"，按【Alt+Delete】键填充形状。

06 删除锚点并编辑形状

在工具箱中选择删除锚点工具，删除形状边缘上的部分锚点，再选择直接选择工具，拖动余下的锚点编辑形状成如图所示的形状。

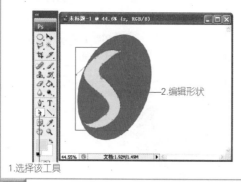

07 输入文字

选择横排文字工具，将字体设置为"Pristina"，字号为"60点"，颜色为"黑色"，在如图所示的位置输入文本"hine"。

08 转换并编辑形状

将文字图层转换为形状图层，在工具箱中选择删除锚点工具，对图层进行如图所示的编辑。

09 创建并填充选区

新建图层2，在工具箱中选择椭圆选框工具，绘制如图所示的圆形选区，将前景色设置为"红色"，按【Alt+Delete】键填充选区。

10 输入文字

选择横排文字工具，将字体设置为"华文新魏"，字号为"60点"，颜色为"黑色"，在图像窗口中输入如图所示的文本，完成本例的制作。

 **实战演练**

素材\第10章\实战演练\
源文件\第10章\实战演练\

　　本章介绍了使用Photoshop CS3制作常见标志的方法，一方面帮助初学者快速入门，另一方面可以为读者将来的标志设计之路添砖加瓦。希望读者能够从本章的案例学习中举一反三，制作出漂亮、精彩的标志效果。读者在学习的过程中不能死记硬背这些效果的制作方法，要善于观察和总结。

◆ **实战演练一——制作商标**

　　自己动手制作如图所示的由多个图形组成的商标，制作过程中主要需要突出图形的形状和颜色搭配等。

制作提示：

（1）绘制并调整路径。

（2）设置前景色，用前景色填充路径。

（3）移动并转换路径。

（4）使用前景色填充路径。

（5）复制、移动并调整文字图层。

◆ **实战演练二——制作企业标志**

　　自己动手制作如图所示的企业标志，制作的关键是形状的绘制以及调整其形状和位置。

制作提示：

（1）绘制形状并填充颜色。

（2）编辑形状。

（3）设置前景色，绘制并填充形状。

（4）编辑形状。

（5）绘制多个形状，调整其大小和方向后填充为"白色"。

拓展效果

素材\第10章\拓展效果\
源文件\第10章\拓展效果\

制作商标和标志的方法很多，效果也各不相同。前面对部分效果进行了详细讲解，下面给出一些同类的标志让大家欣赏，读者自己可以分析一下这些标志的制作过程。

◆ 文字类标志

本图展示的是文字类标志的效果，主要使用到"栅格化"命令和"图层样式"命令等，关键要突出重点文字的醒目效果。

◆ 纹理类标志

本图展示的是纹理类标志的效果，主要使用到"纹理化"滤镜和自定形状工具等，重点是木质纹理的制作。

◆ 特殊材质类标志

本图展示的是塑料材质的标志效果，主要使用到"描边"命令和添加图层样式等，重点是塑料材质特效的制作。

◆ 印章类标志

本图展示的是印章类标志的效果，主要使用到"喷溅"滤镜和阈值的调整等，重点是突出文字的印章效果。

第11章

卡片设计

卡片在日常生活中应用广泛，小到游戏卡、电话卡、名片、优惠卡，大到银行卡、信用卡等，在讲究实用性的同时，精美的卡片外观设计也是极其重要的。本章将对一些常用卡片，包括名片、会员卡、电话卡、银行卡和游戏卡的制作进行详细讲解。

名片

素材\第11章\无
源文件\第11章\例141\名片.psd

知识点

- 应用"纹理化"滤镜
- 添加变换图像
- 描边样式
- 输入文字

制作要领

- 应用滤镜
- 添加变换图像

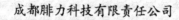

成都腓力科技有限责任公司

谢力

项目主管

地址：成都市新城路38
手机：1598××765432
传真：028-1234××42
Email：xxl@126.com

效果预览

纹理化滤镜

变换图像

描边样式

输入文字

步骤详解

01 新建图像文件

新建一个10厘米×6厘米、分辨率为300像素/英寸的图像文件，将前景色设置为"蓝色（R:0,G:0,B:255）"，按【Alt+Delete】键填充整个图像窗口。

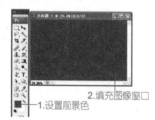

1.设置前景色
2.填充图像窗口

02 新建图层

将前景色设置为"白色"，在"图层"面板中单击"创建新图层"按钮 新建一个图层。

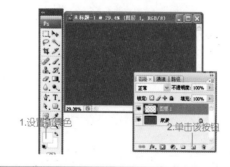

1.设置前景色
2.单击该按钮

03 绘制形状

选择矩形工具 ，单击选项栏中的"形状图层"按钮 ，单击"几何形状"按钮 ，在打开的面板中设置矩形为固定大小"9厘米×5.5厘米"，在图像窗口中绘制一个矩形。

2.设置参数
3.绘制矩形
1.选择该工具

04 应用滤镜

选择"滤镜/纹理/纹理化"命令，在打开的对话框中进行如图所示的设置，单击"确定"按钮应用滤镜。

纹理化
纹理(T)：画布
缩放(S)：50 %
凸现(R)：1
光照(L)：上
反相(I)

◆设置参数

05 创建选区

选择矩形选框工具 ▦，将鼠标光标移动到图像窗口中，沿矩形顶部创建如图所示的矩形选区。

1.选择该工具

2.创建选区

06 调整亮度和对比度

选择"图像/调整/（亮度/对比度）"命令，在打开的"亮度/对比度"对话框中的"亮度"文本框中输入"-95"，单击"确定"按钮。

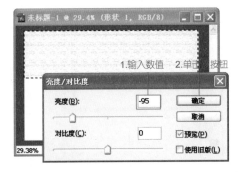

1.输入数值　2.单击该按钮

07 添加投影样式

按【Ctrl+D】键取消选区，选择"图层/图层样式/投影"命令，在打开的对话框中保持默认设置，单击"确定"按钮。

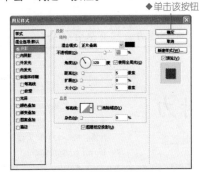

◆单击该按钮

08 在新图层中创建选区

在"图层"面板中新建一个图层，使用矩形选框工具 ▦ 在如图所示的位置创建一个选区。

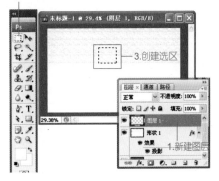

2.选择该工具

3.创建选区

1.新建图层

09 填充选区

将前景色设置为"紫红色（R:255,G:0,B:240）"，按【Alt+Delete】键为选区填充前景色，按【Ctrl+D】键取消选区。

◆设置前景色

10 创建选区并删除图像

使用矩形选框工具 ▦ 在图像中部创建一个矩形选区，按【Delete】键删除其中的图像，按【Ctrl+D】键取消选区。

11　变换图像

按【Ctrl+T】键打开变换编辑框，在其选项栏的"H"文本框中输入"-20"，设置形状的斜切角度，按【Enter】键确认变换。

◆输入变换参数

12　创建选区并填充

选择多边形套索工具，在图像窗口中创建如图所示的选区，将前景色设置为"蓝色（R:0,G:24,B:255）"后填充该选区。

1.选择该工具

2.绘制并填充选区

13　添加描边样式

按【Ctrl+D】键取消选区，选择"图层/图层样式/描边"命令，在打开的"图层样式"对话框中进行如图所示设置，单击"确定"按钮。

◆设置参数

14　绘制直线

新建一个图层，将前景色设置为"黑色"，选择直线工具，在选项栏中将粗细设置为"5px"，按住【Shift】键绘制一条直线。

4.设置参数

5.绘制图形

3.选择该工具

2.设置前景色

15　输入文字

选择横排文字工具，在选项栏中设置字体为"方正楷体简体"，字号为"14点"，颜色为"黑色"，输入如图所示的文字。

2.设置参数

3.输入文字

1.选择该工具

16　完成制作

使用横排文字工具，在图像窗口中的其他位置输入需要的文字。保存图像文件，完成本例的制作，最终效果如下图所示。

例 142 会员卡

素材\第11章\例142\
源文件\第11章\例142\会员卡.psd

知识点

- 绘制圆角矩形路径
- 将路径转换为选区
- 移动图层
- 应用"径向模糊"滤镜

制作要领

- 移动图层
- 应用滤镜

制作卡片轮廓

创建并移动选区

效果预览

应用滤镜

输入文字

步骤详解

01 选择并设置工具

打开"背景.psd"图像文件，选择圆角矩形工具 ，在其选项栏中进行如图所示的设置。

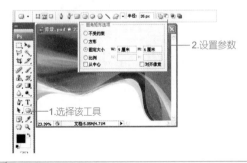

02 创建并调整路径位置

将鼠标光标移动到图像窗口中单击，创建一个固定大小的圆角矩形路径，应用路径选择工具 调整路径的位置。

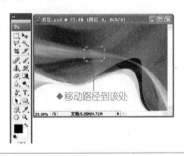

03 将路径转换为选区

按【Ctrl+Enter】键将路径转换为选区，按【Ctrl+Shift+I】键反选选区，按【Delete】键删除选区中的图像，按【Ctrl+D】键取消选区。

04 转换图层

在"图层"面板中新建图层1，选择"图层/新建/图层背景"命令，将图层1转换为背景图层。

05 添加投影样式

在"图层"面板中选择图层0，选择"图层/图层样式/投影"命令，在打开的"图层样式"对话框中保持默认设置，单击"确定"按钮。

◆单击该按钮

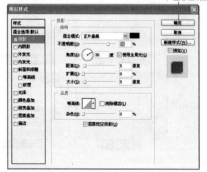

06 创建选区

打开"马.jpg"图像文件，选择磁性套索工具，在其中创建如图所示的选区。

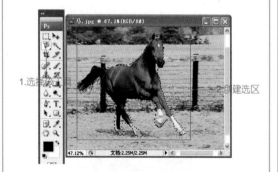

07 移动并调整图层

选择移动工具，将选区中的图像移动到"背景.psd"文件窗口中生成图层1，调整其位置和大小后效果如图所示。

08 应用滤镜

按【Ctrl+J】键复制生成一个图层，选择"图层1"，选择"滤镜/模糊/径向模糊"命令，在打开的对话框中进行如图所示的设置，单击"确定"按钮。

2.输入数值 4.单击该按钮

09 选择并设置工具

在"图层"面板中新建图层2，将前景色设置为"白色"，选择直线工具，在其选项栏中进行如图所示的设置。

4.设置参数

10 绘制线条

将鼠标光标移动到图像窗口中，当其变为+形状时按住【Shift】键不放绘制一条直线，再用相同的方法绘制多条直线，效果如图所示。

11 输入文字

选择横排文字工具 **T**，在其选项栏中设置字体为"Blachoak Std"，字号为"30点"，颜色为"黑色"，在图像窗口左上角输入字母"S"。

2.设置参数

1.选择工具

12 创建并填充选区

新建图层2，使用椭圆选框工具 ◎ 创建如图所示的选区，将前景色设置为"黄色（R:255,G:252,B:0）"，按【Alt+Delete】键填充选区。

◆创建并填充选区

13 移动图层

在"图层"面板中选择新建的图层2，按住鼠标左键不放将其拖动到文字图层下方，效果如图所示，按【Ctrl+D】键取消选区。

◆移动图层到该处

14 输入文字

选择横排文字工具 **T**，在其选项栏中设置字体和字号后在字母"S"的右方再输入文字"沙文"，效果如图所示。

2.设置参数

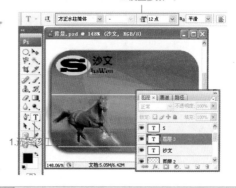

1.选择工具

15 绘制并填充选区

新建图层3，利用矩形选框工具 □ 在图像窗口中创建如图所示的选区，将前景色设置为"黄色（R:255,G:252,B:0）"后填充该选区。

2.选择该工具

1.新建图层

4.创建并填充选区

3.设置前景色

16 输入文字

选择横排文字工具 **T**，在图像窗口中输入其他所需文字。保存图像文件，完成本例的制作，最终效果如图所示。

例 **143** 电话卡

素材\第11章\例143\
源文件\第11章\例143\电话卡.psd

知识点
- 绘制圆角路径
- 添加投影效果
- 收缩选区

制作要领
- 添加投影效果
- 收缩选区

效果预览

1 绘制形状

2 移动并调整图层

3 绘制并填充路径

4 输入文字

步骤详解

01 新建图像文件

按【Ctrl+N】键打开"新建"对话框，在其中进行如图所示的设置后单击"确定"按钮，新建一个空白图像文件。

2.单击该按钮

1.设置参数

1.设置前景色

02 填充前景色

将前景色设置为"紫色（R:255,G:0,B:246）"，按【Alt+Delete】键将整个图像窗口填充为前景色。

2.填充前景色

03 将路径转换为选区

选择圆角矩形工具，在其选项栏中单击"几何选项"按钮，在打开的面板中选中"固定大小"单选按钮，设置固定大小为"9厘米×5厘米"。

2.设置参数

1.选择该工具

04 绘制并调整图形

将前景色设置为"白色"，在图像窗口中单击鼠标绘制一个固定大小的圆角矩形，使用移动工具将绘制的形状移动到如图所示的位置。

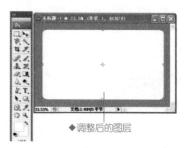

◆调整后的图层

05 添加投影样式

选择"图层/图层样式/投影"命令，在打开的"图层样式"对话框中进行如图所示的设置后单击"确定"按钮，为图层添加投影样式。

06 移动并调整图像

打开"pic1.jpg"图像文件，使用矩形选框工具选择其中的图像，使用移动工具拖动图像到新建的图像文件中并进行调整。

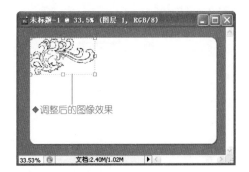

07 移动并调整图像

用同样的方法在素材文件夹中的"pic2.jpg"图像文件中创建选区，再将选区中的图像移动到新建图像文件中并进行调整。

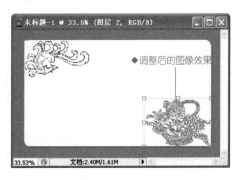

08 创建选区

新建图层3，选择椭圆选框工具，在其选项栏中设置高度和宽度都为"180px"的"固定大小"，在图像窗口中创建如图所示选区。

09 收缩选区

将前景色设置为"紫色"，按【Alt+Delete】键填充选区，选择"选择/修改/收缩"命令，在打开的对话框中设置收缩量为"5像素"，单击"确定"按钮。

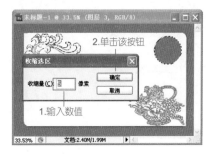

10 选择并设置工具

将前景色设置为"白色"，按【Alt+Delete】键填充选区后再取消选区。选择钢笔工具，在其选项栏中进行如图所示的设置。

11 绘制路径

使用钢笔工具 ◊ 在图像窗口中绘制3个如图所示的封闭路径。

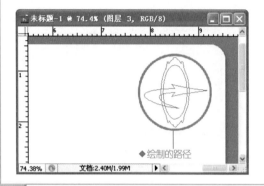

◆绘制的路径

12 填充路径

将前景色设置为"紫红色（R:255,G:0,B:246）"，在"路径"面板中单击"用前景色填充路径"按钮 ◯ ，为路径填充前景色。

2.单击该按钮

1.设置前景色

13 输入文字

选择横排文字工具 T ，在路径左侧输入文字"中国利民通信"和"CHINA LI MIN"，字体为"方正魏碑简体"，字号分别为"18点"和"9点"。

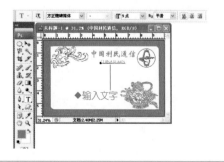

◆输入文字

14 绘制形状

新建图层4，选择矩形选框工具 □ ，按住【Shift】键不放在如图所示位置创建两个矩形选区，按【Alt+Delete】键进行填充。

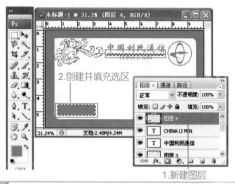

2.创建并填充选区

1.新建图层

15 输入文字

选择横排文字工具 T ，在图像窗口中输入如图所示的文字，字体为"方正美黑简体"，字号为"14号"、颜色分别为"白色"和"紫红色（R:255,G:0,B:246）"。

1.选择该工具

2.输入文字

16 完成制作

选择输入的文字"元"，将其字号更改为"10点"后保存图像文件，完成本例的制作，最终效果如图所示。

例 **144** 银行卡

素材\第11章\例144\
源文件\第11章\144\银行卡.psd

知识点
- 绘制圆角路径
- 粘贴图像
- 添加图层样式
- 输入文字

制作要领
- 添加图层样式
- 粘贴图像

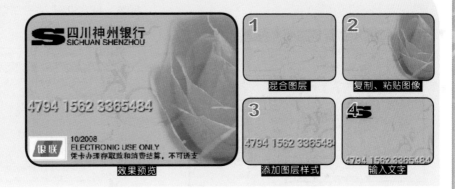

效果预览　　混合图层　　复制、粘贴图像
添加图层样式　　输入文字

步骤详解

01 新建图像文件

新建一个10厘米×6厘米、分辨率为300像素/英寸的图像文件，设置前景色和背景色分别为"黄色（R:255,G:168,B:0）"和"黑色"。

——1.新建图像窗口

2.设置前景色和背景色

02 绘制圆角矩形

选择圆角矩形工具 □ ，在其选项栏中设置固定大小为"8.5厘米×5.5厘米"，半径为"35px"，在图像窗口中绘制如图所示的形状。

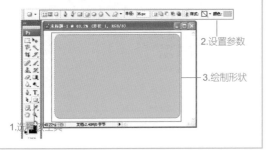

2.设置参数

3.绘制形状

1.选择矩形工具

03 添加投影样式

选择"图层/图层样式/投影"命令，在打开的"图层样式"对话框中单击"确定"按钮，为形状图层添加投影样式。

◆添加图层样式后的效果

04 复制图像

打开素材文件夹中的"pic.jpg"图像文件，按【Ctrl+A】键选择其中的图像，再按【Ctrl+C】键复制图像。

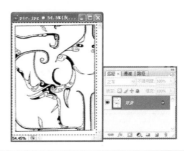

05 粘贴图像

切换到新建的图像文件窗口中，按住【Ctrl】键单击图层缩览图载入选区，按【Ctrl+Shift+V】键进行粘贴，生成图层1。

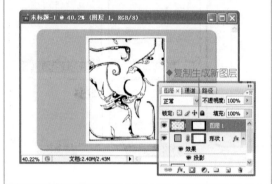

◆复制生成新图层

06 调整图像

按【Ctrl+T】键在图像四周显示变换编辑框，拖动其上的控制点调整图像大小，并将其移动到图像窗口左侧。

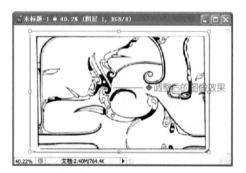

◆调整后的图像效果

07 设置图层混合模式

在"图层"面板中为图层1选择"正片叠底"选项，再设置不透明度为"10%"。

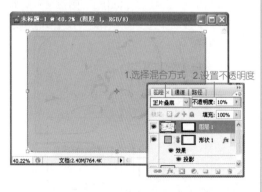

1.选择混合方式　2.设置不透明度

08 涂抹图像

按【X】键交换前景色和背景色，选择画笔工具，在其选项栏中设置不透明度和流量为"50%"和"30%"，在图像边缘涂抹产生自然过渡效果。

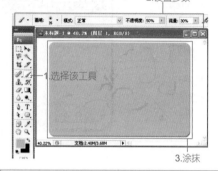

2.设置参数
1.选择该工具
3.涂抹

09 复制粘贴图像

打开素材文件夹中的"7.jpg"图像文件，使用与步骤4和步骤5相同的方法将其复制到新建图像文件中，生成图层2，调整图像的大小和位置。

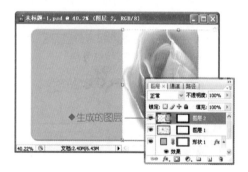

◆生成的图层

10 设置图层混合模式

在"图层"面板中选择图层2，将其图层混合模式设置为"正片叠底"。

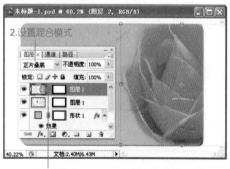

2.设置混合模式
1.选择图层

11 合并可见图层

隐藏背景图层，选择图层1，在其上单击鼠标右键，在弹出的快捷菜单中选择"合并可见图层"命令，合并所有可见图层。

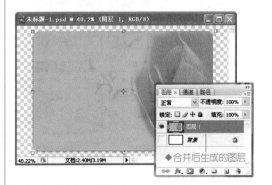

◆合并后生成的图层

12 创建文字选区

选择横排文字蒙版工具，在其选项栏中设置字体和字号后，在图像窗口中创建如图所示的文字选区。

13 添加图层样式

按【Ctrl+J】键复制生成图层2，选择"图层/图层样式/斜面和浮雕"命令打开"图层样式"对话框，进行如图所示的设置后单击"确定"按钮。

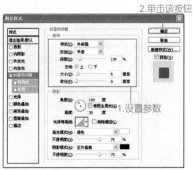

14 复制并粘贴图像

打开"银联标志.psd"图像文件，将其复制到新建图像文件中，调整图像大小和位置，效果如图所示。

◆复制生成的新图层

15 输入文字

选择横排文字工具，将字体设置为"Blackoak Std"，字号为"32点"，颜色为"黑色"，在图像窗口左上角输入字母"S"。

16 输入文字完成制作

将字体设置为"方正黑体简体"，依次在图像窗口中输入如图所示的文字，然后保存图像文件，完成本例的制作。

游戏卡

素材\第11章\例145\
源文件\第11章\例145\游戏卡.psd

知识点

- 添加图层样式
- 输入文字
- 绘制线条
- 应用滤镜

制作要领

- 添加图层样式
- 应用滤镜

效果预览

粘贴图像　设置图层混合模式

输入文字　应用滤镜

步骤详解

01 新建图像文件

新建一个10厘米×6厘米、分辨率为300像素/英寸的图像文件，设置前景色和背景色分别为"深灰色（R:2,G:129,B:44）"和"白色"。

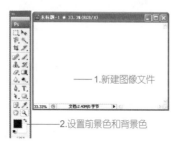

— 1.新建图像文件

— 2.设置前景色和背景色

02 绘制圆角矩形

新建图层1，选择圆角矩形工具，在其选项栏中单击"填充像素"按钮，设置固定大小为"8.5厘米×5.5厘米"、半径为"35px"，绘制如图所示的形状。

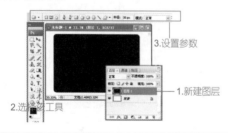

3.设置参数

1.新建图层

2.选择该工具

03 添加投影样式

选择"图层/图层样式/投影"命令，在打开的"图层样式"对话框中进行如图所示设置，单击"确定"按钮为形状图层添加投影样式。

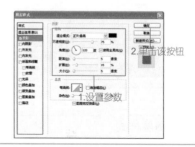

2.单击该按钮

1.设置参数

04 复制图像

打开素材文件夹中的"pic.jpg"图像文件，按【Ctrl+A】键选择其中的图像，按【Ctrl+C】键复制图像。

05　粘贴图像并设置图层混合模式

切换到新建的图像文件窗口中，按住【Ctrl】键单击任意一个图层的图层缩览图载入选区，按【Ctrl+Shift+V】键进行粘贴生成图层2，将其混合模式设置为"浅色"。

06　创建并复制选区

打开"pic2.bmp"图像文件，选择多边形套索工具，在图像窗口中创建如图所示的选区，按【Ctrl+C】键复制其中的图像。

07　粘贴图像

将图像粘贴到新建图像窗口中并将其调整到如图所示的位置，在"图层"面板中将其混合模式设置为"点光"。

08　输入文字

选择直排文字工具，在其选项栏中设置字体为"华文行楷"，字号为"30点"，颜色为"白色"，在图像窗口中输入文字"风行游戏"。

09　添加图层样式

选择"图层/图层样式/渐变叠加"命令，在"图层样式"对话框的"渐变"下拉列表框中选择"蓝色、红色、黄色"选项，单击"确定"按钮。

10　添加图层样式

选择"图层/图层样式/斜面和浮雕"命令，在打开的"图层样式"对话框中进行如图所示的设置，单击"确定"按钮。

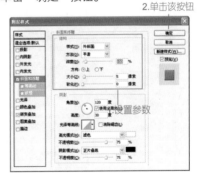

11 输入文字

在直排文字工具 T 的选项栏中设置字体为"方正隶书简体"，字号为"18点"，颜色为"白色"，在图像窗口中输入如图所示文字。

1.设置字体

2.输入文字

12 添加图层样式

用相同的方法分别为"风行天下"和"游戏人生"文字图层添加"橙色、黄色、橙色"和"色谱"渐变叠加样式。

◆设置渐变叠加后的效果

13 绘制线条

新建图层4，选择直线工具 ，在其选项栏中设置粗细为"4px"，按住【Shift】键绘制如图所示的4条直线。

3.设置参数

2.选择该工具

4.绘制线条

1.新建图层

14 应用滤镜

选择"滤镜/模糊/动感模糊"命令，在打开的"动感模糊"对话框中设置角度为"-45度"，距离为"10像素"，单击"确定"按钮。

3.单击该按钮

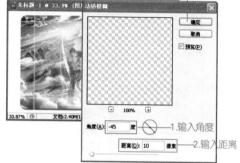

1.输入角度

2.输入距离

15 输入文字

选择横排文字工具 T ，将字体设置为"方正隶书简体"，字号为"18点"，颜色为"红色"，在图像窗口左下角输入"100元"。2.设置字体

1.选择该工具

3.输入文字

16 输入文字完成制作

将字号设置为"10点"，颜色为"黑色"，在图像窗口中输入文字"（折合1000点）"，保存图像文件，完成本例的制作。

本章介绍了使用Photoshop CS3制作生活中常见卡片的方法，希望读者能够从本章的案例学习中举一反三，制作出非常漂亮、精彩的卡片效果。读者在学习的过程要善于观察和总结，切忌死记硬背，这样才能设计出更多、更丰富的卡片效果。

◆ 实战演练一——制作电话卡

自己动手制作如图所示的电话卡，制作过程中要重点突出画面图像的布局和形状绘制的独特等。

制作提示：

（1）绘制圆角矩形并填充。

（2）添加图层样式。

（3）移动、调整图像的位置和大小。

（4）绘制形状并在其中绘制路径。

（5）将路径转化为选区，填充选区。

（6）输入文字。

◆ 实战演练二——制作游戏卡

自己动手制作如图所示的游戏卡，其制作的关键是设置图层的图层混合模式以及对文字进行渐变填充处理。

制作提示：

（1）绘制图形并为其添加图层样式。

（2）分别将两个素材文件中的图像移动到新建图像窗口中并调整其位置和大小。

（3）应用"动感模糊"滤镜。

（4）绘制路径并使用画笔工具 ✎ 描边。

（5）输入文字并进行渐变填充。

拓展效果

素材\第11章\拓展效果\
源文件\第11章\拓展效果\

　　在现实生活中各种卡片繁多，其制作方法和效果也各有不同。下面给出一些同类的卡片效果让大家欣赏，读者自己可以分析一下这些效果的制作过程。

◆ 银行卡

本图展示的是银行卡的效果，主要使用到"图层样式"命令和蒙版工具等，重点是突出银行卡上数字的凹凸效果。

◆ 会员卡

本图展示的是会员卡的效果，主要使用到"图层样式"命令和"径向模糊"滤镜等，重点是人物动作幻影效果的制作。

◆ 名片

本图展示的是名片效果，主要需要设置图层样式、绘制与编辑形状等，重点是文字的布局和标志的制作。

◆ 员工卡

本图展示的是制作的员工卡效果，主要使用到的工具和命令有"分层云彩"滤镜、"图层样式"命令以及自定形状工具 等，重点是突出文字的云彩效果以及条形码效果。

第12章

企业CI设计

CI企业形象识别系统是由统一的企业理念（MI）、规则的行为（BI）、一致性的视觉形象（VI）三大要素构成，通过这3个方面的表现塑造出企业独特的风格和形象，确立企业的主体特征。本章将对企业的形象CI设计进行详细讲解。

例 **146** 企业标识

素材\第12章\无
源文件\第12章\例146\企业标识.psd

知识点

○ 绘制路径
○ 填充路径
○ 复制图像
○ 变换图像

制作要领

○ 绘制并填充路径
○ 复制和变换图像

效果预览

绘制路径

填充路径

复制并填充图层

输入文字

步骤详解

01 新建图像

新建1024像素×460像素、分辨率为300像素/英寸的文档，设置前景色为"蓝紫色（R:162,G:86,B:255）"，按【Alt+Delete】键填充前景色。

1.设置前景色
2.填充前景色

02 创建选区

选择椭圆选框工具，在选项栏中设置宽度和高度均为"300px"的固定大小，按住【Shift】键不放在图像窗口中创建一个正圆选区。

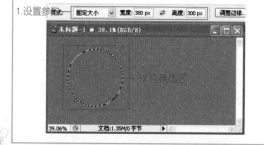

1.设置参数
2.创建选区

03 填充选区

新建图层1，设置前景色为"白色"，按【Alt+Delete】键将选区填充为前景色，按【Ctrl+D】键取消选区。

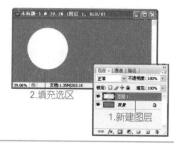

1.新建图层
2.填充选区

04 绘制路径

在工具箱中选择自定形状工具，在选项栏中单击"路径"按钮，单击"形状"右侧的按钮，在打开的面板中选择"五角星框"选项，绘制如图所示的路径。

1.选择该工具
2.设置参数

05 填充路径

新建图层2,设置前景色为"蓝色(R:24,G:0,B:255)",单击"路径"面板中的"用前景色填充路径"按钮 ● 填充当前工作路径。

1.设置前景色

2.单击该按钮

06 绘制并编辑路径

在选项栏中单击"形状"右侧的 ▾ 按钮,在打开的面板中选择"叶子7"选项,在图像窗口中绘制路径,然后选择直接选择工具 ▶,编辑路径至如图所示的形状。

1.选择该工具

2.编辑路径

07 填充路径

新建图层3,设置前景色为"绿色(R:24,G:255,B:0)",单击"路径"面板中的"用前景色填充路径"按钮 ● 为路径填充颜色。

1.设置前景色

2.单击该按钮

08 绘制路径

在工具箱中选择钢笔工具 ◊,在图像窗口中沿之前绘制的两条路径的重合部分绘制路径,效果如图所示。

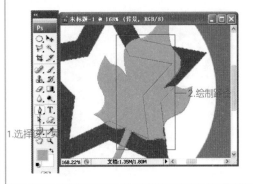

1.选择该工具

2.绘制路径

09 填充路径

设置前景色为"红色(R:255,G:0,B:0)",新建图层4,单击"路径"面板中的"用前景色填充路径"按钮 ● 填充当前工作路径。

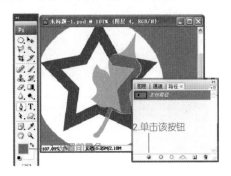

2.单击该按钮

10 输入文字

选择横排文字工具 T,在选项栏中设置字体为"方正综艺简体",字号为"42点",颜色为"灰色(R:181,G:181,B:181)",输入如图所示的文字。

11 复制图层

在"图层"面板中选择文字图层"X Y W"，按住鼠标左键不放将其拖到"图层"面板底部的"创建新图层"按钮 上，生成文字副本图层。

12 变换图层

选择移动工具 ，按【Ctrl+T】键打开变换编辑框，按方向键将图层分别向左和上方移动1像素，按【Enter】键确认变换。

13 复制、变换图层

用同样的方法再为文字图层创建6个文字副本图层，并分别将每个图层向左和上方移动1像素，效果如图所示。

◆复制、变换图层后的效果

14 填充图层

保持X Y W副本7图层的选中状态不变，设置前景色为"白色"，按【Alt+Delete】键为其填充前景色。

15 输入文字

选择横排文字工具 ，在选项栏中设置字号为"30点"，在如图所示位置输入"鑫叶木业"。

16 最终效果

选择"图层/图层样式/投影"命令，在打开的"图层样式"对话框中保持默认设置不变，单击"确定"按钮为文字图层添加投影样式，最后保存图像文件，完成本例的制作。

素材\第12章\例147\企业标识.psd
源文件\第12章\例147\企业名片.psd

例 147　企业名片

知识点
- 精确创建参考线
- 绘制、填充路径
- 复制图像
- 输入文字

制作要领
- 精确创建参考线
- 复制图像

成都鑫叶木制品有限公

地址：成都市南新路888号
邮编：111111
电话：028-96385214
传真：028-96385241

叶鑫
总经理

效果预览

1 绘制参考线

2 绘制并填充路径

3 复制并调整图像

4 输入文字

步骤详解

01　新建图像

新建一个9厘米×5.5厘米、分辨率为300像素/英寸的文档，按【Ctrl+R】键显示水平和垂直标尺，拖动图像窗口右下角，显示部分画布。

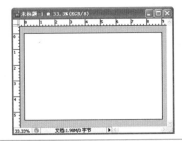

02　创建水平参考线

选择"视图/新建参考线"命令，打开"新建参考线"对话框，选中"水平"单选按钮，在"位置"文本框中输入"0"，单击"确定"按钮。

1.选中该单选按钮
2.输入数值
3.单击该按钮

03　创建多条水平参考线

用同样的方法分别在位置0.2，0.6，1.6，2.4，5.3和5.5厘米处创建6条参考线，效果如图所示。

04　创建垂直参考线

选择"视图/新建参考线"命令，在打开的对话框中选中"垂直"单选按钮，设置位置为"0厘米"，单击"确定"按钮，创建垂直参考线。

1.选中该单选按钮
2.输入数值
3.单击该按钮

05 创建多条垂直参考线

用同样的方法在位置0.6、1.9、3.6和9厘米处分别创建4条参考线，效果如图所示。

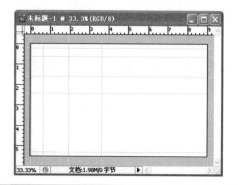

06 创建并填充选区

在工具箱中选择矩形选框工具，在图像窗口顶部沿参考线创建一个矩形选区，设置前景色为"黄色（R:246,G:255,B:0）"，填充选区。

07 绘制路径

按【Ctrl+D】键取消选区，新建图层1，在工具箱中选择钢笔工具，在图像窗口底部绘制如图所示的路径。

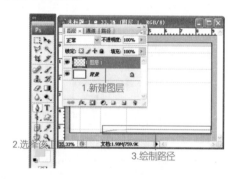

08 填充路径

设置前景色为"青色（R:0,G:234,B:255）"，在"路径"面板底部单击"用前景色填充路径"按钮，为路径填充前景色。

09 编辑路径

在工具箱中选择直接选择工具，选择路径左边的3个锚点，将其向右移动到如图所示的位置。

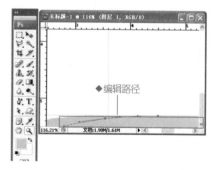

10 填充路径

新建图层2，设置前景色为"蓝色（R:0,G:84,B:166）"，在"路径"面板中单击"用前景色填充路径"按钮，为当前路径填充前景色。

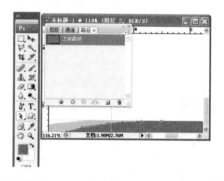

11 合并图层

打开"企业标识.psd"素材文件，在背景图层上单击鼠标右键，在弹出的快捷菜单中选择"合并可见图层"命令将所有图层合并。

◆合并后的图层

12 复制、粘贴图像

按【Ctrl+A】键选择图像，按【Ctrl+C】键复制图像，在新建图像窗口中按【Ctrl+V】键粘贴图像，按【Ctrl+T】键打开变换编辑框，调整图像的大小和位置。

◆调整图像的大小和位置

13 添加图层样式

选择"图层/图层样式/斜面和浮雕"命令，在打开的"图层样式"对话框中设置参数如图所示，单击"确定"按钮。

2.单击该按钮

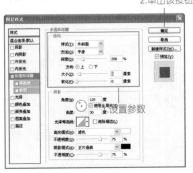

1.设置参数

14 输入文字

在工具箱中选择横排文字工具 T，在选项栏中设置字体为"华文行楷"，字号为"30点"，颜色为"黑色"，输入如图所示的文字。

2.设置参数

1.选择该工具

3.输入文字

15 输入其他名片信息

继续在图像窗口中输入如图所示的文字，其中字体为"黑体"，字号分别为"10点"、"12点"和"8点"。

16 最终效果

按【Ctrl+H】键隐藏参考线，按【Ctrl+R】键隐藏标尺，保存图像文件，完成本例的制作。

例 **148** 企业信封

素材\第12章\例148\企业标识.psd
源文件\第12章\例148\企业信封.psd

知识点
- 精确创建参考线
- 绘制、填充选区
- 复制图像
- 输入文字

制作要领
- 精确创建参考线
- 复制图像

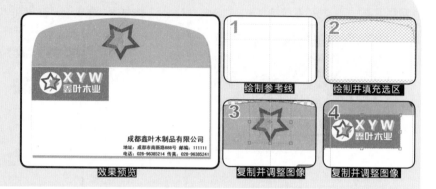

效果预览

1 绘制参考线

2 绘制并填充选区

3 复制并调整图像

4 复制并调整图像

步骤详解

01 新建图像

新建一个12厘米×9厘米、分辨率为300像素/英寸的文档，按【Ctrl+R】键显示水平和垂直标尺，拖动图像窗口右下角，显示部分画布。

02 创建水平参考线

在图像窗口中创建4条水平参考线，其位置分别为0.2，1.2，3.1和8.3厘米处。

03 创建垂直参考线

用同样的方法创建5条垂直参考线，其位置分别为0.6，1，6，11和11.4厘米处。

04 创建选区

隐藏背景图层，新建图层1，在工具箱中选择矩形选框工具，在图像窗口中沿参考线创建如图所示的选区。

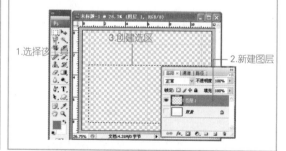

1.选择该

3.创建选区

2.新建图层

05 填充选区

设置前景色为"白色"，按【Alt+Delete】键将选区填充为前景色，按【Ctrl+D】键取消选区。

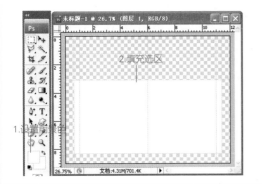

06 绘制路径

在工具箱中选择钢笔工具，在图像窗口中沿参考线绘制如图所示的路径。

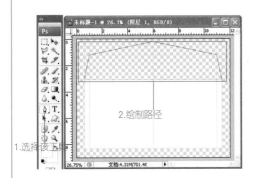

07 调整路径

在工具箱中选择转换点工具，拖动路径左上角的锚点，调整至如图所示效果，此时该锚点的两端路径变为曲线路径。

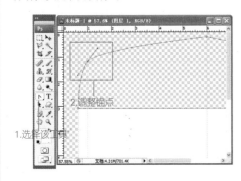

08 调整路径

用相同的方法使用转换点工具拖动路径顶部和右上角的锚点，将路径编辑成如图所示的形状。

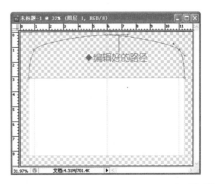

09 填充路径

设置前景色为"粉红色（R:255,G:163,B:122）"，在"路径"面板底部单击"用前景色填充路径"按钮，用前景色填充路径。

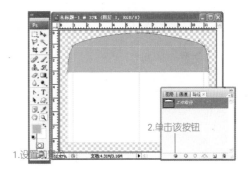

10 添加投影样式

在"图层"面板中双击"图层1"，在打开的"图层样式"对话框中选中"投影"复选框，在右侧进行如图所示的设置。

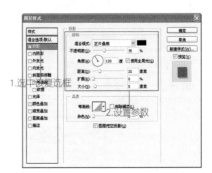

11 添加外发光样式

选中"外发光"复选框，在右侧进行如图所示的设置，单击"确定"按钮为图层添加外发光样式。

12 合并图层

打开"企业标识.psd"素材文件，隐藏文字和背景图层，在图层1上单击鼠标右键，在弹出的快捷菜单中选择"合并所有可见图层"命令。

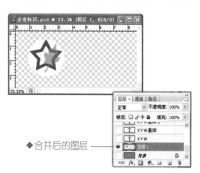

13 复制、粘贴图像

按【Ctrl+A】键全选图像，按【Ctrl+C】键复制图像，在新建窗口中按住【Ctrl】键的同时单击图层1前的图层缩览图，按【Ctrl+Shift+V】键粘贴图像。

14 调整、变换图像

在"图层"面板中设置图层混合模式为"深色"，在工具箱中选择移动工具，将粘贴的图像移动到如图所示的位置并旋转180°。

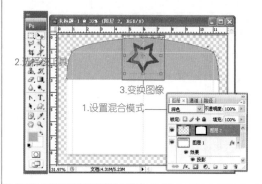

15 复制、粘贴图像

合并"企业标识.psd"素材文件中的所有图层，用同样的方式将其复制、粘贴到新建图像窗口中，效果如图所示。

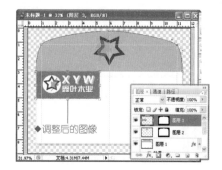

16 最终效果

选择横排文字工具，在图像窗口右下角输入如图所示的文字后保存图像文件，完成本例的制作。

例 149 手提袋

素材\第12章\例149\
源文件\第12章\例149\手提袋.psd

知识点
- 精确创建参考线
- 定义画笔
- 设置画笔
- 复制图像

制作要领
- 定义画笔
- 设置画笔

效果预览　绘制参考线　使用画笔涂抹
复制并调整图像　输入文字

步骤详解

01 新建文档

选择"文件/新建"命令，在打开的"新建"对话框中进行如图所示的设置，单击"确定"按钮新建一个文档。

1.设置参数　2.单击该按钮

02 创建水平参考线

按【Ctrl+R】键显示水平和垂直标尺，在图像窗口中创建3条水平参考线，其位置分别为0，3.2和6.7厘米处。

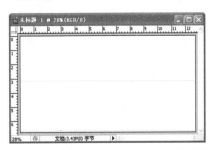

03 创建垂直参考线

用同样的方法创建5条垂直参考线，其位置分别为0，5，5.6，6.4和11.4厘米处。

04 新建图层并创建选区

在"图层"面板中新建图层1，选择矩形选框工具，在选项栏中单击"添加到选区"按钮，在如图所示的位置创建两个选区。

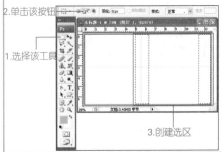

2.单击该按钮
1.选择该工具
3.创建选区

05 填充选区

设置前景色为"蓝色（R:42,G:0,B:255）"，按【Alt+Delete】键将选区填充为前景色，按【Ctrl+D】键取消选区。

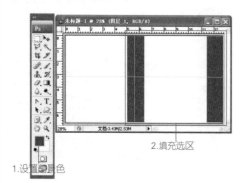

1.设置前景色
2.填充选区

06 创建选区

设置前景色为"灰色（R:203,G:203,B:203）"，新建图层2，使用矩形选框工具创建如图所示的选区。

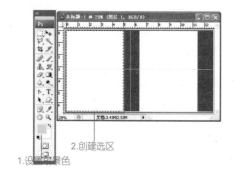

1.设置前景色
2.创建选区

07 自定义画笔

打开"企业标识.psd"素材文件，选择"编辑/定义画笔预设"命令，在打开的"画笔名称"对话框中保持默认设置不变，单击"确定"按钮。

单击该按钮

08 设置画笔工具

选择画笔工具，按【F5】键打开"画笔"面板，选择定义的画笔，设置直径为"90px"，角度为"10度"，间距为"300%"。

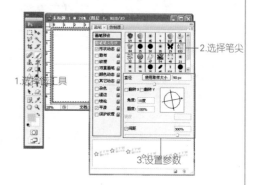

1.选择画笔工具
2.选择笔尖
3.设置参数

09 涂抹选区

将鼠标光标移动到图像窗口中进行涂抹，得到如图所示的效果，按【Ctrl+D】键取消选区。

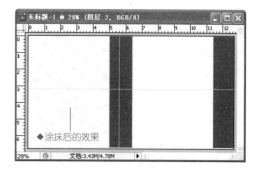

◆涂抹后的效果

10 复制、移动图层

按【Ctrl+J】键为图层2创建一个副本图层，在工具箱中选择移动工具，将生成的图层向右移动，使其与右侧空白区域重合。

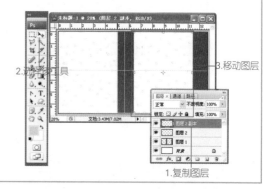

2.选择工具
3.移动图层
1.复制图层

11 复制、调整图像

打开"提手.psd"素材文件，使用移动工具 将其中的图层复制到新建图像窗口中，自动生成图层3，调整后的效果如图所示。

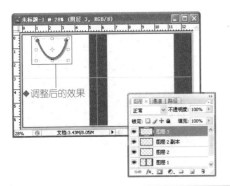

12 复制图层

按【Ctrl+J】键为图层3创建一个副本图层，使用移动工具 将其移动到右侧，效果如图所示。

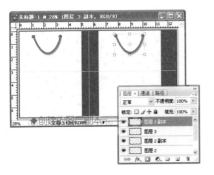

13 复制、调整图像

打开"企业标识.psd"素材文件，使用移动工具 将其中的图层复制移动到新建图像窗口中，自动生成图层4，调整后的效果如图所示。

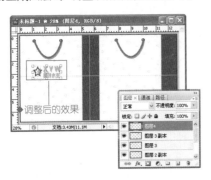

14 复制图层

按【Ctrl+J】键为图层4创建一个副本图层，使用移动工具 将其移动到右侧，效果如图所示。

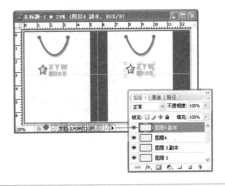

15 输入文字

在工具箱中选择横排文字工具，设置字体为"方正综艺简体"，颜色为"白色"，字号分别为"4点"和"3点"，输入如图所示的文字。

16 最终效果

用同样的方法在右侧的蓝色区域输入相同的文字，最后保存图像文件，完成本例的制作。

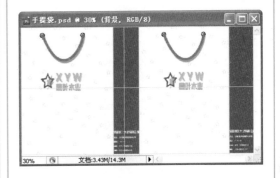

例 150 工作服

素材\第12章\无
源文件\第12章\例150\工作服.psd

知识点

- 精确创建参考线
- 绘制路径
- 填充路径
- 创建并填充选区

制作要领

- 绘制路径
- 填充路径

效果预览

绘制参考线　　绘制路径

填充路径　　绘制并填充路径

步骤详解

01 新建图像文件

新建一个10厘米×12厘米、分辨率为300像素/英寸的文档，按【X】键交换前景色和背景色。

2.设置前景色和背景色
——1.新建图像窗口

02 创建水平参考线

按【Ctrl+R】键显示水平和垂直标尺，在图像窗口中创建9条水平参考线，位置分别在0.2，0.3，0.7，2.4，3.7，5.7，5.9，6和6.1厘米处。

03 创建垂直参考线

用同样的方法创建12条垂直参考线，其位置分别在2.4，3，3.2，3.5，4.4，4.6，5.1，5.8，6.5，6.8，7和7.6厘米处。

04 绘制路径

在工具箱中选择钢笔工具，在图像窗口中绘制如图所示的路径。

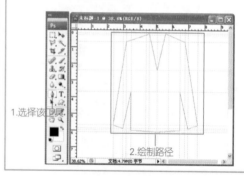

1.选择该工具
2.绘制路径

05 描边路径

新建图层1，选择画笔工具 ，在选项栏中设置直径为"1px"，单击"路径"面板底部的"用画笔描边路径"按钮 ◎。

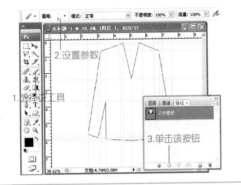

06 填允路径

设置前景色为"蓝色（R:36,G:0,B:255）"，在"路径"面板底部单击"用前景色填充路径"按钮 ●，为路径填充前景色。

07 绘制路径

设置前景色为"黑色"，新建图层2，选择钢笔工具，在图像窗口中绘制如图所示的三角形路径。

08 描边路径

选择画笔工具，保持其默认设置不变，单击"路径"面板下方的"用画笔描边路径"按钮 ◎，为路径描边。

09 绘制路径并描边

选择钢笔工具，在图像窗口中绘制如图所示的路径，然后用同样的方式进行描边。

◆描边后的效果

10 绘制路径

选择钢笔工具，在图像窗口中绘制如图所示的路径，体现工作服的轮廓效果。

11 描边路径

选择画笔工具 ✐，保持其默认设置不变，单击"路径"面板下方的"用画笔描边路径"按钮 ○ 为路径描边。

12 绘制领带路径

选择钢笔工具 ✐，在图像窗口中绘制如图所示的领带形状路径。

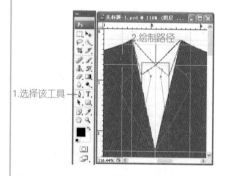

13 描边路径

选择画笔工具 ✐，保持前景色和画笔的参数设置不变，单击"路径"面板中的"用画笔描边路径"按钮 ○ 为领带路径描边。

14 填充路径

设置前景色为"淡蓝色（R:104,G:115,B:255）"，在"路径"面板底部单击"用前景色填充路径"按钮 ● 为路径填充前景色。

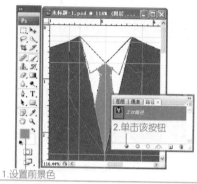

15 创建选区

选择椭圆选框工具 ○，在选项栏中单击"添加到选区"按钮 ▣，按住【Shift】键的同时在图像窗口中创建如图所示的3个正圆选区。

16 填充选区

在"图层"面板中新建图层3，设置前景色为"黑色"，按【Alt+Delete】键填充选区为前景色，最后保存图像文件，完成本例的制作。

例 151 吊旗广告

素材\第12章\例151\
源文件\第12章\例151\吊旗广告.psd

知识点
- 精确创建参考线
- 使用图层蒙版
- 渐变填充

制作要领
- 使用图层蒙版
- 渐变填充

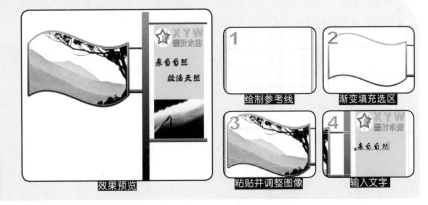

效果预览

1 绘制参考线

2 渐变填充选区

3 粘贴并调整图像

4 输入文字

步骤详解

01 新建图像文件

新建一个12厘米×11厘米、分辨率为300像素/英寸的文档,设置前景色和背景色为"浅蓝色(R:244,G:105,B:236)"和"黑色"。

2.设置前景色和背景色

1.新建图像窗口

02 创建水平参考线

按【Ctrl+R】键显示标尺,在图像窗口中创建11条水平参考线,位置分别在0.6,1,1.6,1.7,3,3.1,5.4,5.6,6.9,8.2和8.4厘米处。

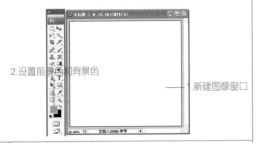

03 创建垂直参考线

用同样的方法创建7条垂直参考线,其位置分别在0.4,6.2,7,7.4,7.7,10.6和10.8厘米处。

04 创建选区

选择矩形选框工具,在图像窗口中创建如图所示的选区。

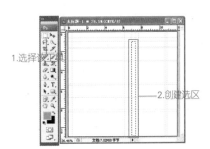

1.选择该工具

2.创建选区

05 渐变填充

新建图层1,选择渐变工具，在其选项栏中单击"线性渐变"按钮,从上向下拖动鼠标对选区进行渐变填充,按【Ctrl+D】键取消选区。

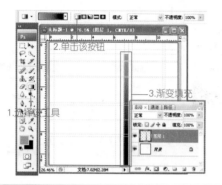

06 创建选区

新建图层2,使用矩形选框工具在图像窗口中如图所示的位置创建一个矩形选区。

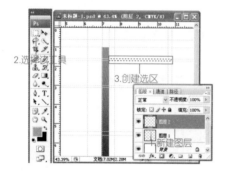

07 渐变填充

选择渐变工具，拖动鼠标由顶部向底部渐变填充选区,效果如图所示,按【Ctrl+D】键取消选区。

08 创建并填充选区

使用矩形选框工具在图像窗口中依次创建如图所示的3个选区,并分别对其进行渐变填充,效果如图所示。

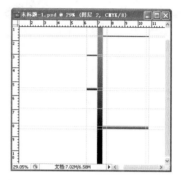

09 绘制路径

新建图层3,选择自定形状工具，在其选项栏中单击"路径"按钮，单击"形状"右侧的▼按钮,在打开的面板中选择"旗帜"形状,绘制如图所示的路径。

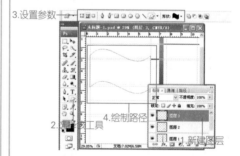

10 将路径转换为选区

选择直接选择工具，将路径编辑成如图所示的效果,在"路径"面板中单击"将路径作为选区载入"按钮，绘制的路径转换为选区。

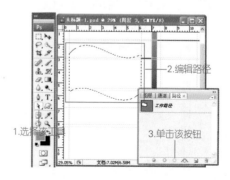

11 设置边界选区

选择"选择/修改/边界"命令，在打开的"边界选区"对话框的"宽度"文本框中输入"10"，单击"确定"按钮。

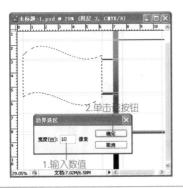

12 渐变填充

选择渐变工具，按住【Shift】键不放从上到下拖动鼠标光标为选区添加渐变填充效果，按【Ctrl+D】键取消选区。

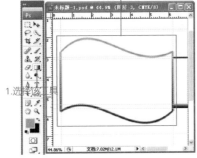

13 复制图像

打开"pic.jpg"素材文件，按【Ctrl+A】键全选图像，按【Ctrl+C】键复制图像。

14 粘贴图像

切换到新建图像窗口，选择魔棒工具，在旗帜形状中的空白区域单击创建选区，按【Ctrl+Shift+V】键粘贴图像，自动生成图层4。

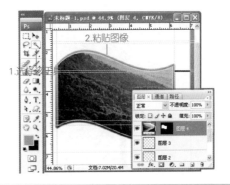

15 移动图像

选择移动工具，将鼠标光标移动到粘贴的图像上，按住鼠标左键进行移动，得到如图所示的效果。

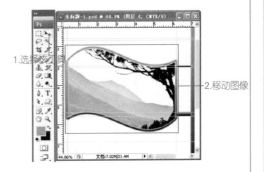

16 创建并填充选区

新建图层5，选择矩形选框工具，在图像窗口中创建选区，设置前景色为"黄绿色（R:221，G:255,B:61）"，按【Alt+Delete】键填充选区。

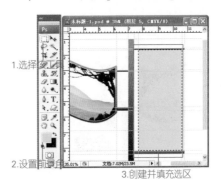

17 复制图像

按【Ctrl+D】键取消选区，打开"企业标识.psd"素材文件，按【Ctrl+A】键全选图像，按【Ctrl+C】键复制图像。

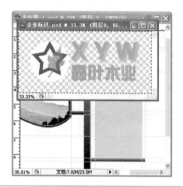

18 粘贴、调整图像

在新建图像窗口中按【Ctrl+V】键粘贴图像，自动生成图层6，按【Ctrl+T】键打开变换编辑框，调整图层的大小和位置，效果如图所示。

◆调整图层

19 复制、粘贴图像

打开"pic2.psd"素材文件，用同样的方法进行复制，然后将其粘贴到新建图像窗口中并调整大小和位置，效果如图所示。

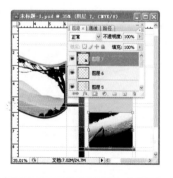

20 输入文字

选择横排文字工具T，在选项栏中设置字体为"方正舒体"，字号为"14点"，颜色为"黑色"，在图像窗口中输入文字"来自自然"。

21 添加图层样式

选择文字图层，选择"图层/图层样式/斜面和浮雕"命令，在打开的"图层样式"对话框中进行如图所示的设置，单击"确定"按钮。

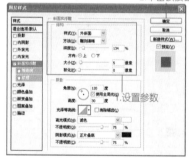

22 最终效果

用同样的方法在图像窗口中输入文字"效法天然"，并为其添加"斜面和浮雕"样式。保存图像文件，完成本例的制作。

素材\第12章\例152\企业标识.psd
源文件\第12章\例152\工作牌.psd

例 152 工作牌

知识点
- 精确创建参考线
- 绘制直线
- 描边路径
- 渐变填充

制作要领
- 描边路径
- 渐变填充

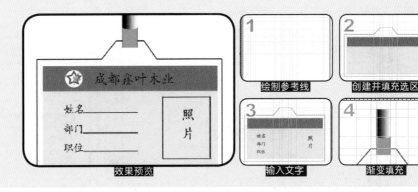

成都鑫叶木业
姓名
部门
职位
照片

效果预览

1 绘制参考线
2 创建并填充选区
3 输入文字
4 渐变填充

步骤详解

01 新建文档

新建一个10厘米×8.5厘米、分辨率为300像素/英寸，颜色模式为8位RGB的文档。

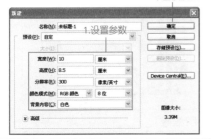

2.单击该按钮

1.设置参数

02 创建水平参考线

按【Ctrl+R】键显示标尺，在图像窗口中创建10条水平参考线，位置分别在0.4，0.8，1.7，2.3，2.6，3.1，3.4，4.5，7.7和8厘米处。

03 创建垂直参考线

用同样的方法创建10条垂直参考线，其位置分别在0.6，0.9，3.7，4.4，4.7，5.4，5.7，6.3，9.2和9.4厘米处。

04 绘制路径

选择钢笔工具，在图像窗口中如图所示的位置绘制路径。

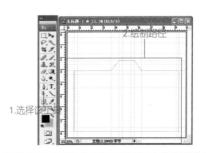

2.绘制路径

1.选择该工具

05 描边路径

选择画笔工具 ✎ ，在选项栏中设置直径为"5px"，单击"路径"面板底部的"用画笔描边路径"按钮 ○ ，为路径添加黑色描边。

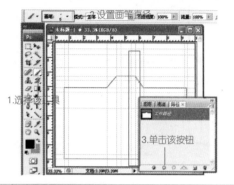

06 创建并填充选区

新建图层1，设置前景色为"紫色（R:192,G:0,B:255）"，用矩形选框工具 ▦ 创建如图所示的选区，按【Alt+Delete】键填充前景色并取消选区。

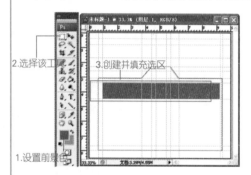

07 创建并填充选区

新建图层2，设置前景色为"黄色（R:255,G:255,B:0）"，使用矩形选框工具 ▦ 创建如图所示的选区，按【Alt+Delete】键填充前景色，按【Ctrl+D】键取消选区。

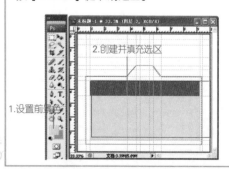

08 输入文字

选择横排文字工具 T ，设置字体为"华文楷体"，字号为"14点"，颜色为"黑色"，在如图所示位置输入3排文字。

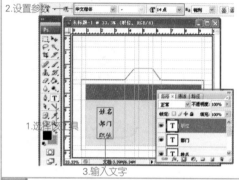

09 输入文字

选择直排文字工具 T ，保持字体不变，设置字号为"18点"，在如图所示的位置输入文字"照片"。

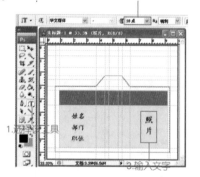

10 绘制线条

新建图层3，设置前景色为"黑色"，选择直线工具 ＼ ，在选项栏中进行如图所示的设置，在图像窗口中绘制直线。

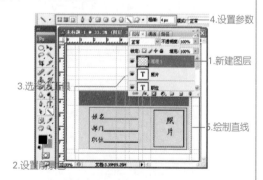

11 创建并填充选区

新建图层4，设置前景色为"灰色（R:158，G:158,B:158）"，使用矩形选框工具 ⬚ 在图像窗口中创建如图所示的选区，用前景色填充。

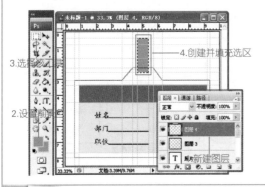

12 描边选区

按【Ctrl+D】键取消选区，选择"编辑/描边"命令，在打开的"描边"对话框中进行如图所示的设置，单击"确定"按钮添加描边效果。

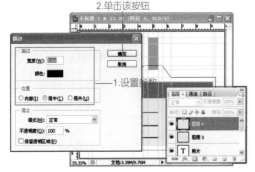

13 绘制路径

新建图层5，选择钢笔工具 ✎ ，沿参考线绘制路径并编辑成如图所示的效果。

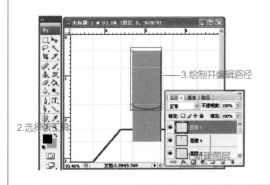

14 渐变填充路径

在"路径"面板中单击"将路径作为选区载入"按钮 ○ 转换路径为选区，选择渐变工具 ▭ ，设置填充方式为"黑色、白色"，从左至右填充。

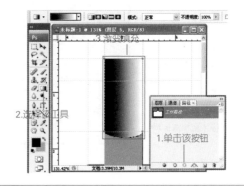

15 复制图像

打开"企业标识.psd"素材文件，将其中的图像复制到新建图像窗口中并进行调整，效果如图所示。

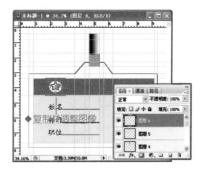

16 输入文字

选择横排文字工具 T ，在选项栏中设置字体为"华文楷体"，字号为"18点"，颜色为"黑色"，输入如图所示的文字。保存图像文件，完成本例的制作。

例
153
导向牌

素材\第12章\例153\企业标识.psd
源文件\第12章\例153\导向牌.psd

知识点

- 渐变填充
- 去色
- 调整亮度和对比度
- 绘制直线和箭头

制作要领

- 去色
- 调整亮度和对比度

效果预览

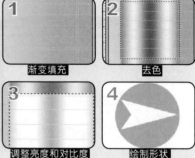

1 渐变填充
2 去色
3 调整亮度和对比度
4 绘制形状

步骤详解

01 新建图像文件

新建一个10厘米×12厘米、分辨率为300像素/英寸，颜色模式为8位RGB的文档。

2.单击该按钮

1.设置参数

02 创建水平参考线

按【Ctrl+R】键显示标尺，在图像窗口中创建11条水平参考线，位置分别在0.2，2.7，2.9，4，5.2，6.4，7.6，8.8，10，10.2和12厘米处。

03 创建垂直参考线

用同样的方法创建5条垂直参考线，其位置分别在0，1.4，8.2，8.4和10厘米处。

04 渐变填充

选择渐变工具 ，设置前景色为"浅绿色（R:186,G:255,B:196）"，背景色为"绿色（R:0,G:255,B:0）"，从左到右进行渐变填充。

2.设置颜色

1.选择该工具

3.渐变填充

05 创建选区

新建图层1，选择矩形选框工具 ，在图像窗口中沿参考线创建如图所示的矩形选区。

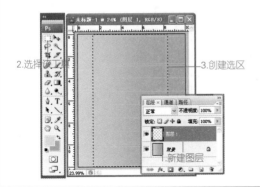

2.选择该工具
3.创建选区
新建图层

06 渐变填充

选择渐变工具 ，在选项栏的渐变色选择框中选择"金属"类别中的"铁青色"选项，单击"对称渐变"按钮 ，由左至右渐变填充。

2.设置参数

3.渐变填充
1.选择该工具

07 去色

按【Ctrl+D】键取消选区，选择矩形选框工具 ，在图像窗口中创建如图所示的选区，选择"图像/调整/去色"命令去除彩色信息。

◆创建选区并去色

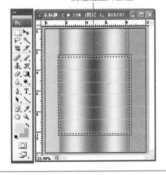

08 调整亮度和对比度

选择"图像/调整/（亮度/对比度）"命令，在打开的"亮度/对比度"对话框中设置亮度为"100"，单击"确定"按钮。

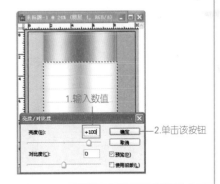

1.输入数值
2.单击该按钮

09 绘制直线

新建图层2，设置前景色为"黑色"，选择直线工具 ，在选项栏中设置线条粗细为"5px"，单击"填充像素"按钮 ，沿参考线绘制9条直线。

4.设置参数

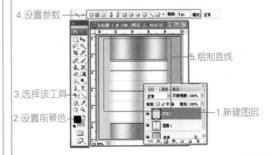

5.绘制直线
3.选择该工具
2.设置前景色
1.新建图层

10 复制图像

打开"企业标识.psd"素材文件，将其中的图像复制到新建图像窗口中，生成图层3，调整图像位置后的效果如图所示。

11 输入文字

选择横排文字工具 **T**，设置字体为"微软雅黑"、字号为"14点"、颜色为"黑色"，在图像窗口中输入如图所示的文字。

12 输入文字

保持字体不变，设置字号为"10点"，在文字下方输入其对应的英文名称。

13 创建选区

设置前景色为"绿色（R:1,G:255,B:43）"，新建图层4，选择椭圆选框工具 ◯，按住【Shift】键不放在图像窗口中创建如图所示的选区。

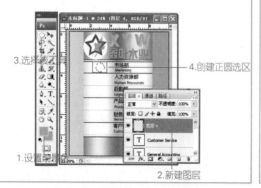

14 填充选区

按【Alt+Delete】键为选区填充前景色，按【Ctrl+D】键取消选区。

◆填充并取消选区

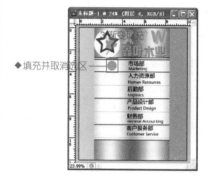

15 绘制图形

设置前景色为"白色"，选择自定形状工具 ，单击"形状"右侧的▼按钮，在打开的面板中选择"箭头6"形状，绘制如图所示的填充形状。

16 最终效果

使用步骤13至步骤15的方法，在图中相应位置创建选区并绘制图像，最后保存图像文件，完成本例的制作。

 实战演练

素材\第12章\实战演练\
源文件\第12章\实战演练\

　　本章介绍了使用Photoshop CS3制作企业CI的方法，一方面帮助初学者快速入门，另一方面可以为读者将来的企业CI设计之路添砖加瓦。希望读者能够从本章的案例学习中举一反三，制作出漂亮、精彩的CI设计效果。读者在学习的过程中要善于观察和总结，这样才能做出更多、更加生动形象的特效。

实战演练一——制作企业专用笔

　　自己动手制作如图所示的企业专用笔图像，制作的过程中主要突出笔身的绘制和渐变填充的效果。

制作提示：

（1）绘制并编辑路径形状。

（2）将路径作为选区载入。

（3）设置前景色，填充选区。

（4）绘制直线。

（5）应用"高斯模糊"滤镜。

（6）创建选区并渐变填充。

（7）复制、调整图像。

实战演练二——制作企业专用打火机

　　自己动手制作如图所示的企业专用打火机，制作的关键是精确绘制参考线并利用参考线绘制和编辑路径。

制作提示：

（1）精确创建参考线。

（2）沿参考线创建选区并分别设置前景色，然后用前景色填充选区。

（3）描边选区。

（4）调整选区的亮度和对比度。

（5）使用钢笔工具 ✒ 绘制路径并调整。

（6）将路径作为选区载入并填充。

（7）描边选区。

拓展效果

素材\第12章\拓展效果\
源文件\第12章\拓展效果\

　　本章对部分企业CI的制作进行了详细讲解，下面给出一些同类的效果让大家欣赏，读者自己可以分析一下这些效果的制作过程。

◆ 悬挂广告

　本图展示的是悬挂广告效果，主要使用到的工具有选框工具和钢笔工具 等，重点是突出悬挂广告下方的不规则形状。

◆ 接待台

本图展示的是接待台效果，主要使用到的工具和命令有渐变工具和"描边"命令等，重点是背景板的悬挂效果和接待台的立体感体现。

◆ 灯箱标识

本图展示的是灯箱标识效果，主要使用到的工具和命令有多边形套索工具 和"描边"命令等，重点是突出整个灯箱的形体轮廓。

◆ 企业专用轿车

本图展示的是企业专用轿车效果，主要使用到的工具有钢笔工具 和魔棒工具 等，重点是要形象地绘制轿车的形状路径。

第13章

广告与海报设计

广告与海报是非常具有商业价值的平面设计作品，一个好的广告设计可以使产品形象跃然于纸上，为产品创造良好的口碑，以及激发消费者的购买欲望。本章将对部分具有代表性的商业广告与海报，如汽车广告、化妆品广告、房地产广告以及食品海报的设计进行详细讲解，希望读者能在巩固原有知识的基础上做到融会贯通，制作出别具特色的作品。

例 154 汽车广告

素材\第13章\例154\
源文件\第13章\例154\汽车广告.psd

知识点

- 调整色相和饱和度
- 调整色阶
- 应用滤镜
- 使用蒙版工具

制作要领

- 调整色彩
- 应用滤镜

效果预览

调整色阶

应用滤镜

应用蒙版工具

输入文字

步骤详解

01 新建图像文件

新建一个800像素×600像素、分辨率为300像素/英寸、颜色模式为8位RGB的图像文件。

02 复制、调整图像

打开"天空.jpg"素材文件,使用移动工具 将其中的图像移动到新建图像窗口中并调整大小,效果如图所示。

03 调整色阶

选择"图像/调整/色阶"命令,在打开的"色阶"对话框中进行如图所示的设置,单击"确定"按钮调整图像色阶。

04 调整色相和饱和度

选择"图像/调整/(色相/饱和度)"命令,在打开的"色相/饱和度"对话框中进行如图所示的设置,单击"确定"按钮调整色相和饱和度。

05 新建图层

按住【Ctrl】键的同时单击图层1的图层缩览图载入选区，新建图层2，设置前景色为"浅紫色（R:184,G:156,B:255）"。

06 涂抹图层

在工具箱中选择画笔工具 ，在选项栏中设置画笔直径为"50px"，不透明度为"35%"，在图像窗口中进行涂抹，完成后取消选区。

07 应用滤镜

分别选择图层1和图层2，选择"滤镜/模糊/径向模糊"命令，在打开的"径向模糊"对话框中进行如图所示的设置，单击"确定"按钮。

08 复制、变换图像

为图层1创建一个副本图层，按【Ctrl+T】键打开变换编辑框，在其上单击鼠标右键，在弹出的快捷菜单中选择"垂直翻转"命令。

09 移动图层

将图层1副本图层移动到图像窗口下方如图所示的位置，按【Enter】键确认变换，新建图层3。

10 涂抹图层

在工具箱中选择画笔工具 ，设置前景色为"深蓝色（R:1,G:1,B:184）"，在图像窗口中进行涂抹，效果如图所示。

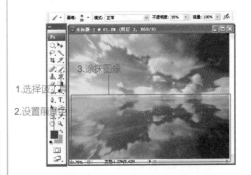

11 创建填充或调整图层

在"图层"面板中单击"创建新的填充或调整图层"按钮，在弹出的下拉菜单中选择"色阶"命令，在打开的"色阶"对话框中进行如图所示的设置，单击"确定"按钮。

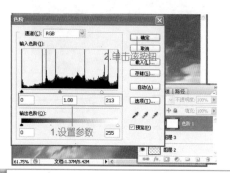

12 创建选区

打开"汽车.jpg"素材文件，在工具箱中选择磁性套索工具，在图像窗口中创建如图所示的选区。

13 移动、调整图像

使用移动工具将选区中的图像移动到新建图像窗口中，生成图层4，按【Ctrl+T】键打开变换编辑框，调整图像大小和位置，效果如图所示。

14 复制并调整图层

用步骤8和步骤9的方法为图层4创建一个副本图层，对创建的图层进行垂直翻转并移动到如图所示的位置。

15 添加图层遮罩

在"图层"面板底部单击"添加图层蒙版"按钮，为图层4副本图层添加图层蒙版。

16 涂抹图层

选择画笔工具，在选项栏中设置画笔样式为"柔角45像素"，设置前景色为"黑色"，在图像窗口中涂抹，为图形添加遮罩。

17　输入文字

在工具箱中选择横排文字工具 **T**，在选项栏中设置字体为"Pristina"，字号为"8点"，颜色为"白色"，在图像窗口中输入文字。

18　复制、变换图层

为文字图层创建一个副本图层，选择该图层，按【Ctrl+T】键打开变换编辑框，对该图层进行水平翻转并调整位置，按【Enter】键确认变换。

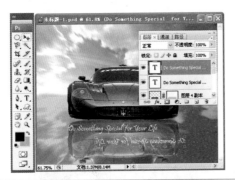

19　涂抹图层

为文字副本图层添加蒙版，选择画笔工具 ，设置笔尖样式为"柔角45像素"，前景色为"黑色"，在图像窗口中进行涂抹，为图层添加遮罩。

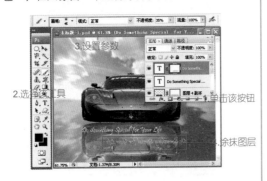

20　描边图层

新建图层5，按【Ctrl+A】键全选图像，选择"编辑/描边"命令，在打开的"描边"对话框中进行如图所示的设置，单击"确定"按钮。

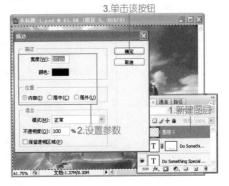

21　收缩选区

选择魔棒工具 ，在空白区域单击鼠标载入选区，选择"选择/修改/收缩"命令，在打开的"收缩选区"对话框中设置选区收缩量为"15像素"，单击"确定"按钮。

22　描边选区

用步骤20的方法为选区添加宽度为"3px"的黑色描边，效果如图所示。保存图像文件，完成本例的制作。

例 **155** 化妆品广告

素材\第13章\例155\
源文件\第13章\例155\化妆品广告.psd

知识点

- "曲线"命令
- 高斯模糊
- 色彩平衡

制作要领

- "曲线"命令
- 色彩平衡

效果预览

移动图像

调整色阶

复制并调整图像　　设置亮度和对比度

步骤详解

01 新建图像文件

新建一个10厘米×7.5厘米、分辨率为300像素/英寸的图像文件，设置前景色为"紫红色（R：232,G:159,B:253）"，按【Alt+Delete】键填充图像窗口。

02 创建选区

打开"模特.jpg"素材文件，在工具箱中选择快速选择工具，为模特头部创建选区，按【Ctrl+Alt+D】键在打开的对话框中设置羽化半径为"5像素"，单击"确定"按钮。

2.输入数值　　3.单击该按钮

1.创建选区

03 移动、调整图像

选择移动工具，将选区中的图像移动到新建图像窗口中，生成图层1，调整其大小和位置后的效果如图所示。

2.调整图像

1.选择该

04 创建选区

选择快速选择工具，在图中人物皮肤部分创建选区，按【Ctrl+Alt+D】键，打开对话框，在其中设置羽化半径为"3像素"，单击"确定"按钮。

3.输入数值　4.单击该按钮

1.选择该工具

2.创建选区

05 复制、调整图层

按【Ctrl+J】键复制生成图层2，选择"图像/调整/曲线"命令，在打开的"曲线"对话框中调整曲线如图所示，单击"确定"按钮。

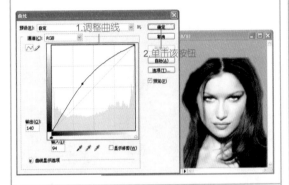

06 调整色阶

选择"图像/调整/色阶"命令，在打开的"色阶"对话框中进行如图所示的设置，单击"确定"按钮调整图像色阶。

07 调整色彩平衡

选择"图像/调整/色彩平衡"命令，在打开的"色彩平衡"对话框中设置参数为"62"、"16"和"22"。

08 调整色彩平衡

选中"阴影"单选按钮，设置色阶为"42"、"54"和"16"。

09 调整色彩平衡

选中"高光"单选按钮，设置色阶为"18"、"0"和"20"，单击"确定"按钮。

10 复制图层

选择图层2，将其拖动到"图层"面板下方的"创建新图层"按钮上，为其创建一个副本图层，设置不透明度为"50%"。

11 应用滤镜

选择"滤镜/模糊/高斯模糊"命令，在打开的"高斯模糊"对话框中设置半径为"3像素"，单击"确定"按钮。

12 复制、移动图像

打开"化妆品.psd"素材文件，使用移动工具将其中的图像移动到新建图像窗口中，生成图层3，调整其位置和大小后的效果如图所示。

13 调整亮度和对比度

选择"图像/调整/（亮度/对比度）"命令，在打开的"亮度/对比度"对话框中进行如图所示的设置，单击"确定"按钮。

14 创建选区

新建图层4，设置不透明度为"50%"，选择矩形选框工具，在图像窗口中创建如图所示的选区。

15 填充选区

设置前景色为"白色"，按【Alt+Delete】键为选区填充前景色，按【Ctrl+D】键取消选区。

16 输入文字

选择横排文字工具，设置字体为"Pristina"，分别设置不同的字号，在图像窗口中输入文字，保存文件，完成本例的制作。

例 **156** 房地产广告

素材\第13章\例156\
源文件\第13章\例156\房地产广告.psd

知识点

- 自定形状工具
- 添加图层样式
- 渐变工具
- 输入文字

制作要领

- 自定形状工具
- 添加图层样式

效果预览

绘制形状

添加图层样式

沿路径输入文字

创建选区并描边

步骤详解

01 新建图像文件

新建一个8厘米×11.5厘米、分辨率为300像素/英寸的图像文件，设置前景色为"淡黄色（R:219,G:255,B:241）"，按【Alt+Delete】键用前景色填充图像窗口。

02 创建选区

新建图层1，在工具箱中选择矩形选框工具，在图像窗口中创建如图所示的矩形选区。

2.选择该工具
3.创建选区
1.新建图层

03 填充选区

设置前景色为"草绿色（R:26,G:255,B:58）"，按【Alt+Delete】键为选区填充前景色，按【Ctrl+D】键取消选区。

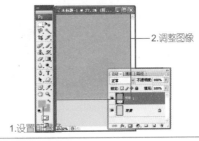

2.调整图像
1.设置前景色

04 创建并填充选区

新建图层2，选择自定形状工具，在其选项栏中单击"路径"按钮，单击"形状"右侧的按钮，在打开的面板中选择"王冠1"选项，绘制如图所示的路径。

3.设置参数
4.绘制路径
2.选择该工具
1.新建图层

05 填充选区

按【Ctrl+Enter】键将路径作为选区载入，设置前景色为"深绿色（R:6,G:172,B:29）"，按【Alt+Delete】键填充选区，然后取消选区。

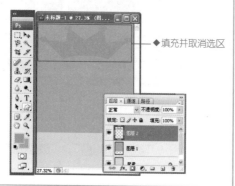

◆填充并取消选区

06 创建选区

打开"风车.jpg"素材文件，在工具箱中选择磁性套索工具，在图像窗口中创建如图所示的选区。

1.选择该工具
2.创建选区

07 移动图像

选择移动工具，将选区中的图像移动到新建图像窗口中，在"图层"面板中按住【Ctrl】键的同时单击图层缩览图载入选区。

1.选择该工具
2.移动图像
3.单击图层缩览图

08 渐变填充选区

选择渐变工具，在选项栏中设置渐变为"白色、暗黄绿色"，从上向下拖动鼠标填充选区，效果如图所示，按【Ctrl+D】键取消选区。

2.设置参数
1.选择该工具 3.渐变填充

09 设置外发光

选择"图层/图层样式/外发光"命令，在打开的"图层样式"对话框中进行如图所示的设置，单击"确定"按钮添加外发光效果。

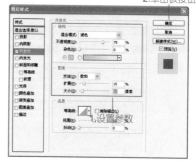

2.单击该按钮
3.设置参数

10 调整图层

打开"建筑.jpg"素材文件，使用快速选择工具为图中的建筑创建选区，然后选择移动工具将其移至新建的图像窗口中，生成图层4。

11 调整图像

打开变换编辑框，将图像的大小和位置调整到如图所示，双击鼠标确认变换。选择矩形选框工具，在图像窗口中创建如图所示的选区。

1.选择该工具

2.创建选区

12 添加图层蒙版

单击"图层"面板下方的"添加图层蒙版"按钮，为图层添加图层蒙版。

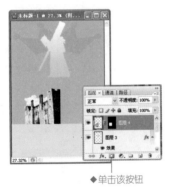

◆单击该按钮

13 调整色彩平衡

单击图层4的图层缩览图，选择"图像/调整/色彩平衡"命令，打开"色彩平衡"对话框，在其中进行如图所示的设置，单击"确定"按钮。

3.单击该按钮

2.设置参数

1.单击此处

14 复制、调整图层

为图层4创建一个副本图层，按【Ctrl+T】键打开变换编辑框，调整大小和位置后按【Enter】键确认变换，并将其移动到图层4的下方。

15 绘制形状

设置前景色为"黄色"，新建图层5并移动到图层4及其副本图层的下方，选择自定形状工具，在选项栏中设置参数如图所示，然后绘制形状。

4.设置参数

3.选择该工具

5.绘制形状

1.设置前景色

2.新建并移动图层

16 绘制形状

在选项栏中设置形状为"心形框"，设置前景色为"白色"，新建图层6，在图像窗口中绘制心形框形状。

1.设置参数

4.绘制形状

2.设置前景色

3.新建图层

17 输入文字

选择横排文字工具 T，在选项栏中设置字体为"方正胖头鱼简体"，字号为"30点"，在图像窗口中输入如图所示的白色文字。

18 合并图层

按住【Ctrl】键的同时选择文字图层，按【Ctrl+E】键合并图层，选择"图层/图层属性"命令，在打开的"图层属性"对话框中重命名图层为"图层7"。

19 为图层描边

选择"图层/图层样式/描边"命令，在打开的"图层样式"对话框中进行如图所示的设置，单击"确定"按钮添加描边样式。

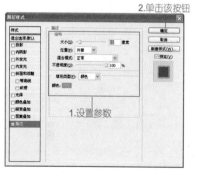

20 变换文字图层

选择"编辑/变换/透视"命令打开变换编辑框，拖动控制点对其进行变换，完成后按【Enter】键确认变换。

21 新建图层

选择"图层/图层样式/创建图层"命令将描边图层样式创建为新的图层，按【Ctrl+T】键打开变换编辑框，调整描边图层的形状至如图所示。

22 添加描边样式

选择"图层7"，选择"图层/图层样式/描边"命令，在打开的"图层样式"对话框中进行如图所示的设置，单击"确定"按钮添加描边样式。

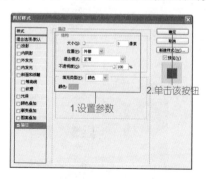

23 创建选区并描边

新建图层8，选择椭圆选框工具，按住【Shift】键不放创建一个正圆选区，选择"编辑/描边"命令为其添加绿色、宽度为"5px"的描边。

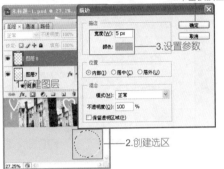

24 创建选区并描边

用同样的方法在大圆中创建一个正圆选区并描边，选择直线工具，在选项栏中进行如图所示的设置后在图像窗口中绘制直线。

25 绘制形状

新建图层9，选择自定形状工具，在其选项栏中进行如图所示的设置，设置前景色为"红色"，在图像窗口中绘制一个五角星形状。

26 绘制路径

在选项栏中单击"路径"按钮，单击"形状"右侧的按钮，在打开的面板中选择"箭头3"选项，绘制路径并将其编辑成如图所示的形状。

27 沿路径输入文字

选择直排文字工具，设置字体为"华文新魏"，字号为"8点"，沿路径输入黑色文字。新建图层10，将路径转换为选区并填充为红色。

28 输入文字

选择横排文字工具，在选项栏中设置字体和字号，在图像窗口下方输入需要的文字，然后保存图像文件，完成本例的制作。

例 157 悬挂POP广告

素材\第13章\例157\蛋糕.psd
源文件\第13章\例157\悬挂POP广告.psd

知识点

- ◎ 创建参考线
- ◎ 绘制形状
- ◎ 描边路径
- ◎ 添加图层样式

制作要领

- ◎ 绘制形状
- ◎ 添加图层样式

效果预览

创建并填充选区

绘制路径

输入文字

创建图层蒙版

步骤详解

01 新建图像文件

新建一个8.5厘米×7.5厘米、分辨率为300像素/英寸、颜色模式为8位RGB的图像文件，设置前景色为"红色"。

02 创建参考线

按【Ctrl+R】键显示水平和垂直标尺，创建4条位置分别为0.2，2.5，4.2和8.5厘米的垂直参考线以及位置分别为0.3，1.7，5.5和7厘米的水平参考线。

03 创建并填充选区

新建图层1，在工具箱中选择多边形套索工具 ，在图像窗口中创建如图所示的选区，按【Alt+Delete】键使用前景色填充选区。

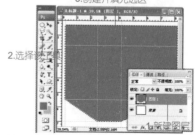

04 创建并填充选区

按【Ctrl+D】键取消选区，新建图层2，设置前景色为"浅紫色（R:232,G:159,B:253）"，使用多边形套索工具 创建如图所示的选区并进行填充。

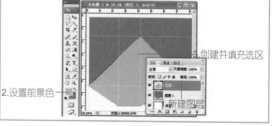

05　绘制形状

新建图层3，设置前景色为"白色"，在工具箱中选择自定形状工具 ，在选项栏中进行如图所示的设置，在图像窗口中绘制多个雪花形状。

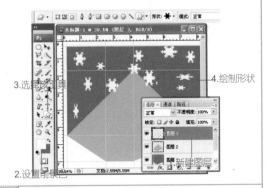

3.选择该工具
4.绘制形状
2.设置前景色
新建图层

06　调整图像

打开"蛋糕.psd"素材文件，使用移动工具 ▸▸ 将其中的图像移动到新建图像窗口中，生成图层4，调整其大小和位置后的效果如图所示。

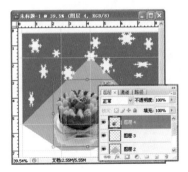

07　添加图层样式

选择"图层/图层样式/外发光"命令，在打开的"图层样式"对话框中进行如图所示的设置，单击"确定"按钮为图层添加"外发光"样式。

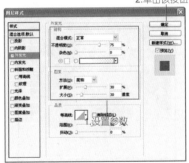

2.单击该按钮
设置参数

08　绘制路径

设置前景色为"黄褐色（R:241,G:181,B:8）"，新建图层5，在工具箱中选择钢笔工具 ，在图像窗口中绘制如图所示的路径。

3.选择该工具
2.新建图层
1.设置前景色
4.绘制路径

09　描边路径

选择画笔工具 ，在选项栏中设置画笔直径为"5px"，在"路径"面板底部单击"用画笔描边路径"按钮 ○ 为路径描边。

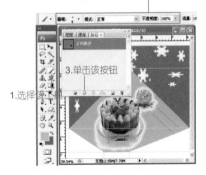

2.设置参数
3.单击该按钮
1.选择该工具

10　输入文字

选择横排文字工具 T，在选项栏中设置字体为"方正魏碑简体"，字号为"8点"，颜色为"红色"，在图像窗口中输入如图所示的文字。

2.设置参数
1.选择该工具
3.输入文字

11 调整文本图层

按【Ctrl+T】键打开变换编辑框，将文本图层调整到与第1条路径基本平行的位置，调整长度与第1条路径相符，按【Enter】键确认变换。

12 输入文字并调整位置

用同样的方法输入第二段文字"艾菲尔糕点祝您一生快乐"，将其调整到如图所示的位置。

13 创建文字选区

选择横排文字蒙版工具，在选项栏中设置字体为"方正卡通简体"，字号为"**36**点"，在图像窗口中输入如图所示的文字选区。

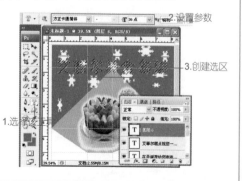

14 渐变填充

新建图层7，选择渐变工具，在选项栏中设置渐变为"洋红、黄色"，单击"线性渐变"按钮，从左到右拖动鼠标填充选区。

15 扩展选区

选择"选择/修改/扩展"命令，在打开的"扩展选区"对话框中设置扩展量为"10像素"，单击"确定"按钮。

16 设置描边

选择"编辑/描边"命令，在打开的对话框中为选区添加宽度为"3px"、颜色为黄色的描边。保存图像文件，完成本例的制作。

 **实战演练**

本章介绍了使用Photoshop CS3制作常用广告和海报的方法，一方面帮助初学者快速入门，另一方面可以为读者将来的广告与海报设计之路添砖加瓦。希望读者能够从本章的案例学习中举一反三，制作出漂亮、精彩的广告与海报。

◆ 实战演练一——制作招商广告

自己动手制作如图所示的招商广告，制作的关键是突出图像的布局和文字的特效处理等。

制作提示：

（1）新建图像窗口并填充背景颜色。

（2）复制、调整图像。

（3）创建选区并填充颜色。

（4）输入文字并设置字体格式。

（5）为文字描边。

◆ 实战演练二——制作商品广告

自己动手制作如图所示的商品广告，其制作的关键是突出产品外观以及强调产品的特性。

制作提示：

（1）新建图像窗口，应用"云彩"滤镜对图像窗口进行渲染。

（2）依次应用"纤维"和"动感模糊"滤镜对图像进行处理。

（3）调整图像色彩平衡并创建副本图层。

（4）创建矩形选区并填充。

（5）复制、调整图像。

（6）为复制的图像添加图层样式。

（7）输入文字。

拓展效果

素材\第13章\拓展效果\
源文件\第13章\拓展效果\

制作各种精美的广告与海报是商家宣传自身产品的有效手段。前面对部分效果进行了讲解，下面给出一些同类效果让大家欣赏，读者自己可以分析这些效果的制作过程。

手机广告

本图展示的是手机广告效果，主要使用到的工具和命令有钢笔工具 和"图层样式"命令等，重点要突出手机产品外形以及其性能特点。

DV广告

本图展示的是DV广告效果，主要使用到的工具和命令有橡皮擦工具 和"图层样式"命令，重点要协调产品色调与背景，突出产品质感。

房产广告

本图展示的是房产广告效果，主要使用到蒙版工具和通道等，重点是协调房产的环境与点缀，突出其特点，再添加适当的文字进行说明。

汽车广告

本图展示的是汽车广告效果，主要使用到自定形状工具 和渐变填充等，重点要在图像窗口中尽量凸显汽车的外形和其他部件图像。

第14章

包装设计

在平面设计领域，包装设计占有较大的比重，美观、科学的包装可以使商品更引人注目，激发人们的购买欲望。一张纸、一块麻布、一片树叶、一根草绳，都可以成为包装。本章将给大家介绍多种包装的制作方法，读者除了要掌握这些制作方法外，还应该自我总结、反复演练，以达到举一反三的目的。

例 **158** **制作CD封套**

素材\第14章\例158\
源文件\第14章\例158\CD包装.psd

知识点
- "添加杂色"滤镜
- "成角的线条"滤镜
- 直线工具
- 变换图像

制作要领
- 通过参考线划分版式
- 投影样式的处理

效果预览

1 制作底纹

2 调入素材图像

3 输入说明文字 4 制作立体效果

步骤详解

---

01 新建文件并填充颜色

新建一个15厘米×10厘米、分辨率为200像素/英寸的图像文件。按【D】键复位前景色和背景色，按【Alt+Delete】键填充前景色。

02 显示标尺并创建参考线

按【Ctrl+R】键显示标尺，分别拖动标尺创建如图所示的水平和垂直参考线。

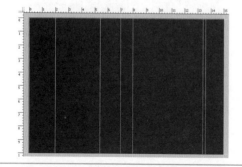

---

03 新建图层并绘制选区

新建图层1，选择矩形选框工具，按住【Shift】键的同时沿参考线绘制两个矩形选区。

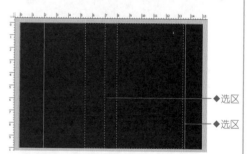

◆选区

◆选区

04 设置前景色并填充选区

设置前景色为"灰色（R:167，G:167，B:167）"，按【Alt+Delete】键填充前景色，按【Ctrl+D】键取消选区。

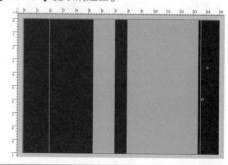

05　添加杂色

选择"滤镜/杂色/添加杂色"命令，在打开的对话框中选中"单色"复选框，设置数量为"40%"，单击"确定"按钮。

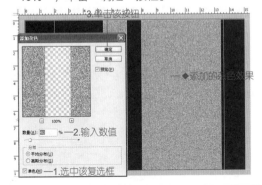

06　应用滤镜并设置不透明度

选择"滤镜/画笔描边/成角的线条"命令，在打开的对话框中单击"确定"按钮。在"图层"面板中将图层1的不透明度设置为"15%"。

07　增加创建参考线

按照步骤2的操作方法，分别在图像窗口中拖动水平和垂直标尺，创建如图所示的水平和垂直参考线。

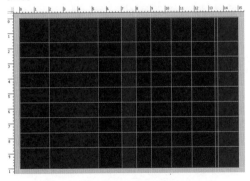

08　沿参考线绘制白色直线条

新建图层2，按【X】键交换前景色和背景色。选择直线工具，在选项栏中单击"填充像素"按钮，设置粗细为"10px"，沿参考线绘制线条。

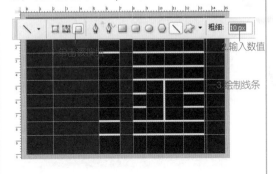

09　载入并填充选区

按住【Ctrl】键单击图层2对应的图层缩览图载入选区。按【D】键复位前景色和背景色，用前景色填充选区，取消选区，隐藏参考线。

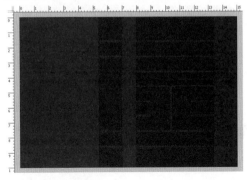

10　添加素材图像

打开"建筑1.jpg"素材文件，选择移动工具，拖动复制打开的图像到新建图像窗口中，将其等比例缩小并沿参考线对齐至图像右上角。

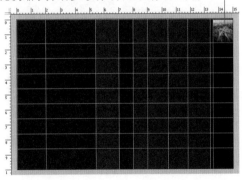

11 调入素材图像

按照步骤10的操作方法，分别打开并调入"建筑2.jpg"至"建筑10.jpg"到新建图像文件中，缩小图像并沿参考线对齐，如图所示。

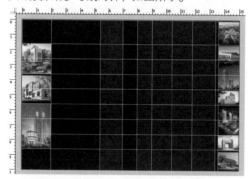

12 输入文字

按【Ctrl+H】键隐藏参考线。使用横排文字工具 **T**，输入文字"圆鼎"，字体为"方正粗倩简体"，字号为"78点"，颜色为"白色"。

13 输入文字

在已输入的文字底部继续输入"建筑表现技法"，字体为"方正综艺简体"，字号为"25点"，颜色为"红色（R:255,G:0,B:0）"。

14 输入其他文字

使用横排文字工具 **T** 和直排文字工具 **IT**，输入如图所示的文字，文字的字体、字号和颜色参考源文件。

15 调入素材图像

分别打开并调入"光盘.psd"和"标志.psd"素材文件至新建图像文件中，完成CD包装平面展开图的制作。保存文件。

16 创建文件并填充背景

新建一个8厘米×6厘米、分辨率为300像素/英寸的文件。设置前景色为"蓝色（R:0,G:120,B:174）"，背景色为"白色"，使用渐变工具 从上向下填充背景。

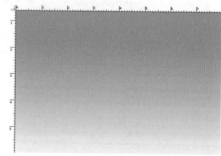

17 添加杂色

选择"滤镜/杂色/添加杂色"命令，在打开的对话框中选中"单色"复选框，设置数量为"4%"，单击"确定"按钮。

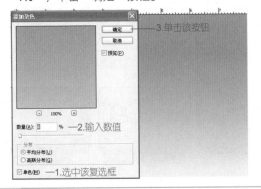

18 合并图层并复制部分图像

切换到CD平面图所在的图像文件，选择"图层/合并可见图层"命令。显示参考线，沿参考线绘制如图所示选区，按【Ctrl+C】键复制选区内图像。

19 粘贴生成新图层并变换

切换到新建图像文件中，按【Ctrl+V】键生成图层1，按【Ctrl+T】键打开变换编辑框并调整至合适位置，按【Enter】键确认变换。

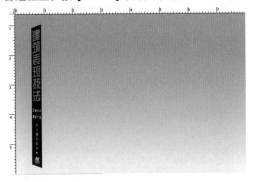

20 复制并变换CD盒侧面

按照步骤18和步骤19的操作方法，继续复制CD盒右侧面至新建图像文件中，并对其进行自由变换，直至得到如图所示的效果。

21 复制并变换图像

复制CD平面图中的左侧面和盒脊面至新建图像文件中，分别对其进行自由变换，直至得到如图所示的效果。

22 制作CD盒投影

按4次【Ctrl+E】键合并图层，选择"图层/图层样式/投影"命令，设置不透明度为"50%"，参数设置如图所示，单击"确定"按钮。

◆设置参数

书籍装帧

例
159

素材\第14章\例159\
源文件\第14章\例159\书籍装帧.psd

知识点

- 沿参考线变换图像
- 渐变工具
- 外发光和描边样式
- "高斯模糊"滤镜

制作要领

- 根据文字绘制圆形选区
- 制作阴影

效果预览

划分版式

制作书封和书脊

制作书籍平面效果

制作立体效果

步骤详解

01 新建文件并填充颜色

新建一个10厘米×6.55厘米、分辨率为300像素/英寸的文件。设置前景色为"红色（R:173,G:24,B:19）"，用前景色填充背景图层。

02 显示标尺并创建参考线

按【Ctrl+R】键显示标尺，分别拖动标尺创建如图所示的水平和垂直参考线，划分书封、书底和书脊所在的区域。

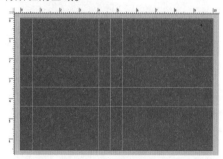

03 新建图层并绘制矩形选区

选择矩形选框工具，沿参考线绘制如图所示的矩形选区。

◆绘制选区

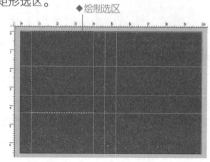

04 渐变填充选区

新建图层1，设置前景色为"黄色（R:240,G:209,B:10）"，选择渐变工具，在选项栏中设置渐变为"前景到透明"，从选区顶部垂直向中部拖动鼠标，取消选区后得到如图所示的填充效果。

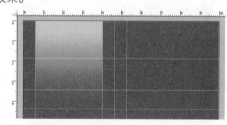

05 设置并绘制直线条

新建图层2，选择直线工具 ＼，在选项栏中单击"填充像素"按钮 □，设置粗细为"20px"，按住【Shift】键绘制如图所示的直线。

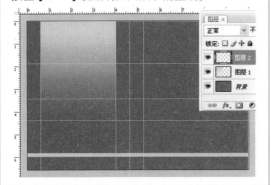

06 复制并变换图像

按【Ctrl+J】键复制生成图层2副本，按【Ctrl+T】键打开变换编辑框，按5次【Shift+↑】键移动图像，按【Enter】键确认变换。

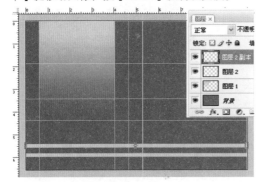

07 复制并变换移动图像

连续11次按【Ctrl+Alt+Shift+T】键，系统自动再为图层2复制11个副本图层，且复制的每个图像间保持相同的间距。

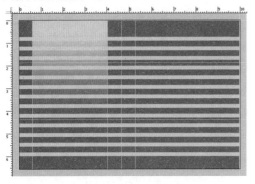

08 合并图层并设置不透明度

连续按12次【Ctrl+E】键，将步骤6和步骤7复制创建的12个图层合并到图层2中，将图层2的不透明度设置为"10%"。

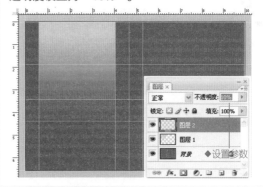

09 调入外部素材图像

打开"财富.jpg"素材文件，并将其拖动复制到新建图像文件中，将复制后的图像沿参考线变换到书封位置，如图所示。

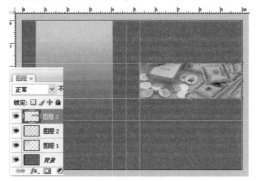

10 输入文字

使用横排文字工具 T，输入文字"谋"，字体为"华文行楷"，字号为"76点"，颜色为"黑色"，将文字移动至书封位置。

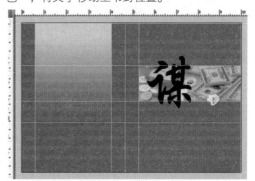

11 为文字添加外发光样式

选择"图层/图层样式/外发光"命令,设置不透明度为"100%",颜色为"白色",扩展为"8%",大小为"50像素",单击"确定"按钮。

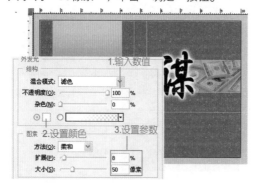

12 输入文字并添加外发光样式

使用横排文字工具 **T**,输入文字"划",并将其移动至"谋"文字的右侧,为其设置与"谋"文字相同的外发光样式。

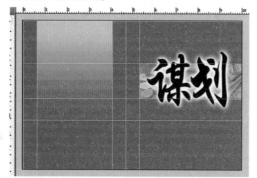

13 输入文字

使用横排文字工具 **T**,在已输入文字顶部输入文字"做生意要会",字体为"黑体",字号为"12点",颜色为"紫色(R:70,G:3,B:119)"。

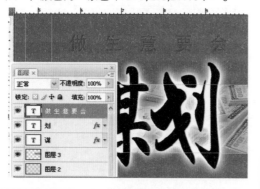

14 沿文字绘制并填充圆形选区

新建图层4,按【Ctrl+[】键向下移动图层。选择椭圆选框工具 ○,按住【Shift】键沿文字"做"绘制圆形选区并填充为白色。

15 移动并填充选区

分别将圆形选区移动至"生"、"意"、"要"和"会"字处,并分别用白色填充选区,取消选区,得到如图所示的效果。

16 添加描边样式

选择"图层/图层样式/描边"命令,在打开的对话框中设置大小为"7像素",颜色为"橙色(R:255,G:96,B:0)",单击"确定"按钮。

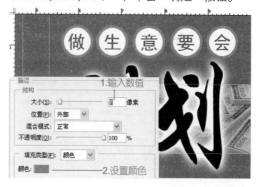

17　为文字添加投影

选择"图层/图层样式/投影"命令，设置角度为"90度"，距离为"13像素"，扩展为"0%"，大小为"13像素"，单击"确定"按钮。

18　输入文字

使用横排文字工具 **T**，输入文字"生意人枕边书创业者案头集"，字体不变，字号为"9点"，颜色为"红色（R:255,G:0,B:0）"。

19　绘制并填充矩形选区

新建图层5，按【Ctrl+[】键向下移动图层，沿上一步骤输入的文字绘制矩形选区，并用"黄色（R:255,G:255,B:0）"填充，然后取消选区。

20　调入外部素材

打开"钱币.psd"素材文件，将其拖动复制到新建图像文件中，生成图层6，然后将复制生成的图像移动至文字"谋划"的底部。

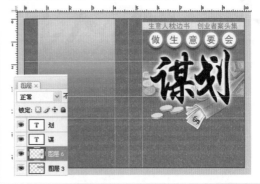

21　移动并填充选区

保持字体不变，在书封中下部输入作者名和一些宣传文字，字号为"6点"，颜色分别为"黑色"和"红色（R:255,G:0,B:0）"。

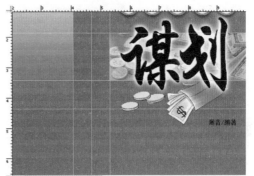

22　绘制并填充选区

按照步骤20的操作方法，新建一个图层，沿上一步骤输入的宣传文字绘制矩形选区，用黄色填充，取消选区后的效果如图所示。

23 输入出版社信息文字

继续在书封底部输入文字"中国商业出版社"，字体为"方正黄草简体"，字号为"10点"，颜色为"黑色"。

24 在书脊处添加文字

将书封处的文字进行复制，并转换为直排文字，然后将其适当缩小移动至书脊处。

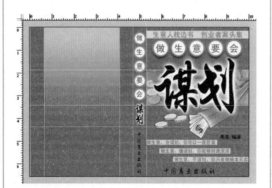

25 输入文字

在书底处输入如图所示的文字，字体为"黑体"，字号自上到下分别为"8点"、"7点"、"5点"、"13点"和"5点"，颜色分别为"黑色"和"白色"。

26 复制并移动图像

选择书封处钱币图像所在的图层6，按【Ctrl+J】键复制生成图层副本，然后将其水平向左移动至书底处。

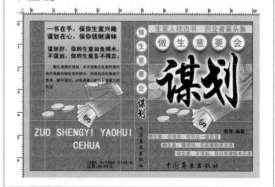

27 调入外部素材

打开"条形码.jpg"图像，并将其拖动复制到新建图像文件中，然后将复制生成的图像移动至书封的左下侧，完成书籍装帧平面的制作。

28 合并图层并复制图像

选择"图层/合并可见图层"命令。沿参考线绘制书封所在选区，按【Ctrl+C】键复制选区内的图像。

29 粘贴并变换图像

打开"地面.psd"素材文件，按【Ctrl+V】键复制生成图层1，将复制的封面图像自由变换，得到如图所示的透视效果。

30 复制并变换书脊区域

按照步骤29和步骤30的操作方法，将图书平面图像中的书脊区域复制到"地面.psd"图像文件中，生成图层2，并将其变换至如图所示效果。

31 降底书脊亮度

选择"图像/调整/（亮度/对比度）"命令，设置亮度为"-70"，单击"确定"按钮。

32 制作书白

新建图层3，设置前景色为"白色"，使用多边形套索工具沿书封和书脊构成的区域绘制选区作为书白所在区域，并填充前景色，取消选区。

33 复制并变换书底区域

按照前面的操作方法，将图书平面图像中的书底区域复制到"地面.psd"图像文件中，生成图层4，并将其变换至如图所示效果。

34 复制并变换书脊区域

再次将图书平面图像中的书脊区域复制到"地面.psd"图像文件中，生成图层5，变换后设置其亮度为"-70"，单击"确定"按钮。

35 制作书白

新建图层6，设置前景色为白色，使用多边形套索工具，沿书底和书脊构成的区域绘制选区，作为书白所在区域，填充前景色，取消选区。

36 叠加载入选区

按住【Ctrl+Shift】键不放，依次在"图层"面板中单击图层1至图层6对应的图层缩览图，得到如图所示的选区。

37 新建图层并填充选区

新建图层7，按D键复位前景色和背景色，按【Alt+Delete】键填充前景色，按【Ctrl+D】键取消选区。

38 高斯模糊

选择"滤镜/模糊/高斯模糊"命令，设置半径为"10像素"，单击"确定"按钮。

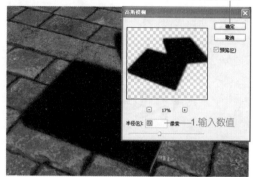

39 改变图层位置关系

按【Ctrl+Shift+[】键，将图层7移动至底层，使图像具有阴影效果。

40 删除多余阴影

通过观察发现两本书顶部不应该出现阴影，选择橡皮擦工具，在书籍顶部多余阴影处涂抹，得到如图所示的最终效果。

例 160 制作光碟

素材\第14章\例160\封面.psd
源文件\第14章\例160\光碟.psd

知识点
- "纹理化"滤镜
- "斜面和浮雕"命令
- "投影"命令
- 编辑图层蒙版

制作要领
- 捕捉绘制选区
- 精确缩放选区

效果预览

制作背景

制作盘面

制作盘孔

制作光影效果

步骤详解

01 新建文件并创建参考线

新建一个10厘米×10厘米、分辨率为300像素/英寸的文档。显示标尺,并创建如图所示的参考线。

02 填充前景色

设置前景色为"灰色(R:176,G:136,B:136)",按【Alt+Delete】键填充前景色。

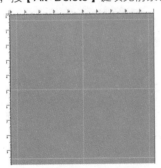

03 应用"纹理化"滤镜

选择"滤镜/纹理/纹理化"命令,在打开的对话框中设置纹理为"砂岩",缩放为"127%",单击"确定"按钮。

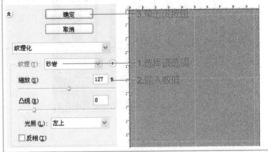

04 捕捉参考线绘制圆形选区

选择椭圆选框工具〇,按住【Ctrl+Alt】键的同时从图像中央参考线的交点处向外拖动,绘制圆形选区。

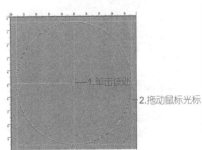

05 设置并填充前景色

新建图层1，设置前景色为"灰色（R:196,G:201,B:197）"，按【Alt+Delete】键填充前景色，按【Ctrl+D】键取消选区。

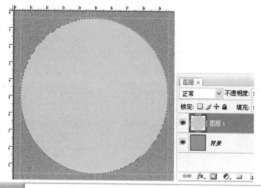

06 打开并复制图像

打开"封面.psd"素材文件，按【Ctrl+A】键全选图像，按【Ctrl+C】键复制图像。

07 创建图层蒙版

切换到新建图像中，按【Ctrl+V】键粘贴图像，生成图层2，对复制生成的图像进行等比例放大变换，直至其布满步骤5填充的图像区域。

08 载入并变换选区

载入图层1中的选区，选择"选择/变换选区"命令，在选项栏中单击"保持长宽比"按钮，然后在H文本框中输入"97%"，最后按【Enter】键确认变换。

1.单击该按钮

2.输入数值

09 反选选区并填充蒙版

按【Ctrl+Shift+I】键反选选区，单击图层2的图层蒙版缩览图，然后按【Alt+Delete】键填充前景色，按【Ctrl+D】键取消选区。

10 载入并缩小选区、填充蒙版

按照步骤8的操作方法，先载入图层1中的选区，然后将选区等比例缩小至"22%"，按【Alt+Delete】键填充前景色。

11　变换选区并删除图像

保持选区的选择状态，将选区等比例缩小至"55%"，然后选择图层1，按【Delete】键删除选区内的图像。

12　变换选区并复制图像

将当前选区等比例放大至"160%"，然后按【Ctrl+J】键通过选区生成图层3。

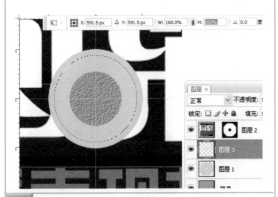

13　调整图像亮度

选择"图像/调整/（亮度/对比度）"命令，在打开的对话框中设置亮度为"60"，单击"确定"按钮。

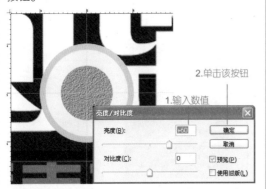

14　制作凹陷效果

选择"图层/图层样式/斜面和浮雕"命令，在打开的对话框中设置深度为"1%"，方向为"下"，大小为"0像素"，单击"确定"按钮。

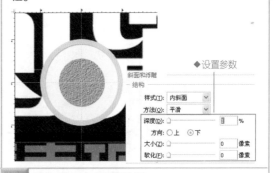

15　制作斜面和浮雕效果

选择图层1，按照步骤14的操作方法为其添加"斜面和浮雕"样式，设置深度为"100%"，方向为"上"，大小为"3像素"。

16　载入并缩小选区、填充蒙版

为图层1添加"投影"样式，并设置不透明度为"63%"，距离为"11像素"，扩展为"10%"，大小为"13像素"，隐藏标尺和参考线。

例 161　茶包装

素材\第14章\例161\
源文件\第14章\例161\茶包装.psd

知识点
- 编辑图层蒙版
- 设置图层混合模式
- 变换图像
- "亮度/对比度"命令

制作要领
- 通过路径创建选区
- 包装立体光影的制作

效果预览

制作底纹

输入包装文字

变形成立体

制作侧立面和倒影

步骤详解

01　新建文件并创建参考线

新建一个8厘米×8厘米、分辨率为300像素/英寸的文档。显示标尺，并创建如图所示的参考线。

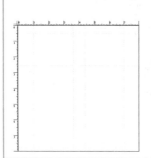

02　绘制并填充选区

新建图层1，设置前景色为"绿色（R:0,G:128,B:0）"，沿参考线绘制矩形选区，并用前景色填充选区。

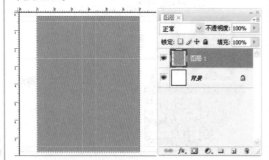

03　打开并复制图像

打开"茶树.jpg"素材文件，使用移动工具将其拖动到新建图像中，注意对齐参考线。

04　通过设置透明度融合图像

在"图层"面板中设置图层2的不透明度为"70%"，使该图层中的图像融入到背景中。

◆输入数值

05 打开并复制图像

打开"茶叶.jpg"素材文件，使用移动工具 ▶⊕ 将其拖动到新建图像中，注意对齐参考线，自动生成图层3。

06 创建并编辑图层蒙版

为图层3添图层蒙版，选择画笔工具 ✐ ，设置画笔直径为"125px"，不透明度和流量均为"30%"，不断涂抹茶叶周围黑色的区域，得到如图所示的效果。

07 通过路径创建选区

选择钢笔工具 ✎ ，沿参考线绘制封闭矩形路径，并将其编辑成如图所示的形状，然后按【Ctrl+Enter】键将路径转换为选区。

◆绘制的路径

08 设置前景色并填充选区

新建图层4，设置前景色为"淡黄色（R:235,G:239,B:208）"，按【Alt+Delete】键填充前景色。

09 调入茶诗文字

打开"茶诗.psd"素材文件，按【Ctrl+A】键全选图像，按【Ctrl+C】键复制图像，切换到新建图像中，按【Ctrl+V】键粘贴图像生成图层5。

10 通过设置透明度融合图像

设置图层5的不透明度为"30%"，使该图层中的文字图像融入到淡黄色背景中。

11 绘制并填充选区

新建图层6，设置前景色为"绿色（R:0,G:128,B:0）"，沿参考线绘制矩形选区，并填充前景色，然后取消选区。

12 沿参考线绘制白色线条

新建图层7，设置前景色为"白色"，选择直线工具＼，设置粗细为"5px"，沿参考线绘制多条直线，隐藏参考线。

13 调入茶具图像

打开"茶具.jpg"素材文件，通过移动工具▶╪将其拖动到新建图像中，生成图层8，设置该图层的图层混合模式为"深色"。

14 创建并编辑图层蒙版

为图层8添加图层蒙版，选择画笔工具✎，保持选项栏中的参数设置不变，不断涂抹茶具周围的淡黄色区域。

15 输入包装文字

使用横排文字工具Ｔ,在包装顶部输入"饮自天然"文字，字体为"黑体"，字号为"24点"，颜色为"黑色"，注意文字间的间隔用空格代替。

16 沿文字绘制选区并填充颜色

新建图层9，按【Ctrl+[】键向下移动图层，沿"饮"文字绘制圆形选区，设置前景色为"绿色（R:0,G:128,B:0）"，用前景色填充选区。

17 移动并填充选区

移动选区至"自"、"天"和"然"文字处，并分别用前景色填充选区，取消选区后的效果如图所示。

18 输入生产商信息文本

保持字体不变，在包装底部输入"岭南望峰茶业商贸有限公司"文字，设置字号为"10点"，颜色为"白色"。

19 输入包装文本

输入"参悦绿茶"、"参悦"和"茶"文字，字体为"方正黄草简体"，字号分别为"14点"、"30点"和"140点"，颜色分别为"白色"和"黑色"。

20 添加白色描边效果

选择"茶"图层，选择"图层/图层样式/描边"命令，在打开的对话框中设置大小为"5像素"，颜色为"白色"，单击"确定"按钮。

21 合并可见图层

隐藏背景图层，隐藏标尺和参考线，选择"图层/合并可见图层"命令，合并除背景图层外的所有图层。

22 制作渐变背景

选择并显示背景图层，设置前景色为"蓝色（R:0,G:0,B:255）"，背景色为"淡蓝色（R:0,G:150,B:255）"，然后使用渐变工具从图像顶部向底部进行渐变填充。

23 **为图像变换定制选区**

选择图层1，按【Ctrl+H】键显示参考线，使用矩形选框工具 沿包装顶部和底部绿色边缘绘制如图所示的矩形选区。

◆绘制的选区

24 **变换图像**

选择"编辑/变换/变形"命令，打开变换编辑框，拖动控制点将图像变换至如图所示，按【Enter】键确认变换，使包装具有立体凸现效果，最后取消选区。

25 **通过路径绘制包装侧面区域**

选择钢笔工具 ，沿变换后的包装右侧边缘绘制如图所示的封闭路径，路径内的区域将用来作为包装侧立面。

◆绘制的路径

26 **转换路径并填充选区**

新建图层2，设置前景色为"绿色（R:0,G:128,B:0）"，将路径转换为选区，并用前景色填充选区，然后取消选区，隐藏参考线。

27 **制作包装侧面光影效果**

使用多边形套索工具 绘制包装侧面的前方区域，选择"图像/调整/（亮度/对比度）"命令，在打开的对话框中设置亮度为"-50"，单击"确定"按钮，然后取消选区。

2.单击该按钮

1.输入数值

28 **最终效果**

同时选择并复制图层1和图层2，将复制后的图像垂直翻转并向下移动，设置生成的图层的不透明度均为"30%"，完成本例的制作。

素材\第14章\例162\
源文件\第14章\例162\ 咖啡包装.psd

例 162 咖啡包装

知识点

- 利用参考线划分版式
- 定义画笔样式
- 绘制路径
- "亮度/对比度"命令

制作要领

- 设置自定义画笔参数
- 手动调整图像明暗度

效果预览

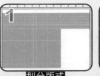
划分版式

制作包装背景图案

输入文字元素

制作立体效果

步骤详解

01 新建文件并创建参考线

新建一个12厘米×8厘米、分辨率为200像素/英寸的文档。显示标尺，并创建如图所示的参考线。

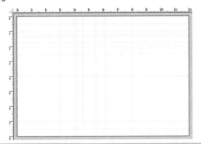

02 绘制包装底色

新建图层1，设置前景色为"黄色（R:210,G:247,B:79）"，使用多边形套索工具沿参考线绘制选区，并用前景色填充选区。

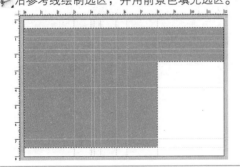

03 自定义画笔

打开"咖啡图案1.psd"素材文件，选择"编辑/定义画笔预设"命令，在打开的对话框中直接单击"确定"按钮。

◆单击该按钮

04 设置自定义画笔样本参数

选择画笔工具 ，按【F5】键打开"画笔"面板，选择上一步骤中定义的画笔样式，设置间距为"200%"。

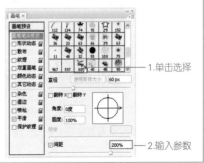

1.单击选择

2.输入参数

05 使用自定义画笔绘制包装底纹图案

新建图层2，设置其不透明度为"30%"，前景色为"黑色"，保持步骤2中绘制的选区的选择状态，在选区内拖动绘制图案，然后取消选区。

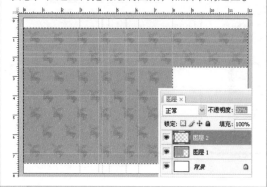

06 绘制包装装饰颜色块

新建图层3，设置前景色为"暗黄色（R:100,G:71,B:33）"，使用多边形套索工具沿参考线绘制选区，并用前景色填充选区。

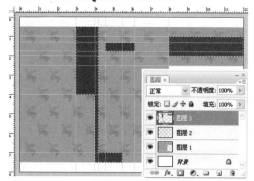

07 调入包装图案

打开"咖啡图案2.psd"素材文件，使用移动工具将其拖动到新建图像窗口中，适当缩小后根据参考线移动至包装左侧，生成图层4。

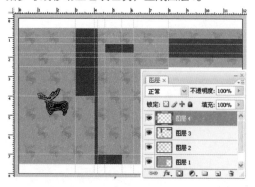

08 输入包装文字

使用横排文字工具 T.在包装表面输入如图所示的文字，字体为"华康简综艺"，颜色分别为"黑色"和"白色"，字号如图所示。

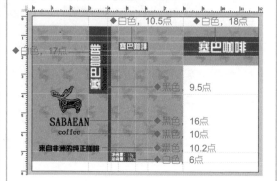

09 输入包装说明文字

使用横排文字工具 T.沿参考线绘制段落文本框，设置字体为"宋体"，字号为"5.5点"，然后输入如图所示的文字，最后按【Ctrl+Enter】键确认输入。

10 绘制装饰路径

选择钢笔工具，沿上一步骤输入的段落文字边缘绘制如图所示的封闭路径，然后按【Ctrl+Enter】键将路径转换为选区。

11 描边创建装饰线条

新建图层5，选择"编辑/描边"命令，在打开的对话框中设置宽度为"5px"，选中"居中"单选按钮，单击"确定"按钮。然后按【Ctrl+D】键取消选区。

1.输入数值　3.单击该按钮

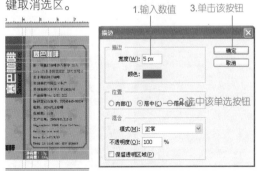

2.选中该单选按钮

12 合并图层、复制图像

隐藏背景图层，选择"图层/合并可见图层"命令，沿参考线绘制如图所示的矩形选区，按【Ctrl+C】键复制图像。

13 制作包装立体侧面

新建一个12厘米×8厘米、分辨率为200像素/英寸的文档。按【Ctrl+V】键粘贴图像，生成图层1，将该图层上的图像自由变换至如图所示的形状。

◆变换效果

14 制作包装立体侧面

按照步骤12和步骤13的操作方法，继续复制包装平面中另一个侧面区域中的图像至新建文件窗口中，并自由变换至如图所示的形状，生成图层2。

15 调整亮度和对比度

选择"图像/调整/（亮度/对比度）"命令，在打开的对话框中设置亮度为"-20"，单击"确定"按钮增加包装侧面的对比关系。

1.输入数值

2.单击该按钮

16 调整亮度和对比度

继续复制包装平面最左侧区域中的图像至新建文件窗口中，并自由变换至如图所示的形状，生成图层3，选择"图像/调整/（亮度/对比度）"命令，在打开的对话框中设置亮度为"10"，单击"确定"按钮。

1.输入数值

2.单击该按钮

17 制作包装封口

新建图层4，绘制如左下图所示的封闭路径，将其转换为选区，然后用前景色填充选区，如右下图所示，取消选区。

2.转换为选区并填充

1.绘制路径

18 制作包装封口

新建图层5，设置前景色为"黄色（R:210,G:247,B:79）"，使用多边形套索工具 ✎ 沿图像边缘绘制选区，并用前景色填充选区。

◆绘制选区并填充

19 制作包装封口阴影效果

选择加深工具 ✎，适当调整画笔直径，在填充颜色区域的边沿处反复涂抹，得到如图所示的阴影效果。

◆阴影效果

20 制作包装封口

新建图层6，继续使用多边形套索工具 ✎ 绘制选区，并用前景色填充选区，如左下图所示，然后使用加深工具 ✎ 涂抹制作封口阴影效果，取消选区。

1.绘制选区并填充　　2.涂抹产生阴影效果

21 复制创建另一个包装

在"图层"面板中选择除背景图层外的所有图层，选择移动工具 ✎，按住【Alt】键的同时向右侧拖动，复制得到一个咖啡包装。

22 最终效果

保持复制后的所有图层为选中状态，然后将它们等比例放大至如图所示，完成咖啡包装的制作。

例 163 药品包装

素材\第14章\例163\
源文件\第14章\例163\药品包装.psd

知识点

- 删除部分图像
- "外发光"命令
- "描边"命令
- "高斯模糊"滤镜

制作要领

- 透视变换图像
- 组合图像为立体效果

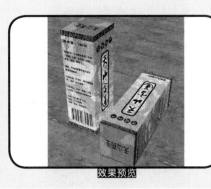
效果预览

打开素材文件

制作包装平面轮廓

输入文字元素

制作立体效果

步骤详解

01 打开图像并创建参考线

打开"壁画.psd"素材文件，显示标尺，并创建如图所示的参考线。

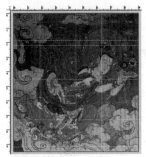

02 增加图像亮度

选择"图像/调整/（亮度/对比度）"命令，在打开的对话框中设置亮度为"120"，单击"确定"按钮，设置图层1的不透明度为"70%"。

03 绘制矩形选区

使用矩形选框工具沿参考线绘制两个选区，并按【Delete】键删除选区内的图像，然后取消选区。

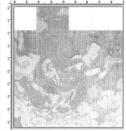

04 调入外部图案

打开"图案.psd"素材文件，通过移动工具将其拖入壁画图像中，生成图层2，然后将其沿参考线进行变换，并对齐至参考线。

05 复制并排列图案

为图层2复制4个副本图层，并将复制后的图像移动至如上图所示，选择并同时复制图层2及其副本图层，然后将复制后的图像垂直向下移动至对齐参考线。

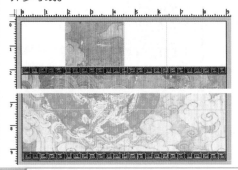

06 输入文字

使用横排文字工具 **T**，输入"雪域特产"文字，字体为"黑体"，颜色为"白色"，字号为"10点"，然后将文字移动至如图所示的位置。

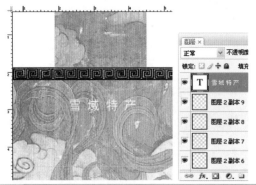

07 为文字创建黑色底纹

新建图层3，按【Ctrl+[】键向下移动图层3，按【D】键复位前景色和背景色，分别沿输入的4个文字绘制圆形选区，并用前景色填充选区，然后取消选区。

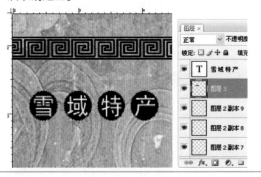

08 输入文字并添加外发光效果

使用直排文字工具 **T**，输入"天山雪莲"文字，字体为"方正黄草简体"，字号为"31点"，颜色为"黑色"。选择"图层/图层样式/外发光"命令，在打开的对话框中设置不透明度为"100%"，颜色为"白色"，扩展为"17%"，大小为"18像素"，单击"确定"按钮。

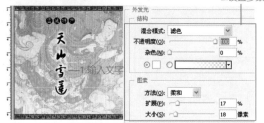

09 绘制路径并沿路径描边

新建图层4，选择圆角矩形工具 ▢，单击选项栏中的"路径"按钮，然后沿直排文字绘制如左下图所示的路径。选择画笔工具 ✐，设置直径为"7px"，单击"路径"面板底部的"用画笔描边路径"按钮 ○，得到如图所示的效果。

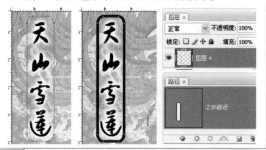

10 同时选择复制多个图层

选择步骤6至步骤9创建的所有图层并复制，然后将复制得到的图像水平向右移动，效果如图所示。

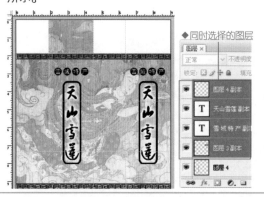

11　输入包装的其他文字信息

使用横排文字工具 **T**,继续在包装的各个侧面上输入如图所示的文字,字体为"黑体",颜色为"黑色",字号分别如图所示。

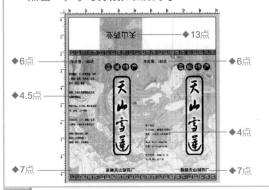

12　为包装添加条行码

打开"条行码.jpg"素材文件,使用移动工具 将其拖动到包装图像中,然后移至包装的左下侧。

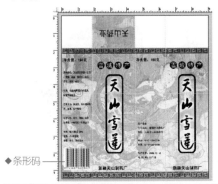

13　合并图层并复制图像

选择"图层/合并可见图层"命令,沿参考线绘制如图所示的矩形选区,并按【Ctrl+C】键复制图像。

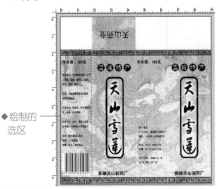

14　制作包装立体侧面

打开"环境.psd"素材文件,按【Ctrl+V】键粘贴图像,生成图层1,将该图层上的图像自由变换至如图所示的效果。

15　绘制选区并复制图像

切换到平面图窗口中,沿参考线绘制如图所示的矩形选区,并按【Ctrl+C】键复制图像。

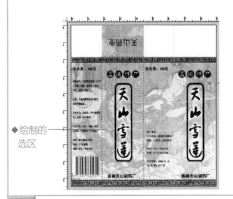

16　制作包装另一立体侧面

切换至"环境"图像窗口,按【Ctrl+V】键粘贴图像,生成图层2,并将该图层上的图像自由变换至如图所示的效果。

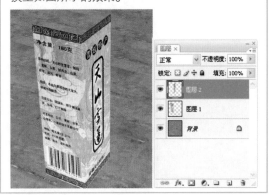

17 调整亮度和对比度

选择"图像/调整/（亮度/对比度）"命令，在打开的对话框中设置亮度为"-60"，单击"确定"按钮增加包装侧面的对比度。

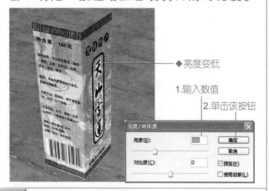

◆亮度变低

1.输入数值

2.单击该按钮

18 绘制选区并复制图像

切换到平面图窗口，沿参考线绘制如图所示的矩形选区，并按【Ctrl+C】键复制图像。

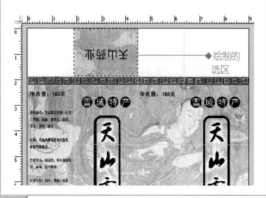

◆绘制的选区

19 制作包装顶面

切换至"环境"图像窗口，按【Ctrl+V】键粘贴图像，生成图层3，并将该图层上的图像自由变换至如图所示的效果。

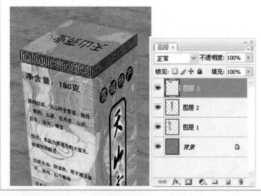

20 制作另一个包装

按照步骤13至步骤19的操作方法，复制包装面上的各个面，并通过变换组成如图所示的横向放置的包装效果。

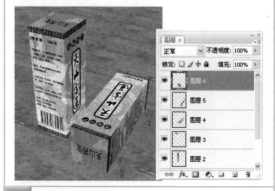

21 制作包装阴影

新建图层7，绘制选区并填充为"黑色"。取消选区，选择"滤镜/模糊/高斯模糊"命令，在打开的对话框中设置半径为"4像素"，单击"确定"按钮。

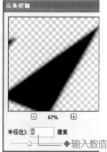

◆输入数值

22 调整图层位置

按【Ctrl+Shift+[】键将图层7向下移动至背景图层之上，使阴影正确显示，完成本例药品包装的制作。

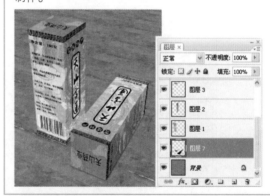

例 164 制作手提袋

素材\第14章\例164\
源文件\第14章\例164\手提袋.psd

知识点

- 绘制路径
- 输入文字
- 渐变工具
- 创建矢量蒙版

制作要领

- 绘制矢量蒙版所需路径
- 制作倒影效果

效果预览

1 划分版式

2 调入并制作图像

3 输入文字

4 制作立体效果

步骤详解

01 新建文件并绘制参考线

新建一个9.5厘米×7厘米、分辨率为300像素/英寸的文档，显示标尺并根据刻度创建多条参考线。

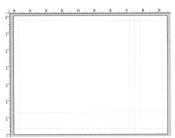

02 调入外部素材

打开"广告.jpg"素材文件，使用移动工具 ⊕ 将其拖动到新建图像窗口中，生成图层1，注意将其沿参考线对齐至如图所示。

◆对齐参考线

03 绘制路径

隐藏图层1，使有钢笔工具 ◊ 沿参考线绘制如图所示带圆角的封闭路径。

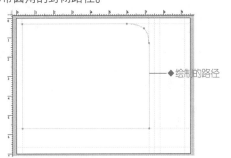

◆绘制的路径

04 创建矢量蒙版

显示图层1，选择"图层/矢量蒙版/当前路径"命令，为图层1添加矢量蒙版，使图像中显示路径包围的部分。

◆矢量蒙版

05 绘制提袋拉手

新建图层2，绘制如左图所示的弧形路径。设置前景色为"白色"，选择铅笔工具 ✐，设置直径为"15px"，单击"路径"面板中的"用画笔描边"按钮 ○，得到如右图所示的拉手效果。

06 为拉手添加阴影

选择"图层/图层样式/投影"命令，在打开的对话框中设置角度为"90度"，距离为"13像素"，扩展为"0%"，大小为"0像素"，单击"确定"按钮。

◆设置参数

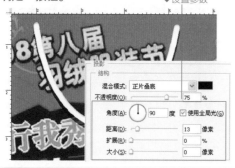

07 调入外部图像

打开"广告人物.jpg"素材文件，使用移动工具 ▶ 将其拖动到新建图像窗口中，生成图层3，注意将其沿参考线对齐至如图所示。

08 输入包装文字

在调入的两幅图像底部输入如图所示的文字，字体为"黑体"，颜色为"黑色"，字号分别为"5.5点"、"5点"和"2点"。

09 合并图层

选择"图层/合并可见图层"命令，沿参考线绘制如图所示的矩形选区，按【Ctrl+C】键复制图像。

10 创建文件并填充背景

新建一个9.5厘米×7厘米、分辨率为300像素/英寸的文档，设置前景色为"白色"，背景色为"黑色"，使用渐变工具 ▩ 从图像顶部向底部进行渐变填充。

11 填充颜色

新建图层2，设置前景色为"深灰色（R:36,G:36,B:36）"，绘制选区并用前景色填充选区，然后取消选区。

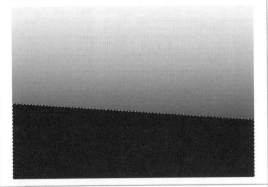

12 粘贴并变换图像

按【Ctrl+V】键粘贴图像，生成图层2，并将该图层上的图像自由变换至如图所示的效果。

13 复制图像

切换到平面图窗口，沿参考线绘制如图所示的矩形选区，并按【Ctrl+C】键复制图像。

14 粘贴并变换图像

切换至新建图像窗口，按【Ctrl+V】键粘贴图像，生成图层3，并将该图层上的图像自由变换至如图所示的效果。

15 降低图像明度

选择"图像/调整/（色相/饱和度）"命令，在打开的对话框中设置明度为"-30"，单击"确定"按钮增强包装侧面的立体感。

16 降低部分图像亮度

沿包装侧面绘制如左下图所示的矩形选区，选择"图像/调整/（亮度/对比度）"命令，在打开的对话框中设置亮度为"-60"，单击"确定"按钮，然后取消选区。

17 复制并垂直变换图像

选择图层2，按【Ctrl+J】键复制生成图层2副本图层，选择“编辑/变换/垂直翻转”命令，将其垂直翻转至如图所示。

18 变换图像

按【Ctrl+T】键打开变换编辑框，按住【Ctrl+Shift】键的同时向上拖动变换框左上角的控制点至如图所示，按【Enter】键确认变换。

19 设置不透明度

设置图层2副本图层的不透明度为“20%”，将其作为包装在地板上的倒影。

20 擦除部分阴影

选择橡皮擦工具，设置不透明度和流量均为“20%”，适当调整画笔直径，在倒影底部涂抹，擦除部分图像，使倒影更显真实。

21 继续制作包装侧倒影

按照步骤17至步骤20的操作方法，先复制再垂直翻转包装的左侧面，然后对其进行变换并设置不透明度为“20%”，最后擦除底部部分倒影。

22 复制创建另一个包装

在“图层”面板中选中所有包装及阴影图层，选择移动工具，按住【Alt】键的同时向右侧拖动，复制出另一个包装，完成本例的制作。

实战演练

素材\第14章\实战演练\
源文件\第14章\实战演练\

　　本章通过讲解7个不同类型包装的设计及制作过程，详细介绍了常见包装的设计及制作方法。虽然日常生活中还有一些包装本章并未涉及，如桶状包装、瓶状包装等，但它们的制作方法基本类似，都需要先制作平面展开图，然后根据平面展开图制作包装立体效果图。因此，读者在学习的过程中要善于观察和总结，这样才能做出更多好看的包装。

实战演练———制作药品盒状包装

　　自己动手制作如图所示的药品盒状包装，在制作过程中注意平面展开图的展开方式。

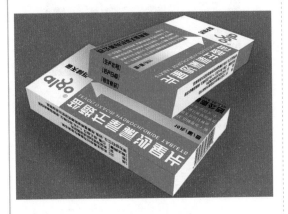

制作提示：

（1）使用参考线划分版面。

（2）填充红色和白色，制作包装平面底色。

（3）使用渐变工具 ■ 制作包装面的渐变箭头。

（4）绘制商标。

（5）输入包装文字。

（6）将平面展开图转换为立体包装。

（7）调整立体包装各面的明度，使包装具有明暗变化。

（8）载入包装所有面所在的选区，并用黑色填充选区，然后应用"高斯模糊"滤镜将填充的颜色制作成包装所需的阴影效果。

实战演练二——制作桶状包装

　　自己动手制作如图所示的桶状包装，在制作过程中可通过绘制路径来创建需要的特殊选区，如盒盖处的不规则图像。

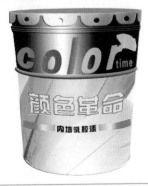

制作提示：

（1）创建桶状包装的外部轮廓路径。

（2）将素材图像置入路径底部，将其作为包装的主体颜色。

（3）绘制路径并转换为选区以创建包装的上部区域，然后通过渐变工具 ■ 填充渐变色。

（4）输入文字并将文字栅格化，然后对文字进行渐变填充。

（5）输入包装上的其他文字。

拓展效果

素材\第14章\拓展效果\
源文件\第14章\拓展效果\

不同商品所需的包装也不尽相同，前面对部分包装的制作进行了详细讲解，下面给出一些同类的包装效果让大家欣赏，读者自己可以分析一下这些包装的制作过程。

◆ 图书装帧

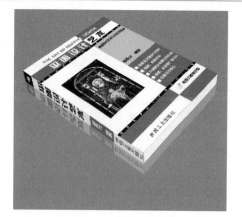

本图展示的是计算机图书装帧效果，主要使用到的工具和命令有油漆桶工具◇、横排文字工具 T、直排文字工具 T、"描边"命令和"变换"命令等，重点是要突出包装的立体感。

◆ 光盘包装

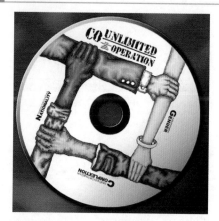

本图展示的是光盘背面包装效果，主要使用到的工具和命令有椭圆选框工具◯、横排文字工具 T、"收缩"命令、"描边"命令和"投影"命令，重点是要使手图像与中间孔洞对称。

◆ 咖啡奶茶包装

本图展示的是咖啡奶茶包装效果，主要使用到的工具有横排文字工具 T、移动工具 ⊕ 和加深工具 ◉ 等，重点是在制作包装顶部封口时使用加深工具来制作明暗变化。

◆ 房地产宣传手提袋

本图展示的是房地产宣传手提袋效果，主要需要使用移动工具 ⊕、画笔工具 ✎、"自定义画笔预设"命令、"描边"命令和"亮度/对比度"命令等，重点是要突出包装的立体感。

第15章

建筑效果图后期处理

建筑效果图的后期处理也属于平面设计中一个应用十分广阔的领域，通过后期处理，可以轻易地将平淡无奇的建筑效果图模拟成光影到位且具有生气的真实效果，还可以弥补因效果图渲染时产生的一些错误，如曝光过度、曝光不足和黑斑等。本章我们将以几个典型建筑图的后期处理为例来介绍后期处理的一般方法，希望读者在实际操作中能举一反三。

例 165 客厅后期处理

素材\第15章\例165\
源文件\第15章\例165\客厅.psd

知识点

- 画笔工具
- 减淡工具
- 加深工具
- "阴影/高光"命令

制作要领

- 选区间交叉运算
- 艺术玻璃的明暗处理

效果预览

增加整体亮度

制作灯带发光效果

添加艺术玻璃　　调入外部图像

步骤详解

01 观察要处理的效果图

打开"客厅.psd"素材文件，观察发现该客厅效果图是直接从3ds Max中渲染生成的，还未进行任何后期处理，故显得死板而无生气。

◆打开的素材文件

02 除低室内阴影浓度

选择"图像/调整/（阴影/高光）"命令，在打开的对话框中保持默认参数，单击"确定"按钮。

◆去除部分阴影

03 绘制灯带所在选区

新建图层1，设置前景色为白色，选择多边形套索工具，沿客厅吊顶右侧的灯带边缘绘制灯带所在的选区。

◆绘制选区

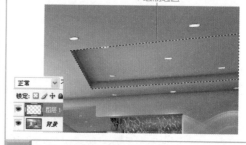

04 制作灯带发光效果

选择画笔工具，设置不透明度和流量均为"50%"，适当调整画笔直径并沿选区边缘涂抹，直至得到如图所示的发光效果，然后取消选区。

2.涂抹效果

1.设置参数

05 制作另一灯带发光效果

新建图层2，继续使用多边形套索工具 ✏ 沿客厅吊顶左侧的灯带边缘绘制灯带所在的选区，然后使用画笔工具 ✏ 沿选区边缘涂抹，直至得到如图所示的发光效果，最后取消选区。

06 调入艺术玻璃

使用多边形套索工具 ✏ 绘制电视后面如左图所示的一面玻璃所在的选区，打开"艺术玻璃.jpg"素材文件，按【Ctrl+A】键全选图像，按【Ctrl+C】键复制图像，切换回客厅效果图窗口中，按【Ctrl+V】键粘贴图像，生成图层3。

07 调整调入玻璃的明暗关系

选择加深工具 ✏，在选项栏中设置曝光度为"30%"，适当调整画笔直径并在艺术玻璃上涂抹。注意在其左侧应多涂抹几次，直至艺术玻璃产生类似如图所示的明暗变化效果。

08 继续调入艺术玻璃

使用多边形套索工具 ✏ 绘制艺术玻璃右侧玻璃所在选区，如左下图所示，按【Ctrl+V】键粘贴图像生成图层4，然后通过自由变换操作将复制生成的艺术玻璃变换至如右下图所示。

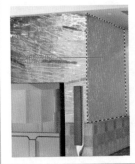

09 调整亮度和对比度

选择"图像/调整/（亮度/对比度）"命令，在打开的对话框中设置亮度为"-70"，对比度为"70"，单击"确定"按钮。观察发现该处艺术玻璃与左侧艺术玻璃之间出现了良好的光线对比效果。

10 模拟筒灯发光效果

选择减淡工具 ✏，在选项栏中设置曝光度为"50%"，适当调整画笔直径并在艺术玻璃顶部对应筒灯投射处涂抹，直至得到如图所示的筒灯投射在艺术玻璃上的发光效果。

11 继续调入艺术玻璃

使用多边形套索工具 ❧ 绘制餐桌左上侧玻璃所在的选区，如左下图所示，按【Ctrl+C】键复制选区内容，按【Ctrl+Shift+V】键粘贴图像生成图层5，并将复制生成的艺术玻璃进行自由变换。

12 调入艺术玻璃

选择"图像/调整/（亮度/对比度）"命令，在打开的对话框中设置亮度为"-60"，对比度为"60"，单击"确定"按钮。观察发现该处艺术玻璃与左侧艺术玻璃之间的明暗关系得到良好的协调。

13 运算选区

使用矩形选框工具绘制如左下图所示的矩形选区，按住【Ctrl+Shift+Alt】键的同时单击图层5对应的图层蒙版缩览图，运算得到如右下图所示的新选区。

14 编辑图层蒙版

设置前景色为"深灰色（R:126,G:124,B:124）"，按【Alt+Delete】键填充前景色，观察发现选区内的艺术玻璃具有半透明效果，如图所示，按【Ctrl+D】键取消选区。

15 调入室外风景图像

选择背景图层，选择魔棒工具 ❧，单击客厅左侧窗户所在的灰色区域创建选区，打开"室外风景.jpg"素材文件，按【Ctrl+A】键全选图像，按【Ctrl+C】键复制图像，切换到客厅效果图窗口中，按【Ctrl+V】键粘贴图像生成图层6。

16 变换图像并提高其亮度

对调入后的图像进行等比例放大变换至如左下图所示。选择"图像/调整/（亮度/对比度）"命令，在打开的对话框中设置亮度为"60"，单击"确定"按钮，得到如右下图所示的加亮效果。

17 为客厅墙体添加装饰画

打开"装饰画.jpg"素材文件，选择移动工具，拖动装饰画至客厅效果图中，生成图层7，然后将装饰画等比例缩小并移动至客厅的墙面处。

◆装饰画

18 为装饰画制作阴影

选择"图层/图层样式/投影"命令，在打开的对话框中设置亮度为"-70"，设置角度为"108度"，距离为"2像素"，大小为"4像素"，单击"确定"按钮，得到如图所示的装饰画投影效果。

◆设置参数

19 调入时钟、陶瓷和装饰盘

分别打开"时钟.psd"、"陶瓷.psd"和"装饰盘.psd"素材文件，并将它们分别拖放到客厅效果图中艺术玻璃底部的平台上。

◆时钟   ◆陶瓷   ◆装饰盘

20 调入雕塑和装饰干枝

分别打开"雕塑.psd"和"装饰干枝.psd"素材文件，并将它们拖动到客厅效果图中电视墙右侧艺术玻璃底部的平台处。

◆雕塑

◆干枝

21 调入盆景并调整其明暗关系

打开"盆景.psd"素材文件，将其拖动到客厅窗户右下角处，然后使用减淡工具适当涂抹增加其左侧亮度，用加深工具适当涂抹降低其右侧亮度。

◆盆景

22 在客厅处调入装饰植物

打开"装饰植物.psd"素材文件，并将其拖动到客厅效果图中，选择"编辑/变换/水平翻转"命令，然后将其移动至客厅右侧，完成本例客厅效果图的后期处理。

◆装饰植物

例 166 娱乐大厅后期处理

知识点

- "亮度/对比度"命令
- 渐变工具
- 加深工具
- "高斯模糊"命令

制作要领

- 物体倒影的制作
- 射灯光柱的制作

效果预览

增加灯带亮度

制作射灯光柱效果

调入酒和酒杯

调入人物和装饰鱼

步骤详解

01 观察要处理的效果图

打开"娱乐大厅.psd"素材文件，观察发现该效果图还未进行任何后期处理。

02 提高效果图亮度和对比度

选择"图像/调整/（亮度/对比度）"命令，设置亮度为"100"，对比度为"50"，单击"确定"按钮。

03 绘制灯带所在选区

选择多边形套索工具 ，沿大厅吊顶绘制如图所示的灯带选区，并按【Ctrl+J】键生成图层1。

04 提高灯带亮度和对比度

选择"图像/调整/（亮度/对比度）"命令，设置亮度为"150"，对比度为"70"，单击"确定"按钮。

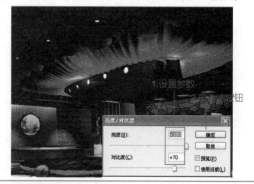

05 增强装饰船曝光度

选择背景图层，选择减淡工具，在选项栏中设置曝光度为"50%"，适当调整画笔直径并在灯带底部装饰船的不同部分涂抹，直至得到如图所示的效果。

2.增加亮度　1.设置参数

06 为制作灯带绘制选区

新建图层2，设置前景色为"白色"，使用多边形套索工具沿装饰船右下侧墙体顶部绘制如图所示的多边形选区。

◆绘制的选区

07 渐变填充模拟灯带效果

选择渐变工具，在选项栏中设置渐变方式为"前景到透明"，然后从选区顶部向底部进行渐变填充，按【Ctrl+D】键取消选区，得到如图所示的渐变填充效果。

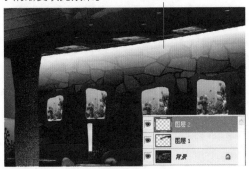

◆渐变填充

08 调整灯光颜色并加强光照效果

在"图层"面板中将图层2的图层混合模式设置为"叠加"，然后按【Ctrl+J】键生成图层2副本图层，使灯带发光效果更加明显。

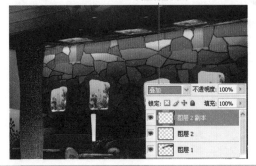

◆设置混合模式

09 增强装饰顶边缘曝光度

选择背景图层，选择减淡工具，设置曝光度为"30%"，适当调整画笔直径，并在装饰顶部类似鹅卵石边缘处涂抹，得到如图所示的曝光效果。

1.设置参数

10 绘制并渐变填充选区

新建图层3，使用多边形套索工具沿效果图中舞台两侧的幔布边缘绘制选区，然后使用渐变工具从选区顶部向底部进行渐变填充，按【Ctrl+D】键取消选区。

◆渐变填充

◆渐变填充

11 增强幔布曝光度

在“图层”面板中设置图层3的图层混合模式为“叠加”，观察发现舞台两侧的幔布表面根据其原色彩出现了适当的曝光感。

12 为舞台射灯绘制光柱选区

新建图层4，使用多边形套索工具沿舞台顶部盏射灯的投射方向绘制如图所示的选区，用来模拟该盏射灯投射时产生的光柱区域。

13 渐变填充模拟光柱效果

设置前景色为“紫色（R:255,G:10,B:255）”，使用渐变工具从选区右上角向左下角进行渐变填充，然后按【Ctrl+D】键取消选区，得到如图所示的光柱效果。

14 为光柱制作边缘模糊效果

选择“滤镜/模糊/高斯模糊”命令，在打开的对话框中设置半径为“3像素”，单击“确定”按钮。

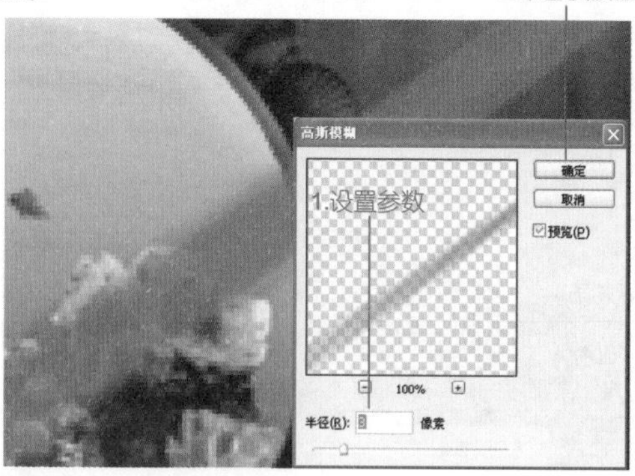

15 制作其他射灯光柱

按步骤12至步骤14的操作方法，为舞台处两盏射灯制作光柱，颜色分别为“绿色（R:120,G:205,B:23）”和“青色（R:17,G:220,B:216）”。

16 调入娱乐人物

打开“舞者.psd”素材文件，选择移动工具，将其拖动至效果图中，然后等比例缩小图像，将缩小后的人物图像移至舞台底部的公共舞池中。

17 复制并变换人物图像

按【Ctrl+J】键为人物复制一个副本图层，选择"编辑/变换/垂直翻转"命令，然后将翻转后的人物副本图像垂直向下移至原人物的底部。

◆垂直翻转

18 为人物图像制作倒影

在"图层"面板中将人物副本图像所在图层的不透明度设置为"30%"，如左下图所示，然后绘制舞池外所在的选区，并按【Delete】键删除多余的人物图像，如图所示，最后取消选区。

◆设置透明度

19 调入酒杯

按照步骤16至步骤18的操作方法，打开"红酒2.psd"和"酒杯.psd"素材文件，依次复制到大厅左下角桌面上，并分别制作倒影效果，如图所示。

20 调入酒杯

继续打开并调入"红酒1.psd"和"酒杯.psd"素材文件到大厅右下角桌面上，并分别制作倒影效果。

21 调入装饰鱼

打开"装饰鱼1.psd"素材文件并复制到效果图中，然后按【Ctrl+L】键打开"色阶"对话框，设置输入色阶分别为"25"、"1"和"220"，单击"确定"按钮。

2.单击该按钮

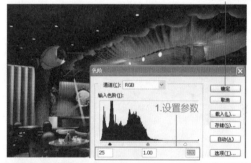

1.设置参数

22 调入装饰鱼

继续打开并调入"装饰鱼2.psd"、"装饰鱼3.psd"和"装饰鱼4.psd"素材文件至效果图中的吊顶处，并分别重复上一步骤的色阶操作增加其亮度，完成本例的制作。

别墅后期处理

例
167

素材\第15章\例167\
源文件\第15章\例167\ 别墅.psd

知识点

- "高斯模糊" 命令
- "USM锐化" 命令
- "色阶" 命令
- 加深和减淡工具

制作要领

- 草皮的制作
- 阴影的制作

制作天空

制作草皮

调入植物

调入石头和假山

效果预览

步骤详解

01 观察要处理的效果图

打开 "别墅.psd" 素材文件，观察发现该效果图由背景图层和 "别墅" 图层组成。

02 添加背景天空

打开 "天空1.jpg" 素材文件，选择移动工具 ，将其拖动至效果图中，生成图层1，按【Ctrl+[】键下移图层，然后调整天空效果至如图所示。

03 继续添加背景天空

打开 "天空2.jpg" 素材文件并将其拖动至效果图中，设置图层2的混合模式为 "叠加"。

◆设置混合模式

◆天空叠加

04 调入背景树

打开 "背景树.psd" 素材文件，使用移动工具 将其拖动至效果图中，生成图层3，然后调整背景树至如图所示的效果。

◆背景树

05　为别墅左侧添加近景树

打开"近景树1.psd"素材文件并将其拖动至效果图中别墅的左侧，生成图层4，按【Ctrl+L】键，在打开的对话框中设置输入色阶为"0"、"0.6"和"210"，单击"确定"按钮。

◆设置参数

06　为制作草皮绘制范围选区

选择多边形套索工具 ，沿别墅底部的草地和水池绘制如图所示的选区，作为将要制作草皮的绘制范围。

◆绘制的选区

07　复制草皮至选区内

打开"草皮.jpg"素材文件，按【Ctrl+A】键全选图像，按【Ctrl+C】键复制图像，切换到别墅效果图窗口中，按【Ctrl+V】键粘贴图像生成图层5。

◆贴入草地

08　变换缩小显示草皮纹理

按【Ctrl+T】键打开变换编辑框，按住【Shift+Alt】键的同时向内拖动控制点，直至草皮纹理缩小显示到如图所示的效果，然后按【Enter】键确认变换。

09　载入并羽化选区

按住【Ctrl】键的同时单击图层5的图层缩览图载入选区。按【Alt+Ctrl+D】键打开"羽化选区"对话框，设置羽化半径为"100像素"，然后单击"确定"按钮。

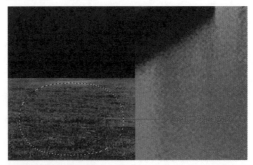

10　复制平铺草皮

按住【Alt】键不放，使用移动工具 不断拖动复制选区内的草皮，直至复制后的草皮完全覆盖图层5中图层蒙版允许显示的范围，取消选区。

11 调整草皮明暗关系

选择加深工具，设置曝光度为"20%"，适当调整画笔直径并在草皮上的不同地方涂抹，直至草皮产生类似如图所示的明暗变化效果。

12 调整草皮明暗关系

选择减淡工具，设置曝光度为"30%"，适当调整画笔直径并在草皮上不同地方涂抹，直至草皮产生类似如图所示的明暗变化效果。

13 编辑鹅卵石

打开"鹅卵石.jpg"素材文件，使用移动工具将其拖动至效果图中，载入图层6中的选区，按照步骤9的操作方法将选区羽化为"100像素"，然后反选选区，按5次【Delete】键删除图像。

14 变换鹅卵石至水池边缘

按【Ctrl+Shift+I】键再次反选选区，然后按照步骤8的操作方法将鹅卵石缩小变换并移动至水池的边缘处。

15 为水池边缘平铺鹅卵石

按照步骤10复制平铺草皮的操作方法，按住【Alt】键不放，使用移动工具不断拖动复制选区内的鹅卵石，直至其铺满水池边缘为止。

16 将鹅卵石融入背景

选择"图像/调整/（色相/饱和度）"命令，在打开的对话框中设置明度为"-50"，单击"确定"按钮。观察发现鹅卵石已自然融入与其相邻的水池和草皮中。

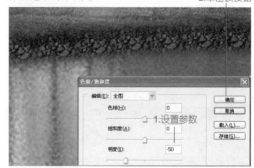

17 调入石头组合1

打开"石头组合1.psd"素材文件，使用移动工具将其拖动至效果图中，并调整到别墅入口台阶左侧的水池边缘处。

18 调入石头组合2

打开"石头组合2.psd"素材文件，使用移动工具将其拖动至效果图中，并调整到石头组合1的左上方。

19 复制石头组合2

按【Ctrl+J】键复制石头组合2图像，选择"编辑/变换/水平翻转"命令，将翻转后的石头组合2调整至别墅入口台阶右侧的水池边缘处。

20 调入假山

打开"假山.psd"素材文件，使用移动工具将其拖动至效果图中，并调整到别墅入口台阶左侧的石头组合1的上方。

21 调入竹子

打开"竹子.psd"素材文件，使用移动工具将其拖动至效果图中。注意，将竹子所在的图层调整至假山所在图层的下面。

22 增加竹子的密度

按【Ctrl+J】键为竹子复制一个副本图像，然后选择"编辑/变换/水平翻转"命令，观察发现竹子的密度得到增加。

23 调入近景植物

打开"近景树2.psd"素材文件，使用移动工具将其拖动至效果图中，并调整到别墅左侧的墙角处。

◆近景树

24 锐化清晰显示近景植物

选择"滤镜/锐化/USM锐化"命令，在打开的对话框中设置数量为"150%"，半径为"5像素"，单击"确定"按钮，观察发现近景植物变得清晰。

2.单击该按钮

数量(A): 150 %

1.设置参数

半径(R): 5 像素

阈值(T): 0 色阶

25 调入休闲桌椅

打开"休闲桌椅.psd"素材文件，使用移动工具将其拖至效果图中，并调整到别墅左侧的草地上。

◆休闲桌椅

26 为休闲桌椅制作阴影

为休闲桌椅复制一个副本图层，垂直翻转后斜切至如图所示效果。载入变换后图像的选区，用黑色填充，然后设置该图层的不透明度为"40%"。

27 模糊阴影

选择"滤镜/模糊/高斯模糊"命令，在打开的对话框中设置半径为"5像素"，单击"确定"按钮。

2.单击该按钮

半径(R): 5 像素

1.设置参数

28 调入其他植物和飞鸟

分别打开并拖动"植物1.psd"、"植物2.psd"、"植物3.psd"和"飞鸟.psd"素材文件至别墅效果图中的底部、右侧和天空处，注意调整它们与其他景物之间的关系，完成本例的处理。

◆飞鸟
◆植物2
◆植物1
◆植物3

例 168

居民楼后期处理

素材\第15章\例168\
源文件\第15章\例168\ 居民楼.psd

知识点

- "高斯模糊"命令
- "亮度/对比度"命令
- 渐变工具
- 加深和减淡工具

制作要领

- 配景与建筑高光匹配
- 利用参考线规范人物的透视关系

效果预览

制作地面

制作天空

调入植物

调入汽车和人物

步骤详解

01 观察要处理的效果图

打开"居民楼.psd"素材文件,观察发现该效果图由3ds Max 渲染生成,还未进行后期处理。

02 分离建筑物与背景

选择魔棒工具,在建筑物周围任意黑色区域单击选择黑色背景,按【Ctrl+Shift+I】键反选选区,按【Ctrl+J】键复制生成图层1,取消选区。

03 为居民楼制作地面

打开"地面.jpg"素材文件,使用移动工具将其拖动至效果图中居民楼底部,生成图层2。

04 绘制填充区域

新建图层3,按【D】键复位前景色和背景色,使用多边形套索工具绘制不规则选区,按【Alt+Delete】键填充前景色,然后取消选区。

05 动感模糊黑色填充图像

选择"滤镜/模糊/动感模糊"命令，在打开的对话框中设置角度为"0度"，半径为"999像素"，单击"确定"按钮。观察发现黑色填充图像出现呈水平方向的模糊效果。

06 高斯模糊黑色填充图像

选择"滤镜/模糊/高斯模糊"命令，在打开的对话框中设置半径为"10像素"，单击"确定"按钮。

07 将模糊的图像处理成阴影

按【Ctrl+T】键打开变换编辑框，拖动左侧边框拉长模糊后的图像，然后按【Enter】键确认变换，设置图层3的不透明度为"70%"。

08 为效果图制作背景天空

打开"天空1.psd"素材文件，使用移动工具 将其拖动至效果图中，生成图层4，按【Ctrl+Shift+[】键移动图层至图层1之下，然后移动图像对齐图像窗口顶端。

09 继续为效果图制作背景天空

打开"天空2.psd"素材文件，使用移动工具 将其拖动至效果图中，生成图层5，然后移动图像对齐图像窗口顶端。

10 融合处理两幅天空图像

单击"图层"面板底部的"添加图层蒙版"按钮 为图层5添加图层蒙版，选择渐变工具 ，从图像窗口右上角向左下角拖动进行渐变填充。

11 调入远山背景图像

打开"远山.psd"素材文件，使用移动工具 ▶ 将其拖动至效果图的左侧，生成图层6，然后在"图层"面板中将其拖动至图层1下方。

12 调整远山图像亮度和对比度

选择"图像/调整/（亮度/对比度）"命令，在打开的对话框中设置亮度为"150"，对比度为"100"，单击"确定"按钮。

13 调入远景植物图像

打开"远景植物.psd"素材文件，使用移动工具 ▶ 将其拖动至效果图的右侧，生成图层7，然后将其调整到如图所示的大小。 ◆远景植物

14 调整远景植物图像明度

选择"图像/调整/曲线"命令，在打开的对话框中调整曲线为如图所示，单击"确定"按钮。

15 为居民楼左侧添加中景树群

打开"树群1.psd"素材文件，将其拖动至效果图中，生成图层8，然后将其水平翻转后移至居民楼的左侧。

16 为居民楼右侧添加中景树群

按【Ctrl+J】键复制图层8，生成图层8副本图层，然后使用移动工具 ▶ 将生成的图层上的树群水平向右移至居民楼的右侧。 ◆树群

17 继续为居民楼右侧添加中景树群

打开"树群2.psd"素材文件，将其拖动至效果图中，生成图层9，然后将其移至居民楼的右侧草地上，将图层9移至图层3之上。

18 绘制羽化选区

选择多边形套索工具，在选项栏中设置羽化值为"50px"，沿上一步骤调入的树群的树冠绘制类似如图所示的选区。

◆绘制选区

19 模拟树群接受阳光效果

选择"图像/调整/色阶"命令，在打开的对话框中设置输入色阶为"0"、"1"、"170"，单击"确定"按钮。按【Ctrl+D】键取消选区。观察发现树冠处具有了阳光照射的效果。

◆设置参数

20 复制并变换树群

为当前树群复制一个副本图层，将其向下移动一层，按【Ctrl+T】键打开变换编辑框，按住【Ctrl】键的同时拖动变换框的顶部至左下侧，按【Enter】键确认变换。

21 为树群制作阴影

按住【Ctrl】键的同时单击图层9副本图层的图层缩览图载入选区，按【Alt+Delete】键填充前景色，然后取消选区。

22 高斯模糊阴影

选择"滤镜/模糊/高斯模糊"命令，在打开的对话框中设置半径为"8像素"，单击"确定"按钮。观察发现树群的阴影由于进行了模糊，显得更加真实。

2.单击该按钮
1.设置参数

23 调整树群底部花台明暗关系

选择图层9，选择加深工具，设置曝光度为"20%"，适当调整画笔直径并在树群底部花台处涂抹，直至花台产生类似如图所示的明暗变化。

24 为居民楼前添加花台

打开"花台.psd"素材文件，使用移动工具将其拖动至效果图中，生成图层10，然后将其调整到居民楼正前方底部的地面上。

25 调入单棵树木

打开"单树1.psd"素材文件，使用移动工具将其拖动至效果图中，生成图层11，然后将其调整到居民楼的左侧底部，再将图层11移动至图层10下方。

26 复制创建其他树木

为当前单树复制5个副本图层，并将它们分别移动到居民楼正面底部的地面上。注意，根据近大远小的透视关系，适当缩小远距离显示的树木。

27 调入近景树木

打开"单树2.psd"素材文件，使用移动工具将其拖动至效果图中的左侧，生成图层12，然后在"图层"面板中将其拖动至图层10上方。

28 调入石头组合

打开"石头组合.psd"素材文件，使用移动工具将其拖动至效果图中的左侧，生成图层13，然后将其调整至上一步骤所添加单树的底部，以掩饰此处的草皮空白。

29 调入近景树群和花卉植物

打开"树群3.psd"和"花卉.psd"素材文件，分别将它们拖动到效果图中居民楼右下侧的草地上，生成图层14和图层15。

30 为居民楼前添加路灯

打开"路灯.psd"素材文件，将其拖动至效果图中，并按照步骤26的操作方法复制3盏路灯，再分别将它们沿居民楼前面的花台分布。

31 调入公共椅和垃圾桶

打开"公共椅.psd"和"垃圾桶.psd"素材文件，通过移动工具将它们拖动至效果图中，并按照步骤20至步骤22的操作方法分别为生成的图像制作阴影。

32 调入汽车

按【Ctrl+R】键显示标尺，向下拖动水平标尺创建一条参考线，然后打开并拖动"汽车.psd"素材文件到效果图中。注意对齐参考线。

33 调入人物

分别打开"人物1.psd"至"人物5.psd"素材文件，并将它们拖动到效果图中。注意人物的头部都要对齐水平参考线。

34 隐藏标尺和参考线

按【Ctrl+R】键隐藏标尺，按【Ctrl+H】键隐藏参考线，完成居民楼效果图的后期处理。

实战演练

素材\第15章\实战演练\
源文件\第15章\实战演练\

　　本章通过5个不同类型室内和建筑效果图的后期处理,详细地介绍了常见效果图的设计及制作方法。室内效果图的后期处理过程较建筑效果图的后期处理相对简单,其重点在于效果图本身的一些瑕疵处理及修复,而建筑效果图的后期处理重点在于配景的调入及制作,尤其要注意各个配景之间的透视关系,以及它们与建筑物的色彩关系和色调关系。

◆ 实战演练一——客厅后期处理

　　自己动手将一客厅渲染图处理成如下图所示的效果,在制作的过程中要注意平衡效果图的整体色调。

制作提示:

(1) 增加效果图的整体亮度。

(2) 适当锐化效果图,提高图像的清晰度。

(3) 使用多边形工具绘制木地板所在的选区,并使用"亮度/对比度"命令提高其亮度,再使用"色相/饱和度"命令增加地板的颜色鲜艳度。

(4) 选择地板砖、装饰木架、墙体和沙发等构成效果图的各元素,分别调整其色调以增加效果图的通透感和明快感。

(5) 修补书架底部缺失的柜面板。

(6) 为装饰木架添加装饰画,注意装饰画与木架之间要保持相同的透视关系。

◆ 实战演练二——公园一角后期处理

　　自己动手将公园一角渲染图处理成如下图所示的效果,在制作的过程中要注意调入配景间的透视关系。

制作提示:

(1) 使用"亮度/对比度"命令增加原效果图的亮度。

(2) 调入地面和天空。

(3) 调入假山、行人和汽车。

(4) 为水池边缘调入水草,为水面调入浮游植物,注意为其制作倒影效果。

(5) 为木屋正前方地面添加草地,然后在草地上添加植物。

(6) 为效果图的天空调入飞鸟,并在效果图的右上角天空处调入树冠。

素材\第15章\拓展效果\
源文件\第15章\拓展效果\

不同的效果图所表达的创意不同，处理方法也不尽相同，但大体与前面介绍的一致，下面给出一些类似的效果图让大家欣赏，读者自己可以分析它们的制作过程。

◆ 书房

本图展示的是某家庭书房的后期处理效果图，主要使用到的工具和命令有加深工具、减淡工具、多边形套索工具、"贴入"命令、"变换"命令和"亮度/对比度"命令等，重点是窗户的处理。

◆ 餐厅

本图展示的是某家庭餐厅的后期处理效果图，主要使用到的工具和命令有画笔工具、加深工具、减淡工具、多边形套索工具、"投影"命令、"变换"命令、"色阶"命令、"曲线"命令和"色彩平衡"命令等，重点是吊顶的处理。

◆ 住宅楼

本图展示的是某住宅楼的后期处理效果图，主要使用到的工具和命令有移动工具、变换工具、渐变工具、"色相/饱和度"命令和"亮度/对比度"命令等，重点是水面的处理。

◆ 钢架楼

本图展示的是某钢架楼的后期处理效果图，主要使用到的工具和命令有移动工具、变换工具、画笔工具、"模糊"命令、"USM锐化"命令和"投影"命令，重点是调入配景与制作建筑物阴影。

反侵权盗版声明

电子工业出版社依法对本作品享有专有出版权。任何未经权利人书面许可，复制、销售或通过信息网络传播本作品的行为；歪曲、篡改、剽窃本作品的行为，均违反《中华人民共和国著作权法》，其行为人应承担相应的民事责任和行政责任，构成犯罪的，将被依法追究刑事责任。

为了维护市场秩序，保护权利人的合法权益，我社将依法查处和打击侵权盗版的单位和个人。欢迎社会各界人士积极举报侵权盗版行为，本社将奖励举报有功人员，并保证举报人的信息不被泄露。

举报电话：(010)88254396；(010)88258888

传　　真：(010)88254397

E－mail：dbqq@phei.com.cn

通信地址：北京市万寿路173信箱

　　　　　电子工业出版社总编办公室

邮　　编：100036